Laura I. Blaire

Craving Life – Begehrt

Laura I. Blaire

Craving Life
Begehrt

Roman

PIPER

Mehr über unsere Autorinnen, Autoren und Bücher:
www.piper.de

Wenn Ihnen dieser Roman gefallen hat, schreiben Sie uns unter Nennung des Titels »Craving Life – Begehrt« an empfehlungen@piper.de, und wir empfehlen Ihnen gerne vergleichbare Bücher.

Wir produzieren nachhaltig
www.piper.de

Bei »Craving Life – Begehrt« handelt es sich um eine überarbeitete Version des erstmals auf Wattpad.com von dreifachich ab 2019 unter dem Titel »Craving Lust« veröffentlichten Textes.

ISBN 978-3-492-50699-1

Redaktion: Cornelia Franke
Satz auf Grundlage eines CSS-Layouts
von digital publishing competence (München)
mit abavo vlow (Buchloe)
Covergestaltung: FAVORITBUERO, München
Covermotiv: Bilder unter Lizenzierung von
Shutterstock.com genutzt
Printed in EU

In diesem Buch sind Themen enthalten, die triggernd wirken können. Am Ende des Textes findet sich eine Aufzählung, die jedoch den Verlauf der Geschichte spoilern kann.

Wir wünschen ein bestmögliches Leseerlebnis.

Für die wichtigste Person in meinem Leben.
Für die Person, die immer für mich da war.
Für die Person, die eine selbstbewusste und starke Frau aus mir gemacht hat, auf die ich selbst stolz sein kann.
Für die Person, die mein Vorbild ist.

Für dich, *Mama*.
Ich liebe dich.

Kapitel 01

San Francisco

»Was kann ich dir bringen?«

Ich signalisiere dem Barkeeper, dass ich noch eine Minute brauche, um mich für ein Getränk zu entscheiden. Mit meinen zweiundzwanzig Jahren sollte ich *eigentlich* wissen, was ich gerne trinke, doch die Realität sieht anders aus. Mich richtig kennenzulernen und mich frei zu entfalten, war mir nie möglich, bisher wurde mir mein Leben vordiktiert. Alles, was ich darf, ist, mich an *seine* Regeln zu halten, und wenn ich es nicht tue, sorgt er dafür, dass ich es bitterlich bereue. Es gibt drei goldene Regeln:

Ich darf keinen Alkohol trinken.

Männer sind eine verbotene Ablenkung.

Und ich *muss* Medizin studieren.

Die letzte Regel ist die wichtigste für meinen Vater, denn ich muss in die Fußstapfen meiner Familie treten und an der Harvard Medical School studieren. Eine andere Universität kommt nicht infrage, es wäre eine Blamage für ihn. Wenn es nach mir ginge, würde ich in Kalifornien studieren, *weit weg* von meinem kontrollierenden und bestimmenden Vater, der vor nichts zurückschreckt, um mich in der Spur zu halten. Wie gern würde ich unabhängig sein, doch ich schaffe es nicht, mich aus den Fängen meiner Familie zu befreien.

Doch weil ich meinen Eltern das gegeben habe, was sie wollen, ein Studium an der Harvard Medical School, hatte ich einen Wunsch frei. *Großzügig, ich weiß.*

Ich musste nicht lange nachdenken, ich wollte ein verlängertes Wochenende in Freiheit, am anderen Ende dieses Landes. Ich hatte mir vorgenommen, auszugehen, mir mehrere alkoholische Drinks zu genehmigen und vielleicht mit einem süßen Typen herumzuknutschen. *Nur um der Erfahrung willen.* Allerdings habe ich bisher jeden Abend gekniffen, mein Pflichtbewusstsein hat die letzten zwei Tage die Oberhand behalten. Stets die perfekte Tochter, die zu Zurückhaltung, Achtsamkeit und Gehorsamkeit erzogen worden ist.

Und doch ... sitze ich nun hier.

Heute, an meinem letzten Abend, habe ich mit mir gerungen, bin statt in die Bar zum Aufzug gelaufen, aber in dem Moment, als ich den Rufknopf drücken wollte, habe ich gezögert. Wut und Frustration fuhren wie ein Blitz durch meinen Körper, haben mich aufgewühlt. Ich wollte endlich etwas für mich tun. Aufgrund dessen habe ich gegen die Regeln verstoßen, einen kleinen Sieg errungen, selbst wenn ich jetzt mit der Wahl eines Getränks überfordert bin.

»Und fündig geworden?«

Der Barkeeper holt mich aus meinen Gedanken zurück. Seit mehreren Minuten starre ich auf die Karte. »Kannst du etwas empfehlen?«, frage ich schließlich, weil ich mich nicht weiter quälen möchte, und streiche meinen schwarzen Blazer glatt, welchen ich über meiner weißen schlichten Bluse mit V-Ausschnitt trage.

Er nickt und wirbelt einen Mixbecher durch die Luft, um mich zu beeindrucken. »Natürlich, aber mich würde interessieren, was du bevorzugst. Longdrink, Cocktail oder lieber eine Bier- oder Weinsorte?«, erkundigt er sich interessiert.

Seine Fragen sorgen dafür, dass ich wieder überfordert bin. *Woher soll ich das wissen?* Ich habe bisher noch nie einen Schluck Alkohol getrunken. Allerdings glaube ich nicht, dass ich Bier mögen würde. Von Cocktails habe ich viel Gutes gehört, zudem lese ich in Büchern oft, dass Frauen gerne Wein trinken. *Ich weiß es nicht, ich kann mich nicht entscheiden.* »Cocktail«, antworte ich ihm instinktiv.

»Fruchtig oder sauer?«

Noch mehr Fragen? Süß? Sauer? *Was weiß ich?*

Ich streiche eine hellbraune Haarsträhne hinter mein Ohr, um Zeit für eine Antwort zu schinden. »Etwas Saures, aber es sollte auch nicht allzu sauer sein«, erkläre ich, bevor mich meine Manieren einholen. »Bitte.«

Nachdem sich der Barkeeper sicherheitshalber meinen Ausweis hat zeigen lassen, macht er sich an die Arbeit und stellt mir einen rotorangefarbenen Cocktail vor die Nase. »Sex on the Beach«, präsentiert er, »für Miss Scarlet Pierce.« Vermutlich hat er sich meinen Namen von meinem Ausweis gemerkt. »Sie sind ein Gast, nicht wahr? Ich glaube, Sie bereits gestern gesehen zu haben. Ich würde den Cocktail auf Ihre Rechnung setzen.«

Mir wird unverzüglich schlecht bei der Vorstellung, schließlich läuft die Hotelrechnung über die Kreditkarte meines Vaters. Und mir ist bewusst, dass unser Familienoberhaupt alles *gründlich* überprüfen wird. *Vertrauen ist gut, Kontrolle ist besser.* Dieses Sprichwort beschreibt unsere Familie am besten.

»Könnte ich bar bezahlen?«, frage ich mit zitternder Stimme. Wenn ich die vergangenen Taten meines Vaters bedenke, bin ich geliefert, sollte er von diesem Cocktail erfahren.

»Selbstverständlich.«

Zögernd ziehe ich das Glas näher zu mir heran, schaue mir den Cocktail eindringlich an. Mit dem Strohhalm rühre ich um und rede mir dabei ein wenig Mut zu. *Alles wird gut, alles wird gut. Er ist nicht hier.* Das Bestellen war einigermaßen einfach, doch meinen rebellischen Plan in die Tat umzusetzen, ist schwerer als gedacht. Ich sehe ständig das wütende Gesicht meines Vaters vor mir, der mich lehren wird, dass nicht noch einmal zu machen.

Tue es, Scarlet, du schaffst das.

Ich zähle die Tage, bis ich endlich auf eigenen Beinen stehe und nicht mehr von meiner Familie abhängig bin. Es sind noch 1461 Tage, 208 Wochen und 48 Monate, bis ich endlich mein Studium an der Harvard Medical School absolviert habe. Erst dann kann ich, wie versprochen, meinen eigenen Weg bestreiten.

Vier Jahre, bis ich *frei* bin.

Und um einen ersten Vorgeschmack auf diese Freiheit zu genießen, hebe ich den Cocktail an. »Prost, Vater«, flüstere ich und probiere vorsichtig das Getränk.

In meinem Mund findet eine Geschmacksexplosion statt, und ich würde am liebsten vergnügt aufstöhnen. *O Gott, ich will mehr davon*! Der Cocktail ist zwar sauer, dennoch besitzt er eine leicht süße Note, die ihn in meinen Augen perfekt macht. Ich verstehe nun *absolut*, wieso mein Vater Alkohol als gefährlich für mich einstuft. Meinen ersten Drink werde ich *nie* vergessen.

Keine zehn Minuten später bestelle ich mir einen weiteren Cocktail, um die Nacht meiner kurzweiligen Freiheit zu zelebrieren.

»Tequila Sunrise«, stellt der Barkeeper vor und schiebt ein neues Glas vor meine Nase. Der Cocktail ähnelt dem ersten, und doch unterscheiden sich die beiden *gewaltig*, das muss ich auf die harte Tour feststellen. Hustend stelle ich das Glas auf den Tresen zurück und schlage mir auf die Brust, weil ich mich verschluckt habe.

Peinlicher gehts nicht.

Plötzlich klopft mir jemand auf den Rücken. »Sie braucht ein Wasser«, höre ich eine männliche Stimme hinter mir sagen. Innerhalb weniger Sekunden reicht mir der Barkeeper ein Glas Wasser, und nach einigen Schlucken habe ich mich beruhigt. »Alles wieder in Ordnung?«

Nachdem ich das Brennen in meinem Rachen gelöscht habe, drehe ich mich zu der Stimme um, um mich für die Hilfe zu bedanken. »Ja, dank…«

Himmel, wer hat diesen Adonis auf die Welt losgelassen? In der Vergangenheit habe ich bereits öfter attraktive Männer gesehen, allerdings spielt dieser *Gott* in einer anderen Liga.

Er ist ein wenig älter als die Männer, die mir normalerweise gefallen. Kurzes schwarzbraunes Haar umrahmt sein markantes Gesicht, zudem besitzt er einen gepflegten Dreitagebart, der ihm ausgezeichnet steht. Seine Augen sind dunkel, beinahe schwarz und unergründlich in diesem Licht. Seine olivfarbene, gebräunte Haut lässt erahnen, dass seine Familie südländische

Wurzeln hat. Schluckend schaue ich zu ihm herauf, dieser Mann überragt mich um Längen.

»Äh ... ja, mi-mir gehts gut, danke.«

Habe ich gerade gestottert? *O Gott.* Und ich habe angenommen, es könnte nicht peinlicher werden. Da war ich wohl zu voreilig.

Mein Retter runzelt die Stirn. »Gut«, meint er, wendet sich dann von mir ab und setzt sich auf den Hocker mit der Lederjacke, wenige Meter von mir entfernt. Er hebt das volle Whiskeyglas an, dreht es in der Hand, trinkt jedoch keinen Schluck.

Angestrengt versuche ich, ihn nicht anzustarren, doch es ist, als wäre er das einzige Licht in der Dunkelheit. Alles an ihm zieht mich an.

Ich räuspere mich, damit ich ihn aus seinen Gedanken holen kann. Eine mir bisher unbekannte Willenskraft durchfährt mich. »Ähm ... Entschuldigung?«, spreche ich ihn an, weshalb er mich mit einer gehobenen Augenbraue anschaut. Ich hole kurz Luft, um meine Nervosität unter Kontrolle zu bringen. »Ich wollte mich für deine Hilfe vorhin bedanken«, erkläre ich ihm aufrichtig. »Darf ich dir einen weiteren Drink ausgeben?«

Einen Moment scheint er diese Option abzuwägen, währenddessen fällt mir auf, dass er noch nicht einmal gelächelt hat. Es passt zu seinen Augen, die einen gequälten Ausdruck innehaben. »Ich habe noch, aber danke.« Damit wendet er sich wieder seinem Getränk zu, während seine Schultern zusammensacken und er sich durch seine Haare fährt.

Am liebsten würde ich im Boden versinken. Wenn es um Männer geht, habe ich keine Ahnung, wie ich mich verhalten soll. Auch wenn ich mehr oder weniger ein

Korb bekommen habe, verspüre ich weiterhin das starke Bedürfnis, ihn anzuschauen, und beobachte ihn verstohlen durch die Spiegelwand hinter der Bar. Ich kann das Gefühl nicht abschütteln, dass er traurig ist oder ihn irgendetwas beschäftigt. Die Art, wie er vor sich hinschaut, wie verloren er wirkt, während er mit seinem Glas spielt, ohne davon zu trinken, verstärkt mein Gefühl.

Plötzlich treffen sich unsere Blicke im Spiegel. Meine Wangen werden heiß vor Scham, und peinlich berührt stochere ich in meinem Cocktail herum, bevor ich daran nippe. Ich finde Gefallen an der süßen, verführerischen Sünde. Zudem erfüllt mich eine kribblige, wohltuende Wärme. *Ist das der Alkohol?* Ich hätte gedacht, dass ich mich schuldig fühlen würde, nachdem ich gegen die Regeln verstoßen habe, doch ich fühle mich wunderbar. Wenn ich es mit irgendetwas vergleichen müsste, würde ich sagen, es ist diese Art von Tag, wo man gut gelaunt die Musik laut anmacht und mitsingt, während man unbeschwert durch den Raum tanzt. Ich *liebe* es, dieses Gefühl darf nie wieder aufhören.

Ein innerer Drang bringt mich dazu, meinen Retter weiter zu beobachten. Seine Finger spielen an seinem Dreitagebart herum, während er weiterhin nachdenklich dreinblickt. Ich kann nicht benennen, was mich zu ihm hinzieht. Es kann nicht nur sein Aussehen sein, obwohl das ein gutes Argument ist. Gerne würde ich darüber debattieren, doch mein Gehirn ist plötzlich wie leer gefegt, als mein Sitznachbar seinen Kopf anhebt und sich unsere Blicke erneut treffen.

Dieses Mal unterbricht keiner von uns den Blickkontakt, wir starren einander wortlos an, weshalb sich mein Herz zusammenzieht. Die Zeit rinnt durch unsere

Finger, doch es fühlt sich weder unangenehm noch falsch an. Es fühlt sich richtig an, mein Körper kribbelt vor … *Ja, vor was eigentlich?* Aufregung? Ruhelosigkeit? Nervosität? Oder sogar Erregung? Fühlt es sich so an, begehrt zu werden? Wie aufregend das doch ist.

Weil mir der Blickkontakt durch den Spiegel nicht mehr ausreicht, überrasche ich mich selbst und mache den nächsten Schritt. Zielstrebig hüpfe ich von meinem Hocker und ziehe ihn zu ihm heran, sodass wir dichter beieinandersitzen. Wir haben zwar bisher keine drei Worte miteinander gewechselt, doch unsere Blicke signalisieren *mehr,* als es tausend Worte je könnten. Die Traurigkeit aus seinem Blick ist verschwunden, während er mich weiterhin wortlos betrachtet. Mein Gesicht wird heiß, als würde es brennen. *Was passiert hier nur?* Spürt er die Anziehung genauso deutlich wie ich? Und wenn ja, was dann? Was würde ich tun? Wozu wäre ich bereit? Was will ich eigentlich?

Mein Herz setzt aus, als seine Hand über meinen Arm fährt. Vorsichtig und zaghaft, als würde er meine Reaktion testen, mir die Chance geben, davor zu fliehen. Doch seine braunen Augen ziehen mich in seinen Bann, es ist um mich geschehen. Die Intensität, mit der mich der attraktive Fremde anschaut, sorgt für Schmetterlinge in meinem Magen. So, wie in diesem Augenblick, habe ich mich noch nie gefühlt, ich habe nicht gedacht, dass das überhaupt möglich ist. Und auf einmal möchte ich mit ihm weitergehen, weiter, als ich je in meinem Leben gegangen bin.

Sein Finger hält plötzlich inne, was mich enttäuscht seufzen lässt, während er mich eindringlich betrachtet. »Wir werden uns nie wiedersehen, ich kann dir nichts versprechen.«

»Ich habe nichts anderes erwartet«, antworte ich.

Seine langen, gepflegten Finger, die er wieder auf Wanderschaft schickt, lösen eine Gänsehaut aus, und im Augenblick weiß ich nicht, wo vorne und hinten ist. Im Augenblick will ich alles und auch nichts, ich möchte schreien, ich möchte weinen. Ich freue mich, ich fürchte mich, ich bin aufgeregt, ich habe Angst. Meine Gefühle fahren Achterbahn, das ist alles neu für mich.

Aus den Augenwinkeln sehe ich, wie er etwas aus seiner Hosentasche zieht und auf den Tresen legt. Dann hält er mir stumm die Hand hin, als Aufforderung, ihm zu folgen. Mein Herz klopft wie wild, und ich halte mich am Tresen fest, weil ich das Gefühl habe, gleich ohnmächtig zu werden. Er hat mich damit zu sich auf sein Zimmer eingeladen, und ich bin mir bewusst, was das bedeutet. Meine Jungfräulichkeit zu verlieren, gehörte eigentlich nicht zum Plan für meinen letzten Abend.

Die Regeln meines Vaters blitzen durch meine Gedanken, weil das Betreten eines fremden Hotelzimmers für mich verboten ist. Ich soll mich von Männern fernhalten, sie sind eine sündige Versuchung. Zu Hause kann er mich diesbezüglich kontrollieren, doch wenn ich mit diesem attraktiven Fremden mitgehe, würde er es niemals herausfinden. Ich habe bereits eine Regel gebrochen, wieso nicht noch eine?

Ich hätte nie gedacht, dass ich meine Jungfräulichkeit bei einem One-Night-Stand verliere, doch irgendwie fühlt es sich richtig an. Und wenn es sich richtig anfühlt, ich mich wohlfühle, ich diesen Mann will, wieso sollte ich mich zurückhalten?

Und, *oh*, ich will ihn.

Kapitel 02

Um meine Nervosität in den Griff zu bekommen, zähle ich die vergoldeten Lampen an der Wand, seit wir aus dem Aufzug gestiegen sind. Sie passen zu der beigefarbenen Tapete mit weißen Schnörkelelementen. Es überrascht mich nicht, dass das The St. Regis viel Wert auf Ästhetik legt. Es ist schließlich eines der besten Fünf-Sterne-Hotels in San Francisco. Die Tür wird mit einer modernen Magnetkarte entriegelt, und sobald ich sein Zimmer betrete, verschlägt es mir den Atem. Obwohl mein eigenes identisch aussieht, ist seine Etage höher gelegen, und durch die bodentiefen Fenster habe ich einen perfekten Blick auf die Stadt.

Ich lehne mich gegen die Tür, versuche, meine Atmung in den Griff zu bekommen. Mein Herz droht aus meiner Brust zu springen, so aufgeregt bin ich. Mein Retter hält mir erneut seine Hand hin, bedrängt mich nicht und lässt mir Zeit, wofür ich ihm dankbar bin. Zaghaft ergreife ich seine Hand, und er zieht mich liebevoll in seine Arme. Sein Finger fährt über mein Gesicht und verweilt auf meiner Lippe, welche er sanft streichelt.

»Willst du das wirklich?«, fragt er mich.

Ich nicke zustimmend.

Sobald sich unsere Lippen treffen, ist es um mich geschehen. Die Art, wie er um Einlass erbittet, lässt mich erschaudern. Unsere Zungen befinden sich im Einklang, als würden sie eine leidenschaftliche Samba tanzen. Seine Hände wandern vorsichtig über meinen Körper, um nichts zu überstürzen. Ich mag das Gefühl, entspanne mich unter seinen Berührungen, und meine Nervosität nimmt ab. Doch ich will mehr davon, mehr von ... *allem.* Um nachzuhelfen, lege ich überraschend forsch meine Hände um seinen Nacken und presse unsere Körper aneinander.

Als Antwort grinst er mich frech an, drückt mich eine Armlänge fort, um sich danach hinter mich zu stellen. Er küsst meinen Hals, bevor er mir den Blazer unendlich langsam auszieht, als wolle er mir eine Chance geben, ihn doch noch aufzuhalten. Aber ich will ihn nicht stoppen, ich möchte ihn spüren. Seine Hände auf meinem Körper, seine Lippen auf meinen Mund.

Es ist, als würde ich unter Strom stehen, ich kann es kaum erwarten. Mein fremder Verführer hält mich fest umschlungen, während seine Hände am Saum meiner Bluse herumspielen. Ich drehe mich zu ihm um und küsse ihn. Unsere Zungen spielen ein leidenschaftliches Spiel, Flammen lodern in mir. Und allmählich wird mir bewusst, was ich all die Jahre verpasst habe. Unsere Finger verschränken sich miteinander, ich ziehe ihn in Richtung des Bettes.

Wie in meinem Zimmer ist die Einrichtung in hellen Farben gehalten, ein riesiges beiges Boxspringbett befindet sich mittig an der Wand. Während mich mein Retter nicht aus den Augen lässt, lege ich mich auf das Bett und schaue ihn auffordernd an, denn ich möchte, dass er mir folgt. Das ist es, was ich will. *Ihn. Jetzt. In diesem Bett.* Doch zuerst dimmt er die Lichter der weißen schlichten Nachttischlampen, die automatisch angegangen sind, sobald wir das Zimmer betreten haben, und kniet sich hin, um mir die Schuhe auszuziehen.

Danach lehnt er sich *endlich* über mich.

Mein Herz macht einen Sprung, als er kleine Küsse auf meinem Dekolleté verteilt und sich wieder seinen Weg zu meinem Mund bahnt. Und weil er noch immer Abstand zu mir hält, lege ich einen Finger in den Ausschnitt seines Shirts und ziehe ihn kräftig zu mir heran. Ich schlinge meine Beine so fest um seine Hüften, dass unsere intimsten Bereiche fest aneinandergepresst werden. Danach öffnet mein Verführer die ersten beiden Knöpfe meiner Bluse und hält inne, um die freigelegte Haut zu küssen. Er fährt mit dieser unsäglichen Folter fort, bis er den letzten Knopf geöffnet hat. Kurz hebt er mich an, damit er sie ausziehen kann und ich nur noch in einem einfachen weißen BH und meiner Hose unter ihm liege.

Ich muss hart schlucken, als ich es ihm gleichtue und ihm seinen Pullover über den Kopf ziehe. Sein Körper ist eine wahrhaft sündige Versuchung. Durchtrainierte Bauchmuskeln verzieren seinen Oberkörper. Dazu ein Tattoo auf seiner rechten Seite, knapp über seiner Hüfte, bestehend aus dem Wort *Famiglia.*

Meine Konzentration schwindet, als er weitere Küsse auf meinem Oberkörper verteilt, bevor er die Knöpfe meiner Hose öffnet. Ich helfe ihm, sie auszuziehen, ehe wir dasselbe bei ihm wiederholen. Anschließend widmet er sich meinem BH. Mit einer spielerischen Leichtigkeit öffnet er den Verschluss, zieht mir das Teil von den Armen und wirft es quer durch den Raum. Im Moment kann ich nicht einmal darüber nachdenken, wie dermaßen entblößt ich mich unter ihm fühle. Alles, was mir durch den Kopf geht, ist, wie sinnlich er meine eine Brustwarze küsst und die andere mit seinen rauen Fingern liebkost.

Ich kann nicht anders, als mich ihm entgegenzuwölben.

Doch als er mit seinen Fingern zu meinem Slip fährt, überkommt mich die Panik. *Was tue ich hier eigentlich?* Gerade als ich seine Finger aufhalten möchte, schaut er mich eindringlich an, alles in diesem Blick, die Zärtlichkeit, die Umsicht, wärmt mein Herz. Bevor ich mich versehe, hat er mich vom Slip befreit und dringt mit einem Finger in mich ein, und ich werde von einem Gefühl tiefster Verbundenheit überwältigt. Als er mit seinen Fingern vorsichtig meine Klitoris umkreist, kralle ich mich in seinen Rücken und stöhne ungewollt laut auf.

Die Erregung lässt mich aus meinem Schneckenhaus herauskommen und mich mutig werden. Nachdem ich den Bund seiner Unterhose gefunden habe, streichle ich seinen Schaft durch den Stoff. Auf sein erregtes Keuchen ziehe ich ihm die Boxershorts aus, weil ich mich mit jeder Minute mehr traue. Ich bin mehr als bereit für mein erstes Mal. Meine linke Hand lege ich an seine Wange, und ich schaue ihn vielsagend an.

Mehr braucht es nicht, mein attraktiver Fremder hat mich verstanden. Er lehnt sich kurz über das Bett, greift nach seinem Portemonnaie, um ein Kondom daraus hervorzuholen, und rollt es sich schnell über, bevor er sich über mich positioniert.

»Bitte langsam«, flüstere ich.

Er küsst mich sinnlich, gleichzeitig dringt er vorsichtig in mich ein.

Im ersten Augenblick ist es unangenehm, ein zwickender, stechender Schmerz fährt durch meinen Körper. Salzige Tränen vermischen sich mit unserem Kuss, ich habe es mir nicht *so* schmerzhaft vorgestellt.

Plötzlich hält er inne und schaut mich überrascht an. »Bist du etwa …« Er kann das Wort nicht aussprechen. Wahrscheinlich hat er mit allem bei diesem One-Night-Stand gerechnet, nur nicht mit meiner Jungfräulichkeit.

Der Schmerz tritt weiter in den Hintergrund, das Schlimmste liegt hinter mir, weshalb ich ihm eine Antwort schuldig bleibe, leugnen wäre eh sinnlos. Meine Hände wandern zu seiner Hüfte, ich sorge dafür, dass er sich weiter in mir bewegt, es ist auszuhalten, weil mich gleichzeitig ein angenehmes, kribbelndes Gefühl überkommt. *Es fühlt sich gut an.* Allerdings ist der Mann, dem ich meine Jungfräulichkeit geschenkt habe, noch immer wie erstarrt.

Mit beiden Händen umklammere ich liebevoll seinen Hals. »Es ist alles in Ordnung«, sage ich langsam und eindringlich. Danach küsse ich ihn erneut. »Und jetzt … lass uns weitermachen.«

Meine Worte scheinen ihn erreicht zu haben, weil er wieder beginnt, sich in mir zu bewegen. Mein Verführer ist aber geradezu übervorsichtig, wenn es nach mir geht. Nun, wo der Schmerz fast vorüber ist, wandern meine Hände begierig über seinen Körper, und ich ziehe ihn näher an mich heran, fange an, es richtig zu genießen. Wie kann Sex nur als Sünde betitelt werden? *Ich befinde mich derzeit im Himmel.* Und weil ich immer ungeduldiger werde, drehe ich uns um, sodass er auf dem Rücken liegt und ich mich auf ihn setzen kann. *Ich will mehr, viel mehr.*

Endlich hält mein Verführer sich nicht mehr zurück. Er hebt mich leicht an, damit er schnell und ohne Erbarmen in mich stoßen kann. Ich spüre keinen Schmerz mehr, sondern nur sinnliche Lust. Gerne würde ich dieses Gefühl in einem Einwegglas einfangen und wieder herausholen, wenn ich eine Portion Glück und Unbeschwertheit gebrauchen kann.

Sein Stöhnen wird schneller, seine Hand, die auf meinem Hintern liegt, packt härter zu, er krallt sich an mir fest. Und dann merke ich etwas Seltsames, etwas, das ich noch nie zuvor gespürt habe, es pulsiert oder vibriert in mir. Seine Hand lockert sich plötzlich, und seine Bewegungen stoppen. Verunsichert blicke ich in sein Gesicht, seine Augen sind weiterhin geschlossen, sein Gesichtsausdruck entspannt. Er hat wohl gerade seinen Höhepunkt erreicht.

Unsicher steige ich von ihm herunter, da ich nicht weiß, wie ich mich verhalten soll. Ein wenig erschöpft lasse ich mich neben ihm nieder. Ich erwarte, dass er einschläft, weil er bekommen hat, was er wollte, doch das ist nicht der Fall. Ohne Vorwarnung lehnt er sich über mich, sodass ich automatisch eine Abwehrhaltung einnehme.

Schmunzelnd küsst er meine Schulter. »Entspann dich.«

Danach finden seine Lippen wieder meinen Mund, und ich frage mich, ob er vielleicht eine zweite Runde möchte. Doch nur seine Finger liebkosen erneut meinem Kitzler. Es dauert nicht lange, bis ich den Verstand verliere, es ist, als würden tausend Ameisen über meinen Körper laufen, ein unbeschreibliches Kribbeln durchzieht jeden Muskel. Der Moment, indem sich der innere Knoten löst und eine Flutwelle der Erlösung mich überkommt – unbeschreiblich.

Alle Sorgen, alle Probleme und Bedenken wie ausgeblendet.

Diesen Moment werde ich *nie* vergessen.

Kapitel 03

Mit meinem kleinen Koffer in der Hand schaue ich mich in der Empfangshalle am Logan International Airport in Boston um. Wie erwartet ist meine Eskorte bereits vor Ort. Lächelnd laufe ich meiner Mutter entgegen.

Sie lächelt mich ebenso herzlich an, als sie mich erblickt, und holt eine Packung Sour-Patch-Kids aus ihrer Manteltasche heraus, meine allerliebsten Gummitiere. »Traditionen bleiben Traditionen.« Seit ich denken kann, hat sie mich mit einer Packung Gummitiere vom Flughafen oder Bahnhof abgeholt. Wir umarmen uns, sodass mich ihre schulterlangen dunkelblonden Haare im Gesicht kitzeln. »Und? Hattest du eine schöne Zeit?«

»Ja, die hatte ich.« Und das ist die Wahrheit.

»Warst du in dem Laden, den ich dir empfohlen habe? City Lights Books?« Das ist ein niedlicher zweistöckiger Buchladen mit mehreren Sitzecken und einem kleinen Café. Meine Mutter hat, bevor sie nach Harvard wechselte und meinen Vater kennenlernte, zwei Semester in San Francisco studiert, weshalb ich sie nach Geheimtipps gefragt habe. Vor allem nach Buchläden. »Oder bei Green Apple Books?«

»Nicht nur in den beiden«, sage ich und zeige dann auf meinen Handgepäckskoffer. »Der ist nicht ohne Grund schwerer als vorher.« Und dabei habe ich bereits alle Kosmetika im Hotel zurückgelassen. »Und mein Geldbeutel ist um *einiges* leichter.«

»Wie viele Bücher?«, fragt sie mit einer gehobenen Augenbraue.

Ich grinse. »Willst du das *wirklich* wissen?«

Meine Mutter überlegt für einen Moment, dann schüttelt sie den Kopf. »Lieber nicht.« Sie deutet zum Ausgang. »Bereit?«

Ich würde am liebsten *Nein!* schreien, weil ich nicht nach Hause möchte. Ich bin weder bereit, mit meinem Vater Zeit zu verbringen, noch dafür, Medizin an der Harvard Universität zu studieren. Dabei geht es nicht um das Medizinstudium an sich, sondern um die Universität, an der ich bereits meinen Bachelor in Pädagogik absolvieren musste. Wenn ich schon ein vierjähriges nichtmedizinisches Bachelorstudium als Voraussetzung für ein Studium an der Medical School absolvieren muss, dann sollte das wenigstens an einer Universität meiner Wahl passieren. Doch da meine Eltern das Studium finanzieren, spielten meine Wünsche keine Rolle.

Für meine Familie gibt es nur eine akzeptable Medical School: *Harvard.* Mein Vater hat dort nicht nur meine Mutter kennen- und lieben gelernt, sondern auch unsere Familientradition fortgesetzt. Nachdem mein Vater, Großvater, Urgroßvater und Ururgroßvater in Harvard Medizin studiert haben, soll ich nun in die Fußstapfen der erfolgreichen Pierce-Männer treten.

Obwohl ich mich *wie immer* fügen musste, konnte ich trotzdem einen kleinen Sieg erringen. Meine erste Bedingung war, dass ich mein Elternhaus verlasse und auf dem Campus in ein Wohnheim ziehe, um einen kürzeren Weg zu meinen Vorlesungen zu haben. Das war selbstverständlich eine *kleine* Notlüge, die Entfernung hätte mir nichts ausgemacht. Zudem wollte ich ohne Hilfe an der Universität angenommen werden, mein Vater musste mir hoch und heilig versprechen, dass er keine Fäden im Hintergrund zieht.

Gerne hätte ich diese Forderungen schon für mein Bachelorstudium gestellt, doch meine innere Rebellion, die noch *weit* ausbaufähig ist, begann erst im letzten Jahr. Ich kann nicht sagen, was der Auslöser war. Ich bin eines Tages aufgewacht und wusste, dass ich nicht mehr das artige, gehorsame Mädchen sein möchte, das alles tut, was ihr aufgetragen wird.

»Ich bin bereit, lass uns losfahren«, lüge ich.

Meine Laune passt sich dem Wetter an, es ist düster und bewölkt. Die Wahrscheinlichkeit für Regen ist in Boston drastisch höher als im warmen, sonnigen Kalifornien. Und kaum sitzen wir im Wagen, fängt es an zu nieseln.

Ich würde am liebsten auf der Stelle aussteigen, einen Flug buchen und verschwinden. Doch die Wahrheit ist, dass ich es ohne meine Eltern, ohne ihre finanzielle Unterstützung nicht weit schaffen würde. Ein Studium an einer Eliteuniversität ist unbezahlbar, wenn man keine reiche Familie hat oder nicht von klein auf Geld dafür beiseitegelegt wurde.

Ich könnte Medizin an einem Community College studieren, die Kosten könnte ich *irgendwie* stemmen, doch der Erfolg würde ausbleiben. Denn die Plätze für Assistenzärzte in auszubildenden Krankenhäusern sind rar, dort werden fast ausschließlich Studenten aus renommierten Medical Schools genommen. Es ist unfair, doch so ist das Leben. Wenn ich mir meinen Traum erfüllen möchte, eine herausragende Kinderchirurgin zu werden, muss ich meine Arschbacken zusammenkneifen, weiterhin nach der Pfeife meines Vaters tanzen und in Harvard studieren. Nur noch vier Jahre ... Ich schaffe das.

Irgendwie.

Nach einer halben Stunde erreichen wir die Innenstadt von Boston und halten vor einem hübschen dunkelroten Reihenhaus. Meine Eltern haben sich im teuren Zentrum niedergelassen, damit sie es nicht weit zur Arbeit haben. Mein Vater besitzt zwei Straßenblöcke weiter eine eigene Schönheitsklinik, die ausschließlich von der Bostoner High Society genutzt wird, während meine Mutter im Massachusetts General Hospital in der Kardiologie als renommierte und erfolgreiche Herzchirurgin arbeitet.

Mit einem Seufzen steige ich aus dem Wagen aus. Sobald ich durch die Haustür schreite, bin ich zurück in seinem Machtbereich, unter *seiner* Kontrolle. Meinem Vater gnadenlos ausgeliefert. Ein falsches Wort, eine falsche Bewegung oder generell irgendetwas, das ihm nicht gefallen könnte, und ich bin zurück im Raum im Keller. Und dort ... ugh – *nein.*

Um die Gänsehaut zu unterdrücken, die sich auf meinen Armen gebildet hat, denke ich an schöne Erinnerungen, die ich in diesem Haus erlebt habe. Vor meinem Auge erscheint das Bild meiner Mutter, die mir ein Buch leiht und somit den Grundstein meiner Liebe zum Lesen setzt. Ich denke an meine Großmutter, die mir heimlich vor dem Thanksgiving-Festmahl Süßigkeiten zusteckt. Nicht an Vater denken. Bloß nicht an Vater denken, nicht an *den* Raum denken.

Während meine Mutter aufschließt und ich ihr folge, drücke ich meine Fingernägel tief und fest in meine Handinnenflächen, in der Hoffnung, dass mich der Schmerz ablenkt. Und weil ich weiß, was von mir erwartet wird, leiste ich Folge. Meinen Koffer lasse ich im Foyer stehen, denn ich muss in die Höhle des Löwen. Es ist zwar keine seiner *goldenen* Regeln, trotzdem weiß ich, dass er darauf besteht, dass ich mich nach dem Nachhausekommen sofort bei ihm melde, als wäre er ein befehlshabender Offizier.

Der Mann, dessen Ebenbild ich bin, sitzt in seinem dunkelbraunen Lederstuhl, der farblich in sein antikes Büro passt. Auf seinem überschlagenen Bein eine medizinische Fachzeitschrift, während er seine geliebte Kirschzigarre pafft.

Ich überbrücke die sichere Distanz zu ihm, küsse ihn auf die Wange. »Guten Morgen, Vater«, begrüße ich ihn. »Ich hoffe, du hast gut geschlafen.« Eine Formalität, die zur Gewohnheit geworden ist. Ein erzwungenes Lächeln erscheint auf meinem Gesicht, schließlich darf ich ihm nicht zeigen, wie es wirklich in mir aussieht. Irgendeine Art von Rebellion, und ich bin schneller wieder in meinem Kinderzimmer einquartiert, als ich »Wohnheim« buchstabieren könnte.

Mein Vater legt seine Zeitschrift weg, drückt seine Zigarre aus und fährt sich durch seine ergrauten Haare, die einmal so hellbraun waren wie meine, bevor er aufsteht und zu einem seiner Regale läuft.

»Die Rechnung fürs Hotel?«, fragt er, nachdem er einen dicken Ordner daraus hervorgezogen hat. Anstatt sich nach mir zu erkundigen oder höflichen Small Talk zu führen, verliert mein Vater keine Minute. Ich hole die Unterlagen aus meiner Handtasche und reiche sie ihm. Nachdem er die Rechnung wie immer sorgfältig überprüft und abgeheftet hat, dreht er sich zu mir um. »Und nun hoffe ich, dass du mir letzte Nacht erklären kannst.«

Scheiße, scheiße, scheiße.

Ich habe gewusst, dass mein Vater irgendwie herausfindet, was ich letzte Nacht getrieben habe. Beziehungsweise dass ich *es* getrieben habe. Wie konnte ich so dumm sein zu denken, dass ich meinen Vater austricksen und belügen kann? *Und nun muss ich dafür bezahlen.* Oh, ich will mir nicht ausmalen, was er mir antun wird. In seiner Wut kann er unberechenbar sein.

»Nun, Scarlet?«, fordert mein Vater, weil ich noch nicht geantwortet habe. »Wieso bist du nicht rangegangen?«

»Ich ... äh ... *was?*«

Mein Vater verschränkt seine Arme. »Scarlet, verkauf mich nicht für dumm, du weißt genau, wovon ich spreche«, unterstellt er mir grimmig. »Ich habe dich gestern Abend auf deinem Hotelzimmer angerufen, doch du bist nicht rangegangen.«

Und obwohl er nicht meint, wovon ich *eigentlich* ausgegangen bin, erwischt mich die Frage eiskalt. Ich wusste bis eben nicht, dass es einen Kontrollanruf von ihm gab. Aber damit hätte ich rechnen müssen, schließlich haben wir jeden Abend in San Francisco telefoniert. Nachdem ich gestern Abend zurück auf mein Zimmer gegangen bin, habe ich jedoch nicht auf das Hoteltelefon geachtet. Hätte man verpasste Anrufe gesehen? Und wieso hat er nicht anschließend auf meinem Handy angerufen? Ein Anruf darf allerdings nicht mein Richterblock sein, *o nein*, ich muss mir schnell eine Ausrede einfallen lassen, die mir mein Vater abkauft.

Ich spiele ihm einen überraschten Gesichtsausdruck vor. »Du hast gestern Abend noch angerufen?«, frage ich ihn, als würde ich ihm nicht glauben. »Ich war gestern viel unterwegs, ich wollte noch so viel wie möglich am letzten Tag sehen. Im Hotel habe ich mich ins Bett gelegt, ich muss anscheinend direkt eingeschlafen sein.«

Mir ist bewusst, dass die Lüge ein wenig lahm klingt, doch ein Fünkchen Wahrheit schwingt mit, weil ich mich gestern wirklich *verausgabt* habe.

In mehr als einer Hinsicht.

Ich hatte endlich die Chance, die eine Erfahrung zu machen, die mir jahrelang verwehrt worden ist. Meine Schulzeit habe ich auf einer katholischen Eliteakademie für Mädchen verbracht, wo die Regeln mindestens genauso streng wie zu Hause waren. Und während meines vierjährigen Bachelors hat mein Vater dafür gesorgt, dass mich die männlichen Studenten gemieden haben.

Im ersten Semester habe ich mich mit einem Studenten getroffen, der auch meinen ersten Kuss gestohlen hat, weil ich wirklich Gefallen an ihm gefunden habe. Er war süß, lieb, hat mich gut behandelt. Allerdings waren die Beziehungen meines Vaters zum Kollegium der Universität so gut, dass er Wind davon bekommen hat. Er hat nicht getobt oder mir Strafen aufgebrummt, wie ich es befürchtete, mein Vater meinte nur, dass, wer nicht hören will, fühlen muss. Wenige Tage später war mein Schwarm verschwunden, er soll die Universität gewechselt haben. Danach ging das Gerücht um, dass es meine Schuld war, und ich wurde von meinen Kommilitonen gemieden.

Grenzen existieren für meinen Vater nicht.

Und ebendeshalb habe ich gestern Nacht die Chance ergriffen, endlich diese einmalige Erfahrung zu machen. Ich bereue diese Entscheidung nicht im Geringsten, es hat sich ausgezahlt, nicht immer die brave, folgsame Tochter zu sein. Diese Nacht werde ich *nie* vergessen, denn ich habe meinem Vater nicht nur indirekt die Stirn geboten, ich habe dazu einen attraktiven Mann verführt. Beides hat mir gezeigt, dass es manchmal wert ist, die Regeln meines Vaters zu brechen.

»Nun gut«, sagt er, anscheinend glaubt er mir.

Um seinem prüfenden Blick zu entgehen, trete ich besser die Flucht an. »Ich sollte meine Sachen zu Ende packen. Würdest du mich bitte entschuldigen?«, frage ich, doch als ich mich umdrehen und gehen will, räuspert er sich noch mal.

Ich bin noch nicht entlassen.

»Sicher, dass du auf den Campus ziehen möchtest? Du musst uns noch nicht verlassen, Scarlet.« *Verlassen, hm, ich würde es flüchten nennen.* »Du könntest auch hier wohnen bleiben«, versucht er erneut, mich zu überreden, weil er mit unserem Kompromiss nicht zufrieden ist. Allerdings ist er bisher immer ein Mann seines Wortes gewesen, also wird er mir das versprochene Wohnheimzimmer nicht grundlos wegnehmen. »Beim Bachelorstudium hast du auch hier gewohnt, und du hast gesehen, wie sich das auf deine Noten ausgewirkt hat. Du solltest darüber nachdenken, Scarlet.«

Es fällt mir unheimlich schwer, nicht meine Augen zu verdrehen. Selbstverständlich hatte ich gute Noten, schließlich hatte ich *kein Leben.* Für mich war es ein Gefängnis. Ständig hat man mich überwacht, meine Hausarbeiten und meine Bettzeiten kontrolliert. Ich konnte unter der Woche nichts unternehmen, durfte nicht einmal mit einer Freundin an einem Mittwochabend ins Kino gehen. Mein Alltag bestand aus Universität, Hausaufgaben und den verzweifelten Versuchen, meinem Vater keinen Grund zu geben, mich an den Haaren in den Keller zu zerren, um mich für falsches Verhalten zu bestrafen.

Am liebsten würde ich ihm ein dickes Buch aus dem Regal gegen den Kopf werfen, dafür, dass er das Wohnheim erneut schlechtmacht. Allerdings darf ich nicht pampig oder provozierend antworten.

»Darum musst du dir keine Sorgen machen, ihr habt mich pflichtbewusst und verantwortungsvoll erzogen, Vater«, versuche ich, ihm Honig ums Maul zu schmieren, und bleibe ruhig und gefasst, um ihn bloß nicht wütend zu machen. »Außerdem ist das Wohnheim direkt gegenüber der Medical School, was eine große Zeitersparnis mit sich bringt.« Und jetzt das Argument, das am meisten wiegt. *Vorsicht, Schleimspur.* »Und somit bleibt viel mehr Zeit zum Lernen, schließlich möchte ich unsere Familie stolz machen und mit summa cum laude abschließen.«

»Wenn deine Noten nicht wie versprochen ausfallen, bist du schneller zurück in deinem Kinderzimmer, als du schauen kannst, Scarlet«, warnt er mich.

Ruhig bleiben, ruhig bleiben. »In Ordnung.« Den letzten Satz musste ich durch meine zusammengebissenen Zähne pressen, diese Bedingung ist mir neu. Ich wusste nicht, dass es sich um eine Probezeit handelt, was mich gerade unglaublich wütend macht.

Mein Vater setzt sich wieder hinter seinen Schreibtisch. »Und ich erwarte dich jeden Sonntag zum Familienessen. Wir dürfen einander nicht aus den Augen verlieren.« Damit meint er, dass er mich nicht aus den

Augen lassen wird. »Punkt zwölf, Scarlet, keine Minute später.«

Erneut höre ich eine zusätzliche Bedingung zum ersten Mal, weshalb ich ihn verwirrt betrachte. Ein regelmäßiges, gemeinsames Familienessen ist nichts, was wir bisher praktiziert haben. Abgesehen von Weihnachten, Geburtstagen und Thanksgiving. *Aber jeden Sonntag?* Das klingt eher nach einer Drohung, nicht nach einer Tradition, die mein Vater anscheinend einführen möchte. Und doch sehe ich an seinem strengen Gesichtsausdruck, dass das sein voller Ernst ist und ich mich nicht herausreden kann.

»*Jeden* Sonntag?«, versichere ich mich.

Mein Vater hebt eine Augenbraue. »Selbstverständlich. So können wir uns regelmäßig austauschen, und du kannst uns über dein Studium auf dem Laufenden halten. Ich muss sichergehen, dass du dem Namen Pierce alle Ehre machst.«

»Noch einen Wunsch?«, frage ich und versuche, nicht bitter zu klingen.

Er schüttelt den Kopf, und ich verschwinde.

Kapitel 04

Innerhalb von zwei Stunden sind alle meine Sachen, die mich in das Wohnheim begleiten, in Kisten und Koffer verpackt und im Anhänger verstaut, welchen mein Vater für den heutigen Tag im Voraus gemietet hat. Es ging schnell, weil ich bereits vor meinem Kurztrip nach San Francisco mit dem Packen angefangen habe.

Ein letztes Mal sitze ich auf meiner geliebten Fensterbank, die direkt neben meinem halb leeren Bücherregal steht, und schaue in unseren Garten. Unsere Sommerblumen erleben ihre letzten Tage, schließlich ist es fast September.

Meine Mutter klopft an meine Tür. »Und, bist du bereit?«, fragt sie mich ein weiteres Mal am heutigen Tage. »Dein Vater wartet bereits unten im Auto.«

Es ist keine Überraschung, dass mich mein Vater begleitet.

Das Oberhaupt der Familie möchte sich einen Überblick verschaffen und nachher meine Professoren bei der offiziellen Begrüßung kennenlernen. Ich kann mir bereits ausmalen, was passieren wird, dafür kenne ich ihn zu gut. Vor vier Jahren, bei der Begrüßung zum Start meines Bachelorstudiums, hat er sein Missfallen über drei meiner Professoren geäußert und wollte, dass ich in andere Kurse komme. Und aus welchem Grund? Sie hatten an keiner Eliteuniversität studiert oder waren Demokraten und damit seine Todesfeinde. Und das Erschreckende ist, dass seinem Wunsch in der Tat stattgegeben wurde, innerhalb weniger Stunden hatte ich neue Professoren.

Es gibt keinen Bereich in meinem Leben, den mein Vater *nicht* kontrolliert.

Bevor ich zu meiner Mutter in den Flur hinaustrete, halte ich inne und drehe mich noch einmal um. Zweiundzwanzig Jahre habe ich in diesem Zimmer verbracht, es hat mich lachen, weinen, schreien und verzweifeln sehen. Es zu verlassen, ist nicht so einfach, wie ich es ursprünglich angenommen habe. Ich sollte glücklich schreiend durch das Haus rennen, meine Freude verkünden, dass ich *endlich* fortgehe. Und doch kann ich das nicht, weil ich mich ein wenig davor fürchte, in die Welt hinauszutreten, denn meine Eltern sind alles, was ich habe, alles, was ich wirklich kenne. Die Angst, es vielleicht nicht zu schaffen, weil ich noch nie auf mich allein gestellt war, ist allgegenwärtig.

Meine Mutter legt ihren Kopf schief, als würde sie mich wie ein Röntgenapparat durchleuchten. »Du schaffst das, es ist die richtige Entscheidung, Scarlet«, versichert sie mir, möchte mir damit wahrscheinlich Mut zusprechen.

»Ich weiß, es ist nur …«

»Du wirst mich vermissen«, bemerkt meine Mutter grinsend.

»Ja, das werde ich wirklich«, gestehe ich.

Wie gesagt, dieses Zimmer hat auch viele gute Erinnerungen vorzuweisen, viele davon habe ich der Frau zu verdanken, die mir gerade gegenübersteht. Sie konnte nicht jedes Leid abwenden, oft hat sie es nicht einmal mitbekommen. Dafür ist sie als Herzchirurgin zu sehr eingespannt. Oft wollte ich mich ihr anvertrauen, doch sie hat mich nie für voll genommen, gemeint, dass ich eine blühende Fantasie habe oder übertreibe. Manchmal denke ich, dass ich wütend auf sie sein sollte, doch dann hätte ich keinerlei Rettungsanker mehr.

Meine Großmutter meinte einmal, dass mein Vater sein Verhalten von ihrem Ehemann gelernt hat, der ihm in nichts nachsteht. Ich habe sie einmal vor vielen Jahren gefragt, warum sie sich nicht von ihm trennt, wenn sie unter ihm leidet. Sie hat mit den Achseln gezuckt und gesagt, dass sie nicht dazu in der Lage sei. Und das ist auch der Grund, wieso ich mir all dies gefallen lasse. Seit meiner Kindheit haben mir die Männer beigebracht, gehorsam, fügsam und folgsam zu sein, und die Frauen, dass wir das zu ertragen haben.

Trotzdem möchte ich mich endlich entfalten, herausfinden, wer ich *wirklich* bin. Das kleine Mädchen in mir fürchtet sich vor meinem Vater, die junge Frau in mir fürchtet sich vor der großen, weiten Welt. Die Kleine sagt, ich soll hierbleiben, meinem Vater gehorchen, so wie man es mir beigebracht hat. Die Große möchte, dass ich die Welt erkunde, mich selbst kennenlerne und meinem Vater den Stinkefinger zeige.

Bleib, sei eine gute Tochter, sagt die eine Stimme.

Flieh und tue etwas für dich selbst, sagt meine andere Stimme.

Die letztere ist allerdings ein wenig lauter.

Ich schlage zweimal gegen den Türrahmen, bevor ich die Zimmertür endgültig schließe und zum Auto herunterlaufe. *Jetzt gehts los.* Sowohl meine Mutter als auch mein Vater sitzen schon im Wagen, als ich hinter dem Beifahrersitz einsteige.

Mein Vater schaut missbilligend auf seine Armbanduhr, bevor er sich unzufrieden zu mir umdreht. »Wir sind spät dran, junge Dame.«

Erneut erwischen mich die Worte meines Vaters eiskalt, weshalb ich verwundert auf meine silberne Armbanduhr schaue, die mir meine Großmutter zum Abschluss meines Bachelorstudiums geschenkt hat. *Oh.* Es ist doch später, als ich angenommen habe. Allerdings hätten wir viel früher losfahren können, wenn uns mein Vater beim Verladen geholfen hätte. Selbstverständlich würde er nicht im Traum daran denken, seine kostbaren Chirurgenhände dreckig zu machen. Gerne würde ich ihm das ins Gesicht sagen, doch dazu fehlt mir der Mut. Hoffentlich werde ich es eines Tages können.

Aus meinem Repertoire hole ich einen unterwürfigen Blick, um ihn auf Abstand zu halten und nicht wütend werden zu lassen. »Entschuldigung, es hat länger gedauert, als ich gedacht habe«, erkläre ich und schnalle mich an.

Mein Vater schüttelt verächtlich den Kopf, als hätte er bei mir komplett versagt. »Was habe ich dir über Pünktlichkeit beigebracht, Scarlet?« Er hat vor, mir eine Predigt zu halten. *Wunderbar.* »Es ist keine Tugend, sondern eine wichtige Voraussetzung, um später erfolgreich zu sein. Was soll man von dir denken, wenn du direkt am ersten Tag zu spät kommst?« Und hiermit beweist er erneut, was ich die letzten drei Tage *nicht* vermisst habe.

»Nun, wir werden nicht die Einzigen sein. Es reisen schließlich Studenten aus aller Welt an, um an der Harvard Medical School zu studieren. Ich denke nicht, dass da …«

»Mir sind die anderen Studenten so was von egal, es geht mir um deinen Eindruck! Alles, was du tust, fällt später auf mich zurück!« Also geht es hier nicht um mich, sondern wie üblich nur um ihn und seinen Ruf.

»Ich habe verstanden, Vater.«

Etwas anderes zu sagen, wäre äußerst unklug. Falls ich ein Gegenargument bringen würde, um mich herauszureden, würde es ihn auf die Palme bringen. Mein Vater hasst nichts mehr als Widerworte. Denn egal, was man ihm sagen möchte, es greift immer seine Ehre an. Es würde mich nicht wundern, wenn er eines Tages sagt, dass man auf ihn hören muss, weil er das Oberhaupt der Familie ist, bloß weil er männliche Geschlechtsteile besitzt. Etwas, das ihn seiner Meinung nach weit über eine Frau stellt.

Da der Verkehr am Sonntag in Boston überschaubar ist, benötigen wir lediglich fünfzehn Minuten bis zum Longwood Medical Campus und der Academic Area. Im Gegensatz zu der Harvard University befindet sich die Medical School nicht in Cambridge, sondern auf der anderen Flussseite. Und weil der Campus keinen offiziellen Parkplatz hat, fahren wir etliche Seitenstraßen ab, um einen Platz für unseren Wagen und Anhänger zu finden.

Nachdem wir nach der dritten Runde eine Parklücke gefunden haben, steigen wir aus, und ich schaue mich zuallererst um. Die Gebäude um uns herum gehören zur Medical School, und wenn ich mich nicht täusche, sehe ich bereits mein Wohnheim, Vanderbilt Hall. Langsam setzt die Erkenntnis ein, dass das hier wirklich passiert und ich endlich Medizin studieren werde. Der Tag, auf den ich lange hingearbeitet habe, ist fast gekommen.

Wir laufen los und erreichen die riesige grüne Rasenfläche, die sich vor dem Eingang des prächtigen weiß marmorierten Gebäudes befindet. Die Worte *Harvard Medical School* prangen hoch oben auf dem Gebäude. Der große Vorhof, wo sonst nur vereinzelt Studenten auf der Parkfläche saßen und lernten, wenn ich hier vorbeigekommen bin, ist heute überfüllt. Es gibt unzählige Stände, an denen sich Clubs, Mannschaften und Gewerkschaften vorstellen.

»Mr Pierce!«, ruft jemand von einem Informationsstand in unserer Nähe, weshalb wir stehen bleiben. »Wären Sie an einer Spende für medizinische Zwecke interessiert?«, bittet eine ältere Frau im Arztkittel und zeigt zu einer Werbetafel. »Wir wollen in Afrika eine kostenlose Klinik eröffnen.«

Gerade als ich mich frage, welche Ausrede sich mein Vater einfallen lässt, weil ihn wohltätige Zwecke nicht interessieren, überrascht er mich.

»Natürlich. Ich, *Jacob Pierce,* würde gerne für einen guten Zweck spenden.« Diese Worte kommen zudem auch sehr laut aus seinem Mund, was mich meine Stirn runzeln lässt. Laut seinen Aussagen zu Hause, ist ihm sein Geld für Spenden viel zu schade.

»Entschuldigung, dürfte ich ein Foto für die *Harvard Daily* machen?«, unterbricht uns ein Reporter und hält seine Kamera hoch.

Ah, deshalb.

Mein Vater holt ein kleines Scheckbuch aus seiner Anzugtasche und zückt einen Stift. »Selbstverständlich«, erwidert er, bevor er sich wieder zur älteren Dame wendet. »Hier sind fünftausend Dollar für Ihr Krankenhaus in Afrika.«

Er schenkt dem Reporter sein breitestes Grinsen und überreicht in Zeitlupe den Scheck, sodass der Fotograf genug Zeit hat, um diese Szene abzulichten. *Was für ein gerissener Heuchler.* Ob das noch jemand durchschaut, weiß ich nicht. Allerdings glaube ich nicht, dass das von Bedeutung wäre. Die Frau hat eine großzügige Spende erhalten, und der Fotograf bekommt sein Foto vom berühmtesten Schönheitschirurgen im Umkreis, der zudem ein erfolgreicher Alumnus aus Harvard und der Medical School ist.

Nachdem mein Vater sein Ego aufpoliert hat, setzen wir unseren Weg fort. In der Mitte des Hofes befinden sich etliche Pavillons, davor sammeln sich die meisten Personen. Das muss die Anmeldung sein. Nachdem wir eine kleine Runde gedreht haben, wird uns bewusst, dass die Pavillons alphabetisch sortiert sind. Zu dritt drängeln wir uns durch die Massen, um mein Zelt zu finden.

»... M, N und O«, lese ich laut vor und zeige auf den nächsten Pavillon, über dem groß *P, Q und R* geschrieben steht. »Dort!«

Es gibt mehrere Betreuer, die sich um die Neulinge kümmern, sodass es zügig vorangeht. Gerade als ich den Stand erreiche, geht der Student vor mir mit seinen Unterlagen davon, sodass ich sofort an die Reihe komme. »Willkommen in der Harvard Medical School. Name, Papiere und den Ausweis, bitte«, verlangt eine der Helferinnen.

Nachdem ich ihr meinen Namen genannt und ihr die wichtigen Unterlagen übergeben habe, steht sie auf und geht zu einer Box, um einen Umschlag herauszusuchen.

»Hier drinnen befindet sich dein Studentenausweis, welchen du immer bei dir tragen musst. Es ist eine magnetische Schlüsselkarte, die dich zudem auch dein Wohnheim und die Bibliothek zu späten Zeiten betreten lässt. Zusätzlich kannst du dort Geld draufladen und damit überall auf dem Campus bezahlen«, erklärt sie mir und holt dann eine Karte heraus. »Wie du vielleicht schon weißt, bist du wie die meisten Studenten in der Vanderbilt Hall untergebracht. Finde dich nachher dort ein, und man wird dir dein Zimmer zuweisen«, teilt sie mir mit und kreist mir netterweise das Wohnheim ein, bevor sie mir die Karte reicht. »Viel Erfolg.«

Nachdem ich die Unterlagen in meine Tasche gesteckt habe, laufe ich zu meiner Mutter und meinem Vater, der bereits erneut ungeduldig auf seine Armbanduhr schaut. »Es geht gleich los, lasst uns rübergehen«, bestimmt er, und ich gehorche dieses Mal freiwillig, weil ich auch auf die Rede des Präsidenten von Harvard gespannt bin.

Anstatt sich quer durch die Masse zu quetschen, gehen wir seitlich weiter nach vorne, auch wenn die Sicht dadurch ein wenig eingeschränkt ist. Die lange Treppe des Gebäudes der Medical School ist leer, offensichtlich wurde sie für den heutigen Anlass extra gesperrt. Pünktlich um zwölf kommt der Präsident aus dem Gebäude.

»Ihr habt es geschafft«, verkündet Lawrence Bacow, und die Menge bricht in freudigen Jubel aus. »Für dieses Jahr haben sich 8002 Studenten beworben, und *nur* 222 wurden angenommen.« Ein erstauntes Raunen geht durch die Menge, die Studenten wirken, als wollten sie sich voller Stolz auf die Schulter klopfen.

Ich spüre die Hand meiner Mutter auf meiner Schulter, die sie leicht drückt. Eine Entschuldigung? Eine Geste, die sagen soll, dass sie stolz auf mich ist? Ich weiß es nicht. Es könnte tatsächlich beides sein.

Gedanklich drifte ich in den folgenden Minuten ab, denn es sind inhaltslose Floskeln, die der Präsident von sich gibt. Es wird eine Lobeshymne angestimmt, die Universität wird glorifiziert und zelebriert, und es wird gesagt, wie sehr wir uns doch glücklich schätzen sollen, heute hier sein zu dürfen. Dabei kann ich nur die Augen verdrehen. Nicht dass ich mich nicht geehrt fühle, angenommen worden zu sein, trotzdem wird die Harvard Medical School niemals meine erste Wahl sein. Wenn es nach mir gehen würde, wäre ich nicht hier. Ich weiß, dass es undankbar ist und andere gerne an meiner Stelle wären.

Himmel, ich würde ihnen liebend gerne meinen Platz überlassen.

Ich werde erst wieder hellhörig, als der Präsident eine überraschende Neuigkeit verkündet.

»Ich bin stolz, mitteilen zu können, dass wir uns um eine weitere Bibliothek erweitern werden. Der Bau dieser Bibliothek wird noch in diesem Jahr starten, und sie wird nach ihrem großzügigen Stifter benannt«, verkündet er. »Die Jacob-Pierce-Bibliothek.«

Ich blinzele, während ich versuche, die Worte zu verinnerlichen.

Jacob und *Pierce* und *Bibliothek.*

Es folgt diese Art von Moment, der sich wie in Dauerschleife im Kopf abspielt und mich die Gegenwart vergessen lässt. Eine verfluchte Bibliothek. In *seinem* Namen. Ich schiele zu meinem Vater, der selbstsicher zur Bühne schaut. Es kann kein Zufall sein, dass er eine

Bibliothek spendet, während ich gleichzeitig an dieser Universität angenommen werde. Mich beschleicht eine böse Vorahnung, die ich nicht für mich behalten kann.

»Du hast es mir versprochen!«, klage ich ihn an.

Meine Mutter schaut mit offenem Mund von mir zu meinem Vater, ihrem Blick nach zu urteilen, hat sie davon nichts gewusst. »Jacob, du hast doch n...«

Mein liebreizender Vater sieht mich nicht einmal an, als er meine Mutter unterbricht und mir völlig gleichgültig antwortet: »Ich weiß nicht, wovon du sprichst, Scarlet.«

Eine Bestechung ist für mich nicht gerade *nichts*, damit hat er sich strafbar gemacht. Nicht zu vergessen, dass damit auch meine berufliche Zukunft auf dem Spiel steht. Wutentbrannt stelle ich mich vor ihn, so, als hätten wir die Rollen vertauscht.

»Wir hatten eine Abmachung, Vater!«, erinnere ich ihn. »Du hast zugesichert, dass ich angenommen werde, weil ich für würdig erklärt wurde, und nicht, weil du die Universität bestichst!«, fauche ich aufgebracht, und erste Zuhörer drehen sich zu uns um. Trotz meiner Wut würde ich mir am liebsten gegen die Stirn klatschen. Zeugen kann ich nicht gebrauchen, denn wenn das an die Öffentlichkeit dringt, kann ich meine Karriere an den Nagel hängen. Und das nur wegen ihm und seinen Machenschaften.

Die Augen meines Vaters verengen sich zu Schlitzen. »Kannst du deinen Mund halten, du undankbare Göre?« Er packt mich unsanft am Arm und reißt mich von der Menschenmenge fort. Kaum haben wir die unmittelbare Hörweite der Zeugen verlassen, hält er sich nicht mehr zurück. Sein Gesicht färbt sich rot vor Wut.

»Denkst du nicht nach, bevor du solche Vorwürfe vor anderen Anwesenden von dir gibst?«

»Jacob!«, höre ich die Stimme meiner Mutter, die uns mit Abstand gefolgt ist. Sein Griff lockert sich nicht, im Gegenteil, mein Vater drückt fester zu. »Jacob ... *bitte.*« Ein erneutes Flehen, als wir hinter dem Gebäude stehen bleiben. Keine Zuhörer weit und breit.

Normalerweise würde ich nun bitten, dass er mir meine Worte verzeiht, alles tun, damit ich keine allzu schlimmen Konsequenzen fürchten muss, doch im Augenblick ist mir egal, was mir widerfahren wird. Ich kann nicht länger stumm bleiben – *es geht einfach nicht.* Nicht nach dem, was er sich geleistet hat.

»Du hast mir dein Wort gegeben, dich nicht einzumischen!«

Mein Vater schnaubt. »Bitte, Scarlet, du hast nicht wirklich gedacht, dass ich deine Akkreditierung dem Zufall überlasse, oder?«

Im Augenblick weiß ich nicht, was ich denken soll. Es ist eine Sache, dass mein Vater mit Bestechung arbeitet, doch zu wissen, dass sich Harvard, eine der angesehensten Universitäten *dieses Planeten,* darauf einlässt, macht mich sprachlos. Zudem werde ich niemals mit Gewissheit sagen können, dass ich es aufgrund meiner Qualifikationen nach Harvard geschafft habe. Und wenn nicht, dann habe ich jemandem den Platz genommen, der es mehr verdient hätte als ich. Aus diesem Grund habe ich diese Forderung überhaupt gestellt.

Aber im Moment regt mich auch etwas anderes auf: die Naivität meines Vaters, die mich vielleicht alles kosten kann. »Denkst du nicht, dass es auffällig ist, dass du genau in dem Studienjahr eine neue Bibliothek stiftest, indem ich anfange, an dieser Universität zu studieren? Ich bitte dich!«, stelle ich ihn zur Rede.

Mein Vater verdreht seine Augen, als würde er meine Bedenken nicht ernst nehmen. Als wäre ich ein kleines Mädchen, welches maßlos übertreibt.

»*Ich* habe Harvard zweimal mit summa cum laude abgeschlossen, wenn ich etwas tue, dann richtig und ohne Fehler«, weist er mich zurecht. »Ich habe den Scheck erst letzte Woche überreicht, zwei Monate nachdem du offiziell angenommen wurdest.« Mit seinen Fingern macht er Ausrufezeichen in der Luft. »Eine nette Geste von einem stolzen Vater, der seine Tochter unterstützen will und deshalb der Fakultät etwas Gutes tun möchte.« Seine Stimme trieft vor Arroganz, mein Vater zweifelt nicht an seiner Durchtriebenheit. »Zudem gibt es keine offensichtliche Verbindung zwischen dem zuständigen Dekan und mir. Wir sind beide Mitglieder in einem diskreten und exklusiven Herrenclub, welcher offiziell nicht einmal existiert.«

»Stimmt, das macht es *viel* besser«, sage ich verbittert.

»Scarlet, beruhige dich.« Ich spüre die Hand meiner Mom auf meiner Schulter, da sie nun neben mir steht, doch ich schüttle diese ab. *»Bitte«*, fleht sie erneut. Ihre Stimme zittert. »Tue nichts, das du später bereuen wirst.«

»Du solltest auf deine Mutter hören.« Mein Vater spricht dies nicht als Drohung aus, doch es ist offensichtlich eine. Seine Arroganz weicht der Wut, die wieder in seinen Augen funkelt. »Und du solltest verdammt dankbar sein, Scarlet. Ohne mich hättest du es nie geschafft, du hast zwar exzellente Noten und bist in der Community engagiert, doch du bist nichts Besonderes, du wärst in der Masse untergegangen.« Seine Worte sind wie eine verbale Ohrfeige. »Der Platz, der unserer Familie *zusteht*, wäre an irgendein Kind mit Migrationshintergrund gegangen! Oder eines dieser *Queer*-Kinder, um die Gleichstellungsquote zu erfüllen!«

Seine Worte, dass ich nichts Besonderes bin, brechen mir das Herz. Es tut weh zu hören, dass der eigene Vater nicht an einen glaubt.

Meine Mutter schaut mich mitfühlend an, nachdem sie meinen Vater für eine Millisekunde mit einem Blick betrachtet hat, der Wasser gefrieren lassen würde. Ihm ist es nicht aufgefallen, mir aber schon. »Was dein Vater damit sagen will, ist, dass wir natürlich ...«

Er fällt ihr abermals ins Wort. »Habe ich nach deiner Meinung gefragt? *Nein.* Misch dich da nicht ein!« Meine Mutter verstummt augenblicklich und schaut unterwürfig zu Boden. »Können wir jetzt zurückgehen?«, fragt mein Vater genervt, weil für ihn die Auseinandersetzung vorbei ist.

Mein Vater läuft voraus, meine Mutter folgt ihm in leicht gebeugter Haltung, doch ich bleibe, wo ich bin.

»Nein«, erwidere ich laut, weshalb er sich zu mir umdreht.

Seine Augen zu Schlitzen verengt.

Meine Mutter schüttelt subtil den Kopf, als würde sie mich bitten, dass ich endlich klein beigebe.

»Tut mir leid, aber nein, ich werde nicht so tun, als wäre gerade nichts passiert.« Meine Augen füllen sich mit Tränen. »Du hast mir gerade ins Gesicht gesagt, dass du nicht an mich glaubst. Ich tue immer, was du von mir forderst. Ist es zu viel verlangt, mich ein Mal zu loben?«

Er schnaubt. »Was soll diese Gefühlsduselei, Scarlet? Ich habe zweieinhalb Millionen Dollar für dich ausgegeben. Wie würdest du das nennen?«

»Eigennützigkeit.«

Meine Mutter muss schwer schlucken. »Scarlet ...«

»Du hast das nicht für mich getan, du hast das Geld investiert, damit du deinen Willen bekommst.« Ich schüttele enttäuscht den Kopf. »Nicht ich wollte, dass ich an der Medical School in Harvard studiere, das wolltest *du.* Wenn du mich *wirklich* lieben würdest, würdest du mir nicht deinen Willen aufzwingen, sondern meine Wünsche berücksichtigen.«

Die linke Hand meines Vaters zuckt, ich weiche reflexartig zurück. Er atmet durch, versucht, sich zu zügeln, seine Hände sind jedoch noch immer zu Fäusten geballt.

»Du bist eine Pierce, du studierst an der Harvard Medical School. Ende der Diskussion.« Danach macht er einen Schritt nach vorne, beugt sich zu mir herunter. »Wenn du noch einmal das Wort *Bestechung* in den Mund nimmst, wirst du es bereuen, Scarlet. Dann darfst du hinter einer Supermarktkasse arbeiten oder Tische in einem dreckigen Diner putzen, denn von mir wirst du keinen Cent erhalten.« Seine Finger wandern an mein Kinn, heben es so weit an, bis es schmerzt. »Du bist von mir abhängig, *ich bestimme über dich,* haben wir uns verstanden?«

Die Kraft, das allein durchzustehen, habe ich nicht. Ich kann nicht meinen Traum wegwerfen, um meinem Vater zu trotzen. Meine berufliche Zukunft ist wichtiger, als unabhängig zu sein. Und deshalb muss ich meiner Familie weiter gehorchen.

Es ist erniedrigend.

»Noch ein Satz, der nicht ›Ja, Vater‹ beinhaltet, und du weißt, was dir blüht.« Er lehnt sich wieder zurück. »Du weißt, dass das keine leere Drohung ist.«

Innerhalb einer Sekunde werde ich in meine Vergangenheit zurückteleportiert, als ich gerade einmal sechs Jahre alt war. Es ist der Freitag, an dem ich mit meiner ersten Note nach Hause kam. Ich freute mich, wollte ihm meine Zwei zeigen und hoffte, dass er mir endlich die Aufmerksamkeit schenken würde, die ich mir immer gewünscht hatte.

»Eine Zwei?«, sagte mein Vater, Enttäuschung stand in sein Gesicht geschrieben. *»Du bist eine Schande.«* An meinen dünnen Ärmchen zerrte er mich die Treppe zum Keller hinunter und warf mich in den Raum, indem sich noch immer der Stromgenerator und der Wasserboiler befinden. Ein stickiger, heißer, kleiner Raum, mein Rücken berührte die Wand, meine Füße die Tür.

»Denk in den nächsten Stunden über deine schwache Leistung nach«, brachte er hervor, bevor er die Tür verriegelte und von außen das Licht ausschaltete, sodass ich die Nacht über eingesperrt war. Ich konnte nicht schlafen, weil ich Angst vor der Dunkelheit hatte und die Maschinen viel zu laut waren. Irgendwann, ich hatte das Zeitgefühl verloren, schaltete er das Licht an und warf mir meine Schulunterlagen hinein. *»Die nächsten Stunden wirst du lernen, du kommst erst hier raus, wenn du alle meine Fragen richtig beantwortest.«*

Ich wurde erst gegen Mitternacht am Samstagabend rausgelassen. Im Verlauf der 32 Stunden hatte ich nur eine kleine Wasserflasche bekommen, ich war ausgehungert und verdreckt, weil ich in meinen eigenen Exkrementen gesessen hatte.

»Und? Wirst du mich noch einmal enttäuschen, Scarlet?«, hatte er mich danach gefragt.

Ich schüttelte hektisch den Kopf, hoffte, dort nie wieder hineinzumüssen, doch immer und immer wieder wurde ich stundenlang, manchmal sogar tagelang, eingesperrt. In der Dunkelheit, ohne Essen, ohne eine Toilette. Allein mit meinen Gedanken und den Geräuschen der Technik, die mir den Schlaf raubten. Dieser Tag sorgte dafür, dass ich mehr für die Schule tat als irgendjemand sonst. Dieser Tag sorgte dafür, dass ich anfing, nicht mehr um die Aufmerksamkeit meines Vaters zu kämpfen, sondern mich vor ihr zu fürchten.

Denn ich lernte herauszufinden, wozu er fähig ist.

Meine innere Rebellion ist in sich zusammengefallen. Das kleine Mädchen bleibt zurück. Die Drohung hat dafür gesorgt, dass ich wieder in das dunkle Loch falle. Mein Herz schlägt schneller, die Luft wird aus meinen Lungen vertrieben.

»Haben wir uns verstanden, Scarlet?«, wiederholt er.

Seine Frage ist überflüssig, die Gewissheit, dass er gewonnen hat, kann ich aus seinen Augen ablesen. Trotzdem möchte er aus meinem Mund hören, dass ich mich ihm unterordne. Wie gerne würde ich ihm sagen, dass er mich kreuzweise kann. Im Augenblick verabscheue ich nicht nur meinen Vater, sondern auch mich für meine Schwäche.

»Ja, Vater, ich habe verstanden.«

Kapitel 05

Wenn ich mich im Augenblick mit etwas vergleichen müsste, würde ich mich als eine Marionette betiteln, welche meinem Vater willenlos zurück zur Willkommensveranstaltung gefolgt ist. Mein Kopf war leer, ich wusste nicht, wo vorne und wo hinten war. Und wenn ich ehrlich bin, weiß ich es noch immer nicht. Der Präsident hat gerade seine Rede beendet, doch nicht ein Wort davon hat mich erreicht.

Eine Stimme versucht, zu mir durchzudringen, doch ich höre nur Rauschen. Ich blicke von meinen Füßen auf, als jemand meine Hand nimmt. Es ist meine Mutter, die mich aufmunternd anlächelt. »Komm«, sagt sie und beugt sich zu mir, ihre blonden Haare vermischen sich mit meinen. »Lass uns dein Wohnheim ansehen.« Sie flüstert, die Worte sind allein für mich bestimmt. »Schau nach vorne Scarlet, dein neues Leben beginnt jetzt.«

Ihr Zuspruch löst etwas in mir aus. Denn meine Mutter hat recht, ich darf nicht länger in die Vergangenheit schauen, sondern muss mich auf meine Zukunft konzentrieren. Die Enge in meiner Brust, die ich bis eben noch verspürt habe, verschwindet, und ich habe das Gefühl, wieder richtig atmen zu können. Plötzlich nehme ich die Umgebung wieder wahr. Die Menge verteilt sich, der Präsident verschwindet im Inneren des Gebäudes, und mein Vater telefoniert ein paar Meter von uns entfernt.

»Ja, lass uns gehen.«

Nachdem mein Vater sein Gespräch beendet hat, suchen wir erst einmal den Eingang meines Wohnheims, bevor wir zum Wagen zurückgehen, um meine Sachen zu holen. Vanderbilt Hall ist ein größeres viereckiges Gebäude, mit einem Tennisplatz im Innenhof. Dort sind jedoch nicht nur die Zimmer der Studenten, sondern auch einige Unterrichtsräume, Lernzimmer und Aufenthaltsräume sowie eine große Cafeteria untergebracht. Vanderbilt Hall hat mehrere Eingänge, der Haupteingang ist gegenüber des Oscar C. Tugo Circles, direkt vor der gigantischen Rasenfläche der Medical School, wo derzeit die unzähligen Stände und Zelte für die Anmeldung aufgebaut sind. Es ist also wirklich nur ein Katzensprung entfernt.

Einige Studenten sind schon dabei, ihre Sachen ins Wohnheim zu bringen, andere unterhalten sich mit den Verantwortlichen. Es dauert nicht lange, bis eine junge Frau, die ungefähr in meinem Alter ist, uns mit einem Klemmbrett entgegenkommt.

»Willkommen in der Vanderbilt Hall. Wie lautet dein Name?«, erkundigt sie sich, während sie uns zu einem Stand führt, der vor dem Eingang aufgebaut ist. Mehrere kleine Kisten stehen auf einem Tisch sowie Flyer und Prospekte.

»Scarlet Pierce.«

Sie findet mich auf der fünften Seite ihrer Liste. »Ah, da haben wir dich. Humanmedizin, richtig?« Nachdem sie mein Nicken wahrgenommen hat, fährt sie fort.

»Raum 201, im zweiten Stock.« Sie reicht mir eine Karte des Wohnheims und umkreist mein Zimmer, bevor sie in das Innere des Gebäudes zeigt, zu einer Treppe. »Du gehst dort hinauf, dann ist das Zimmer gleich rechts, es zeigt auf die Longwood Avenue.« Danach wird mir eine weitere Schlüsselkarte gereicht. »Das ist deine Zimmerkarte«, teilt sie mir mit, bevor ich ein paar Flyer in die Hand gedrückt bekomme. »Jedes Stockwerk besitzt einen Ansprechpartner, meistens Studenten im letzten oder vorletzten Jahr, die sich euch im Laufe der nächsten Tage vorstellen werden. Bei Problemen oder Anliegen sprecht ihr denjenigen am besten an.«

»Danke schön«, sage ich.

»Oh, noch eine letzte Sache: Die Zimmer besitzen kein eigenes Bad«, eröffnet sie mir, weshalb mir das Kinn bis zum Boden reicht. Ein Gemeinschaftsbadezimmer? *O Gott.* Das ... das wusste ich nicht. Ich hätte nicht gedacht, dass es so etwas an einer Eliteuniversität gibt. »Auf jedem Stockwerk gibt es jeweils zwei Waschräume mit separaten, privaten Duschen für beide Geschlechter.« Sie zwinkert mir zu. »Man gewöhnt sich dran, keine Sorge.«

Mein Vater schaut die Verantwortliche angeekelt an. »Würdest du zu Hause wohnen, müsstest du dir das Bad nicht teilen.«

Nein, aber ich hätte *dich* an der Backe. »Ich werde das schon hinbekommen.« Es ist das geringere Übel. »Ich bin eine Pierce, ich kann alles schaffen.« Ich wende sein Mantra gegen ihn an, zum ersten Mal zitiere ich ihn gern. »Richtig?«, provoziere ich.

Meine Mutter springt ein, nachdem auch ihr das Zucken seiner Fäuste nicht entgangen ist. »Sie schafft das schon, es gibt Schlimmeres.«

Nachdem meine Mutter und ich uns bei der jungen Frau bedankt haben, lässt uns die Verantwortliche wieder allein, um dem nächsten Ankömmling zu helfen. Und weil wir nun alle nötigen Informationen haben, laufen wir zum Auto mit meinen Habseligkeiten zurück. Inzwischen wurden die Straßen um das Wohnheim herum gesperrt, ab sofort sind diese nur für die Neuankömmlinge freizugänglich, und wir parken zum Entladen am Rand.

Erst als meine Mutter und ich die ersten beiden Kisten in die Hände nehmen, meldet sich mein Vater zu Wort. »Ich muss ein paar Anrufe tätigen, entschuldigt mich«, sagt er und lässt uns allein, woraufhin ich nur die Augen verdrehe. *Natürlich.* Nichts anderes habe ich erwartet. Es hätte mich eher überrascht, wenn er angepackt hätte.

Das Auto wird abgeschlossen, und wir machen uns mit den ersten Kisten auf den Weg, während sich mein Vater rarmacht. Mein Zimmer ist wie beschrieben in der Nähe der Treppe. Gespannt halte ich meine elektronische Zimmerkarte gegen die Tür. Kaum ist diese offen, stocke ich.

Oh. Es ist *winzig.*

Mein Zimmer für die nächsten vier Jahre ist weitaus kleiner, als ich angenommen habe. Es ist nicht mal halb so groß wie mein Kinderzimmer. Ich hatte nicht angenommen, dass es ... nun ... ein Schuhkarton wäre. Vor dem Fenster steht ein schmales Bett, daneben ein Nachtisch mit zwei Fächern und einer Lampe, die völlig vergilbt und so alt ist, dass sie wahrscheinlich als Vintage durchgehen könnte. Ansonsten gehört nur ein Schreibtisch mit drei weiteren Fächern, ein mickriges Bücherregal und ein kleiner Kleiderschrank zur Einrichtung.

Die Möbel haben bereits ihre beste Zeit hinter sich, das wird mir klar, als ich die Schranktür öffne, die dabei beinahe aus den Angeln bricht.

Zeitgleich wird mir auch bewusst, dass ich viel zu viele Sachen mitgenommen habe. Meine Kleidung wird nicht komplett in den Schrank passen, und, noch schlimmer, es gibt nicht ansatzweise genug Platz für meine Lieblingsbücher.

Dieses Zimmer hat kaum Stauraum, die Tapete geht schon an einigen Stellen ab, und der Teppich ist klebrig. Es ist eine Bruchbude, doch die nehme ich lieber in Kauf, als länger mit meinem Vater unter einem Dach zu leben. Verdammt, ich würde selbst auf einer Luftmatratze schlafen. Hauptsache weit, weit weg.

Innerhalb einer Stunde tragen meine Mutter und ich zusammen die Umzugskisten und meinen Koffer mit den Anziehsachen nach oben. Und als die letzte Kiste abgestellt ist, falle ich erschöpft auf mein Bett, während sich meine Mutter schwer atmend auf den Stuhl am Schreibtisch niederlässt. Es gibt keine freien Flächen mehr, meine Kisten nehmen das ganze Zimmer ein, ein Wunder, dass ich es noch zum Bett geschafft habe.

Als hätte er nur darauf gewartet, klopft mein Vater an meine Zimmertür. »Hat ein wenig länger gedauert. Seid ihr schon fertig?«, fragt er, obwohl er die Antwort darauf natürlich kennt. Er hat dieses Talent beziehungsweise die schlechte Angewohnheit, immer *erst dann* aufzukreuzen, wenn die Leute gerade ihre Arbeit beendet haben.

»Ja«, sage ich und zeige auf die Kiste vor meinen Füßen. »Das war die letzte.«

Mein Vater schaut sich um, zieht eine Grimasse. »Nicht gerade das Four Seasons.«

Während ich aufstehe, um die Kisten zu stapeln, damit ich ein wenig Platz im Zimmer schaffe, zucke ich mit meinen Schultern. »Es ist ein Wohnheim, kein Luxushotel«, antworte ich ihm, während ich dem Drang widerstehe, die Augen zu verdrehen. Was hat mein Vater bitte erwartet? Marmorböden? Vergoldete Lüster? Persönliche Butler? Dadurch merke ich wieder, dass er keine Ahnung von der richtigen Welt hat.

Gut, ich hatte mir auch etwas anderes vorgestellt, trotzdem war ich näher an der Realität als er. Ich wusste, dass ich kein Fünf-Sterne-Hotel erwarten kann.

»Ich würde hier nicht freiwillig wohnen.«

Anstatt ihm zu antworten, öffne ich den obersten Karton und beginne, die Sachen einzuräumen. »Ich fange besser an, ich möchte fertig sein, bevor wir zur Eröffnungsfeier gehen.«

Die nächsten zwei Stunden sind meine Mutter und ich damit beschäftigt zu entscheiden, was hierbleiben kann und was zurückmuss. Mein Vater macht weiterhin keinen Finger krumm, sondern sitzt auf meinem Bett und gibt abfällige Bewertungen von sich. Die meisten Kisten gehen zurück, nur die allerwichtigsten Sachen bleiben. Darunter der Koffer mit meiner Alltagskleidung, meine Kapselmaschine, zwei meiner Lieblingsbücher und zwei Fotorahmen. Einer mit meiner Oma und einer mit meiner Mutter.

Gerade als ich dabei bin, meine verbliebenden Bücher und Fachbücher in das Regal zu räumen, räuspert sich mein Vater. »Wir sollten langsam los, ich möchte rechtzeitig da sein.«

Ich schnappe mir meine Handtasche. »Von mir aus, ich bin fertig.«

Mein Vater schaut mich an, als hätte ich den Verstand verloren. »*So?* So willst du zur Veranstaltung gehen?«, fragt er mich, während er seinen schwarzen Anzug glatt streicht. Zuerst habe ich mich gewundert, wieso er sich für einen Umzug *so* schick anzieht, doch da er keinen Finger gekrümmt hat, überrascht es mich nicht mehr. »Du solltest dich umziehen, du hast sicherlich in den Sachen geschwitzt.« Dann wirft er seiner Frau einen abschätzigen Blick zu. »Du auch, ich habe dir Wechselsachen eingepackt.«

Um ehrlich zu sein, habe ich mir darüber keine Gedanken gemacht. Es ist eine Einführungsveranstaltung für Studenten, kein Wohltätigkeitsdinner. Allerdings ist es Harvard, eine der elitärsten Universitäten der Welt. Mein Vater war in den vergangenen Jahren oft auf Anlässen der Medical School, fast ausschließlich als Ehrengast, um von seinen Erfolgen zu reden. *Er wird schon wissen, was er tut.*

Am liebsten würde ich nur mein Shirt wechseln, doch ich öffne meinen Koffer und durchforste die Kleider, die ich zurück zu meinen Eltern schicken werde. Ein weinrotes Kleid erhascht meine Aufmerksamkeit, mit Armen und Dekolleté aus Spitze, es ist schick, aber auch *oho.*

Als ich es herausnehme, schnaubt mein Vater. »Das ziehst du nicht an, Scarlet. Das zeigt viel zu viel Haut. Was sollen die Leute von dir denken? Dass du leicht zu haben bist? Sicher nicht.« Dann drängt sich mein Vater an mir vorbei, wühlt selbst durch die Stücke. »Hier.« Er reicht mir ein dunkelgrünes knielanges, gerade geschnittenes Kleid.

Absolut langweilig und nichtssagend.

Doch ich ziehe es an, Widerstand ist zwecklos.

Nachdem meine Mutter und ich uns umgezogen haben, laufen wir zum Gebäude zurück, vor dem der Präsident seine Rede gehalten hat, auch besser bekannt als Gordon Hall. Es sind bereits etliche Studenten versammelt, die sich ihren Weg in den Festsaal bahnen. Die wenigsten haben sich derartig schick gemacht wie meine Eltern und ich. *Klasse.* Wir werden herausstechen, als wären wir knallbunte Kanarienvögel inmitten von Hunderten Graupapageien.

Der Festsaal ist ein riesiger Raum, und ich frage mich, wozu er genutzt wird, wenn keine Veranstaltungen stattfinden. Als Lernzimmer oder Aufenthaltsraum? Ich schaue mich um, vorne befindet sich eine kleine Bühne, Stehtische, ein Büfett und mehrere kleine Bars wurden aufgebaut. Durch Lautsprecher wird klassische Musik gespielt, doch in einer Lautstärke, dass sich die Leute trotzdem gut miteinander unterhalten können.

»Ich gehe zum Büfett, möchtet ihr auch etwas?«, erkundige ich mich höflich.

Mein Vater schüttelt den Kopf. »Nein, deine Mutter und ich werden uns ein wenig unter die Leute mischen und Bekannte begrüßen.«

Während sich die beiden zu zwei älteren Männern gesellen, begebe ich mich in Richtung des Büfetts. Ich bin fast ausgehungert, vor Aufregung habe ich heute noch nicht viel gegessen. Gerade als ich die letzten Meter überbrücke, stoße ich mit jemanden zusammen und schaue hinauf in rehbraune Augen, die mir sehr vertraut vorkommen. Es dauert nicht lange, bis der Groschen fällt. Sie kommen mir nicht nur vertraut vor, ich *kenne* diese Augen.

Denn mir steht der Mann gegenüber, der mich entjungfert hat.

Kapitel 06

Die Welt um uns herum bleibt stehen, für mich jedenfalls. Alles, an das ich gerade denken kann, sind diese dunkelbraunen Augen. Es ist mir unmöglich, den Blick abzuwenden, es ist wie ein Déjà-vu, denn mein Starren hat uns erst in diese Situation gebracht. Hätte ich ihn gestern nicht durch den Spiegel angestarrt, hätten wir vielleicht nie miteinander geschlafen, und wir würden uns jetzt nicht geschockt gegenüberstehen. Ich verstehe nicht, wie das möglich sein soll, schließlich habe ich ihn tausend Kilometer entfernt kennengelernt, am anderen Ende des Landes, und trotzdem steht mein One-Night-Stand vor mir.

Mein Gegenüber fängt sich zuerst, schaut von mir zu den anderen anwesenden Studenten, bis sich plötzlich seine Augen weiten. Er räuspert sich, beugt sich zu mir, wahrscheinlich damit uns niemand belauschen kann. »Sag mir bitte, dass du nicht eine der neuen Studentinnen bist?«

»Doch, wieso?«

»Porca miseria«, flucht er, und wenn ich mich nicht täusche, war das Italienisch. Mein Gegenüber fährt sich durch seine dunkelbraunen Haare, beißt sich frustriert auf einen Finger. »Ich bin einer deiner Professoren.«

Gehört habe ich seine Worte, verinnerlichen möchte ich sie nicht. Wenn das wahr ist, dann ... war das gestern ein *großer* Fehler. Es fühlt sich an, als wäre ich im falschen Film. Das kann doch nicht wahr sein, oder? Bitte Universum, dieser Mann mir gegenüber, der mich gestern Nacht entjungfert hat, *kann nicht* mein Professor sein. Ich schließe für einen Moment meine Augen und kneife mir sicherheitshalber in den Arm, um aufzuwachen. Meine Hoffnung, dass es sich um einen Traum handelt, zerplatzt wie eine Blase. Mein *Professor* steht mir noch immer gegenüber, es war kein Traum, es ist die Realität, das ist gerade wirklich passiert.

»*Oh*«, mehr fällt mir nicht ein.

Er schaut sich erneut um. »Wir können hier«, beginnt er und zeigt mit einer Kopfbewegung auf die Anwesenden, »nicht reden.«

»Und wo dann?«, frage ich ihn.

»Triff mich im Büro 132.«

Danach wendet er sich ab, langsam, nicht stürmisch, um keine Aufmerksamkeit zu erregen. Aus den Augenwinkeln kann ich erkennen, dass er in seinem schwarzen eleganten Anzug den Festsaal verlässt. Vor wenigen Minuten war ich am Verhungern, konnte nicht abwarten, etwas zu mir zu nehmen, nun schaue ich auf das Büfett und würde mich am liebsten übergeben. Insgeheim hoffe ich noch immer, dass ich träume. *Wach auf, wach auf, wach auf,* bitte ich mich selbst, doch nichts passiert, dies bleibt die Realität.

Also folge ich ihm.

Als ich sein Büro erreicht habe und eintrete, läuft mein *Professor* bereits unruhig auf und ab und flucht leise. »Das hätte nicht passieren dürfen«, beginnt er, während er mich ernst anschaut. »Beziehungen zwischen

Professoren und Studenten sind strengstens verboten. Es könnte mich nicht nur meine Stelle kosten, sondern auch deine berufliche Zukunft gefährden, bevor diese überhaupt angefangen hat.«

Die möglichen Konsequenzen verursachen mir bereits pochende Kopfschmerzen. Während meines Bachelorstudiums habe ich miterlebt, wie eine Kommilitonin mit ihrem Professor angebandelt hat. Der Professor hat nicht nur seine Anstellung verloren, sondern auch keine neue mehr bekommen. Die Studentin wurde exmatrikuliert und hat durch diesen schwarzen Fleck in ihrer Akte keinen Studienplatz mehr gefunden, nicht einmal die Community Colleges wollten sie annehmen. Die Entscheidung, sich mit ihrem Professor einzulassen, hat ihr Leben für immer zerstört, und das darf mir nicht passieren.

Der Professor hält inne und lehnt sich gegen seinen Schreibtisch. »Es ist zwar nicht hundertprozentig sicher, ob ich einer deiner Professoren werde, trotzdem hätte das nicht passieren dürfen«, schärft er mir ein, obwohl das nicht nötig ist, schließlich stimme ich mit ihm überein. »Versteh mich nicht falsch, die Nacht mit dir war wirklich schön, trotzdem darf das *nie* wieder passieren.« Sein Gesichtsausdruck ist bekümmert, ähnlich wie in San Francisco, bevor wir uns aufeinander eingelassen haben. Verständlich, dieser … Fehler – obwohl ich ihn ungern so betitele, schließlich hat mich diese Nacht vorangebracht – könnte uns *alles* kosten.

»Niemand darf von unserer gemeinsamen Nacht wissen, verstehst du mich … ähm?« Mein Gegenüber schaut mich fragend an, weil wir uns unsere Namen nicht verraten haben.

Bisher war es nicht notwendig gewesen.

»Scarlet«, stelle ich mich vor.

»Professor Vittori«, entgegnet er höflich, lässt seinen Vornamen jedoch geschickt außen vor. Wahrscheinlich um Abstand zu wahren, denn wir sind keine Freunde, Bekannte oder Liebende, wir sind Professor und Studentin.

Danach erwidere ich seinen ernsten Blick, während ich mich gegen die geschlossene Tür lehne. »Selbstverständlich werde ich das für mich behalten«, teile ich ihm mit, um ihm die Sorgen zu nehmen. »Denn mir liegt auch eine Menge daran, dass diese Sache zwischen uns nicht bekannt wird, *vertrau mir.*«

Und das meine ich ehrlich, obwohl es mir nicht nur um meine akademische Zukunft geht. Wenn herauskäme, dass ich mit meinem Professor geschlafen habe beziehungsweise dass ich überhaupt sexuell aktiv bin, wäre ich ruiniert. Wenn herauskommt, dass das Kind einer bekannten Chirurgenfamilie wegen einer verbotenen Beziehung zu seinem Professor aus Harvard geworfen wird … Meine Familie würde mir *niemals* vergeben. Ich sehe bereits, wie ich mit einem *Bitte adoptiert mich*-Schild vor meiner Haustür sitze, weil mich mein Vater enterbt und rausgeworfen hat. Und das ist *nicht* das Worst-Case-Szenario.

Die Art, wie er seine Augenbraue hebt und mich einen Moment eindringlich mustert, sorgt für einen Knoten in meiner Magengegend. »Sag bloß, du bist in einer Beziehung?«

Diese Frage lässt mich auflachen, der Knoten löst sich augenblicklich, damit hätte ich nicht gerechnet. »Nein, bin ich nicht, und darum gehts auch nicht«, erkläre ich ihm, ohne ihm zu viel zu verraten. »Dann bis zum nächsten Mal, Mr Vittori.«

»Na ja, hoffentlich nicht.«

Obwohl wir die Ernsthaftigkeit dieser Unterhaltung nicht vergessen haben, müssen wir beide über seine Aussage schmunzeln.

Dennoch ist es ein wenig schade, dass wir diese eine Nacht nie wiederholen werden, denn Professor Vittori ist ein Sahneschnittchen. *O Gott, nein, nein, nein.* Innerlich verpasse ich mir eine Ohrfeige, solche Gedanken sind kontraproduktiv.

Und damit lasse ich ihn zurück, schließlich war ich lange genug von der Veranstaltung fort.

In dem Moment, als ich in den Saal zurückkehre, betritt der Dekan der medizinischen Fakultät die kleine Bühne. Sein Lächeln macht ihn mir direkt sympathisch. Obwohl ... Ist das nicht der Dekan, mit dem mein Vater eine geheime Abmachung hat? Unverzüglich kneife ich meine Lippen aufeinander, die Sympathie ist sogleich verschwunden.

»Guten Abend, liebe Studenten, Familie, Freunde und Professoren«, begrüßt er uns freundlich und hält dabei ein Sektglas in der Hand. »Keine Sorge, ich werde keine lange Rede halten, denn das hat unser lieber Präsident schon heute Mittag übernommen.« Belustigte Lacher klingen durch den Raum. »Die nächste Woche wird eine reine Informationsveranstaltung, bei der man euch alles erklärt und Fragen beantwortet. Findet euch bitte morgen um 10 Uhr im großen Audimax hier im Gebäude ein, damit wir euch in eure Klassenverbände aufteilen können.«

»Gerüchten zufolge«, beginnt eine tiefe Stimme neben mir, sodass ich zusammenzucke, weil ich nicht mitbekommen habe, wie sich jemand zu mir gesellt hat. Mein Herz ist mir gerade in die Hose gerutscht. »...

sucht sich der Dekan immer einen vielversprechenden Erstsemestler heraus, den er unter seine Fittiche nimmt. Ausschlaggebend wird die erste Hausarbeit sein.« Entweder hat er meinen Schreck nicht mitbekommen, oder er hat es wissentlich ignoriert, während der Dekan weiterspricht. »Also sollten wir uns alle *extra* Mühe geben.«

Mit einer gehobenen Augenbraue schaue ich den goldblonden jungen Mann in meinem Alter an. Er ist groß gewachsen, überragt mich um einen Kopf. »Ach, wirklich?«, frage ich, weil ich davon noch nichts gehört habe. Wenn es wahr wäre, würde mein Vater darüber Bescheid wissen und hätte mir bereits den Auftrag gegeben, die Gunst des Dekans zu gewinnen. Außer er hat bereits seine Strippen gezogen. Nach dem heutigen Tage würde mich das nicht mehr überraschen, für sein Ansehen würde er alles tun.

Die stechend grauen Augen leuchten amüsiert. »Keine Ahnung«, gesteht er schließlich, während er mit seinen Schultern zuckt. »Wie gesagt, ein Gerücht.« Lachfältchen bilden sich ab, zudem zeigen sich seine Grübchen. »Ich bin Heath, und du?«

Ich erwidere sein Lächeln. »Scarlet.«

»Freut mich, dich kennenzulernen, Scarlet.« Er streicht seinen Anzug glatt, und durch mein geschultes Auge kann ich erkennen, dass er secondhand ist. Dieser Anzug wurde zudem nicht maßgeschneidert beziehungsweise nicht geändert, weil sein Jackett eine Nummer zu groß ist. »Und woher kommst du?«, erkundigt er sich. Aus den Augenwinkeln erkenne ich, dass der Dekan seine kurze Ansprache beendet hat.

»Hier aus Boston.«

»Wie cool, ich auch.« Heath lächelt mich erleichtert an. »Dann habe ich glücklicherweise jemand gefunden, der …« Heath hält plötzlich inne und kneift seine Augen zusammen, während er mit gerunzelter Stirn an mir vorbeischaut. »Würdest du mich entschuldigen? Ich muss etwas Wichtiges erledigen.« Damit läuft er davon, dreht sich aber noch einmal schnell um. »Hoffentlich bis demnächst?«

»Gerne«, rufe ich ihm hinterher.

Heath läuft zu einer älteren Frau, vom Alter her könnte es seine Mutter sein, die am Büfett steht. Meine Augen weiten sich, die Frau ist dabei, Sandwiches in ihre Handtasche zu stopfen. Er redet auf sie ein, versucht, sie davon abzuhalten, doch sie macht weiter, bis nichts mehr reinpasst.

Verwirrt hebe ich eine Augenbraue, weil ich nicht nachvollziehen kann, warum die Frau Sandwiches einpackt. Das Essen wird wahrscheinlich lecker sein, zumindest wenn ich an die Veranstaltungen während meines Bachelorstudiums denke. Jedoch nicht ansatzweise so gut, wie eine selbst gekochte Mahlzeit in den eigenen vier Wänden. Als Heath sich mehrmals prüfend umschaut, wahrscheinlich um sicherzugehen, dass das niemand mitbekommen hat, wende ich schnell meinen Blick ab. Ich will nicht, dass er mitkriegt, dass ich das alles mit angesehen habe.

Meine Aufmerksamkeit wandert zur Bühne, und ich erblicke meinen Vater, der davor mit dem Dekan spricht. Als plötzlich mein entjungfernder Professor in die Richtung der beiden geht und meinem Vater die Hand reicht, halte ich den Atem an. Wenn er wüsste, dass dieser Mann mit mir geschlafen hat, würde er ihn kastrieren. *Mir wird schlecht.* Automatisch laufe ich rückwärts in Richtung einer hochgewachsenen Pflanze.

Als sich mein Vater plötzlich umdreht und im Saal Ausschau hält, überkommt mich eine ungute Vorahnung. Will er mich vorstellen? Blitzschnell stelle ich mich ein Stück hinter die Pflanze, durch die Deckung des Blattwerks und der Menschenmassen findet er mich nicht, weshalb er mit seinen Schultern zuckt und die Suche aufgibt.

Es dauert eine halbe Stunde, bis mein Vater das Gespräch beendet. Meine Mutter hat inzwischen mit anderen Bekannten gesprochen, soweit ich es mitbekommen habe. Und weil der Dekan und auch mein entjungfernder Professor fort sind, traue ich mich wieder in seine Gegenwart.

»Vater, wäre es in Ordnung, wenn ich verschwinde? Ich muss morgen früh raus und will keinen schlechten, verschlafenen Eindruck machen«, lüge ich. Wenn ich ehrlich bin, möchte ich nur in Ruhe über alles nachdenken, was heute passiert ist. Mein Vater hat die Universität bestochen, mein One-Night-Stand hat sich als Professor entpuppt.

Das reicht für einen Tag.

Mein Vater schaut mich zufrieden an. »Natürlich, das ist sogar eine großartige Idee, Scarlet.« Zum Abschied gebe ich ihm einen Kuss auf die Wange und verlasse das Gebäude, nachdem ich mich auch kurz bei meiner Mutter verabschiedet habe.

Die nächtliche Septemberluft ist leicht frisch, obwohl es den Tag über ziemlich warm war, weshalb ich fröstelnd über meine Arme reibe, während ich zu meinem Wohnheim zurücklaufe. Ich habe es nach wenigen Minuten erreicht und halte die Zimmerkarte ans Lesegerät am Eingang, sodass die verschlossene Tür aufschwingt. Während ich zur Treppe laufe, halte ich gut sichtbar meine Zimmerkarte hoch, sodass mir der Pförtner einen Daumen nach oben zeigt und sich dann wieder seinem Telefon widmet.

Ich möchte gerade meine Tür öffnen, als mir eine junge Frau in meinem Alter, jedoch nur mit einem Handtuch bekleidet, entgegenkommt. Sie schaut sich verwirrt um, folgt den Zahlen der Zimmer in meine Richtung.

»Alles in Ordnung?«, frage ich sie.

Sie streicht ihre feuchten schwarzen Locken nach hinten. Auf ihrer olivfarbenen Haut perlen noch Tropfen ab. Vor allem wegen ihrer kleinen Größe und der Kurven, die sich unter dem Handtuch abzeichnen, würde ich tippen, dass sie lateinamerikanische Wurzeln hat. »Ich bin gerade erst mit dem Auspacken fertig geworden und wollte schnell duschen«, erklärt sie mir, während sie mir weiter entgegenkommt und die Zimmernummern überprüft. »Und dann bin ich in die falsche Richtung gelaufen ... und ... Ah, hier ist es.«

Es ist das Zimmer neben mir, 202.

»Ich dachte schon, ich wandere die ganze Nacht mit nassen Haaren durch diese Flure.« Sie richtet ihr Handtuch. »Ich bin Ava, es freut mich, dich kennenzulernen«, stellt sie sich vor.

»Scarlet. Freut mich auch.«

Meine Zimmernachbarin betritt ihren Raum und winkt mich heran. An ihren Wänden hängen bereits mehrere Poster, die wahrscheinlich mit Klebeband befestigt wurden, da wir nichts mit Nägeln an der Wand anbringen dürfen. Ihr Zimmer ist identisch winzig. »Ist das Zimmer nicht ein Traum?« Ihre Stimme klingt aufgeregt, als könnte sie ihr Glück kaum fassen. »Ich hatte es mir nicht so groß vorgestellt!«

So groß? Meint Ava nicht eher … *klein*? Anstatt zu antworten, bleibe ich lieber stumm. Es kommt mir falsch vor, damit zu prahlen, dass ich es vorher besser hatte.

»Weißt du«, fährt sie fort, »eigentlich unterscheidet sich die Quadratmeterzahl nicht, aber für mich ist es ein Upgrade, weil ich es mir nicht mehr mit meinen zwei kleinen Schwestern teilen muss, die sich überall breitmachen.«

Zu *dritt*? In solch einem kleinen Zimmer?

»Du musstest dir dein Zimmer teilen?«, frage ich.

Ava nickt, als wäre es das Selbstverständlichste auf der Welt. »Meine Familie wohnt seit Jahren in einer Zweizimmerwohnung, etwas Größeres konnten wir uns leider nie leisten. Der Mietspiegel zu Hause ist eine Zumutung. Und als meine jüngste Schwester geboren wurde, mussten wir alle noch ein wenig mehr zusammenrutschen. Sie schlief, bis sie fast drei Jahre alt war, bei unseren Eltern im Zimmer, doch weil unser Vater Schichtdienst hat, ging das irgendwann nicht mehr. Er hat mehrmals verschlafen und ist beinahe gefeuert worden, seitdem haben wir uns zu dritt ein Zimmer geteilt.«

»Das klingt echt anstrengend.«

Das klingt echt anstrengend? Etwas Besseres fällt mir nicht ein? Bisher dachte ich wirklich, dass ich ein schweres Leben hatte, doch wenn ich mich mit Ava vergleiche, dann kommt es mir bedeutend leichter vor. Natürlich mache ich viel mit meinem Vater durch, doch wenigstens musste ich mich nie um Geld sorgen. Ich hatte immer ein Dach über dem Kopf, immer eine warme Mahlzeit. *Gott.* Und ich jammere andauernd wie ein kleines Kind, obwohl ich es im Vergleich zu anderen doch besser hatte.

Ava lächelt. »Man gewöhnt sich dran.« Dann klatscht sie in ihre Hände. »Aber nun bin ich dank eines Vollstipendiums hier. Weißt du, während meines Bachelors habe ich noch bei meinen Eltern in Malibu gelebt, doch nun habe ich ein Zimmer für mich allein. Meine Zeit ist *endlich* gekommen, nie wieder nervige Schwestern!«

»Du kommst aus Malibu?« Ich hebe eine Augenbraue. »Und wolltest in den kalten Osten?«, frage ich lachend, weil ich mir nicht vorstellen kann, dass jemand freiwillig Kalifornien den Rücken kehrt. Ich wollte zwar hauptsächlich wegen meines Vaters weg, doch die Wärme wäre ein weiterer Pluspunkt gewesen.

Ava macht eine unzufriedene Schnute, bevor sie mit den Schultern zuckt. »Glaub mir, ich hasse die Kälte, bin ich überhaupt nicht gewohnt«, bestätigt sie meine Gedanken. »Aber ich wollte schon immer Medizin an der besten Universität der USA studieren. Und aus diesem Grund bin ich nun hier, Kälte oder nicht, ich werde es durchziehen.« Stolz zeigt sie auf ihren Harvard-Pullover, der über der Stuhllehne hängt. »Und zudem bin ich die Erste aus meiner Familie, die an einer Eliteuni studiert. Beziehungsweise an irgendeiner Universität, meine Eltern waren nie auf dem College.«

»Deine Eltern sind wahrscheinlich unheimlich stolz.«

Sie nickt glücklich, sodass ich einen Anflug von Neid verspüre. »Das sind sie.« Danach schaut sie auf mein Outfit. »Du warst auf der Einführungsveranstaltung? Und wie wars?«

»Unvergesslich.«

Kapitel 07

Es ist so weit, heute ist der allererste Tag meines Medizinstudiums. Meines neuen Lebens außerhalb des unmittelbaren Machtbereichs meines Vaters. Euphorisch schlage ich die Bettdecke zurück, strecke mich und verlasse dann mein Bett. Zuallererst schalte ich meinen Wecker aus. Obwohl ich Frühaufsteher bin und mich meine innere Uhr immer rechtzeitig aufwachen lässt, stelle ich tagtäglich einen Wecker – *sicherheitshalber*. Zudem hatte ich nicht angenommen, dass ich heute durchschlafen würde, eher dass mich die Nervosität und Aufgeregtheit die Nacht über wach halten würden.

Bevor ich mich für den heutigen Tag fertig mache, suche ich mir mein heutiges Outfit heraus. Ich entscheide mich für ein luftiges schwarzgraues Sommerkleid mit Blümchenmuster, das mir bis zu den Knien geht. Dazu schnappe ich mir meinen Wohlfühlpullover, ein grauer Hoodie mit den Worten *University of Books*. Diesen Hoodie hat mir meine Mutter vor drei Jahren zu Weihnachten geschenkt, und seitdem habe ich ihn so oft getragen, dass der Aufdruck langsam verblasst.

Gerade als ich mein Zimmer verlasse, öffnet sich auch Avas Tür. »Guten Morgen«, begrüße ich sie heiter. »Hast du gut geschlafen?« Gestern haben wir uns bestimmt eine halbe Stunde unterhalten, wir haben uns wirklich gut verstanden, ich könnte mich an sie gewöhnen.

Sie schaut mich an, brummt etwas und schließt mürrisch ihre Tür.

Was war das denn?

Um darüber gründlich nachzudenken, habe ich keine Zeit, ich muss mich fertig machen, weshalb ich zum Waschraum laufe, der sich den Flur runter befindet. Eine Toilette ist direkt bei der Treppe, was hilfreich ist, wenn ich nachts mit voller Blase aufwache. Trotzdem ist es befremdlich, dass ich kein Badezimmer für mich allein habe.

Der große Waschraum ist in drei Bereiche – Duschen, Toiletten, Waschen – eingeteilt und schon gut besucht. Weil ich kein Problem mit meinem Körper habe, ziehe ich meinen Pyjama aus, während sich neben mir eine weitere Studentin splitterfasernackt die Haare trocknet. Die Kleinste war ich noch nie, allerdings bin ich nie über meine Einssiebzig hinausgewachsen. Wenn ich mich mit einem Wort beschreiben müsste, dann wäre es normal oder durchschnittlich. Und das ist für mich vollkommen in Ordnung, ich strebe nicht an, zierlich, spargeldürr oder vollkommen durchtrainiert zu sein. Das könnte ich auch nicht, dafür sorgt meine Vorliebe für Ungesundes, vor allem Chips und Tortillas haben es mir angetan. Wenn ich nicht ein Mal die Woche Tennis spielen würde, würde ich wahrscheinlich *ganz anders* aussehen.

Mein Vater erlaubt diese Sünden – Süßigkeiten und Snacks – nicht im Haus, weshalb ich erfinderisch werden musste. Gegessen wurden diese meistens auf dem Weg nach Hause. Ab und zu, wenn ich mich rebellisch fühle, habe ich auch Schokolade auf dem Dachboden oder in der hintersten Ecke der Speisekammer versteckt. Das sind Orte, an denen er nicht viel Zeit verbringt. Geld, was ich zu Weihnachten oder zum Geburtstag bekomme, zahle ich nur anteilig auf mein Konto ein. Es wird für Sachen verwendet, von denen mein Vater nicht wissen soll, dass ich sie kaufe. Ich muss ihm schließlich alle Kreditkartenbelege vorzeigen. Das Schwierige ist, diese Sachen vor ihm versteckt zu halten. Mehrmals im Jahr wird mein Zimmer auf Herz und Nieren überprüft, mehrmals hat er Sachen gefunden, die er nie finden sollte ... und dafür musste ich *immer* schmerzhaft zahlen.

Mit vierzehn Jahren hatte ich mir mit meinem hart ersparten Geld endlich einen Nintendo 3DS gekauft, weil alle anderen Kinder auch einen hatten und in der Pause immer damit spielten. Vater war dagegen, weil ich deswegen *verblöden* würde – wie er es ausgedrückt hat. Als er die Handheld-Konsole fand, warf er sie vor meinen Augen auf den Boden und trampelte darauf herum. Und als wäre das nicht genug gewesen, musste ich danach in meine kleine persönliche Zelle im Keller. Ich schrie nach meiner Mutter, während ich an den Haaren in meine Hölle gezogen wurde, doch sie war in der Klinik und hörte mich nicht.

Sie hörte mich *nie*, dafür sorgte er.

Nachdem ich mich kurz abgeduscht und mit einem Duschgel gewaschen habe, das nach Mango und Pfirsich riecht, wickle ich mir ein Handtuch um, während ich meine Sachen in die Hand nehme und zu den Waschbecken hinüberlaufe. Ich schaue mich um, lerne durch Beobachtung, wie die anderen Studenten den kaum vorhandenen Platz nutzen. Meine Anziehsachen lege ich in einen der Körbe an der Wand, sodass sie außerhalb der Spritzzone des Waschbeckens liegen. Meinen schwarzen Kosmetikbeutel stelle ich neben mir ab, schließlich besteht er aus einem wasserabweisenden Material. Und falls er irgendwann nicht mehr schön oder tauglich ist, dann kaufe ich mir eben einen neuen.

Plötzlich hebe ich meinen Kopf, schaue in den Spiegel. Meine braungrünen Augen, die meistens mehr braun wirken, leuchten im Licht des Bads, die Brauen sind jedoch gerunzelt. Bis gestern hätte ich nicht gedacht, dass ich allzu privilegiert bin, doch allein meine Einstellung – *dann kaufe ich mir eben einen neuen* – zeigt, wie gut ich es eigentlich habe.

Mhm. Ich habe noch eine Menge zu lernen.

Im Spiegel erkenne ich, dass sich Ava zu mir gesellt. Ich höre sie etwas leise brummen, während sie sich am Waschbecken abstützt, als würde sie jeden Moment umfallen. Ich schaue mich kurz um, es sind noch weitere Waschbecken frei, also gehe ich nicht davon aus, dass sie vorhin wegen mir so abweisend reagiert hat.

Dann bemerkt Ava, dass ich sie mit gerunzelter Stirn im Spiegel betrachte und zuckt mit ihren Schultern. »Ich bin ein Morgenmuffel.« Dann nimmt sie eine Zahnbürste aus ihrer Waschtasche und greift nach ihrer Zahnpasta. »Ich würde ungelogen durch einen Feueralarm durchschlafen, ich brauche mindestens fünf Wecker, um aufzuwachen.«

Wie unterschiedlich wir doch alle sind. »Und ich brauche meistens nicht mal einen Wecker«, entgegne ich, während ich meine hellbraunen glatten Haare bürste, die bis zur Hälfte meines Rückens gehen. »Bist du schon aufgeregt?«, frage ich.

Die Vorfreude erwacht in ihren Augen, die bis eben vorhandene Müdigkeit verschwindet. Sie strahlt, nickt. »Aber so was von!«

»Warst du schon frühstücken?«

Sie schaut mich mit einem *Musst du das wirklich fragen*-Blick an.

Danach konzentrieren wir uns auf unsere Morgenroutine, denn wenn wir noch etwas essen wollen, müssen wir uns langsam beeilen. In einer knappen Stunde müssen wir uns im Audimax einfinden. Während sich Ava auffällig schminkt, mit dunkelrotem Lippenstift, dunkelbraunem Lidschatten, braunem Rouge, Foundation, Concealer und falschen Wimpern, bevorzuge ich es weitgehend unauffällig. Anstatt Lippenstift benutze ich einen Pflegestift, sodass meine Lippen leicht rötlich schimmern. Ansonsten trage ich nur ein wenig Puder und Wimperntusche auf. Dennoch muss ich zugeben, dass Ava sehr hübsch aussieht.

Nachdem wir uns beide umgezogen haben, überrascht mich Avas Outfit. Sie trägt eine schwarze Latexhose, ein zerrissenes dunkelrotes T-Shirt, worunter man ihren schwarzen Bralette sieht, sowie schwarze Chucks mit hoher Sohle.

Sie bemerkt meinen Blick, weshalb sie mich grinsend anschaut. »Ich habe auch Latexstiefel, die mir bis zu den Knien gehen. Das wäre für den Anfang aber zu viel. Ich will die braven, unschuldigen Medizinstudenten nicht direkt vom Hocker hauen. Nicht dass sie einen Herzinfarkt bekommen!« Danach zieht sie einen schwarzen Hoodie drüber, wahrscheinlich weil es heute morgen noch relativ kalt ist.

»Mit dir wirds nicht langweilig werden, oder?«

»Langweilig und Ava sind zwei Wörter, die nicht zusammenpassen.« Sie zwinkert mir zu, bevor wir gemeinsam den Waschraum verlassen.

Im Eiltempo suchen wir die Cafeteria in der Vanderbilt Hall auf, wo wir kostenlos Frühstück, Mittag und Abendessen serviert bekommen. Die Cafeteria hat eine große Auswahl, hier sollte eigentlich jeder etwas finden. Mich lächelt die Joghurttheke am meisten an, weshalb ich mir dort Joghurt, Obst und Müsli zusammenstelle. Ava mag es deftig, sie holt sich einen Teller voll Rührei mit Würstchen und Bacon. Innerhalb der nächsten zehn Minuten würgen wir dennoch alles notgedrungen herunter, wir sind ziemlich spät dran.

Danach hasten wir zum Hauptgebäude der Harvard Medical School. Die meisten Studenten sind auf dem Weg in ihre Vorlesungen, viele davon lesen in ihren Fachbüchern, *während* sie laufen. So werden wir wahrscheinlich auch bald sein.

Wir steigen die Treppen ins obere Stockwerk hinauf, in dem es mehrere Leseecken und Gruppenarbeitsplätze gibt. An den Seiten befinden sich kleinere Lehrsäle, während geradeaus mehrere Türen in den gleichen Raum führen. Wir folgen den anderen Studenten hinein und ich staune nicht schlecht. Der Raum ist gigantisch. Das Podest, an dem die Vorträge gehalten werden, befindet sich ungefähr fünfzig Meter unter uns. Es passen bestimmt um die tausend Studenten hinein, und weil wir nicht annähernd so viele sein werden, setzen wir uns so weit wie möglich nach unten, um gut zuhören zu können.

»Ist hier eventuell noch frei?«, frage ich, um mich nach den zwei freien Plätzen in der vierten Reihe zu erkundigen.

Das Mädchen in unserem Alter nimmt ihren Rucksack von einem der Stühle und schaut uns lächelnd an. »Ja klar, setzt euch.«

Nachdem wir Platz genommen haben, muss ich erst einmal zu Atem kommen. Wenige Minuten später betritt der Dekan der Fakultät den Saal, pünktlich um zehn. Ich schaue mich weiter um und entdecke in der letzten Reihe mehrere Personen, die allesamt älter sind als wir Studenten. Ich schlucke, als ich den Blick eines mir bekannten Gesichts auffange.

Mein Professor. Gott – nein, nicht *mein* Professor.

Er hebt eine Augenbraue und schmunzelt, weil er mich wieder beim Starren erwischt hat, so, als wäre das unser Ding. Aber was rede ich da eigentlich? Unser Ding? Nein, wir haben kein Ding. Definitiv nicht, trotzdem nervt es, dass er mich immer genau dann anschaut, wenn ich ihn anstarre. Obwohl, es bedeutet auch, dass er *mich* anschaut, oder? Gott, was frage ich mich hier eigentlich? Es sollte mir egal sein, schließlich ist er einer der Professoren.

Der Dekan legt in diesem Augenblick seinen Aktenkoffer auf dem kleinen Schreibtisch ab und nimmt sich ein Mikrofon aus einer Schublade, bevor er sich auf die Mitte des Podests stellt.

»Ich hoffe, Sie haben alle den gestrigen Abend überstanden«, begrüßt er uns. »Ich werde es erneut kurz machen, denn Sie wollen sicherlich schnellstmöglich in Ihr Studium starten.« Er hat recht, eine weitere Rede brauche ich wirklich nicht. »In den nächsten vier Jahren werden sie entweder in Vorlesungen sitzen oder Praktika in Krankenhäusern absolvieren. Die Vorlesungen sind in zwei Arten gegliedert. Klassenverbund und Jahrgangsverbund. Die wichtigsten und anspruchsvollsten Fächer werden Sie in kleineren Klassen haben, während die restlichen zusammen in einem der großen Lehrsäle unterrichtet werden. In Ihrem ersten Jahr werden Sie alles über die Grundlagen der Medizin und eher Allgemeines lernen, bevor sie in tiefere und sachkundigere Gebiete vordringen. Sie werden gleich in Klassen aufgeteilt und einem Professor zugeordnet. Und weil die Frage jedes Jahr auftaucht, werde ich sie direkt für alle beantworten«, sagt er und schaut uns ernst an, weil es ihm anscheinend wichtig ist, dass wir es mitbekommen. »Sie können die Klassen nicht ohne einen triftigen Grund wechseln.«

Ein unzufriedenes Raunen geht durch den Saal, als hätten schon einige Studenten gehofft, wechseln zu können, bevor sie wissen, wem sie überhaupt zugeteilt sind.

Der Dekan holt mehrere Listen aus seinem Aktenkoffer heraus, weshalb ich leicht nervös auf meinem Stuhl herumrutsche. »Klasse eins, Professor Breeland.« Ein Professor steht auf, der mindestens in seinen Fünfzigern ist. Der Dekan liest danach um die zwanzig Namen von Studenten vor, doch keiner davon ist meiner.

»Folgt mir bitte«, weist Dr. Breeland an, weshalb die aufgerufenen Studenten aufstehen und ihm aus dem Saal hinterhereilen.

Sieben identische Zuteilungen passieren, doch Ava und ich sitzen noch immer auf unseren Plätzen. Langsam bekomme ich ein mulmiges Gefühl, weil nur noch zwei Professoren übrig sind, und – wie sollte es anders sein – *er* ist einer von ihnen.

Wenn ich ihm zugeteilt werde, habe ich ein Problem.

»Professor Vittori.« *Daumen drücken.* Der Dekan liest weitere Namen vor, darunter auch den von Heath, der relativ weit unten im Audimax sitzt, sowie Avas. Zum einen möchte ich mit den beiden in eine Klasse, weil ich sie bereits mehr oder weniger kenne, gleichzeitig hoffe ich, dass mein Name nicht fällt. »... und als Letztes noch Scarlet Pierce.«

Verdammt.

Mein Herz schlägt schneller, als ich nun seine Stimme höre. »Folgt mir bitte.«

Solche Zufälle passieren sonst nur in kitschigen Liebesfilmen, die *nichts* mit der Realität zu tun haben. Der Mann, der mich entjungfert hat, ist nicht nur irgendein Professor, sondern auch mein zugeteilter, betreuender Professor. Das bedeutet, dass ich ihn die nächsten Jahre nicht aus der Ferne beobachte, sondern dass ich fast täglich mit ihm zu tun haben werde.

»Scarlet, kommst du?«, holt mich Avas Stimme in die Gegenwart zurück.

»Ich folge dir in mein Verderben«, flüstere ich, weshalb sie sich verwundert zu mir umdreht, als wir die Treppen hinaufsteigen.

»Was?«, fragt sie und bleibt kurz stehen, bis ich sie weiter nach oben schiebe.

»Nichts, schon gut.«

Als wir den Saal verlassen, warten die anderen Studenten und mein Professor auf uns Nachzügler. Es ist nicht zu übersehen, dass er meinen Blick meidet, und ich kann es ihm nicht verübeln.

Ava geht neben mir und schüttelt den Kopf, während ihr Finger auf ihrem Kinn ruht. »Unglaublich, wir werden von Antonio Vittori unterrichtet«, sagt sie ehrfürchtig, und ich erfahre dadurch seinen Vornamen.

Antonio.

Ihre Aussage lässt mich hellhörig werden. »Woher kennst du ihn?«, frage ich.

Ava schaut mich überrascht an.

»Die Frage ist eher, wer kennt ihn nicht?«, beginnt sie, während wir weiterlaufen, doch wir halten uns ein wenig abseits, damit unser Professor nichts mitbekommt. »Wenn ich ihn nicht gekannt hätte, wäre es kein Wunder, doch du müsstest das große Drama hier in Boston *eigentlich* mitbekommen haben«, sagt sie misstrauisch, aber ich schüttele den Kopf. »Vittori war einer der besten Chirurgen an der gesamten Ostküste. Krankenhäuser haben alles versucht, um das begabte Wunderkind abzuwerben. Er hat seinen Abschluss an der Harvard Medical School mit gerade einmal *21 Jahren* gemacht, einer der jüngsten Absolventen der Geschichte. Seine Karriere ging daraufhin steil bergauf, und er wurde mit gerade einmal 28 Jahren Chefarzt der Allgemeinchirurgie im Massachusetts General Hospital. Ihm stand eine glänzende Zukunft bevor, jedenfalls bis es zu diesem dramatischen Zwischenfall vor über zwei Jahren kam. Gerüchten zufolge soll es wohl einen verheerenden Vorfall bei einer seiner Operationen gegeben haben.«

»Und was ist genau passiert?«

Ava zuckt mit ihren Schultern. »Niemand weiß es genau, man hört nur Gemunkel. Allerdings wurde Vittori darauf fristlos entlassen.«

Kapitel 08

»Scarlet, stell dich bitte neben deinen Vater«, fordert mich meine Mutter auf und hält ihr Telefon hoch, um uns zusammen zu fotografieren.

Es ist Freitagnachmittag, und die feierliche Übergabe unserer personalisierten Arztkittel ist seit wenigen Minuten vorbei. Familie und Freunde sind bei dieser Zeremonie immer gerne gesehen, weshalb sich meine Eltern dieses Ereignis nicht entgehen lassen. Mein Vater erinnert mich an einen aufgeplusterten Gockel, er macht sich groß, schaut überzeugt und zufrieden drein. Dieses arrogante, selbstüberschätzende Lächeln würde ich gerne aus seinem Gesicht schlagen, denn ich hasse es, dass er sich so fühlt, weil *ich* ihm gegeben habe, was *er* wollte. Ich tanze nach seiner Pfeife, ich studiere an seiner Alma Mater.

»Scarlet? Hallo? Hast du mich gehört?«, holt mich meine Mutter aus meinen Gedanken, weshalb ich mich zu meinem Vater stelle, der sich neben der Flagge der Harvard Medical School positioniert hat. »Lächeln, bitte.« Wir tun ihr diesen Gefallen, damit sie endlich unser Bild machen kann. *»Sehr schön«*, sagt sie zufrieden und schaut sich dann kurz um. »Jetzt fehlt nur noch ein Familienfoto!« Meine Mutter wendet sich an eine weitere

Familie, die unweit von uns entfernt steht und sich heiter unterhält. »Würden Sie bitte so freundlich sein und ein Foto von uns machen?«, fragt sie die Frau, die wahrscheinlich die Mutter eines anderen Studenten ist.

»Natürlich«, versichert sie freundlich und ergreift das Telefon.

Sie stellt sich vor uns hin, während meine Mutter zu meinem Vater und mir eilt, um für das Foto zu posieren. Ich will gerade mein breitestes Lächeln aufsetzen, als eine vorbeilaufende Person meine Aufmerksamkeit erhascht.

Mein Professor – *Antonio.*

Auch wenn es nur für eine Sekunde war, habe ich ihn gleich erkannt, und ich verfolge ihn mit meinem Blick, wobei ich mich leicht abwende. Professor Vittori läuft mit zwei weiteren Professoren zur Bar und trägt wie bei der letzten Veranstaltung einen schwarzen schicken Anzug, der seiner Figur unglaublich schmeichelt. Warum muss dieser Mann nur immer so verflucht gut aussehen und damit alles für mich verkomplizieren?

Auch wenn diese erste Woche unglaublich schnell vergangen ist, ist es ziemlich unangenehm für mich gewesen. Wir haben uns beide so gut wie möglich ignoriert und auch nicht außerhalb des Unterrichts miteinander gesprochen. Insgesamt hatte ich zwei Fragen, welche er mir höflich beantwortet hat, während er meinen Blick jedoch mied. Und obwohl ich dieses Ereignis zwischen uns am liebsten verdrängen würde, musste ich mehrmals an unsere gemeinsame Nacht denken, vor allem wenn er durch die Klasse gelaufen ist und ich dadurch sein aphrodisierendes Parfüm wahrgenommen habe.

Nicht nur ich empfinde so, viele Studentinnen schwärmen und tuscheln über ihn. Selbst Ava. Im ersten Augenblick wusste ich nicht, was ich tun soll. Mitmachen? Leugnen? Würde es auffallen, wenn ich sagen würde, dass er nicht attraktiv ist? Oder wäre es vielleicht unauffälliger, wenn ich mich unter die Masse mischte? Letztlich habe ich mich für die Masse entschieden. Ich kann schließlich nicht leugnen, dass er attraktiv ist.

Mein Vater schnipst vor meinem Gesicht herum. »Würdest du bitte endlich in die Kamera schauen?«

»Entschuldigung«, sage ich. Wie ich meine Eltern kenne, werden sie das Foto wahrscheinlich ins Wohnzimmer stellen, damit jeder sehen kann, dass ich in die Fußstapfen meiner Familie trete. Ich würde ihnen sogar zutrauen, dass sie damit eine Karte bedrucken, um überall mein Studium an der Harvard Medical School zu verkünden. Nichts ist meinem Vater wichtiger, als zu zeigen, dass wir eine erfolggekrönte Familie sind.

Nachdem die Frau wieder zu ihrer Familie zurückgekehrt ist, blickt er auf seine Armbanduhr. »Monica, wir müssen los«, verkündet er.

»Ihr geht? Aber das Büfett wird doch erst in Kürze serviert?«, stelle ich fest und versuche, meine verletzten Gefühle zu unterdrücken. »Ich dachte, ihr bleibt länger.« Beziehungsweise habe ich gehofft, dass meine Mutter länger bleibt.

Mein Vater zuckt mit den Schultern. »Wir fliegen heute noch nach Washington D. C. zu einer Konferenz«, erklärt er. »Wir haben gesehen, wie du deinen Kittel bekommen hast und ein paar Fotos zusammen gemacht. Reicht das denn nicht, Scarlet?« *Nein, tut es nicht.* Von dieser Konferenz höre ich zum ersten Mal.

»Wir sehen uns Sonntag zum Mittagessen.« Er gibt mir einen schnellen Kuss auf die Stirn, bevor er sein Telefon in die Hand nimmt und uns verlässt.

Meine Mutter küsst mich auf die Schläfe. »Tut mir leid«, fügt sie kleinlaut hinzu und eilt zügig ihrem Ehemann hinterher.

Hätten sie nicht vorher Bescheid sagen können, dass sie heute noch wegfliegen? Wäre das zu viel verlangt gewesen? Wahrscheinlich ja. Ich kann es noch immer nicht glauben, dass mich meine Eltern heute – an diesem wichtigen Tag – nach einer halben Stunde allein gelassen haben, um auf irgendeine Konferenz zu fliegen.

Wie erstarrt ziehe ich meinen Arztkittel enger, um mich vor meinen enttäuschten Gefühlen abzuschirmen. Ihr Verhalten sollte mich nicht wundern, schließlich passiert es nicht zum ersten Mal, dass meinem Vater etwas wichtiger ist als ich und dass sich meine Mutter nicht für mich einsetzt. Es ist, wie es ist, und ich glaube nicht, dass sich das jemals ändern wird.

Allerdings habe ich auch keine Lust, mit anzusehen, wie die anderen Studenten glücklich mit ihren Familien feiern, weshalb ich mich vom Geschehen abwende und zurück ins Wohnheim möchte – der Tag ist für mich gelaufen. Es ist nicht so, dass ich es den anderen Studenten nicht gönne, doch ich bin einfach zu neidisch, weil ich mir ebenfalls eine liebevolle, fürsorgliche und unterstützende Familie wünsche.

Also verlasse ich das Gebäude und betrete gerade die erste Treppenstufe nach unten, als mich eine Stimme zusammenzucken lässt. »Gehst du etwa schon?«, fragt mein Professor und hebt eine Augenbraue, sobald ich mich zu ihm umgedreht habe. Während er sich von der

Wand abstößt und mir entgegenkommt, fasse ich mir ans Herz.

»Sollten wir in der Öffentlichkeit miteinander sprechen?«, frage ich.

»Ich würde sagen, dass wir hier allein sind. Außerdem ... darf man sich nicht als Student und Professor unterhalten?«, fragt er zwinkernd, während mein Herz einen kleinen Sprung macht. Distanz zu wahren, fällt ihm auch schwer, denn wahrscheinlich sieht er mich noch immer nackt vor Augen. So wie ich ihn.

Bevor ich ihm antworte, schaue ich mich kurz um. Niemand ist in unserer unmittelbaren Nähe, trotzdem richte ich meine Worte leise an ihn. Es fühlt sich an, als würde ich etwas Verbotenes tun. »Sind wir beide wie die meisten Studenten und Professoren?«

Als hätte ihm die Frage einen Stromschlag verpasst, schüttelt er sich, bevor er kurz seine Lippen aufeinanderpresst. »Du hast recht, das sind wir definitiv nicht.« Seine leicht verspielte Seite verschwindet, stattdessen kommt seine ernste Persönlichkeit wieder zum Vorschein. Das ist wohl der Moment, in dem er sich wieder bewusst wird, dass ich seine Studentin bin – und nicht sein One-Night-Stand. »Es wird nicht mehr vorkommen«, versichert er mir.

»O. k.«, sage ich nur, weil ich nicht weiß, was ich sonst erwidern soll.

Er nickt zum Eingang. »Ich sollte wieder reingehen, Scarlet.«

»Auf Wiedersehen, *Antonio.*«

Professor Vittori hebt überrascht seine Augenbraue, als ich ihn beim Vornamen nenne, belässt es jedoch dabei und läuft zurück ins Gebäude. Ich weiß auch nicht, wieso ich das gerade getan habe, doch ich bereue es nicht.

Mühsam schüttele ich diese Gedanken ab, atme durch und laufe zu meinem Wohnheim. Als ich meine Tür öffnen will, höre ich laute Musik aus dem Zimmer nebenan. Und weil ich im Augenblick nicht allein sein möchte, klopfe ich an Avas Tür und trete ein, nachdem sie mich hereingerufen hat. Ava, die auf ihrem Bett liegt, sieht mich fragend an, nachdem ich meinen Arztkittel ausgezogen habe.

»Was machst du hier? Wolltest du nicht mit deinen Eltern Zeit verbringen?«

Schulterzuckend setze ich mich auf ihren Stuhl. »Sie haben anscheinend andere Pläne. Und wieso bist du schon hier?«

»Das ist scheiße, tut mir leid«, sagt sie mitfühlend, bevor sie auf meine Frage eingeht. »Es gab für mich keinen Grund dortzubleiben, schließlich ist meine gesamte Familie in Kalifornien.« Augenblicklich fühle ich mich ein wenig schuldig, weil ich diesen Fakt komplett verdrängt habe und somit ins Fettnäpfchen getreten bin. »Aber es ist nicht tragisch, die richtige Fete beginnt schließlich erst in einigen Stunden«, erklärt sie achselzuckend.

»Was für eine Fete?«

»Na, die heute Abend, wo nur die Studenten unter sich sind. Keine Eltern, keine Familie und keine Professoren«, erklärt sie und runzelt die Stirn. »Ich habe dir heute während des Unterrichts davon erzählt, und du meintest, dass du mitkommen wirst.«

Erneut höre ich etwas zum ersten Mal. »Habe ich das? Ich ... äh, ich meine ... Stimmt, das habe ich«, berichtige ich mich schnell, um ihr nicht erklären zu müssen, wieso ich ihr vorhin nicht zugehört habe. Vermutlich habe ich währenddessen meinen verbotenen Professor angeschmachtet. Okay, nicht nur vermutlich. Allerdings kommt eine Party nicht infrage. »Ich habe keine große Lust, noch etwas zu unternehmen, ich bin ziemlich erschöpft«, lüge ich und täusche ein Gähnen vor.

Sie verzieht enttäuscht ihren Mund und wirkt, als hätte sie ein Problem damit, ohne mich auf diese Party zu gehen. »Bist du dir sicher?«, hakt sie nach.

»Ich bin wirklich müde, und außerdem gehe ich nicht gerne feiern.«

»Wieso überrascht mich das nicht?« Ich blicke sie verwirrt an, weshalb sie mich entschuldigend anlächelt. »Du bist echt nett und freundlich, aber du musst mehr aus dir herauskommen. Du bist ziemlich in dich gekehrt«, erklärt sie mir sanft und geht dann weiter ins Detail. »Wie zum Beispiel gestern im Supermarkt, dieser dreiste Kerl hat sich vorgedrängelt und dich doof von der Seite angemacht, und du hast ihn gewähren lassen. Ich wäre an deiner Stelle durch die Decke gegangen, was ich dann auch bin, als du nichts unternommen hast. Hätte ihn der Sicherheitsdienst nicht entfernt, hätte ich ihn an seinen Eiern aus dem Supermarkt gezerrt.«

Ich verschränke meine Arme vor der Brust. »Ich habe gelernt, dass der Clevere nachgibt. Meine Eltern haben mir beigebracht, dass sich Auseinandersetzungen nicht lohnen und man manchmal einfach in den sauren Apfel beißen muss. Und ich will morgen früh mit den Aufgaben für nächste Woche beginnen.« Das entspricht der Wahrheit.

Sie steht vom Bett auf, stellt sich mir gegenüber. »Es ist wirklich bewundernswert, dass du so diszipliniert bist, aber du hast dafür das ganze Wochenende Zeit. Das ist unsere letzte Chance, mal die Sau rauszulassen, bevor der Stress beginnt.«

Ava gibt sich Mühe, mich zu überreden, dennoch verziehe ich den Mund und bleibe misstrauisch. Ich weiß nicht, ob ich das überhaupt möchte. Die Sau rauslassen? Das habe ich noch nie getan. Ich habe schon *irgendwie* Lust, mit einer Freundin auszugehen, doch ich fürchte mich vor der Reaktion meines Vaters, wenn er herausfindet, dass ich mich nachts auf einer Party herumgetrieben habe.

»Meine Eltern würden das nicht gutheißen«, gestehe ich, ohne zu viel zu verraten. »Ich möchte keinen Ärger bekommen.« *Ich möchte nicht in den Keller.*

»Wie sollten sie davon erfahren? Es ist privat und nur für uns Studenten. Ich glaube kaum, dass sie sich auf die Party schleichen.« Ava legt mir eine Hand auf die Schulter. »Ich verstehe schon, dass du Respekt vor deinen Eltern hast und ihnen ungern widersprichst, aber du musst auch an dich denken. Willst du denn wirklich nicht mitkommen?«, fragt sie noch einmal.

»Na ja, meine Elt…«, weiter komme ich nicht, weil sie mich unterbricht.

»Es geht hier nicht um deine Eltern, sondern um dich. Willst du ausgehen oder nicht?«, möchte sie wissen und wackelt vielsagend mit ihren Augenbrauen.

»Irgendwie schon.«

»Da hast du deine Antwort!«

»Sagen wir, *falls* ich mitkomme, dann gibt es keinen Alkohol, in Ordnung?« Wenn es doch herauskommen sollte, aber ich bezeugen kann, dass ich nichts getrunken habe, dann wird es vielleicht nur halb so schlimm … Hoffe ich jedenfalls. Also werde ich es wagen, ich werde mutig sein und tun, was *ich* will.

»Ach komm, ein Glas Wein sollte doch drin sein?«

»Ich weiß nicht …« Ava schaut mich schmollend an, sodass ich meine Augen verdrehe. »Nur eins, ja?«

»Nur ein einziges, versprochen!«

Kapitel 09

»Ava?«, rufe ich, während ich durch die Flure irre, um meine verlorene Freundin wiederzufinden, und gleichzeitig um mein Gleichgewicht ringe. Ava ist eine gefährliche und sündhafte Verführerin, weil es natürlich nicht bei einem Glas Wein geblieben ist. Und wieso ich vermutlich eine ganze Flasche Wein getrunken habe, obwohl ich mir etwas anderes vorgenommen habe, kann ich erst recht nicht sagen.

»Av... *Ahhhhh.*« Mein Ruf wird durch einen Schrei verlängert, weil ich über etwas stolpere und hinfalle.

»Was zur Hölle ist denn hier l...«, fragt jemand und bricht ab, als er mich auf dem Boden kauern sieht. »Scarlet?«, höre ich eine männliche Stimme sagen, weshalb ich mich umdrehe und genervt aufstöhne.

»Dich suche ich nicht, Mr entjungfernder Professor!«

Antonio schaut mich überrascht an, bevor er einen Finger über seinen Mund legt, um sein erheitertes Grinsen vor mir zu verstecken. *Idiot.* »Wie hast du mich gerade genannt?«, fragt Professor Vittori schmunzelnd und mustert mich interessiert. Ich rätsele seit Tagen, wie ich ihn am besten betiteln soll. Antonio? Professor Vittori? Mr Vi? Verbotener Professor? Entjungfernder Professor? Letzteres wollte ich allerdings nie laut sagen.

Seine Erheiterung stimmt mich grimmig. »Darf ich eventuell erst einmal aufstehen, bevor du mich mit Fragen bombardierst?«

Sein Grinsen habe ich ihm mit meiner Bemerkung zwar nicht genommen, doch er hebt entschuldigend seine Hände, bevor er mir die rechte reicht, um mir auf die Beine zu helfen. Weil mich Vittori ein wenig zu hastig nach oben zieht, verliere ich erneut mein Gleichgewicht. Ein schmerzhafter Aufprall bleibt aus, weshalb ich sicher bin, dass mir meine Vorstellungskraft *und* der Alkohol einen Streich spielen.

»Gemütlich?«, fragt Antonio mich.

Tatsächlich fühle ich mich im Moment wohl, eine Wärme umgibt mich, ich fühle mich sicher. Zudem rieche ich einen frischen Duft, der mich an einen Wald und feuchtes Moos erinnert. Frisch nach einem Regen. *Was ist das nur?* Ich kuschle mich weiter an ihn, um seinen sicheren Halt auszukosten, der mich im Augenblick wie ein Kokon umgibt. Und dann, als wäre ein Blitz eingeschlagen, macht es plötzlich Klick. *Seinen Halt.* Unverzüglich öffne ich meine Augen, die in den letzten Minuten geschlossen waren. Mein Kopf ruht auf seiner Brust, denn ich liege in Antonios Armen.

Anscheinend habe ich mich nicht geirrt, ich bin tatsächlich umgekippt. Nur nicht auf den Boden, sondern direkt in die Arme meines *verbotenen* Professors, der mich noch immer umschlungen hält. *O Gott.* So schnell wie möglich ziehe ich mich zurück und blicke ihn unter schweren Lidern entschuldigend an.

»Das war keine Absicht«, versichere ich ihm. Verwirrt betrachte ich sein weißes Hemd. Dort, wo vor wenigen Sekunden mein Kopf geruht hat, befindet sich ein hellroter Fleck. Ich fasse mir vorsichtig an die Stirn und zucke schmerzhaft zusammen, als ich eine Wunde erfühle, die sich knapp über meinem Haaransatz befindet. *»Autsch.«*

»Alles in Ordnung?«, erkundigt er sich.

Entschuldigend zeige ich auf sein Hemd. »Ich schulde dir ein neues, schätze ich, es tut mir leid.«

Mein Gegenüber scheint nicht zu verstehen, worauf ich hinausmöchte, weshalb er irritiert seine Augenbrauen zusammenzieht. Um meinen Standpunkt zu verdeutlichen, zeige ich mit meinem Finger auf seinen Oberkörper. Seine Augen weiten sich. Ich hätte gedacht, dass er vielleicht genervt oder unzufrieden reagiert, weil ich seine Kleidung mit meinem Blut ruiniert habe, doch dem ist nicht so, ganz im Gegenteil. Innerhalb einer Sekunde überbrückt Antonio den Abstand zu mir, ein konzentrierter Blick liegt auf seinem Gesicht, der Arzt in ihm kommt zum Vorschein, schließlich war das jahrelang sein Beruf.

Seine Hände beginnen mit der Inspektion der Wunde. »Es scheint nur eine Platzwunde zu sein, aber für Genaueres ist es hier zu düster«, erklärt er, während er die Strähnen meines Haars zur Seite schiebt. »Komm«, sagt er ruhig und streckt mir seine Hand aus. »Ich habe einen Erste-Hilfe-Koffer im Büro.«

Nachdenklich schweift mein Blick zwischen seiner ausgestreckten Hand und ihm hin und her. Sollte ich wirklich mit ihm mitgehen? Gut, ich habe wieder einen halbwegs klaren Kopf, indem ich ihn mir gestoßen habe, trotzdem sind meine Hemmungen durch den Alkohol abgeschwächt. Ich weiß, was das letzte Mal passiert ist, als ich mich so leicht, luftig und mutig gefühlt habe. »Ich glaube, das ist nicht notwendig«, erkläre ich und trete einen Schritt zurück, um zu signalisieren, dass ich das nicht will.

»Das war keine Bitte.«

Seine Unverfrorenheit sorgt dafür, dass ich meine Arme vor der Brust verschränke, weil ich mich nicht von ihm herumkommandieren lasse.

»Tja, Pech, denn das ist meine Antwort.« Antonio, alias mein Professor, legt seinen Kopf schräg und betrachtet meine abwehrende Haltung amüsiert. »Du bist als mein Professor zwar weisungsbefugt, doch wir befinden uns außerhalb der Unterrichtszeiten, weshalb du mich getrost kreuzweise kannst«, sprudelt es aus mir heraus, sodass ich kichern muss, weil ich so etwas sonst niemals von mir geben würde.

»Na, wenn das so ist, kann ich mich ruhig noch unbeliebter bei dir machen.« Ich will ihn gerade fragen, was das zu bedeuten hat, als er mich hochhebt und mich in sein Büro trägt. »Ich bin Unfallchirurg. Ich habe mich dazu verpflichtet, Menschen zu retten. Und ich will nur sicher sein, dass du durch deine Alkoholeskapaden keine Schäden davonträgst.«

»Welche Alkoholeskapaden?«

Nachdem er mich auf seinem Schreibtisch abgesetzt hat, schaut er mich vielsagend an. »Als ich dich kennengelernt habe, hast du getrunken und anschließend deine Jungfräulichkeit für einen Wildfremden aus dem Fenster geworfen. Heute hast du so viel getrunken, dass du über einen Mülleimer gefallen und dich verletzt hast.« Antonio schaut mich ernst an. »Ich bin der Letzte, der dir in dieser Hinsicht einen Vorwurf machen würde.« Seine Schultern sacken herab, und seine Mundwinkel zeigen nach unten, am liebsten würde ich ihn in die Arme nehmen und trösten. »Aber lass dir einen Rat von einem Mann geben, der schon vieles durchgemacht und viele Fehler begangen hat, Alkohol ist keine Lösung, er zerstört viel mehr, als er berauschen kann.«

Zum einen mag ich es nicht, dass er mir einen Vortrag hält, doch zum anderen bin ich mir vollkommen sicher, dass er es nicht böse meint. »Ist ja nicht so, als würde ich von zwei Ausrutschern gleich süchtig werden.«

Mein Professor seufzt leise. »Glaub mir, das passiert schneller als gedacht, Scarlet. Und im Handumdrehen hast du alles verloren, was dir lieb ist.«

Seine Worte brennen sich in mein Gedächtnis ein, und zudem habe ich das Gefühl, dass mehr dahintersteckt, als er im Moment preisgeben will.

»Ich habe in den letzten zweiundzwanzig Jahren nur zweimal Alkohol getrunken, letztes Wochenende und heute Nacht. Ich habe mich tatsächlich unter Kontrolle, selbst wenn es gerade nicht danach ausschaut«, versichere ich ihm, während er in seinem Schrank nach dem Erste-Hilfe-Koffer kramt.

»Nur zweimal?«, fragt er, während er sich überrascht zu mir herumdreht.

Mir ist bewusst, wie unglaubwürdig sich das anhört, weshalb ich ein wenig über mein Leben preisgebe, ohne zu viel zu verraten. »Mein Vater ist ziemlich streng. Und weil ich bis letzte Woche bei meinen Eltern gewohnt habe, hatte ich nie die Chance, über die Stränge zu schlagen«, erkläre ich, als er den Koffer auf den Schreibtisch stellt und sich zu mir herunterbeugt. »Er würde mir das Leben zur Hölle machen, wenn er wüsste, was ich hier treibe.«

»Darf ich?«, fragt Antonio, ohne auf meine Worte einzugehen, und bittet so um Erlaubnis, mich genauer zu untersuchen. Als ich zustimmend nicke, legt er seine Hand an meine Wange und drückt meinen Kopf zur Seite, damit er einen besseren Blick auf die Wunde bekommt. »Ich habe immer gewusst, dass die Freundlichkeit und Fürsorglichkeit deines Vaters nur Fassade ist. Ich meine, so viel kann ihm seine Familie nicht bedeuten, wenn er nach nur zwanzig Minuten die heutigen Festlichkeiten verlässt«, murmelt er kopfschüttelnd.

»Dreißig Minuten«, berichtige ich ihn. »Es war eine halbe Stunde«, erkläre ich, weil ich nicht zugeben mag, dass meinen Eltern nicht allzu großes Interesse an mir haben.

Er lächelt mich schwach an und legt seine Hand auf meine Wange. »Eindeutig«, fängt er an und streichelt diese sanft, »zu wenig.«

Antonio ist halb über mich gebeugt und schaut mir tief in die Augen, weshalb mein Herz schneller schlägt. Dieser Mann schafft es schon wieder, dass ich weiche Knie bekomme. Sein maskuliner, berauschender Duft, seine wunderschönen rehbraunen Augen und die Art, wie er lächelt, bringen mich wortwörtlich um den Verstand. In San Francisco hat mich sein Aussehen angezogen, ich wollte nichts weiter, als eine Nacht mit ihm zu verbringen. Sein Äußeres ist noch immer die pure Versuchung, doch im Augenblick ist die Art und Weise, wie er sich um mich kümmert, obwohl ich mich wie ein trotziges Kind verhalten habe, das, was mich zu ihm hinzieht. Zudem fasziniert mich die Tatsache, dass er seinen hippokratischen Eid noch immer ernst nimmt, obwohl er nicht mehr als Chirurg, sondern als Professor arbeitet.

Es fesselt mich – obwohl das nicht sein dürfte.

Angestrengt bleibe ich stark, während er seine Untersuchung zu Ende bringt. »Die Blutung hört bereits auf, es ist nur eine kleine Platzwunde.« Als Beweis zeigt er mir seinen Wattetupfer, der sich nur leicht rosa verfärbt hat. »Von einem Pflaster können wir absehen, schließlich müssten wir dazu deine Haare am Ansatz rasieren«, sagt er, während er mit einer meiner hellbraunen Haarsträhnen spielt. »Das wäre zu schade«, sagt er und räuspert sich schnell. »Sorge aber dafür, dass heute Nacht keine Fremdkörper an die Wunde kommen, ansonsten könnte es sich entzünden.«

»Danke«, sage ich leise, während ich zu ihm hinaufschaue, ich kann mich nicht abwenden, seine braunen Augen hypnotisieren mich, verschlingen mich.

Ich kann deutlich sehen, dass er schlucken muss. »Scarlet, schau mich bitte nicht so an«, fleht mich Antonio an, schließt für einen Moment seine Augen und atmet tief durch, bevor er sich zurücklehnt, um den Abstand zwischen uns zu vergrößern.

»Was ist, wenn ich das nicht kann oder *will*, Antonio?«

Es ist, als wären wir zurück in San Francisco, denn nachdem er wieder seine Augen geöffnet hat, versinken wir im Blick des anderen. Es fühlt sich so vertraut an, gleichzeitig zittere ich vor Ungewissheit am ganzen Körper. *Was tun wir hier nur?* Mein Herz setzt aus, als Antonio die Entfernung zu mir überbrückt. Sein Gesicht ist nur wenige Millimeter von meinem entfernt, und sein Finger streicht über meine Lippen, sodass sich alles in mir zusammenzieht.

Der Anreiz, etwas Verbotenes zu tun, ist im Moment ein Brandbeschleuniger. Eins ist mir absolut klar, es ist ein ziemlich gefährliches Spiel mit dem Feuer. Und wir könnten uns verbrennen, lichterloh brennen und unsere Zukunft damit in Asche legen.

Wir sollten diese Nacht nicht wiederholen, es wäre ein Fehler, und trotzdem fühlt es sich im tiefsten Innern *richtig* an. Die Anziehung zwischen uns beiden ist so stark, dass wir einander noch näher kommen. Meine Welt hört auf, sich zu drehen, meine Zweifel werden leiser, denn alles, woran ich denken kann, ist, dass mich Antonio begehrt. Es ist eine Entscheidung zwischen Herz und Kopf, zwischen Leidenschaft und Verpflichtungen.

»Es wäre falsch«, flüstert Antonio.

»Zum Scheitern verurteilt.«

Und dann finden sich unsere Lippen zu einem Kuss.

Augenblicklich ist das Kribbeln zurück, das ich schon in San Francisco gespürt habe. Es ist kein sanfter Kuss, er ist fordernd und leidenschaftlich. Und je länger unser Kuss dauert, desto weiter verschwinden die Bedenken. Für mich zählt nur noch eins. *Antonio.* Ich will ihn fühlen, ihn spüren und erneut jede Faser seines Körpers erkunden. Die Vorfreude lässt mich forsch werden. Ich kralle meine Finger in sein Hemd und ziehe ihn näher an mich heran.

Ich will ihn, *jetzt.*

Mit einem Ruck erhebe ich mich also vom Tisch, drücke ihn auf den Boden, um mich danach auf seinen Schoß zu setzen. Seine Hände wandern zu meinen Hüften und anschließend zum Saum meines Kleides, wobei er meine nackten Oberschenkel streichelt. Jede Berührung entzündet ein kleines Feuerwerk in mir, und ich verliere mich in seinen Zärtlichkeiten.

Seine Lippen liebkosen meine entblößte Schulter, weil der Träger meines Kleides heruntergerutscht ist.

Meine Finger haben ein Eigenleben entwickelt und öffnen die Knöpfe seines Hemdes. Ich schiebe den Stoff über seine Schulter und berühre seine Brust. Langsam zeichne ich mit meinem Zeigefinger sein hübsches Tattoo *Famiglia* nach, woraufhin er aufstöhnt und den zweiten Träger meines Kleides abstreift, sodass es mir bis zur Hüfte runterrutscht.

Seine Lippen küssen sich bis zu meinen Brüsten herunter, die noch immer von meinem weißen BH geschützt sind. Er drückt meine rechte Brust ein wenig nach oben, sodass diese aus meinem Cup springt und er sie mit seinem Finger streicheln kann. Mein Kopf fliegt nach hinten, als er mit der Zunge meine Brustwarze liebkost. Es ist genauso schön wie beim letzten Mal, denn er weiß, wie er mit Frauen umspringen muss, um sie verrückt zu machen.

Und ja, ich bin gerade durchaus verrückt nach ihm.

»Scarlet?«, ruft Ava aus dem Flur, und wir fahren erschrocken auseinander.

Kapitel 10

Mein Herz droht aus der Brust zu springen, atmen fällt mir unglaublich schwer, die Angst, erwischt zu werden, nimmt mich ein. Schnell richte ich die Träger meines Kleides, streiche es glatt, derweil knöpft sich Antonio sein Hemd zu. Seine Stirn liegt in Falten, als würden sich tausend Rädchen in seinem Kopf drehen, bevor er sich besorgt über seinen Mund fährt und mit seiner freien Hand auf dem Schreibtisch abstützt.

Er tippt nervös mit seinen Fingern auf der Holzplatte herum. »Das hätte nicht passieren dürfen. Hätten wir miteinander geschlafen, wären wir in Teufelsküche geraten, Scarlet.«

»Ich weiß.«

Ich glaube nicht, dass Ava uns verpetzt hätte, doch es hätte jeder in dieses Büro kommen können. Eine Affäre mit Antonio, meinem verflixten Professor, ist es nicht wert, meine gesamte Zukunft aufs Spiel zu setzen. Und so, wie er mich gerade anschaut, denkt er genau dasselbe. Bis vor wenigen Minuten haben wir behaupten können, dass wir in San Francisco nichts von dieser Professor-Studentin-Verbindung gewusst haben. Heute Abend aber sind wir dieses Risiko bewusst eingegangen, weil wir uns von unseren Gelüsten haben leiten lassen. Wir haben unweigerlich eine Grenze überschritten. Ein Fehler, welchen wir wahrscheinlich beide zutiefst bereuen. *Ich meine, das sollten wir doch, oder?*

»Scarlet? Wo bist du?«, hören wir Avas Stimme erneut rufen, doch diesmal näher als zuvor.

Antonio zeigt Richtung Flur. »Geh zu ihr, bevor sie einen Blick hier reinwirft«, fordert er mich leise auf. Gerade als ich sein Büro verlassen will, hält er mich am Arm fest, sodass ich mich noch einmal zu ihm umdrehe. »Es tut mir wirklich leid, ich hätte das nicht zulassen dürfen. Ich will dich nicht in Schwierigkeiten bringen. Du bist eine intelligente, wunderschöne, junge Frau, die noch ihr gesamtes Leben vor sich hat. Ich wäre nur ein Hindernis, dass dich wahrscheinlich alles kosten könnte. Zudem ... bin ich nicht unbedingt ein Traummann. Vertrau mir, ohne mich bist du besser dran.« Er lächelt mich schwach an, seine Augen glitzern, als würden sich Tränen darin sammeln, und nimmt die Hand von meinem Arm. »Und nun ab mit dir, wir dürfen nicht erwischt werden.«

Seine Worte spuken noch immer durch meinen Kopf. Ohne ihn bin ich besser dran? Er ist kein Traummann? Gerne würde ich nachfragen, wieso er das glaubt und wieso ihn wieder diese traurige Aura umgibt, doch Ava kommt immer näher. Und es wäre besser für uns beide, wenn ich mir keine Fragen stelle. Nicht über ihn, seine Traurigkeit, seine Ansichten. Professor und Studentin. *Mehr nicht.* »Machs gut.«

»Scarlet?«, höre ich Ava unsicher fragen, die mir mit schnellen Schritten entgegenkommt. Vor Schreck fällt mir beinahe mein Telefon zu Boden. »Mit wem sprichst du da?«, erkundigt sie sich, weil sie mich gehört hat.

Antonio drückt sich schnell an die Wand neben der Tür.

Und weil mir nichts Besseres einfällt, hebe ich mein Telefon an mein Ohr, während ich zu ihr auf den Flur trete, damit sie nicht ins Büro kommt. »Ja, versprochen, ich werde sofort nach Hause gehen«, täusche ich ein Gespräch vor und tue danach so, als würde ich genervt auflegen. »Mein Vater, ich habe doch gesagt, er würde es herausfinden!«

Ava schaut mich irritiert an, kratzt sich am Hinterkopf. »Aber wie soll dein Vater das herausgefunden haben?«

»Es war mein Fehler, ich wollte dich anrufen, weil ich dich nicht mehr gefunden habe. Hab betrunken die falsche Nummer gewählt«, lüge ich sie an. »Nicht du warst dran, sondern er.«

»Ist dein Vater sehr sauer?«

Ich überlege kurz, denn meine Antwort muss so realistisch wie möglich wirken. »Ziemlich sauer, ja. Ich werde mir Sonntag mehrere Predigten von ihm anhören dürfen. Aber mach dir keine Gedanken, es ist nicht deine Schuld. Ich hätte auch Nein sagen können, Ava.«

Aus den Augenwinkeln kann ich Antonio noch immer sehen, was bedeutet, wenn sie nur einen oder zwei Schritte näher kommt, würde alles auffliegen. Mein Herz rast, und er presst eine Hand auf seinen Mund. Mit seiner anderen macht er eine Bewegung, die signalisiert, dass ich *endlich* gehen soll. Nichts lieber als das.

»Lass uns bitte zurück ins Wohnheim gehen, ich will den Geduldsfaden meines Vaters nicht noch weiter strapazieren. Ich traue ihm wirklich zu, dass er mir in der nächsten Stunde einen Überraschungsbesuch abstattet«, erkläre ich überzeugend und lege ihr einen Arm um die

Schultern, damit ich sie von Antonios Büro wegführen kann.

Wir sind erst ein paar Meter vorangekommen, als sie plötzlich innehält und zurückschaut. »Das Licht ist noch an.«

Sie macht Anstalten, sich umzudrehen, doch ich lege meine Hand auf ihren Arm. »Ich Dummerchen, das habe ich wohl vergessen. Ich schalte es aus, mache dir keine Umstände«, komme ich ihr zuvor und husche schnell zurück.

Nachdem ich sichergestellt habe, dass Ava stehen geblieben und mir nicht gefolgt ist, betrete ich das Büro. Ich stelle mich neben Antonio, der unweit des Lichtschalters verharrt. Auf seiner Stirn haben sich mehrere Schweißperlen gebildet, während er seinen Kiefer zusammenpresst.

»Es tut mir leid«, hauche ich tonlos.

»Du bringst mich noch ins Grab, Scarlet«, flüstert er, während er sich an sein Herz fasst.

Bevor ich das Licht ausschalte und sein Büro verlasse, lächle ich ihn traurig an. Erneut realisiere ich, wie knapp es heute doch war und dass ich das nicht noch einmal riskieren will. Weder für einen Mann noch für eine belanglose Affäre. Ich werde meine zukünftige Chirurgenkarriere nicht für eine heiße Nacht mit meinem Professor aufgeben.

Auch nicht für mehrere heiße Nächte.

»Können wir nun nach Hause?«, frage ich, als ich Ava wieder erreicht habe.

»Lass uns verschwinden.«

Als ich nach einem unruhigen Schlaf mit tierischen Kopfschmerzen aufwache, ist es bereits Mittag, denn

Sonnenstrahlen erhellen mein Zimmer. Die Nacht über habe ich mich hin und her gewälzt, weil meine Gedanken und Träume verrücktspielten. Nicht weil ich traurig bin, dass Antonio und ich das zwischen uns beendet haben, bevor es wirklich angefangen hat, sondern weil ich Angst habe, dass es doch irgendwie ans Licht kommt.

Ich zwinge mich dazu, mein Bett zu verlassen, ziehe einen plüschigen Morgenmantel über und schlüpfe in meine Hausschuhe. Als ich zu meiner Kapselmaschine laufe, erinnere ich mich, dass ich gestern die letzte Nespresso-Kapsel benutzt habe. Stöhnend lasse ich mich wieder auf mein Bett fallen. Den Tag ohne Kaffee aushalten? Augen zu und durch?

Nein, nein, nein, ganz schlechte Idee.

Ohne Kaffee und Schmerztablette werde ich zu nichts zu gebrauchen sein. Die Kopfschmerzen verhindern, dass ich weit laufen kann, um mir ein Aufputschmittel zu organisieren, weshalb ich mich dafür entscheide, in die Cafeteria zu gehen. Erschöpft tausche ich Morgenmantel und Pyjama gegen eine schwarze Yogahose und einen Hoodie. Die Hausschuhe lasse ich an, schließlich muss ich das Wohnhaus nicht verlassen, und zudem glaube ich nicht, dass ich in der Lage wäre, mich zu bücken, ohne dass mir schlecht wird.

Auf dem Weg zur Cafeteria ähnele ich einem Zombie, ich fühle mich nicht wie ich selbst. Und im Augenblick verfluche ich mich wirklich dafür, getrunken zu haben, denn das ist kein schönes Gefühl. Wie ... wie nennt man das noch mal? Kater, ja, ich habe gerade meinen allerersten Kater. *Wunderbar.* Nachdem ich meine Bestellung erhalten habe, laufe ich zum Ausgang zurück, halte jedoch inne, als ich eine bekannte Person erkenne. Ava liegt mit ihrem Kopf auf einem der Esstische, und als ich näher komme, höre ich, dass sie schnarcht. Ihr Kaffee dampft inzwischen nicht mehr, sie hat ihn wahrscheinlich nicht einmal angerührt.

Ich tippe sie vorsichtig an. »Ava, aufwachen.«

Es dauert einen Moment, bis sie ihren Kopf hebt und mich schläfrig anschaut. »Was machst du in meinem Schlafzimmer? Habe ich verschlafen? Müssen wir zum Unterricht?«, fragt sie gähnend und richtet sich auf.

Ich setze mich ihr gegenüber. »Es ist Samstagmittag.«

Ihre Erinnerungen kommen langsam zurück, und sie nippt zögerlich an ihrem Kaffee, ehe sie ihn unzufrieden wegstellt. »Kälter als der Nordpol. Und wie hast du geschlafen?«

»Also, *ich* habe gut geschlafen.« Plötzlich lässt sich jemand neben mir nieder, und ich muss nicht aufschauen, um zu erkennen, um wen es sich handelt. Seine tiefe Stimme hat durchaus Wiedererkennungswert. Der honiggoldene Blonde grinst uns beide an. »Ihr beide seht hingegen nicht besonders gut aus, wenn ich ehrlich sein darf.« Obwohl wir in einer Klasse sind, haben wir uns letzte Woche kaum unterhalten. Während ich mich mit Ava angefreundet habe, hat Heath in einer anderen Gruppe aus unserem Klassenverbund Anschluss gefunden.

Ava schaut mich mürrisch an. »Wer ist dieser Kauz, der mich hässlich nennt?« Heath ist die Sache nicht gut angegangen, denn er hat Ava heute *definitiv* auf dem falschen Fuß erwischt. Sie ist nicht nur ein Morgenmuffel, sondern auch verkatert.

Er zeigt auf sich. »Heath. Hast du mich schon vergessen? *Autsch.*« Dann lehnt er sich nach hinten, schaut lässig drein. »Obwohl, so schnell, wie du verschwunden bist, hätte mir klar sein sollen, dass du es verdrängen willst.«

»Ihr kennt euch?« Mir ist bewusst, dass wir in einer Klasse sind, allerdings hätte ich nicht gedacht, dass sie sich darüber hinaus ausgetauscht haben. Wenn ich mit Heath gesprochen habe, war sie nicht anwesend. Ich habe die beiden einander nicht vorgestellt.

»Nein.«

»Doch«, widerspricht Heath.

»Woher sollen wir uns bitte kennen?«, möchte sie wissen.

Heath schnaubt. »Wie viel hattest du bitte intus?«, fragt er, und ich frage mich, was zwischen den beiden gelaufen ist. Im Augenblick klingt es, als hätten sie etwas miteinander gehabt. »Vielleicht hilft dir das auf die Sprünge: Vorhof, Maskottchenhelm, splitterfasernackt.«

»Ihr habt miteinander geschlafen?«

»Ich hatte letzte Nacht Sex?«

Heath' Augen weiten sich, und sein Mund steht weit offen. »Warte? Was? Sex? Wie kommt ihr darauf?« Kurz denkt er über seine Worte nach, dann haut er sich gegen die Stirn. »Okay, ich gebe zu, dass meine Hinweise eventuell irreführend waren – aber hallo? *Maskottchenhelm?*«

»Es wäre nicht das Verrückteste, was ich je gemacht habe.« Ava zuckt mit den Schultern. »Und meine Devise? Sag niemals nie.«

Es schockiert mich zu hören, wie sie einfach ... *so etwas* ... laut herausposaunt.

Ava lehnt sie sich nach vorne, Aufregung blitzt in ihren Augen auf, was ich nachvollziehen kann, denn mich interessiert auch, was es dann mit den drei Wörtern auf sich hat. »Was hat es nun mit splitterfasernackt und dem Maskottchenhelm zu tun?«

»Ja, erleuchte uns«, bitte ich.

»Eine Wette, es war eine Wette.«

Ava schaut ihn verwirrt an. »Und weiter ...?«

»Alles begann mit einer Runde Wahrheit oder Pflicht – wie sollte es auch anders sein?«, eröffnet er uns, und Ava macht einen Gesichtsausdruck, der besagt »Ja, ergibt Sinn«, während ich nicht verstehe, was irgendein Spiel damit zu tun haben könnte. »Ava hat mich gefragt, ob ich schon mal flitzen war – und ich habe bejaht, und dann ...«

Ich unterbreche ihn. »Flitzen? Rennen? Versteh ich nicht.«

Heath schaut von mir zu Ava, die mit ihren Schultern zuckt. Dann wendet er sich wieder mir zu, während sein Finger nachdenklich über sein frisch rasiertes Kinn streicht. »Du weißt wirklich nicht, was flitzen ist?«, fragt er schließlich. Ich schüttele den Kopf. Anstatt sich darüber lustig zu machen, lächelt er mich nur freundlich an. »Flitzen ist, wenn man nackt umherrennt – meistens nach einer verlorenen Wette oder bei einer Mutprobe.«

»*Oh* ... okay.«

Ava schaut mich an. »Wusstest du das wirklich nicht?«

Mein Magen sackt ab, denn ich habe versagt. »Nein, es tut mir leid.«

Ihr Blick wird noch irritierter. »Wieso entschuldigst du dich dafür?«

»Weil ich es nicht gewusst habe?« Mein Vater hat mir früh beigebracht, dass es verheerend ist, wenn man die Antwort zu einer Frage nicht kennt.

»Passiert«, wirft Heath ein. »Man kann nicht alles wissen.« Aber das sollte man, jedenfalls, wenn es nach meinem Vater geht. »Der Mensch ist nicht dazu gedacht, perfekt zu sein.«

Ava nickt. »Hier reißt dir niemand den Kopf dafür ab.«

»Ich ...« Mir fehlen die Worte, denn das, was sie sagen, unterscheidet sich gänzlich von dem, was ich bisher erlebt habe. Was die beiden sagen, kann also nicht real sein. Oder? Ich schüttele den Kopf, denn ich kann nicht mehr darüber nachdenken, meine Kopfschmerzen sollen nicht noch schlimmer werden. »Kommen wir zur Wette zurück? Was war nun zwischen euch?«, wechsle ich zum ursprünglichen Thema zurück.

Heath nickt. »Sooo ... Wo war ich?«, überlegt er, während er sich einen Finger an die Lippe legt. »Ah, ja, genau«, sagt er, weil es ihm anscheinend wieder eingefallen ist. »Ich habe bejaht, und irgendjemand meinte, dass das nichts Besonderes mehr ist. Und irgendwie ist Ava auf die Idee gekommen, mich aufzufordern, den Helm des Maskottchenkostüms zu stehlen, aufzusetzen und damit über den Vorhof der Medical School zu flitzen.«

»Das hast du nicht etwa getan?«, frage ich flüsternd.

Plötzlich haut Ava mit der Faust auf den Tisch, sodass ich zusammenzucke, ihre Augen weit geöffnet. »Oh, ich erinnere mich wieder!«

Heath hebt eine Augenbraue. »Erinnerst du dich auch daran, dass du um zehn Dollar gewettet hast, und dann einfach abgehauen bist, anstatt deine Wettschulden zu begleichen?«, hilft er ihr auf die Sprünge.

»Ups.« Ein raubtierhaftes Grinsen schleicht über ihr Gesicht. »Nun, ich habe kein Geld bei mir, aber was ist,

wenn ich dir meinen Kaffee überlasse? Er ist keine zehn Dollar wert, aber ... gib dir einen Ruck.«

Bietet sie ihm gerade ihren *kalten* Kaffee an?

Er seufzt, nickt schließlich. »Meinetwegen, ich fühle mich heute großzügig, und gegen einen heißen Kaffee kann ich nichts einwenden.«

»Ich gebe dir diesen Becher Kaffee, und die Schulden sind beglichen?«, versichert sie sich, und ich bemerke, wie sie das Wort »heiß« auslässt. Eins muss man ihr lassen, Ava ist geschickt. Das muss man wahrscheinlich sein, wenn man sich mit zwei kleineren Geschwistern das Zimmer teilen muss. Heath nickt erneut. »Dann bitte schön – genieß ihn.«

Kaum hat er einen Schluck getrunken, schaut er Ava entgeistert an. »Der Kaffee ist kalt.«

Ich schlucke. Mein Vater würde sich nicht so behandeln lassen, *er würde ...*

»Nun, ich habe nie behauptet, dass er heiß ist.«

Anstatt wütend zu werden, wie ich es erwartet hatte, weil er reingelegt worden ist, fängt er lauthals an zu lachen. *»Touché.«* Gleichzeitig entspanne ich mich. Heath reagiert nicht tobsüchtig wie mein Vater. »Ich mag dich.« Ava erwidert das Lächeln, zwinkert ihm zu. »Aber das werde ich dir heimzahlen. Irgendwann werde ich dich genauso reinlegen, glaub mir.«

»Hm, ne, daran glaub ich nicht«, erwidert sie lachend.

»Um wie viel wettest du?«

»Kaffee?«, schlägt sie lachend vor.

Ich schaue beide entgeistert an. »*Erneut?* Ihr wettet erneut?«

Nachdem Heath den eiskalten Kaffee zurück zu Ava geschoben hat, steht er auf. »Und, ja, wieso nicht? Das

Leben macht viel mehr Spaß, wenn man sich Herausforderungen stellt.« Er winkt uns beiden zum Abschied zu. »Ich werde mir einen heißen Kaffee holen, wenn ihr mich also entschuldigen würdet.« Heath läuft ein paar Schritte, hält dann jedoch inne und dreht sich noch einmal zu uns um. »Und, ihr Ladys, ihr braucht auch mehr Koffein.«

Meinen Becher habe ich in der Zwischenzeit schon geleert. »Da hat Heath nicht unrecht, ich brauche dringend mehr, sonst schlafe ich ein.«

Avas unbekümmertes Gesicht, das vor wenigen Sekunden noch aufgeregt gestrahlt hat, fällt in sich zusammen. »Konntest du wegen des Anrufs mit deinem Vater nicht schlafen?« Stimmt, da war ja was – meine kleine Notlüge. »Ich will *noch mal* betonen, dass es mir leidtut.« Sie fühlt sich schuldig, weil sie mich dazu überredet hat.

»Ava, du hast mir nichts aufgezwungen, es war meine Entscheidung. Und meine Eltern können mir nicht lange böse sein, mach dir keine Sorgen«, lüge ich zwinkernd, obwohl ich es besser weiß, denn ich möchte nicht, dass sie sich schlecht fühlt. »Ich gehe mal schnell ins Badezimmer«, erkläre ich und lasse sie für einen Augenblick allein.

Danach ist das Thema *hoffentlich* vom Tisch.

Als ich zurück in die Cafeteria komme, hält meine Zimmernachbarin mein entsperrtes Telefon in der Hand. »Ava? Wieso hast du mein Telefon?«, frage ich verwirrt nach.

Sie lächelt mich erleichtert an, während sie mir mein Telefon reicht. »Du musst dir bezüglich deines Vaters keine Sorgen mehr machen. Ich habe ihm erklärt, dass letzte Nacht allein meine Schuld war.« Ich schlucke und schaue mit schwerem Herzen auf meine Anrufliste und hoffe, dass das gerade ein schlechter Scherz war. Doch ein Blick auf mein Display lässt mich erstarren, denn ich bin so was von erledigt.

Ausgehender Anruf an *Vater.*

Kapitel 11

»Ach, Mist«, fluche ich.

Frustriert werfe ich meinen Bleistift durch mein Wohnheimzimmer, weil ich mich einfach nicht konzentrieren kann. In weniger als zwei Stunden muss ich bei meinen Eltern antanzen, und ich fürchte mich bereits jetzt vor der Reaktion meines Vaters. Er hat durch Avas Anruf nicht nur erfahren, dass ich mich spätnachts herumgetrieben habe, sondern auch dass ich gegen seine Regel verstoßen habe: keinen Alkohol zu trinken. Ich habe ihn direkt zurückgerufen, nachdem Ava mit ihm gesprochen hatte, doch er hat mich weggedrückt. Ich habe nur eine einzige Nachricht von ihm bekommen, die das Blut in meinen Adern gefrieren ließ:

Genieß den letzten Tag in Freiheit.

Zu sagen, dass ich Angst habe, wäre die Untertreibung des Jahres. Ihm stehen viele Möglichkeiten offen, wie er mich bestrafen und quälen kann. Emotionale Folter ist sein Fachgebiet, dort ist er besonders begabt. Nachdem ich eine Predigt durchgestanden habe, werde ich wahrscheinlich bis heute Abend in meiner kleinen Zelle eingesperrt – oder vielleicht sogar bis Montagfrüh? Stundenlang allein in der Dunkelheit, mit nichts außer den lauten Geräuschen der Maschinen, die mich langsam in den Wahnsinn treiben. Das wird meinem Vater aber nicht reichen, o nein, dafür habe ich selbst gesorgt. Meine Zeit im Wohnheim habe ich damit verspielt. Weil ich unbedingt rebellieren musste.

Gezwungenermaßen stehe ich von meinem Stuhl auf und stelle mich vor meinen Kleiderschrank. Ich lege mir eine hellgraue Hose und einen weißen Levis-Pullover raus, bevor ich den Waschsaal aufsuche, um mich frisch zu machen. Nachdem ich schnell geduscht, minimal Make-up aufgetragen und meine Haare gebürstet habe, ziehe ich mich an und gehe zurück in mein Zimmer. Dort schnappe ich mir einen schwarzen Übergangsmantel, weil die Temperaturen weit abgerutscht sind. Kaum hat die zweite Septemberwoche angefangen, ist der Sommer vorbei, wie immer an der kalten nördlichen Ostküste.

Gerade als ich meine Tür schließe, öffnet sich Avas Zimmertür, weshalb ich mich unverzüglich anspanne. »Fährst du jetzt zu deinen Eltern?«, fragt sie. Obwohl mich die Angst vor meinem Vater ausfüllt, spüre ich, dass noch ein weiteres Gefühl in mir brennt. *Ärger.* Ich habe Avas Aktion noch lange nicht verdaut. »Du bist noch wütend …«, stellt sie fest, weil ich nichts von mir gegeben habe.

Spöttisch lache ich auf, bevor ich mich zu ihr umdrehe. »Du meinst, weil du, ohne zu fragen, an mein Telefon gegangen bist? Wie kommst du darauf?«, frage ich ironisch. Ich würde niemals im Traum daran denken, ein fremdes Telefon zu nehmen und jemanden ungefragt anzurufen.

Ava wird rot im Gesicht. »Ich schätze, dass ich mein schlechtes Gewissen erleichtern wollte. Ich hatte keine bösen Absichten, aber du hast recht, ich hätte nicht deinen Vater anrufen dürfen, und das tut mir wirklich leid. Das wird nicht mehr vorkommen, versprochen, Scarlet.« Sie spielt nervös mit ihren schwarzen Locken, sie schämt sich wirklich für das, was passiert ist.

Meine Wut flacht ab, und ein weiteres Gefühl kommt zum Vorschein: *Schuld.* Bisher konnte ich es gut unterdrücken, doch wenn ich nun in ihre grünen traurigen Augen schaue, kann ich es nicht mehr leugnen. Mein Verhalten ist ihr gegenüber nicht fair, denn *ich allein* bin an meiner Misere schuld. Es war bis eben nur einfacher, anderen die Schuld zu geben, als bei mir selbst anzufangen. Ava hat nicht wissen können, dass sie mich mit diesem Telefonat in Schwierigkeiten bringt, also kann ich ihr keinen allzu großen Vorwurf machen. Es ist zwar nicht vollends vergeben und vergessen, doch ich sollte nach vorne schauen.

»Lass uns dieses Wochenende einfach vergessen, o. k.?«, schlage ich vor und lächle sie aufrichtig an. »Aber du musst versprechen, so etwas nicht mehr zu machen, vor allem nicht bei meinen Eltern«, verlange ich als Gegenleistung.

»Ich schwöre hoch und heilig, dich nicht mehr zu sündhaften Tätigkeiten zu überreden und nicht mehr an dein Telefon zu gehen!« Sie breitet langsam ihre Arme aus und schaut mich auffordernd an, weshalb ich seufze.

»Gut, ich verlasse mich darauf«, sage ich, bevor ich sie umarme, um das Beilegen unserer Streitigkeiten zu besiegeln. Danach schaue ich auf meine silberne Armbanduhr. »Ich muss jetzt los«, erkläre ich, weil ich heute ungern zu spät kommen möchte.

Das würde alles nur verschlimmern.

»Ich drücke dir die Daumen.«

Vor der Haustür halte ich inne und zögere aufzuschließen, meine Hände verweigern den Dienst. Doch je länger ich warte, desto schlimmer wird meine Ungewissheit, was mit mir passieren wird. Sobald ich das Foyer betrete, sollte *eigentlich* mein Magen knurren, denn der Duft eines Bratens liegt in der Luft, auch der von Rotkohl und Kartoffeln. Ich habe den ganzen Tag noch nichts gegessen, doch überkommt mich kein Appetit – im Gegenteil, mir ist speiübel. Mich erwartet kein Festmahl, sondern eine Henkersmahlzeit.

Anstatt wie immer zuerst meinen Vater aufzusuchen, folge ich dem Duft in die Küche, denn im Augenblick brauche ich dringend meine Mutter. Ich stehe bereits am Abgrund, ich kann nicht mehr viel falsch machen.

Sie steht mit dem Rücken zu mir am Herd, kümmert sich um die Töpfe. Ich spüre einen Kloß in meinem Hals. *»Mama.«* Meine Stimme zittert.

Sie dreht sich blitzschnell um, starrt mich einen langen Moment stumm an. »Oh, Scarlet.« Meine Mutter legt den Kochlöffel auf die Küchentheke und kommt mir langsam entgegen. »Was hast du dir nur dabei gedacht?«

»Ich weiß es nicht.«

»Du kennst deinen Vater, du weißt ...« Sie bricht ab, möchte den Satz nicht beenden. Sie will sich der Realität nicht stellen. »Komm her«, sagt sie nur und nimmt mich in die Arme. Sie drückt mich fest, will mich nicht mehr loslassen, als hätte sie Angst um mich. Und dennoch steht sie nur herum, anstatt für mich oder um mich zu kämpfen. Nach einer Weile hält sie mich eine Armeslänge von sich entfernt. »Hör mir gut zu, tu, was auch immer er dir sagt, verhalte dich respektvoll und verärgere ihn nicht noch mehr.«

Anstatt etwas zu sagen, wie, dass sie für mich da ist, sie es nicht zulässt, dass mir mein Vater etwas tut, soll ich selbst dafür sorgen, dass meine Bestrafung gering ausfällt. Sie presst die Lippen aufeinander, sie verschließt sich weiterhin vor der Wahrheit – beziehungsweise versucht es. Sie kann mir nicht weismachen, dass sie nicht weiß, was er mir antut. In Augenblicken wie diesen verachte ich sie, denn ich fühle mich im Stich gelassen.

»Und was tust *du*?«, versuche ich, sie aus der Reserve zu locken.

»Ich habe extra sein Lieblingsessen gemacht.«

»Das ist deine Antwort? *Wirklich?*«

Sie schaut mich verwirrt an. »Was soll ich sonst tun? Du hast ihn doch wütend gemacht.«

Dich scheiden lassen? Mich mitnehmen, mich beschützen? Das ist die Aufgabe einer Mutter – genau das sollte sie tun. Doch Monica Pierce ist keine Löwenmutter, sie wirft mich lieber meinem Vater zum Fraß vor. Was hatte ich erwartet? Dass sie sich plötzlich ändert? Meine Mutter stand immer unter seiner Kontrolle, und das wird auch immer so sein.

»Du hast recht«, sage ich, weil ich keine Kraft für einen Streit mit ihr habe. Es würde zu nichts führen, es würde mich nur aufregen.

Meine Mutter holt den Braten aus dem Ofen. »Wieso machst du dich nicht nützlich und hilfst mir?« Sie tut wieder so, als wäre nichts passiert. »Wir wollen deinen Vater nicht warten lassen, nicht dass er noch wütender wird, als er bereits ist.«

Ich widerspreche ihr nicht.

Innerhalb der nächsten zwanzig Minuten richten wir den Tisch her. Stillschweigend. Wir hatten uns nichts mehr zu sagen, beziehungsweise ich wollte ihr nicht sagen, was mir eigentlich auf der Zunge liegt. *Ich bin maßlos von dir enttäuscht.* Zudem hatte ich nicht den Mut, ins Arbeitszimmer meines Vaters zu gehen, um ihn zu begrüßen – ich bin nicht bereit für meine Bestrafung. Die Wahrheit ist, dass ich Angst davor habe.

Nachdem meine Mutter meinem Vater Bescheid gegeben hat, dass das Essen angerichtet ist, setzen wir uns beide hin, doch eine andere Stille als gerade eben breitet sich zwischen uns aus. Sie sitzt kerzengerade, schaut zu Boden, während sie mit ihren Zähnen knirscht. Sie ist deutlich angespannt, doch nicht nur ihr ergeht es so.

Und dann höre ich etwas, das meinen Herzschlag drastisch erhöht. Die schweren Schritte meines Vaters. *Er kommt.* Er setzt sich an seinen üblichen Platz am Fenster, um so den Raum zu überblicken. »Tochter«, begrüßt er mich, ohne mich eines Blickes zu würdigen.

Ich warte auf seine Lektion, Bestrafung oder irgendeine Reaktion, aber er bleibt stumm und ignoriert mich, während er sich am Essen bedient. Er will mich absichtlich auf die Folter spannen und hofft wahrscheinlich, mich dadurch zu brechen.

Und er wird gewinnen … *wie immer.*

Als sich mein Vater endlich zu Wort meldet, zucke ich zusammen. »Was soll das denn werden, Monica?«, fragt er missbilligend, als sich meine Mutter mehrere Kartoffeln auf ihren Teller legt. »Nimm nicht so viel, in deinem Alter solltest du auf deine Linie achten. Du bist nicht mehr so ansehnlich wie früher, also verschlimmere es nicht, indem du übergewichtig wirst.«

Meine Mutter sieht starr geradeaus und hält inne. Sie braucht ein paar Augenblicke, um sich wieder zu fangen, und legt dann ein paar Kartoffeln zurück. Ich schüttele fassungslos den Kopf über die respektlose Bemerkung meines Vaters. Meine Mutter ist nicht im Geringsten füllig, sondern besteht fast nur aus Haut und Knochen, weil er ihre Ernährung streng überwacht. Doch selbst wenn sie übergewichtig wäre, dürfte er nicht so mit ihr umspringen.

Für einen Augenblick glitzern ihre Augen, doch dann setzt sie ihre gleichgültige Miene auf, die sie perfektioniert hat, um solche verbalen Angriffe von sich abprallen zu lassen.

Eigentlich muss ich mich nicht wundern, dass ich genauso geworden bin, schließlich haben es mir meine Mutter und meine Großmutter jahrelang vorgemacht. Sie haben es mit sich machen lassen. Sie haben es auch mit *mir* machen lassen, weil sie zu feige sind, gegen meinen Vater und Großvater vorzugehen. Doch ich möchte so nicht enden.

Während ich das Bedürfnis unterdrücke, meinen beiden Eltern an die Gurgel zu springen, richtet mein Vater die Aufmerksamkeit auf mich. *Verdammt.*

»Hast du etwas zu sagen, Tochter?« Das Bedrohliche in seiner Stimme ist nicht zu überhören. Die Strenge weicht aus seinem Blick, stattdessen schaut er mich herausfordernd an. »Halte dich nicht zurück, ich würde zu gerne deine Meinung hören.« Ich überlege einen Moment, ob ich seiner Aufforderung nachkommen sollte. Er schaut mich ungeduldig an, weshalb ich mir sicher bin, dass er eine Antwort will. Es ist eine Falle, dessen bin ich mir bewusst.

Meine Mutter schüttelt kaum merklich den Kopf, weshalb ich stumm bleibe und zu Boden blicke. Ich spüre, wie er sich zu mir herüberlehnt und mein Kinn unnachgiebig umfasst, um es schmerzvoll zu ihm zu drehen. »Gute Entscheidung, Tochter, du solltest deinen Mund halten, denn du hast hier nichts zu melden«, erinnert er mich.

Er lässt mich abrupt los, weshalb ich mich gegen meine Stuhllehne presse, um möglichst viel Abstand zwischen uns zu bringen. »Wann hatte ich das je?« Die Augen meiner Mutter weiten sich, und ich lege mir schockiert die Hand über den Mund. *Scheiße, scheiße, scheiße.* Das wollte ich nicht laut aussprechen, es war doch nur ein Gedanke in meinem Kopf.

Mein Vater schlägt mit seiner Hand auf den Tisch, weshalb ich mit meinem Stuhl einen Satz zurück mache, mich in Sicherheit bringe. »Ich habe mich wohl verhört!«

Überstürzt erhebt er sich, sodass der Stuhl dabei nach hinten kippt, und blickt wütend auf mich herab. Kalter Schweiß breitet sich auf meinem Rücken aus, während meine Brust enger wird. Wenn ich bisher noch nicht auf seiner Abschussliste stand, dann tue ich es nun definitiv. Ich hätte das niemals sagen dürfen, weil ich nun der geballten und unzähmbaren Wut meines Vaters ausgeliefert bin.

»Du undankbares Weibsstück! Ich sorge dafür, dass du die beste Ausbildung in diesem Land erhältst, es dir an nichts fehlt, und so dankst du mir?« Er reißt mich an meinen Haaren von meinem Stuhl und schubst mich von sich, weshalb ich ins Stolpern gerate. Schmerz durchzuckt meinen Kopf, und ich bin mir sicher, dass einige Strähnen samt Haarwurzel von ihm herausgerissen wurden. »Du wirst lernen, was es bedeutet, dich mir zu widersetzen«, verspricht er mir und kommt mir gefährlich nahe.

Mein Herz bleibt stehen, als er ausholt und mir ins Gesicht schlägt.

»Das ist für deine heutige Respektlosigkeit«, brüllt er und holt erneut aus, sodass ich schmerzerfüllt zurückweiche. Der zweite Schlag ist härter als der erste. Das hat nichts mehr mit einer einfachen Ohrfeige zu tun. »Und das war dafür, dass du gegen meine Regeln verstoßen und Alkohol getrunken hast!«

Ich flehe ihn an aufzuhören und versuche zurückzuweichen, doch er lässt mich nicht los. Der dritte Schlag sorgt dafür, dass ich durch die Wucht gegen die Wand geschleudert werde. Meine rechte Wange ist inzwischen beinahe taub, ich höre einen Tinnitus im Ohr pfeifen. Alles dreht sich, ich kann nicht mehr gerade stehen, weshalb ich kraftlos an der Wand hinunterrutsche. Meine Sicht verschwimmt, Sterne tanzen vor meinen Augen.

Bevor er mich abermals schlagen kann, geht meine Mutter dazwischen.

»Jacob, bitte, du willst doch nichts tun, das du später bereuen könntest«, versucht sie, ihn mit zitternder Stimme zu beruhigen.

Er schubst meine Mutter zur Seite und packt mich am Kragen meines Pullovers, weshalb mich die Angst vor einem weiteren Schlag einnimmt.

»Hast du verstanden, was passiert, wenn du mir keine gute Tochter bist, Scarlet?«, fragt er mit einem drohenden Unterton und streicht mir warnend über meine schmerzende Wange. »Du tust besser, was von dir verlangt wird, und wagst es nicht erneut, gegen meine Regeln zu verstoßen.«

Ich bekomme keinen einzigen Ton heraus.

Mein Vater lässt abrupt von mir ab, sodass ich mit meinem Hinterkopf gegen die Wand knalle und erneut einen stumpfen Schmerz fühle. Ich halte die Luft an, als er sich wieder zu mir herumdreht. »Weißt du, ich fühle mich heute großzügig und werde nicht allzu hart mit dir umspringen. Ich werde dir noch exakt *eine* Chance geben, Scarlet.« Das nennt er nicht allzu hart? Was erwartet mich, wenn er es ernst meint? Bei diesem Gedanken überkommt mich eine Gänsehaut am ganzen Körper.

»Du darfst sogar über deine Bestrafung bestimmen.«

Die Schläge waren nicht meine Bestrafung?

Meine Mutter überkreuzt ihre Arme, als würde sie sich beschützen wollen, dabei brauche doch eigentlich *ich* den Schutz.

Mein Vater kniet sich vor mir hin, streckt die Hand nach mir aus, sodass ich zusammenzucke. Und weil ich sofort die Augen vor ihm verschlossen habe, bin ich erstaunt, als ich seine Hand an meinem Haar fühle. Als ich die Augen wieder öffne, streicht er mir eine hellbraune Strähne hinter das Ohr, die einmal seiner Haarfarbe geglichen hat.

»Du hast zwei Optionen, Scarlet«, beginnt er, sein Blick bohrt sich in mich. »Du ziehst unverzüglich wieder bei mir ein.« Ich muss schlucken, denn das will ich *definitiv* nicht. »Oder du verbringst die nächsten zwei Nächte im Keller, um Buße zu tun.«

Er lächelt eisig.

Mein Vater ist sich bewusst, dass er mich wieder gebrochen hat.

Kapitel 12

In der Dunkelheit ist nur der Heizboiler zu hören, der ununterbrochen Krach macht. Ich halte die Hand vor mein Gesicht, erkenne jedoch nichts außer Finsternis. Die Erschöpfung sitzt tief in meinen Knochen, denn seit ich hier im engen Raum sitze, die Gliedmaßen angezogen, weil es so eng ist, konnte ich nicht in einen erholsamen Schlaf fallen, der meine Zeit in der Hölle verkürzen würde. Die Trommelschläge der Maschinen halten mich wach, und immer wenn ich kurz vor dem Einschlafen bin, holen sie mich wieder zurück in die Realität.

Meine Haarsträhnen sind fettig, meine Haut schwitzig, denn der Raum hat eine quälend heiße Temperatur. Nur die Lüftung sorgt dafür, dass ich nicht ersticke – dafür gibt sie unangenehme summende Geräusche von sich. Geräusche, überall Geräusche, obwohl ich ... obwohl ich doch nur schlafen will. Die Wasserflasche ist bereits leer, dafür randvoll mit meinem Urin gefüllt, der anfangs gestunken und die Luft verpestet hat, doch inzwischen rieche ich weder die gelbe Flüssigkeit noch meinen Schweiß. Ich rieche nichts, fühle nichts mehr, ich bin hier und da. Einfach überall. Es ist, als würde ich von oben auf mich herabblicken, obwohl ich mich nicht einmal sehen kann. Mein Kopf fällt vor Erschöpfung nach hinten, Schmerz empfinde ich nicht, ich ersehne nur noch Schlaf. Meine Gliedmaßen sind eingeschlafen, nichts kribbelt mehr, sie fühlen sich schlaff an. Ich merke, wie ich davondrifte, doch kurz darauf bin ich wieder wach. Geräusche, überall Geräusche, es ist zu laut, um schlafen zu können.

Und dann … blendendes Licht. Ich werde befreit, obwohl ich weiterhin eine Gefangene bin.

Werde ich jemals frei sein?

Meine Hände krallen sich in meinem Bettlaken fest. Dunkelheit überall um mich herum. Nein, nein, nein. Es ist nicht echt, das passiert nicht wirklich – es ist nur eine Erinnerung. Immer und immer wieder sage ich mir, dass ich in meinem Wohnheimzimmer bin, fernab von meinem Elternhauses. Sicherheit, ich bin in Sicherheit. *Atmen, atmen, atmen, Scarlet.*

Die Schmerzen in meiner Brust lassen nach, ich fühle, wie sich mein Herzschlag langsam beruhigt und die Schwärze vor meinen Augen verschwindet. Sobald die Panikattacke abgeebbt ist, lasse ich den Kopf auf mein Kissen fallen. Meine Augen bleiben weit aufgerissen, ich ertrage keine Dunkelheit.

Im Augenblick kann ich das Gebäude nicht verlassen – es geht einfach nicht. Es ist zu laut draußen und auch zu laut in der Universität, im Augenblick brauche ich Stille, Ruhe, die mir fast 48 Stunden verwehrt worden ist. Von Sonntagmittag bis Dienstagnachmittag saß ich fest, allein mit dem Lärm des Boilers, der Heizung und der Lüftungsanlage, meiner Erschöpfung und meinen Gedanken. Mein Vater hat mich dafür sogar in der Universität krankgemeldet, denn seine emotionale Bestrafung, die gebrochene Seele seiner Tochter, war ihm wichtiger als meine Bildung.

Großzügigerweise habe ich zusätzlich einen Karenztag zur Erholung bekommen. Nett von ihm, nicht wahr? *Nein.* Er tat es nicht aus reiner Herzensgüte, sondern um Schadensbegrenzung zu betreiben. Ihm ist bewusst, dass, wenn ich in meinem jetzigen Zustand in die Universität gehen würde, man Fragen stellen würde. Fragen, die ihm gefährlich werden könnten.

Und nun sitze ich mit Kopfhörern, die Geräusche unterdrücken und keine Musik abspielen, im Zimmer, in der Hoffnung, dass ich mich bald besser fühle. Licht brennt seit gestern Abend ununterbrochen, ich traue mich nicht, es auszuschalten.

Mein Telefon vibriert, sodass ich es von meinem Nachttisch nehme. Ava hat mir geschrieben, dass sie mich in einer halben Stunde, wenn die Vorlesung vorbei ist, besuchen kommt, um mir ihre Aufzeichnungen vorbeizubringen. Ich hatte ihr heute früh per Nachricht mitgeteilt, dass ich zurück im Wohnheim bin, doch mich noch nicht fit genug für die Vorlesung fühle. Sie denkt, dass ich mich die letzten Tage bei meinen Eltern *ausgeruht* habe.

Gezwungenermaßen verlasse ich mein Bett, weil ich Besuch ungern in einem unordentlichen Zimmer empfange. Schnell räume ich meine benutzten Anziehsachen in den Wäschekorb, bevor ich in den Waschraum flitze, um mich frisch zu machen und meine geschwollene und bläuliche Wange mit Make-up zu verstecken. Anschließend bereite ich mir im Aufenthaltsraum einen Tee zu. Die Tasse und die Box mit Taschentüchern platziere ich auf meinem Nachttisch, damit meine Lüge nicht auffliegt.

Kurz darauf klopft es an meiner Tür.

»Komm rein.«

Meine Augen weiten sich überrascht, als nicht nur Ava mein Zimmer betritt, sondern auch Heath. »Na wie gehts dir?«, erkundigt sie sich mit einem Lächeln, bevor sie sich an meinen Schreibtisch setzt. Heath hat sich gegen die Tür gestemmt.

»Besser«, lüge ich, während ich zwischen den beiden hin und her schaue.

Sie grinst mich frech an, nachdem sie meinen irritierten Blick bemerkt hat. »Seit der Wette folgt er mir wie ein verlorener Welpe.«

Heath schnaubt. »Ich bitte dich, ich habe *dir* einen Gefallen getan.« Plötzlich kommt er näher und setzt sich auf das andere Ende des Bettes. »Du hättest sie in der Vorlesung sehen sollen, sie sah ohne dich völlig verloren aus.« Seine Worte überraschen mich. Die Art, wie Ava die Augen verdreht, doch sich nicht verteidigt, sagt mir, dass es die Wahrheit sein muss. Hat sie mich wirklich vermisst? Obwohl ich nur drei Tage gefehlt habe? Ein wohliges Gefühl erwärmt mein Herz, zum allerersten Mal heute. Langsam beginne ich zu realisieren, dass ich eine Freundin gefunden habe, eine, der ich *wirklich* etwas bedeute.

Überraschenderweise bildet sich ein Lächeln auf meinem Gesicht.

Ava ignoriert ihn einfach und wendet sich an mich. »Das hier sind meine Aufzeichnungen«, sagt sie, bevor sie ihren Block aus ihrem Rucksack holt. »Zum Lernen habe ich mir Fotos gemacht, so musst du dich nicht mit dem Abschreiben hetzen.« Dann reicht sie mir die Plastiktüte, die sie ebenfalls mitgebracht hat. »Hier, wir haben dir Hühnersuppe geholt.« Ein Behälter aus Styropor kommt zum Vorschein.

»Ihr habt mir Suppe mitgebracht?«, frage ich verwundert. Wieso machen sie so was? Ich hatte sie nicht darum gebeten, oder etwa doch? Nein, hatte ich nicht. *»Wieso?«*, frage ich.

»Du bist echt seltsam, Scarlet.« Ava schaut mich schmunzelnd an. »Freunde tun so was, weißt du? Wenn es einem Freund nicht gut geht, ist man für diesen da. Hättest du starke Regelschmerzen, hätte ich dir eine Tafel Schokolade mitgebracht, hättest du Herzschmerz, würde ich mit Eis bei dir auftauchen.« Sie lächelt, lehnt sich nach vorne, um mir dann in den Arm zu kneifen. »Einfach kleine Gesten.«

»Ich …« Für einen Moment bin ich sprachlos. Sie wollen für mich da sein – weil Freunde so etwas anscheinend tun. Erneut realisiere ich, dass ich keine Ahnung habe, wie eine sogenannte Freundschaft überhaupt funktioniert. »Danke … Leute, ich weiß das wirklich zu schätzen.« Ohne es aufhalten zu können, kullert eine Träne über meine Wange.

Blitzschnell stehe ich auf, werfe mich in Avas Arme.

»Es war doch keine Luxusjacht!«, sagt sie lachend, während sie meine Umarmung erwidert.

Nachdem ich auch Heath zum Dank umarmt habe, widme ich mich der Suppe, diese ist von Soup'n'go. Meine Eltern haben immer ein Bogen um solche Fast-Food-Ketten gemacht, anstelle von McDonald's oder Burger King wurde ich mit Michelin-Restaurants groß. Daher weiß ich nicht, was ich von der Suppe in meinen Händen halten soll. Kann die Mahlzeit meinen Ansprüchen gerecht werden?

Halt … was rede ich hier bitte?

Wenn ich mir als Außenstehender zuhören müsste, würde ich mir am liebsten den Mund verbieten. Die beiden kümmern sich um mich, und wie danke ich es ihnen? Ich jammere herum, weil ich keine Suppe von Chef Missoue aus dem La Dolce Vita erhalten habe? War ich schon immer so verwöhnt? Ich habe zwar in einem Käfig gelebt, doch erst jetzt beginne ich zu realisieren, dass dieser vergoldet war.

Vorsichtig nehme ich den Deckel ab, an dem sich Feuchtigkeit sammelt, da die Suppe noch immer warm ist und dampft. Der schmackhafte Geruch spricht schon für die Suppe. In der Tüte war bereits ein Löffel dabei, weshalb ich diesen in die Flüssigkeit tauche und mit Gemüse, Fleischstückchen und Fadennudeln wieder heraushole. Sobald der Löffel in meinem Mund verschwindet, halte ich inne, und meine Augen weiten sich. Eine Fast-Food-Kette hat diese Suppe produziert, doch es schmeckt, als wäre sie von einer Oma gekocht worden.

»O mein Gott, ist die *gut*«, sage ich zwischen zwei Löffeln, weil ich nicht genug bekommen kann.

»Du klingst überrascht?«, hakt Ava nach, die mich stirnrunzelnd ansieht.

Bevor ich ihr antworte, nehme ich einen weiteren Löffel in meinen Mund. Die Hälfte habe ich bereits verputzt, am liebsten würde ich zwei weitere Behälter davon aufessen. Und zusätzlich will ich andere Suppen probieren. Am besten direkt sofort. »Ich habe dort noch nie gegessen«, gebe ich ehrlich zu. Gleichzeitig frage ich mich, ob ich die anderen Ketten nicht auch falsch eingeschätzt habe und meinen Horizont erweitern sollte.

Heath schaut mich schockiert an, seine Augen sind plötzlich ganz groß. »Noch nie?«, fragt er leise, flüstert beinahe. Es klingt, als könnte er es kaum glauben. »Mit meinen Eltern bin ich mindestens einmal im Monat dort, denn das Essen ist wirklich günstig und auch innerhalb des Budgets.«

»Wo genau wohnst du?«, möchte ich wissen. Auf der Veranstaltung, bei der wir uns kennengelernt haben, habe ich erfahren, dass wir in derselben Stadt aufgewachsen sind. Doch im Gegensatz zu mir wohnt Heath noch zu Hause bei seinen Eltern.

»Roxbury.«

Oh … Wenn man mich fragen würde, welchen Stadtteil ich am ehesten nachts meiden würde, würde ich ihm genau diese Antwort geben. Roxbury. Es ist die ärmste und gleichzeitig gewaltbereiteste Gegend der Stadt. Die Arbeitslosenrate ist dort am höchsten, das Durchschnittseinkommen liegt nur knapp über dem Existenzminimum. Plötzlich fällt mir die Szene mit seiner Mutter wieder ein, wie sie Sandwiches in ihre Handtasche packt. Mir sind viele Gründe dafür durch den Kopf gegangen. Vielleicht wollte sie zu Hause nicht mehr kochen, vielleicht wollte sie das Essen spenden. Inzwischen gehe ich davon aus, dass sie es mitgenommen hat, weil es umsonst war.

Ich nehme meine Aussage von vorhin wieder zurück, denn ich lebte in einem goldenen Käfig, der mit Diamanten besetzt war.

»Und du?«

Eine Antwort bleibe ich ihm schuldig, weil es an meiner Tür klopft.

»Ihr habt nicht zufällig noch jemanden eingeladen?«, frage ich rein hypothetisch, da das sicherlich nicht der Fall ist. Ich stelle den fast leeren Becher zur Seite, verlasse mein warmes Bett und gehe zur Tür. Ich traue meinen Augen kaum, denn als ich die Zimmertür öffne, steht niemand Geringeres als meine Mutter davor.

Kapitel 13

»Mama? Was machst du denn hier?«, frage ich überrascht.

»Ich wollte ...« Meine Mutter bricht abrupt ab, weil ihr Blick an mir vorbei in mein Zimmer huscht. Sie blinzelt mehrmals irritiert, räuspert sich dann. »Ich wusste nicht, dass du ... ähm ... Komme ich ungelegen?«

Ava springt vom Stuhl auf, schnappt sich ihren Rucksack, Heath macht es ihr gleich und steht vom Bett auf. Bevor sie an meiner Mutter vorbeiläuft, hält sie ihr höflich die Hand hin. »Ich bin übrigens Ava, Scarlets Zimmernachbarin«, stellt sie sich vor, während meine Mutter sie prüfend von oben nach unten taxiert. »Es freut mich, Sie kennenzulernen, Mrs Pierce.«

Missfallen steht im Gesicht meiner Mutter geschrieben. Es überrascht mich nicht, denn Ava hat sich wie immer extravagant angezogen. Heute trägt sie eine knallrote Latexhose, darüber hat sie einen schwarzen Hoodie mit der Aufschrift *Fuck the System* angezogen. Springerstiefel runden das Gesamtbild ab.

»*Die Ava?* Die, die dich zum Trinken verleitet hat?«

Heath schiebt Ava hinaus. »Das ist unser Stichwort – bis später, Scarlet.« Er macht sich nicht mal die Mühe, sich vorzustellen. Wahrscheinlich besser so, wenn ich die zusammengepressten Lippen meiner Mutter betrachte.

Sobald die beiden außer Hörweite sind, betritt meine Mutter den Raum, und ich schließe die Tür hinter uns. »War das gerade wirklich notwendig?«

»Wir müssen reden, Scarlet.« Meine Mutter kommt direkt zum Punkt, Small Talk wird nicht ausgetauscht, und auf meine Frage wird auch nicht reagiert. Sie streicht sich mit zittrigen Händen ihre blonden Haare hinters Ohr. »Wir müssen über die letzten Tage sprechen, denkst du nicht auch?«

Augenblicklich höre ich wieder die Phantomgeräusche, und diese sorgen für ein beklemmendes Gefühl in meiner Brust. Auf meinem gesamten Körper breitet sich eine Gänsehaut aus, und doch empfinde ich gleichzeitig ein Gefühl, das ich noch nie mit dem Keller in Verbindung gebracht habe. *Hoffnung*. Meine Mutter will endlich mit mir darüber sprechen, was bedeutet, dass sie es nicht länger verdrängt und offen für die Wahrheit ist. Lange glaubte ich, dass das nie der Fall sein würde. Vielleicht musste sie es nur mit eigenen Augen sehen. In der Vergangenheit hat sie es nie mitbekommen, schließlich war und ist sie in der Klinik sehr eingespannt. Worte haben in der Vergangenheit nie ausgereicht …

Ich zeige zum Bett. »Dann sollten wir uns wohl besser setzen, nicht wahr?«

»Dein Vater weiß nicht, dass ich hier bin«, beginnt sie. »Es … Was passiert ist …«, sie bricht ab und holt tief Luft. »Ich will mich für deinen Vater entschuldigen, er ist wirklich viel zu weit gegangen und hätte das nicht tun dürfen«, erklärt sie und meidet meinen Blick. Sie spielt mit ihren Fingern, ihre Augen glitzern verdächtig.

»Ich hätte nie erwartet, dass er das auch ...«, sie bricht erneut ab und räuspert sich, bevor sie weiterredet. »... dass er dir gegenüber handgreiflich werden würde.«

»Sollte die Entschuldigung nicht eher von ihm kommen?«

Meine Mutter verzieht den Mund, und ich weiß, was das zu bedeuten hat. Ich werde nichts in der Art von ihm hören. *Welch Überraschung.*

»Du kennst deinen Vater«, spricht sie meinen Gedanken aus. »Aber ich bin mir sicher, dass er sich Vorwürfe macht, Scarlet.« Sie schaut mir endlich in die Augen, die Angst steht ihr ins Gesicht geschrieben. »Und deshalb muss ich dich bitten, dich zurückzuhalten. Sei die brave Tochter, die er sich erzogen hat. Tu, was er sagt, was er von dir verlangt«, fleht sie mich an. »*Bitte* tu mir den Gefallen.«

Nachdem ich mir durch die hellbraunen Haare gestrichen habe, entschließe ich mich dazu, ehrlich mit meiner Mutter zu sein. Sie kann sich vor der Wahrheit verstecken, ich nicht. »Ich weiß nicht, wie lange ich das noch mit ihm aushalte«, gestehe ich.

Meine Mutter nickt, als würde sie mich verstehen. »Es ist schwer, ich weiß, aber er macht gerade eine schwierige Zeit durch«, versucht sie, ihn zu verteidigen, sodass ich meine Augen verdrehe. »Wir müssen jetzt Rücksicht nehmen, dann wird sich das nicht mehr wiederholen.«

Fassungslos betrachte ich meine Mutter, meine Kinnlade reicht wahrscheinlich bis zum Boden. Verteidigt sie ihn weiterhin? *Ich versteh es nicht.*

»Rücksicht nehmen?«, hake ich nach. »Er macht eine schwierige Zeit durch? Ich bitte dich, du kannst nicht so blind sein«, werfe ich ihr vor, weil ich immer wütender werde. »Vater war schon immer streng, aber mittlerweile ist er ein gewalttätiges, abscheuliches Monstrum!«

Sie blickt mich entsetzt an, schaut sich schnell nach allen Seiten um, als hätte sie Angst, dass uns jemand hört. »Rede nicht so über deinen Vater!«

»Wieso nimmst du ihn noch immer in Schutz?«, frage ich, während ich vom Bett aufstehe, um dann aufgebracht im Raum auf und ab zu laufen. »Du musstest *dazwischen*gehen, um Schlimmeres zu verhindern! Du bist sogar extra hergekommen, um mich vor ihm zu warnen, weil du damit rechnest, dass er *erneut* die Beherrschung verliert!«

»D-das stimmt doch nicht!«, verteidigt sie sich mit zitternder Stimme. »Ich bin mir sicher, dass das n-nicht noch einmal passieren wird!« Dabei weiß meine Mutter ganz genau, dass sich das alles wiederholen wird.

»Wieso rufen wir nicht Vater an und erzählen ihm von unserem Gespräch, hm?«, versuche ich, sie aus der Reserve zu locken.

Die Augen meiner Mutter weiten sich erschrocken, während sie ihre Arme schützend um ihren Körper schlingt, offensichtlich weil sie sich vor der Reaktion meines Vaters fürchtet. »Das ist nicht witzig!«, zischt sie. »Ich möchte dir einen gut gemeinten Rat geben, und du kommst mir derart frech.« Sie schüttelt enttäuscht ihren Kopf. »Du kannst froh sein, junge Dame, dass ich deinem Vater nicht erzähle, wie du über ihn sprichst!«

»Pfff«, mache ich und werfe meine Arme in die Luft, weil ich nichts von ihren leeren Drohungen halte. »Bitte, erzähl meinem Vater davon und rette mich dann erneut vor seinen Schlägen!«, provoziere ich sie.

Ihre Schultern sacken zusammen, und sie verweigert mir eine Antwort.

Nachdem ich meine Mutter mehr oder weniger hinausgeworfen habe, habe ich das Gefühl, dass es von Minute zu Minute stickiger im Raum wird, sodass ich das Fenster weit öffne. Auch wenn mich der Lärm abschreckt, kann ich nicht anders. Ich schließe die Augen, aus Reflex, und bin sofort wieder im dunklen Keller. *Raus, ich muss raus.* Um den Lärm draußen auszublenden, setze ich meine Kopfhörer auf und spiele sanfte, melodische Wellengeräusche ab, um meinen Herzschlag zu beruhigen. Draußen angekommen, renne ich los, lasse alles von mir abfallen.

Es gibt meinen Vater nicht mehr, es gibt diesen Keller nicht mehr. Es ist, als würde nichts davon existieren. Es gibt nur mich, meinen Herzschlag und die Wellengeräusche, die mich an Frieden, Stille, Glückseligkeit und Unbeschwertheit erinnern.

Ich weiß nicht, wie lange ich schon laufe, wie viele Runden ich gerannt bin, als ich einen Parkplatz erreiche, der in der Nähe meines Wohnheims liegt. Vollkommen aus der Puste setze ich mich auf eine Parkbank an der Straße.

Die letzten Sonnenstrahlen legen sich auf meiner Haut ab, ich schatte mit der Hand mein Gesicht ab, bevor ich die untergehende Sonne beobachte. Als ich eine Hand auf meinem linken Arm spüre, zucke ich zusammen, denke für einen Moment, dass mein Vater mich gefunden hat. Stattdessen sehe ich in Professor Vittoris Gesicht, und mein Herz scheint noch schneller zu schlagen. Dieses Mal nicht vor Angst, sondern vor Aufregung. Seine dunkelbraunen Augen, die durch die untergehende Sonne eher aussehen wie flüssiges Karamell, ziehen mich in ihren Bann.

Warum nur hat er solch eine Wirkung auf mich?

Er macht einen Schritt zurück, hebt abwehrend seine Hände. »Entschuldigung, ich wollte dich nicht erschrecken.«

»Sch-schon in Ordnung.« Meine Stimme verhaspelt sich, und ich verfluche meinen Körper. »Ähm … was gibt es denn?«, frage ich.

Mein Professor studiert einen Moment mein Gesicht. »Diese Frage sollte ich dir stellen, denn du bist hierhergerannt, als wäre der Teufel höchstpersönlich hinter dir her.« *Das ist er auch, das ist er in der Tat.* »Und weil du auch nicht im Unterricht warst, wollte ich fragen, ob bei dir alles in Ordnung ist«, erklärt er mir.

»Ich fühlte mich nicht so gut.«

»Und nun gehts dir besser?«

»Kann man so sagen.« *Nicht.*

Er macht eine Handbewegung zur Bank, als würde er meine Erlaubnis abwarten, sich zu mir setzen zu dürfen. Ich seufze und nicke dann.

»Irgendwie glaube ich dir das nicht. Du bist nicht krank, das sieht man dir an, also muss dich etwas anderes beschäftigen«, stellt er fest, nachdem er sich zu mir gesetzt hat. »Willst du darüber reden? Manchmal kann es helfen, sich Luft zu machen.«

Seine Anwesenheit und Hartnäckigkeit machen meine Situation noch komplizierter, denn der Fakt, dass es ihn interessiert, zieht mich unweigerlich an. Dabei darf ich nicht darüber nachdenken, wie seine Lippen schmecken und … Es ist frustrierend, denn die Art, wie er mich anschaut, bringt mich um den Verstand.

Meine Frustration übermannt mich. »Was gehts dich an?«, blaffe ich ihn an, obwohl ich es eigentlich nicht will.

Professor Vittori hebt eine Augenbraue und sieht mich plötzlich auf eine Art an, die ich nicht deuten kann. Meine Angst kehrt doppelt so stark zurück. *O Gott. Was habe ich getan?* »E-es tut mir leid, ich wollte nicht laut oder respektlos sein!«, entschuldige ich mich, während mein Blick zu Boden gerichtet ist. Es hilft, Unterwürfigkeit zu zeigen, bei *ihm* funktioniert es oft.

Seine Finger berühren mein Kinn, heben es an, sodass ich meinem Professor in die Augen schauen muss. Diese Geste kenne ich zu gut, mein Vater macht das auch ständig, um zu zeigen, wer die Hosen anhat. Ich presse fest die Lider aufeinander, denn wie bei Hunden sollte man bei einer Konfrontation *nie* in die Augen des anderen schauen. Allerdings spüre ich keinen schmerzhaften Druck, so wie bei meinem Vater. Die Art, wie er mich berührt … ist sanft, und das, obwohl ich ihn gerade wahrscheinlich wütend gemacht habe.

»Scarlet, wieso entschuldigst du dich?« Seine Stimme ist herzlich, keine Spur von Wut oder Bosheit. Langsam und blinzelnd öffne ich meine Augen. Seine Stirn ist gerunzelt, in seinem Gesicht spiegelt sich Skepsis wider, kein Ärger.

»Weil ich … ungezogen war?«

»Du warst *was*?«

Um mein Unbehagen und meine Nervosität zu unterdrücken, spiele ich mit meinen Fingern. »Ich habe dich angeblafft, das war nicht in Ordnung«, versuche ich, mich ihm zu erklären. »Ich wollte dich nicht verärgern.«

»Wieso glaubst du, mich verärgert zu haben?« Er nimmt seine Hand von meinem Kinn und zeigt damit auf sein Gesicht. »Sehe ich etwa verärgert aus?«, möchte er wissen, bevor er sich durch seine dunkelbraunen Haare fährt.

Einen längeren Moment studiere ich seine Mimik, doch ich erkenne keine Anzeichen dafür, dass er wütend auf mich ist oder es sich um einen Trick handelt, um mich zu verunsichern. »Nein«, sage ich schließlich.

»Ich habe dich bedrängt, du fühltest dich gestresst und gefrustet. Es war meine Schuld, dass du so reagiert hast. Und das tut *mir* leid«, entschuldigt er sich, sodass ich ihn anblinzle, denn es überrascht mich wirklich. »Und selbst wenn ich dich nicht bedrängt hätte, ist es in Ordnung, ab und zu mal ein wenig lauter zu werden.« Er zuckt mit seinen Schultern. »Es ist normal, denn niemand ist perfekt.«

Er ist so … *anders.*

Erfrischend anders als mein Vater.

Kapitel 14

»Sie dürfen nun abschreiben«, teilt uns Antonio mit, *nein*, mein Professor.

Professor, Professor, Professor – *nicht Antonio.*

Wir lernen gerade die Grundlagen der menschlichen Anatomie in meinem medizinischen Einführungskurs und haben deshalb jeden Tag sechs Stunden mit ihm Unterricht. Die ersten sechs Monate, also das gesamte Aufbausemester, haben wir nur dieses eine Fach, um uns das benötigte Grundwissen anzueignen.

Er streicht indessen seinen Pullover glatt und läuft zu seinem Schreibtisch, um eine gläserne Wasserflasche mit dem Harvard-Logo aus seiner Tasche zu holen. Nicht die Flasche hat jedoch meine Aufmerksamkeit auf sich gezogen, sondern sein hellbrauner V-Neck-Pullover, welchen er auch in jener Nacht getragen hat, in der wir vor über vier Wochen miteinander geschlafen haben. Es ist echt schwer, sich zu jemand Verbotenem hingezogen zu fühlen. Und als wären die letzten Wochen nicht schon anstrengend und schlimm genug gewesen, reicht ein einzelner Pullover, um mich komplett aus der Fassung zu bringen. Die Szenen, die mir gerade durch den Kopf gehen, lassen mich erröten.

Herrgott noch mal, ich muss mich *wirklich* zusammenreißen.

Antonio verhält sich allerdings professionell und hat sich im Gegensatz zu mir vollkommen im Griff. Keine sehnsüchtigen Blicke, kein Interesse, das über das an einer richtigen Antwort hinausgeht. Eigentlich sollte ich dieses Verhalten bevorzugen, weil es am vernünftigsten ist. Trotzdem höre ich eine leise ungewollte Stimme in mir, die mir sagt, dass sie das ziemlich schade findet.

Ich bin allerdings nicht die Einzige, die sich in seiner Umgebung beherrschen muss, weil mein gesamter Jahrgang über Antonio tuschelt. Durch seine Attraktivität werden viele von Tagträumereien im Unterricht abgelenkt.

Als er sich über das Pult beugt, rutscht sein Pullover ein Stück nach oben, sodass sein *Famiglia*-Tattoo zum Vorschein kommt, knapp oberhalb des rechten Hüftknochens. Eine Stelle, die ich mit meinen Fingern schon mehrmals berührt habe. *Verdammt.* Ich kneife mir in den Oberschenkel, um diese Gedanken abzuschütteln, bevor ich mich dazu zwinge, seine Notizen abzuschreiben.

Heath murmelt etwas leise vor sich hin, es klingt wie *Danke schön.* »Was sagst du da?«, frage ich, meine Stimme halte ich jedoch gesenkt, damit wir die anderen nicht stören.

Heath schaut mich verlegen an. »Ach, schon gut, nichts.«

»Nichts?«, mischt sich Ava ein. »Wir haben beide gehört, dass du dich bedankt hast.« Sie pikt ihn in die Seite, grinst. »Na, Hutcherson? Wofür bist du dankbar, verrat es uns.«

Er legt seinen Stift weg. »Ich ... ähm ... wusste nicht, dass ich laut gesprochen habe.« Heath kratzt sich im Nacken, runzelt die Stirn. Seine coole und lässige Art, die ihn immer umgibt, ist wie weggeblasen. »Ich bin einfach nur dankbar, hier sein zu dürfen, wisst ihr?«

»Ach, wegen deines Stipendiums?«, frage ich. Die Harvard Medical School verteilt nicht viele Stipendien, nur die allerbesten Studenten erhalten eins.

»Es grenzt an ein Wunder, dass ich hier bin.« Er starrt einen kurzen Augenblick nach vorne, gedankenverloren, und irgendwie glaube ich, dass das nicht alles gewesen ist. »Ich wollte schon immer Sportmediziner werden, doch ich wusste, dass ich mir kein Bachelorstudium leisten könnte ... Mein Vater macht ständig Überstunden, meine Mutter hat einen Zweitjob. Aus diesem Grund habe ich mich für Stipendien beworben, doch ich wurde überall abgelehnt. Wir haben ausgerechnet, ob wir uns nicht einen Kredit leisten könnten, doch wir wären nicht mit den monatlichen Raten hingekommen.«

Bisher habe ich nie wirklich darüber nachgedacht, dass nicht jeder ein Anrecht auf höhere Bildung hat. Ich war nicht einmal froh darüber, dass ich studieren kann – für mich war es eine *Selbstverständlichkeit.* Und dafür schäme ich mich jetzt. »Und wie ging es dann weiter?«, frage ich, weil es mich wirklich interessiert.

Heath seufzt. »Ich habe angefangen, in der Baufirma zu arbeiten, wo auch mein Vater angestellt ist. Anfangs hoffte ich, dass das vorübergehend sein würde, doch irgendwann wusste ich, dass ich dem Teufelskreis, der meine Eltern festhält, nicht entfliehen kann.« Er schaut kurz auf sein Blatt, spricht nicht weiter. Ava, die noch nicht mit Abschreiben fertig ist, hält auch inne, weil sie wie gebannt an seinen Lippen hängt. »Zwei Jahre lang habe ich es immer wieder probiert und dann ganz aufgegeben.«

Ava legt ihm eine Hand auf die Schulter. »Aber du hast es geschafft.«

Er lächelt schwach. »Ja, das habe ich.«

Im Hintergrund bemerke ich, dass alle Studenten fertig abgeschrieben haben und unser Professor mit dem Stoff weitermacht, doch im Augenblick ist das zweitrangig, ich möchte Heath' Geschichte hören. »Und wie?«, erkundige ich mich.

»Wir haben eine Stadtvilla in Charlestown renoviert.« Oh – meine Nachbarschaft. Eine wohlbetuchte Gegend – Geldsorgen gehören dort nicht zu den Alltagsproblemen. »Ich machte gerade Pause und sah, wie ein kleines Mädchen – nicht älter als drei Jahre – ohne Begleitung aus der Haustür gegenüber schlüpfte und in Richtung Straße lief. Später sollte sich herausstellen, dass die Babysitterin eingeschlafen ist.«

Ich mag die Richtung nicht, in die diese Geschichte sich entwickelt. Unbeaufsichtigte Kinder und Straßen sind nie eine gute Kombination.

»Sag mir, dass sie nicht auf die Straße gelaufen ist«, bittet Ava und beißt sich auf die Lippe, weil auch sie Angst vor dem Ausgang der Geschichte hat.

»Das Mädchen lief weiter«, antwortet er, und mein Herz schlägt automatisch schneller. »Gleichzeitig bog ein Lkw auf die Straße ein.« Während mein pumpendes Organ vor wenigen Sekunden noch raste, habe ich jetzt das Gefühl, dass es stehen geblieben ist. *O Gott.* »Ich wusste, dass, wenn der Fahrer das Mädchen sieht, es zu spät wäre, um abzubremsen – ich musste handeln und rannte los. Ich schaffte es rechtzeitig, sie zurück in Sicherheit zu schubsen, doch war nicht schnell genug, um mich aus der Gefahrenzone zu bringen, und wurde vom Lastwagen erfasst.«

Ava und ich halten den Atem an.

»Dadurch, dass es eine Dreißiger-Zone war, habe ich mir *nur* einen Beinbruch, zwei Rippenbrüche, leichte innere Blutungen und eine Gehirnerschütterung zugezogen, einem kleinen Kind wäre es definitiv nicht so ergangen.«

Um das kleine Kind zu retten, riskierte er sein eigenes Leben. »Heath«, sage ich ehrfürchtig. »Du bist ein Held.«

Ava nickt. »O ja, das bist du wirklich.«

»Wir sind noch nicht am Ende angekommen, Leute.« Sein freches Grinsen ist zurück, und ich entspanne mich, weil ich glaube, dass wir jetzt zum schönen Part der Geschichte kommen. »Es war der vorletzte Tag meines Krankenhausaufenthalts, und wir hatten gerade die Rechnung erhalten. Wir waren *sprachlos*, um es milde auszudrücken, schließlich hatten wir keine Krankenversicherung«, teilt er uns mit, und Ava nickt verständnisvoll, während ich mich für meine Privilegien schäme. »Und dann kam der Vater des geretteten Mädchens in mein Krankenzimmer. Mit Tränen in den Augen dankte er mir, dass ich seine kleine Tochter gerettet hatte.« Mein Herz schnürt sich zusammen, weil dieser Vater seine Tochter anscheinend wirklich liebt. »Er hat die Krankenhausrechnungen übernommen, als Dankeschön, dass ich weiteres Leid verhindert habe.«

»Ohhh.« Ava hält sich die Hand übers Herz.

»Und dann hat er mir einen Scheck überreicht. Als wir die Nullen gezählt haben, mussten wir schlucken.« Er schüttelt den Kopf, als würde er es noch immer nicht glauben. »Erst die Rechnungen und dann das. So viel Geld hatte meine Familie noch nie gesehen. Ohne nachzudenken, reichte ich meinem Vater den Scheck, um meine Familie zu unterstützen.« Selbstlos. Diese Geste von ihm bewundere ich noch mehr. »Doch mein Vater schaute meine Mutter an, diese nickte, und er reichte ihn mir zurück. Sie wollten es nicht, sie bestanden darauf, dass ich meinen Träumen folge. Das Geld hat gerade so gereicht, um die Collegegebühren für mein Bachelorstudium zu decken ... Und deswegen bin ich so dankbar. Nur so habe ich die Chance bekommen, Sportmediziner zu werden.«

»Nochmals danke!« Unsere Kommilitonin, die uns ihre Aufzeichnungen gegeben hat, um die Sachen nachzuarbeiten, die wir durch Heath' Offenbarung verpasst haben, läuft in Richtung des Ausgangs, nachdem wir uns verabschiedet haben.

Es fiel uns schwer, uns danach wieder auf die Vorlesung zu konzentrieren – vor allem mir. Ich merke mehr und mehr, wie kompliziert das Leben von Ava und Heath eigentlich ist. Und das sorgt dafür, dass ich mich schuldig fühle. Nicht weil ich es besser habe, sondern weil ich so wenig über andere Schicksale nachgedacht habe. Immer bin ich davon ausgegangen, dass ich es am schwersten habe, dass mein Leben das schlimmste ist und sich niemand in meine Haut hineinversetzen kann. Der letzte Teil ist wahrscheinlich wahr, nicht viele machen das durch, was ich zu Hause erlebe, trotzdem war es falsch anzunehmen, dass nur ich allein es schwer habe.

»So, wollen wir uns in einen der Aufenthaltsräume setzen, die Aufzeichnungen nacharbeiten und die Hausaufgaben erledigen?«

Früher hatte ich immer ein Café vorgeschlagen, weil ich gerne eine heiße Schokolade trinken beziehungsweise mir ein Sandwich genehmigen wollte, doch inzwischen tue ich das nicht mehr, weil ich weiß, dass Ava und Heath einen Ort bevorzugen, wo sie kein Geld ausgeben müssen. Ich möchte den beiden zeigen, dass ich mich anpassen kann, selbst wenn ich noch eine Menge zu lernen habe.

»Klingt gut, dann könntest du mir noch mal da…«

»Scarlet.«

Mein Name fliegt zu mir hinüber, eiskalt, die Haare auf meinem Nacken stellen sich auf, als ich mich umdrehe und meinen Vater erkenne, der auf mich zukommt. O Gott, was ist nun schon wieder? Was will mein Vater hier? Ich entschuldige mich bei den beiden und laufe ihm schnell entgegen. Weder Ava noch Heath sollen mitbekommen, wie unsere Beziehung zueinander in Wahrheit aussieht.

»Ähm, was machst du hier?«, frage ich ihn.

»Ich hatte einen Termin bei deinem Professor.«

Kapitel 15

Ich muss schlucken. »Professor Vittori? Bei ihm?« Am liebsten würde ich mir für meine Unsicherheit gegen die Stirn klatschen. Ich stammle herum wie ein kleines Mädchen. *Reiß. Dich. Zusammen.* Will ich ihm einen Grund geben zu hinterfragen, wieso ich wegen meines Professors so durcheinander reagiere? *Nein, nein, nein.*

»Wieso hattest du dort einen Termin?«, frage ich und werde mit jedem Wort selbstsicherer.

Mein Vater schnaubt. »Für nichts und wieder nichts.« Seine Kiefer sind angespannt, seine Hände zu Fäusten geballt, doch hält er die Lautstärke seiner Stimme unter Kontrolle. »Ich wolltc mich nach deinem Wissensstand informieren, hören, wie du dich machst.«

Das hat mein Vater nicht ernsthaft getan, oder? Und anscheinend ist er mit der Antwort von Antonio ... von meinem Professor, verdammt noch mal ... nicht glücklich, ansonsten würde nicht Wut in seinen Augen aufblitzen.

»Angeblich sind das vertrauliche Informationen.« Er schnalzt mit seiner Zunge. »Pah, dass ich nicht lache. Ich bin dein Vater, mir stehen solche Informationen zu, doch er hat sich mir widersetzt. Kannst du das glauben?

Dieser Vittori kann noch sein blaues Wunder erleben«, sagt er mit einem drohenden Unterton.

»Das kannst du nicht tu...« Ich unterbreche mich, bevor ich ihm ebenfalls widerspreche. Ich bewege mich im Moment auf ganz dünnem Eis. »Ähm ... ich meine, dass du vorsichtig sein musst, nicht dass das nach hinten losgeht«, versuche ich, mich zu retten.

Mein Vater schaut mich für mehrere Augenblicke stumm an, mustert mich von oben bis unten, als überlegte er, wie er nun mit mir umspringen soll. Hat ihm meine Ausrede gereicht? Oder habe ich es wieder vermasselt? Anstatt mir eine Predigt zu halten, schaut er glücklicherweise nur auf seine teure Armbanduhr, deren Stahl aus dem gleichen grauen Farbton wie sein teurer Anzug ist. Keine Falte ist zu sehen, kein loser Faden. Mein Vater achtet penibel auf sein Äußeres.

»Was machst du eigentlich noch hier?«, fragt er mit gerunzelter Stirn. »Solltest du nicht längst in deinem schäbigen Heim lernen?«

Anfangs habe ich mein Zimmer als winzigen Schuhkarton bezeichnet, weil ich es nicht besser wusste, inzwischen ist es allerdings mein süßer kleiner Schuhkarton.

Mein eigenes Reich, *in dem ich frei bin.*

Heath und Ava haben mir zudem geholfen, es mir ein wenig heimischer zu machen. Heath hat mir einen Secondhandladen gezeigt, indem es billige Vintage-Möbel und -Accessoires gibt. Wir haben mein Zimmer mit einem flauschigen beigen Teppich verschönert, zudem eine Buntglaslampe für meinen Schreibtisch gekauft, da das alte vergilbte Teil auf meinem Nachttisch langsam den Geist aufgibt.

Außerdem hat mir Ava ein paar Landschaftsbilder aus dem Internet weitergeleitet, die ich als Poster drucken lassen habe, um diese mit Tape an der Wand zu platzieren. Inzwischen hat es seinen ganz eigenen Charme.

Ich ignoriere also die Beleidigung meines Vaters. »Wir haben noch kurz gequatscht und ...«

»Wie bitte?«, unterbricht mich mein Vater. »Damit verbringst du also deine Zeit? Anstatt zu lernen, treibst du dich lieber herum? *Erneut?*«

»N-nein! Ich ...«

Meine Widerworte werden im Keim erstickt, als er mir bedrohlich nahe kommt. Sofort senke ich den Blick, um ihm meine Unterwürfigkeit zu demonstrieren.

»Ich habe dich gewarnt, junge Dame.« Er kommt noch näher, meine Brust fühlt sich eng an, als würde eine Last darauf drücken. »Sollten deine Noten nicht wie von mir erwartet ausfallen, weißt du, was dir blüht.« Seine Hand bohrt sich in meinen Arm und drückt so fest zu, dass mir vor Schmerz mein Atem stockt. »Deine letzte Chance, Scarlet. Die allerletzte.«

»Haben Sie den Ausgang nicht gefunden, Mr Pierce?«

Diese Stimme – *seine* Stimme.

Unverzüglich lässt mein Vater von mir ab, tritt ein paar Schritte zurück. Ich hebe vorsichtig meinen Blick, das Gesicht meines Vaters ist undurchdringlich.

»Doch, ich wollte nur schnell mit meiner Tochter sprechen.« Er schaut Antonio herausfordernd an. »Wenigstens das darf ich doch, oder etwa nicht, *Professor*?« Die Verächtlichkeit in seiner Stimme ist nicht zu überhören.

»Das steht Ihnen selbstverständlich zu.«

Nachdem ich schnell die Tränen aus meinen Augen gewischt habe, drehe ich mich um. Er steht meinem Vater mit verschränkten Armen gegenüber und schaut mich prüfend an, dann presst er für eine Sekunde seine Lippen aufeinander.

»Ich denke, Sie sind damit fertig, nicht wahr?« Die Provokation macht ihm nichts aus, Antonio ist noch immer die Ruhe in Person. »Dann sollten Sie nun besser gehen.«

»Gewiss doch.« Die Stimme meines Vaters ist das reinste Gift. »Ich habe alles gesagt, was es zu sagen gibt.« Dann beugt er sich zu mir herunter, drückt mir einen Kuss auf die Wange. »Denk an meine Worte, Scarlet, ich meine es bitterernst«, flüstert er mir zu, bevor er sich zurückzieht und mit geradezu selbstgefälliger Haltung davonspaziert.

Dunkle Flecken tanzen vor meinen Augen, zerren mich in die Erinnerung an den Keller.

»Scarlet?«

Alles, an was ich denken kann, ist das, was er mir antun wird, wenn ich ihn noch einmal enttäusche beziehungsweise etwas tue, das ihm nicht passt. Ich muss auf meine Noten achten, ich muss auf Blicke in seiner Gegenwart, auf meine an ihn gerichteten Worte achten.

Ich zucke zusammen, als ich eine Hand auf meinem Arm spüre. Ruckartig schaue ich auf und blicke in dunkelbraune Augen. »Scarlet? Alles in Ordnung?« Ich möchte etwas erwidern, doch ich nicke nur. Mein Kopf ist wie leer gefegt, während mich auch Heath und Ava verwirrt betrachten, schließlich haben die beiden alles mitbekommen.

»Komm bitte kurz mit, in Ordnung?«, meint Antonio. Ohne eine Antwort abzuwarten, wendet er sich an Ava und Heath. »Entschuldigt uns für einen Moment, ihr bekommt sie gleich zurück.«

Während er mich fortführt, legt er mir seine Hand auf den Rücken. Die Berührung sorgt dafür, dass ich unverzüglich aus meiner Starre erwache. Gleichzeitig spannt sich mein Körper an, da die Hand etwas in mir auslöst, was ich nicht fühlen sollte. *Ein Kribbeln.* Als hätte er es bemerkt, lässt er seine Hand sinken. Damit hatte ich Entspannung erwartet, doch diese bleibt aus, alles, was in mir aufkommt, ist Enttäuschung, weil ich seine Hand nicht mehr spüre.

Ich schüttele mich, denn dieses Verhalten ist nicht mehr normal. In einem Moment übernimmt mich die Angst vor meinem Vater, im nächsten bin ich wegen einer Berührung meines Professors erregt. Was stimmt eigentlich nicht mit mir? Sitzt irgendwo eine Schraube locker? Das würde vielleicht erklären, wieso ich von einer Extremsituation in die nächste rutsche.

Nachdem wir sein Büro erreicht haben, schließt er hinter sich die Tür. Ich wende meinen Blick ab und schaue auf seinen Schreibtisch. Dort, wo wir … verdammte Scheiße. *Professor, Professor, Professor.*

»Ich frage dich noch einmal, Scarlet.« Seine ernste Stimme sorgt dafür, dass ich in seine Augen blicke. »Ist wirklich alles in Ordnung bei dir?« Gerade als ich ihm dies versichern will, kommt er mir zuvor. »Und denk daran, ich bin kein Idiot. Ich merke, wenn mich jemand belügt.«

Augenblicklich mache ich mehrere Schritte zurück, denn seine Forschheit belastet mich und wird mir zu viel. Mein Magen rumort, meine Hand legt sich darauf.

Antonio atmet kurz durch, bevor er mich entschuldigend anschaut. »Ich möchte dich nicht bedrängen, das ist nicht meine Absicht.«

»Was genau ist deine Absicht?«

»Ich ... Um ehrlich zu sein, weiß ich es nicht.« Er macht ein paar Schritte zurück, bis er sich gegen die Wand des Büros lehnt. »Ich habe die Tränen in deinen Augen gesehen, und ich weiß, wie herrisch dein Vater sein kann.« Sein Blick trifft den meinen. »Ich habe mir Sorgen um dich gemacht.« Wieder spüre ich das vertraute Kribbeln in meiner Magengegend. »Wenn eine meiner Studentinnen Probleme hat, muss ich helfen, das ist meine Verpflichtung.«

Ein Schwall eiskaltes Wasser gießt sich über mich aus. »Deine Verpflichtung ... natürlich«, sage ich, bevor ich den Blick abwende.

Aus den Augenwinkeln erkenne ich, wie er sich bewegt und wieder näher kommt. »Wie gesagt, ich habe deinen Vater kennengelernt«, bemerkt er, während er die Arme vor der Brust verschränkt. »Ich kann mir gut vorstellen, dass sein Verhalten eine Belastung für dich ist und du dich dadurch gestresst fühlst.«

»Milde ausgedrückt, ja.« Die Worte sprudeln aus mir heraus, bevor ich sie aufhalten kann.

Mein Gegenüber legt seinen Kopf schief, während er mich mustert. »Milde ausgedrückt?«, wiederholt er, während er sich am Kopf kratzt. »Es ist also schlimmer, als ich es mir ausgemalt habe?«

Mist.

»Nein!«, sage ich schnell, weshalb er mich wieder mit einer gehobenen Augenbraue betrachtet. Ich versuche es erneut. »Nein.« Diesmal sage ich es langsamer, nicht so hektisch, und hoffe, dass er es mir abnimmt. Doch er bleibt weiterhin skeptisch. »Ich meinte nur, dass es das geringere Übel ist, weil mein Problem größtenteils bei mir liegt. Ich mache mir selbst Stress, weil ich das Gefühl habe, dass ich nicht genug bin.« Dieser Teil ist nicht mal gelogen, sondern entspricht der Wahrheit.

»Du hast das Gefühl, du bist nicht genug?«, wiederholt er kopfschüttelnd, während ich erneut nur nicke. »Sag und denk so etwas bitte nicht, du bist genug.« Ich fühle, wie ich schwanke und einen Fuß nach vorne setze. »Du *bist* genug, hörst du?«, sagt er erneut, damit ich es verinnerliche. Dann macht er einen Schritt auf mich zu.

Und noch einen *und noch einen.*

Mein Herz pocht schnell, während wir beide zueinander gezogen werden, bis nur noch ein Blatt Papier zwischen uns passt. *Oh, du liebes bisschen.* Die Welt hört auf, sich zu drehen, als mich der Geruch seines Parfüms einlullt.

»Du bringst mich um den Verstand, weißt du das eigentlich?«, haucht er und nimmt eine meiner Haarsträhnen zwischen seine Finger, um damit zu spielen. Seine Nähe ist überwältigend. »Ich muss andauernd an dich denken, ich will es nicht, doch ich kann es nicht verhindern.«

Antonio legt seinen Finger an mein Kinn, zwingt mich, ihn anzuschauen, sodass ich vollständig seinem Bann verfalle. In seinen Augen spiegeln sich viele Emotionen wider, die ich nachempfinden kann. Ungewissheit, Furcht, Angst ... gleichzeitig auch Lust, Leidenschaft und Begehren.

Sein Gesicht senkt sich herab, ich spüre die Nähe seiner Lippen. Ich überbrücke die letzten Zentimeter, gehe in die Offensive, damit er sich im Nachhinein nicht schuldig fühlt, weil er den ersten Schritt gemacht hat, der unseren Untergang besiegelt.

Unsere Lippen berühren sich. Alles, was ich noch wahrnehme, sind sein berauschender Duft, seine wunderschönen Lippen und sein attraktiver Körper, der sich an meinen presst.

Ich brauche einen Moment, bis ich mich vollkommen auf ihn einlassen kann, weil die Alarmglocken im Hintergrund noch leise läuten, doch Antonios Anziehungskraft ist wesentlich stärker. Seine rechte Hand liegt in meinem Nacken, während seine linke über meinen Rücken fährt. Seine Nähe, seine Zärtlichkeit wirken wie Balsam für meine Seele, sodass ich mich seit langer Zeit entspannen kann.

Sein Kuss vertieft sich, während meine Hände über den Saum seines Pullovers fahren. Er dreht uns um, wischt die Sachen mit einer Bewegung von seinem Schreibtisch und setzt mich darauf. »Wieso hast du immer diesen Pullover an, wenn wir miteinander schlafen?«, frage ich zwischen zwei Küssen.

Er drückt mich nach hinten, sodass ich nun mit dem Rücken auf seinem Schreibtisch liege. Anstatt auf meine Bemerkung einzugehen, zieht er sich den Pullover über den Kopf und schaut mich verführerisch von oben herab an. »Besser?«, fragt er grinsend.

Ich kann deutlich seine Erektion spüren, doch er verteilt zuerst kleine Küsse auf meinem Hals, während er mit seinen Fingern unter meinen Brüsten entlangstreicht. Die Hitze steigt mir zu Kopf, weshalb ich versuche, meinen Pullover loszuwerden. Ich bin unbeholfen, doch Antonio hilft mir aus dem Kleidungsstück. Danach öffnet er meine Hose, um auch diese loszuwerden, entledigt mich meines Slips und wirft ihn durch den Raum, bevor er sich auf den Boden kniet.

Meine Augen weiten sich erschrocken, und ich drücke meine Beine aus Reflex zusammen. Nicht weil ich nicht bereit bin, sondern ich mich noch daran gewöhnen muss, mich derartig einem Mann hinzugeben.

Antonios Finger fahren langsam über meine Oberschenkel, streicheln sie. »Entspann dich, Scarlet, es wird dir gefallen, versprochen.« Doch er unternimmt nichts weiter, als würde er auf mich warten, weshalb ich schließlich mit schnell schlagendem Herzen nicke.

Antonio greift unter meine Kniekehlen, winkelt diese an, um mich näher an die Kante des Schreibtisches zu ziehen. Ich keuche erschrocken auf, als er plötzlich meine Beine anhebt und diese selbstsicher auf seine Schultern legt. Meine verletzliche Mitte ist ihm schutzlos ausgeliefert, es fühlt sich falsch an, und trotzdem reizt es mich.

Ich stöhne laut auf, als seine Zunge auf meine Lustperle trifft. Er übt nicht zu viel und nicht zu wenig Druck aus, es fühlt sich unglaublich an. Eine innerliche Spannung baut sich langsam auf, als er seine Finger zum Einsatz bringt und in mich eindringt. Meine Augen schließen sich, und ich beiße mir auf die Unterlippe, um mein Stöhnen zu unterdrücken. Mein Innerstes ist zum Zerbersten angespannt. Jeder Muskel, jede Faser und jede einzelne Zelle in meinem Körper ziehen sich zusammen, bevor mich die wohltuende Entspannung eines Orgasmus überkommt.

Antonio gibt meine Beine frei, bevor er sich vor mir aufstellt und seine Hose samt Unterhose auf den Boden fallen lässt. Er greift über den Schreibtisch, um etwas aus einer Schublade zu fischen. Ich hebe eine Augenbraue, während er sich ein Kondom überrollt. Ich finde es gut, dass er auf Verhütung achtet, trotzdem stört es mich, dass er Kondome griffbereit im Büro hat.

Sanft hilft er mir hoch, sodass ich wieder auf der Tischkante sitze, und ich wickele meine Beine um ihn. Er greift zu seinem erregten Schaft, um diesen an meinem Eingang zu positionieren, und sieht mir tief in die Augen, während er langsam, aber behutsam in mich eindringt. Weil er mich bereits zum Höhepunkt gebracht hat, ist es diesmal nicht unangenehm, also fasse ich mit meinen Händen an seinen Hintern und ziehe ihn zu mir. Sobald er den Hinweis verstanden hat, beschleunigt er sein Tempo, und ich keuche erregt auf.

Irgendwann verlangsamt Antonio und zieht sich aus mir heraus. Ich will gerade fragen, was das wird, weil er noch nicht gekommen ist, als er schnell und hart wieder in mich stößt. Es fühlt sich unbeschreiblich an, ich möchte mehr davon. Ich stöhne auf und beiße auf seine Lippe, als er meiner unausgesprochenen Aufforderung nachkommt. Kurz darauf spüre ich ein Vibrieren und Zucken, was ich auch beim letzten Mal erlebt habe. Antonio hatte gerade seinen Höhepunkt und legt seinen Kopf auf meine Brüste, um wieder zu Atem zu kommen.

Danach legt er seine Hände auf meine Wangen und schaut mir tief in die Augen. »Dir ist bewusst, dass das eine einmalige Ausnahme war?«, ermahnt er mich. »Wir dürfen keine Affäre haben oder eine Beziehung führen. Wenn ich könnte, würde ich es liebend gerne, doch wir dürfen es einfach nicht.«

»Ich weiß.«

Kapitel 16

»Verdammt, verdammt, verdammt«, fluche ich, während Ava und ich die Stufen zur Medical School hochrennen, weil wir beide spät dran sind. Ich bin so erschöpft, ich würde am liebsten umdrehen und ins Bett fallen. Wegen meines Schlafentzugs – dank einer gewissen Intimität zu meinem Professor, die meine Träume vereinnahmt – habe ich meinen Wecker nicht gehört. Und weil ich Ava immer auf dem Weg zum Waschraum aufwecke, hat sie auch verschlafen.

Die Uhr an der Wand lässt mein Herz aussetzen, weil wir uns bereits sieben Minuten verspätet haben. Wir studieren an einer Eliteuniversität, jegliche Unpünktlichkeit wird von den Professoren aufgezeichnet und weitergeleitet, damit dies in unserer Studentenakte vermerkt wird. Sollten die Leistungen nachlassen und der Student durch regelmäßige Verspätungen negativ auffallen, wird eine akademische Verwarnung ausgesprochen. Und das kann ich mir nicht erlauben, nicht nur wegen meines Vaters, sondern weil ich es selbst nicht möchte. Bisher wurde ich noch nie verwarnt.

»Scarlet, komm aus dem Arsch!«, reißt mich Ava aus den Gedanken, da ich, ohne es zu merken, ein Stück zurückgefallen bin.

Unverzüglich erhöhe ich meine Geschwindigkeit und hole auf. Bevor sie die Klinke herunterdrückt, tippe ich sie an, und sie hält stirnrunzelnd inne. »Leise, ja?«, bitte ich sie, während sie mich stirnrunzelnd betrachtet.

»Schade, ich wollte eigentlich mit einem Orchester den Raum betreten und eine Runde Vivaldi singen«, entgegnet Ava sarkastisch.

Und dann tritt genau das ein, was ich eigentlich verhindern wollte. Die Tür klemmt, weshalb sie ein wenig Gewalt anwenden muss. Der Schwung ist so stark, dass die Tür gegen die Wand fliegt und es einen lauten Knall gibt. *So viel zum Thema leise sein.* Sämtliche Blicke huschen zu uns, leider nicht nur die der anderen Studenten.

Antonio betrachtet mich aufmerksam.

Mein Herzschlag beschleunigt sich, mein Hals wird trocken, und mein Magen zieht sich bei seinem Anblick zusammen. Es ist das erste Mal, dass ich ihn seit unserem Sex in seinem Büro zu Gesicht bekomme. Die Welt scheint stehen zu bleiben, während die Bilder von uns beiden sich in meinem Kopf abspielen. So gerate ich plötzlich ins Stolpern, weil Ava von hinten gegen mich stößt. Dann, wie sollte es anders sein, falle ich wie ein nasser Sack um und lande mit meinem Hintern auf dem Boden. Antonio starrt mich mit offenem Mund an, während hier und da Gelächter ausbricht.

Boden, tu dich auf, verschluck mich.

»Was machst du nur für Sachen?«, fragt Ava grinsend und hält mir die Hand hin.

»Das frage ich mich in letzter Zeit auch immer öfter.« Ich ergreife ihre Hand, damit sie mich hochzieht.

Schnell klopfe ich mir den Dreck von meiner Kleidung, bevor ich mich im Lehrsaal nach freien Sitzplätzen umschaue. Der Raum ist nicht allzu groß, weshalb man früh erscheinen muss, um zusammensitzen zu können. Ich suche zunächst in den drei hinteren Reihen, wo wir meistens sitzen, als mich Ava antippt. Sie zeigt auf zwei freie Plätze in der allerersten Reihe.

Direkt vor Antonio.

Während wir uns hinsetzen, fährt Antonio wie gewohnt mit seinem Unterricht fort, als würde es ihn nicht stören, dass ich genau vor ihm sitze.

»Wie ich bereits angesprochen habe, machen wir normalerweise zwölf bis 18 Atemzüge in der Minute. Babys haben eine viel höhere Atemfrequenz, sie atmen 40- bis 50-mal in der Minute. Bei jedem Atemzug gelangt etwa ein halber Liter Luft in die Lunge. Dieses Volumen kann auf über 2,5 Liter gesteigert werden. Somit nimmt ein Erwachsener täglich 10 000 bis 20 000 Liter Luft auf.« Er schaut sich im Lehrsaal um. »Wenn wir tagtäglich so viel einatmen, kann nicht alles davon ungefährlich für unseren Körper sein. Was schützt also unsere Lunge?«, möchte er von unserer Klasse wissen. Einige Hände wandern in die Höhe, einschließlich meiner.

Sein Blick wandert durch den Raum, bleibt mehrere Momente an mir hängen, bevor er auf einen Studenten in den hinteren Reihen zeigt.

»Unsere Lunge hat ein Filtersystem, das uns vor Bakterien und Viren schützt«, beantwortet er richtig, dessen bin ich überzeugt, da ich die gleiche Antwort gegeben hätte. Um mich gestern abzulenken, habe ich das nächste Kapitel durchgearbeitet. Es hat recht gut funktioniert, jedenfalls bis ich eingeschlafen bin.

»Wissen Sie auch, wie dieser Filter funktioniert?«

Der Student weiß die Antwort nicht, weshalb sich Antonio wieder im Raum umschaut. Es sind einige Hände gesunken, meine nicht, dennoch ist meine Überraschung groß, als er mich tatsächlich drannimmt. Bisher hat er mich selten aufgerufen, wahrscheinlich um Distanz zu wahren. Wenn es allerdings um Fragen bezüglich des Stoffes ging, hat er mir immer geholfen.

Ich lächle ihn selbstsicher an. »In den Luftwegen der Lunge befindet sich klebriger Schleim, der Staub und Krankheitserreger wie eine Fliegenfalle fängt. Mithilfe winziger Flimmerhärchen werden diese mit dem Schleim hinausbefördert«, beantworte ich seine Frage.

Antonio sieht mich beeindruckt an, sodass ich mir am liebsten auf die Schulter klopfen würde.

»Ausgezeichnet, Miss Pierce«, sagt er anerkennend. Es fühlt sich verdammt gut an, ihm zu beweisen, dass ich auch etwas im Köpfchen habe.

Als er sich umdreht, um etwas auf der elektronischen Tafel zu zeigen, wandert mein Blick unweigerlich nach unten. Ich lecke mir über die Lippen, während ich mir seinen bloßen ansehnlichen Hintern vorstelle, in den ich mich gekrallt habe, während er unnachgiebig in mich stieß ... *Verdammt.* Ich lasse meine Finger unter den Tisch wandern und kneife mir schmerzhaft in den Oberschenkel, um diese Gedanken zu verdrängen. Ich muss mich dringend auf das Wesentliche konzentrieren, und das ist definitiv nicht der knackige Hintern meines Professors.

»... Bakterien und Viren sind die Hauptfeinde unserer Atemwege. Zu Erkältungszeiten werden innerhalb einer Stunde durchschnittlich 10 000 Bakterien und 100 000 Viren in unser Atemsystem eingeschleust.«

Ich höre ihm wieder aufmerksam zu, wie er auf den Aufbau der Lunge eingeht. Um es uns besser zu veranschaulichen, zeigt er es an einem Lungenmodell, das vorne auf seinem Schreibtisch steht. Zumindest etwas Gutes hat ein Sitzplatz in der ersten Reihe, heute habe ich eine perfekte Sicht.

»Ich arbeite mit den Grundbegriffen, doch Sie müssen in den Klausuren und im Praktikum mit den lateinischen Begriffen rechnen.«

Zwar ist Latein keine Voraussetzung mehr für ein Medizinstudium, doch es lohnt sich durchaus, die Sprache zu beherrschen, weil es nachweislich die Aufnahmechancen erhöht. Deswegen habe ich Latein als zusätzlichen Kurs während meines Bachelorstudiums belegt, natürlich auch weil mein Vater und Großvater mir das vorgeschrieben haben.

Die nächsten Stunden vergehen wie im Flug, Antonio kann wirklich gut erklären, und wir verfolgen seine Ausführungen aufmerksam.

»Ich habe Ihre Arbeiten dabei«, teilt er uns jedoch zum Ende mit. Wir mussten direkt zum ersten Organ, welches wir durchgenommen haben, eine Hausarbeit schreiben. Antonio verteilt die Arbeiten und ist gerade in der letzten Reihe angekommen, als er mit einer weiteren Lektion beginnt. »Als gut gemeinter Rat: Wir haben eine ausgezeichnete Bibliothek, die Ihnen Tag und Nacht zur Verfügung steht. Sie sollten sich nicht auf Wikipedia und Google verlassen, nur weil es bequemer ist.«

Mein Herz bleibt stehen, als er bei mir ankommt und mir meine Hausarbeit überreicht. Als sich unsere Hände berühren, schauen wir uns beide tief in die Augen. »Miss Pierce, würden Sie noch bleiben? Ich muss mit

Ihnen über …«, er bricht ab und schluckt kurz, räuspert sich, »… ihre Hausarbeit reden.«

Verunsichert kratze ich mich am Hinterkopf, als ich meine Note erblicke. *A*. Ich habe mit Bestnote bestanden, was mich nur noch mehr verwirrt. Es hätte mehr Sinn gemacht, dass Antonio mich sprechen möchte, wenn ich unterirdisch abgeschnitten hätte.

Inzwischen sind wir allein, meine Kommilitonen sind schon verschwunden, und auch Ava hat sich von mir verabschiedet, jedoch nicht ohne mir zu sagen, dass sie einen ausführlichen Bericht erwartet. Und obwohl ich bereits alles eingepackt habe, liegt meine Hausarbeit noch auf dem Tisch, falls er doch *darüber* reden möchte.

Mein Magen zieht sich zusammen, als Antonio sich gegen seinen Schreibtisch lehnt. Sein Gesichtsausdruck verrät mir leider nichts, weshalb ich unbehaglich auf meinem Stuhl herumrutsche. Die bedrückende Stille verschlimmert meine Situation nur. Er legt seinen Kopf schief, platziert einen Finger auf seinen Lippen und beobachtet mich aufmerksam.

Ich halte die Stille nicht mehr aus. »Hast du mich aufgefordert zu bleiben, um mich wortlos anzustarren?«, platzt es aus mir heraus.

Meine ungewollt ruppige Ansage, die auch mich ein wenig überrascht hat, holt ihn aus seinem Starren heraus. »Nein, natürlich nicht, entschuldige«, antwortet er, während er sich durch die dunklen Haare fährt und dann seine Hände hinter sich auf dem Schreibtisch abstützt.

Ich schlucke schwer und erröte, als ich zu seinen Fingern schaue, weil mich die Szenen aus seinem Büro erneut heimsuchen. Es ist nicht derselbe Schreibtisch, trotzdem reicht die Ähnlichkeit, um mich um den Verstand zu bringen. Ich beiße mir auf die Lippe, während ich mir mit meinen Fingern in den Oberschenkel kneife, damit mich die Schmerzen von meiner aufkommenden Lust ablenken.

»Hast du ...?« Er bricht ab, weil er anscheinend mit sich hadert, was er gerade gesehen hat. »Hast du dich gerade in deinen Oberschenkel gekniffen?«

Meine Wangen werden heiß.

»Was? Nein?«, sprudelt es aus mir heraus, weil ich ihm dieses Verhalten ungern erklären möchte. Er wüsste dann in Zukunft immer, wann ich unzüchtige Gedanken ihm gegenüber hege. Ich muss das Thema wechseln, und zwar schnell, aus diesem Grund halte ich meine Hausarbeit hoch. »Wolltest du wirklich deswegen mit mir sprechen?«, erkundige ich mich, obwohl ich mir die Antwort denken kann.

»Nein, das war nur ein Vorwand.«

Ich hatte recht. *Verdammt.* »Antonio, wir dürfen nicht ...«

»Ich weiß, darum gehts gerade auch nicht.«

Verwirrt betrachte ich ihn. »Nicht?«, frage ich, weshalb Antonio nickt. »Oh«, mache ich, während ich einen leichten Stich in meinem Herzen verspüre, und das, obwohl ich gerade noch nicht wollte, dass es *um uns* geht. Diese verflixten Gefühle, selbst mein Herz weiß nicht, was es will. »Und wieso bin ich dann hier? Du willst nicht über die Hausarbeit oder uns reden, was bleibt da noch?«

Antonio drückt sich vom Schreibtisch ab, kommt zu mir herübergelaufen und bleibt nur wenige Zentimeter von mir entfernt stehen. Er lächelt mich leicht an. »Ich will über dich reden, Scarlet. Ich habe mir Sorgen um dich gemacht, du warst heute zu spät, was sonst nie der Fall ist.« Er beißt sich auf die Lippe, schaut mich dann ernst an. »Und deine Augenringe verraten, dass du kaum geschlafen hast, nach dem, was wir gestern getan haben.«

»Du hast dir Sorgen gemacht?«, frage ich. »Um mich?«

»Natürlich.« Sprachlosigkeit übermannt mich, weil mich seine Ehrlichkeit überfordert. »Ich bin auch nur ein Mensch und habe Gefühle, Scarlet. Ich bin nicht perfekt und mache Fehler, aber ich stehe dazu. Und als du vorhin nicht wie immer überpünktlich gekommen bist, habe ich mich verantwortlich gefühlt. Ich weiß nicht, wieso ich das geglaubt habe, doch als die Stunde begonnen hat und du nicht da warst, dachte ich, dass ich dich zum Aufhören getrieben habe. Und weil du mir nicht egal bist, hätte ich mir das nicht vergeben können …«

Damit teilt er mir durch die Blume mit, dass ich ihm etwas bedeute, weshalb ich erst einmal schlucken muss und dann am liebsten schreien möchte. Da lerne ich einen Mann kennen, der mich nicht mehr loslässt und meine Gedanken vereinnahmt, und wir können nicht herausfinden, was das zwischen uns ist, weil wir füreinander verboten sind? Ich frage mich wirklich, welcher Idiot in der Abteilung für Schicksale diese hirnrissige Entscheidung getroffen hat.

Ich will jedoch nicht, dass er weiß, wie sehr er mir unter die Haut geht. Wir sollten unsere Situation nicht noch weiter verkomplizieren. »Ich habe vergessen, meinen Wecker zu stellen«, lüge ich. »Das hatte nichts mit uns zu tun.«

»Sicher?«, hakt Antonio nach, während er seine Hände aus den Hosentaschen nimmt und mir diese auf meine Arme legt. Er geht sogar vor mir in die Knie, damit wir auf einer Augenhöhe sind. »Du musst dich nicht verstellen. Ich kann die Wahrheit verkraften, Scarlet.«

Antonio lehnt sich ein Stück nach vorn, sodass ich mich wie eine Münze, die durch die Luft wirbelt, fühle. Die eine Seite befürwortet seine Nähe, wünscht sich, dass er mich berührt. Die andere hofft, dass er Abstand hält, weil wir uns damit in Teufelsküche bringen. Es ist nicht fair, dass er mir dauernd sagt, dass wir das nicht dürfen, und trotzdem dafür sorgt, dass ich ihn nicht vergessen kann. Es ist ein Hin und Her, dass mich langsam um den Verstand bringt, auf welcher Seite wird die Münze schließlich liegen bleiben?

Antonios besorgter Blick hat mich vor wenigen Minuten noch erweicht, jetzt frustriert er mich.

»Ich weiß, dass aus uns nichts werden kann, du machst es aber nicht besser, indem du mir sagst, dass du dich um mich sorgst!«, zische ich und schubse ihn leicht von mir weg. »Du musst aufhören, mir diese Blicke zuzuwerfen oder mich zu berühren. Es macht mich fertig, etwas zu wollen, dass ich nicht haben darf. Als ob ich mit meinem gewalttätigen Vater nicht bereits genug Probleme hätte!«, platzt es aus mir heraus, bevor ich mich stoppen kann.

Mein Herz setzt für eine Schrecksekunde aus, während sich meine Augen entsetzt weiten, weil ich ihm ungewollt und unerlaubt dieses Geheimnis anvertraut habe. Ich hoffe, dass er es überhört hat, doch sein geschockter Gesichtsausdruck lässt auf etwas anderes schließen. »Gewalttätiger Vater? Was soll das bedeuten, Scarlet?«

»Was? Nichts!«, sage ich schnell. Wenn herauskommt, dass ich irgendjemandem etwas verraten habe, dann ... dann ... oh ... Ich möchte nicht darüber nachdenken, was dann passiert.

»Scarlet, verkauf mich nicht für dumm.«

Antonio kommt mir wieder näher, legt eine Hand auf meine Schulter, dreht meinen Kopf zu sich, damit ich den Blick nicht abwenden kann. Ich versuche erfolglos, mich aus seinem Griff zu winden, und gerate in Panik. Mir wird alles zu viel, seine Nähe, seine Unnachgiebigkeit und seine Fürsorglichkeit. Ich habe das Gefühl, zu ertrinken, keine Luft mehr zu bekommen. Und weil ich mich noch immer nicht rühre oder etwas sage, steht er plötzlich auf und zieht mich aus meinem Stuhl, sodass ich ihm noch näher bin.

»Lass mich los!«, brülle ich lauter als beabsichtigt, aber er weicht keinen Millimeter zurück. Ich halte bereits seit mehreren Augenblicken die Luft an, verkrampfe mich und habe das Gefühl, mein Bewusstsein zu verlieren.

»Beruhig dich, Scarlet!«

Schwarze Punkte tanzen vor meinen Augen.

Kapitel 17

»Komm, setz dich erst mal hin«, schlägt er vor.

Mein Körper verweigert noch immer sämtliche Handlungen, weshalb ich mich keinen Millimeter bewege, doch Antonio erkennt meine Schockstarre, schiebt mich sanft zum nächsten Stuhl und setzt sich neben mich hin.

»Schließ deine Augen, Scarlet«, fordert er mich auf, weshalb ich ihn unsicher betrachte. »Vertraust du mir?«, fragt er. Angestrengt versuche ich, etwas von mir zu geben, doch ich schaffe es nicht, ich habe keinerlei Konzentration. Ich kann nichts spüren, atmen fällt mir unglaublich schwer. Mein Körper handelt von al lein, sodass ich wie gefordert meine Augen zumache. Er streichelt liebevoll über meine Hand, während er beruhigend mit mir spricht. »Alles ist in Ordnung, Scarlet. Du bist in Sicherheit«, beteuert er. »Alles wird wieder gut, und ich bin für dich da.«

Die Anspannung fällt langsam von meinen Schultern, und ich kann wieder durchatmen. Ich habe noch immer meine Augen geschlossen, aber ich beginne, seine Nähe zu genießen. Seine Finger streicheln über meine Arme, während er mir immer wieder sagt, dass ich nicht allein bin, dass er hier ist. Seine Worte sorgen dafür, dass ich meine Augen öffnen kann.

Die Angst, was passiert, wenn mein Vater herausbekommt, dass ich seinen guten Ruf durch den Dreck ziehe, hat mich eingenommen. Es ist nicht das erste Mal, dass ich eine Panikattacke hatte. Dieses Mal war es allerdings anders. Sie wurde nicht durch eine Erinnerung ausgelöst, sondern weil ich mich vor der Zukunft fürchtete – beziehungsweise es noch immer tue.

»Das gerade ... Ich habe ein wenig übertrieben«, versuche ich, mich herauszureden, schließlich muss ich das Geheimnis wahren.

»Du hattest eine Panikattacke, nachdem du mir gestanden hast, dass dein *reizender* Vater gewalttätig ist«, durchschaut er meine Ausrede, während er enttäuscht den Kopf schüttelt. »Scarlet, ich möchte die Wahrheit hören.«

Ich schlucke schwer, bevor ich mich dazu durchringen kann, ihm alles zu erzählen.

»Ich habe bis vor Kurzem nicht gewusst, dass er wirklich gewalttätig sein kann. Ich habe öfter eine kleine Ohrfeige bekommen, aber nichts, was mich ernsthaft körperlich verletzt hat«, erkläre ich mit einer Betonung auf körperlich, weil ich seiner verbalen Gewalt tagtäglich ausgeliefert war. *Enttäuschung* hier, *missratendes Kind* da. Es gibt nichts, das ich noch nicht aus seinem Mund gehört habe. »Letztens ist ein Streit eskaliert, und er hat seine Hand gegen mich erhoben, stärker und brutaler, als ich es je erlebt habe.«

Antonio sieht mich schockiert an. »*Non si può vivere senza onore.*« In seinem Blick schwingen mehrere Gefühle mit, Wut, Ärgernis, Besorgnis und Mitgefühl. Er drückt meine Hand fester. »Es tut mir wirklich leid, dass dir so was passiert ist. Es ist unglaublich, dass er die Hand gegen seine eigene Tochter erhebt. Ich kann so ein Verhalten nicht nachvollziehen. Was für ein Mann würde seine eigene Familie schlagen? Ein Mann ohne jegliche Ehre und Vernunft.«

»Was hast du anfangs gesagt?«, will ich wissen.

Bevor er mir antwortet, atmet er tief durch. »Es ist ein altes italienisches Sprichwort. ›Ein Mann ohne Ehre sollte nicht leben.‹« Damit bestätigt er meinen Verdacht bezüglich seiner Herkunft, Antonio ist Italiener. »Hast du ihn angezeigt?«, erkundigt er sich, und ich sehe in seinem Blick, dass er sich ein *Ja* als Antwort erhofft. »Und was sagt deine Mutter? Weiß sie davon?« Ich nicke. »Und sie hat bisher nichts getan?«

»Meine Mutter ist wie ich abhängig von ihm, sie kann keine eigenen Entscheidungen treffen und verteidigt seine Aggressionen immer wieder. Und ich … nun …« Beschämt wende ich meinen Blick ab.

Antonio interpretiert mein Schweigen richtig. »Willst du nicht, dass er für seine Taten büßt? Wie kannst du ihn damit davonkommen lassen?«

Ich massiere meine Schläfen, weil mich langsam Kopfschmerzen heimsuchen, wie immer wenn ich über meinen Vater und meine Zukunft nachdenke.

»Natürlich soll er nicht davonkommen, aber ich muss einfach die Zähne zusammenbeißen. Wenn ich mich jetzt gegen ihn stelle, dann wird er mich auf die Straße setzen und die Studienkosten nicht länger übernehmen. Das bedeutet, dass ich meinen Traum vergessen kann.«

»Also lässt du deinen Vater einfach gewähren? Was ist, wenn er dich oder deine Mutter krankenhausreif schlägt oder Schlimmeres?« Weil ich das Thema leid bin, stehe ich auf. Antonio hält mich allerdings am Arm fest und zieht mich auf meinen Stuhl zurück. »Es tut mir leid. Wie ich schon vorhin gesagt habe, will ich dich nicht bedrängen ... Ich möchte nur nicht, dass dir etwas passiert. Ein Mann wie dein Vater wird sich nie ändern. Ich bin sicher, dass er dir gegenüber erneut handgreiflich wird, und davor fürchte ich mich.«

»Mir ist bewusst, dass er sich nicht ändern wird, doch ich werde vorsichtig sein und ihm keinen Anlass dafür geben, auf mich loszugehen. Deswegen werde ich ihm die nächsten Jahre gehorchen, ihn nicht enttäuschen und die perfekte Tochter vorspielen«, erläutere ich meinen Schlachtplan. Antonio öffnet seinen Mund, möchte etwas sagen, doch ich komme ihm zuvor. »Können wir aufhören, darüber zu reden? Bitte, ich muss mich mit etwas ablenken, Antonio.«

»Unter zwei Voraussetzungen.«

»Und die wären?«

»Wenn dein Vater erneut handgreiflich wird, sagst du mir Bescheid«, beginnt er, und ich bin mir sicher, dass er jedes Wort ernst meint. »Und ich möchte, dass du Beweise sammelst, für den Fall, dass du doch irgendwann gegen ihn vorgehen willst.«

Ich überlege einen Moment.

»Nur unter zwei weiteren Voraussetzungen«, sage ich, drehe den Spieß einfach um und hole mir ein wenig Kontrolle zurück. »Erstens: Du wirst nichts gegen meinen Willen unternehmen.« Antonio hadert mit sich, presst seine Lippen aufeinander, als würde er mir dieses Versprechen nicht geben wollen. Schließlich nickt er. »Und zweitens: Ich möchte wissen, wie alt du bist.« Vielleicht ist es eine dämliche Forderung, aber es interessiert mich schon seit Langem, und auf der Website der Uni habe ich nichts dazu gefunden.

»Im April werde ich 33.«

»Nur neun Jahre Unterschied, das dürfte uns nicht h…«, ich breche erschrocken ab, weil ich nicht fasse, was ich beinahe von mir gegeben habe. Ich wollte ihm sagen, dass uns dieser Altersunterschied nicht behindern wird. *Wie dumm ich doch bin.* Zumindest ist er so höflich und lässt sich meinen Ausrutscher nicht anmerken. »Nun, dann würde ich sagen, wir haben eine Abmachung, nicht wahr?«

Kapitel 18

Angestrengt kämpfe ich mich durch die Menschenmassen bei Walmart, die wie verrückt Süßigkeiten für den morgigen Tag einkaufen. Halloween steht kurz vor der Tür, weshalb die Kunden sämtliche Manieren über Bord werfen, um die besten Angebote für Schokolade und Dekorationen zu ergattern. Ich hebe meine Augenbraue, als ich aus den Augenwinkeln mitbekomme, wie sich zwei Frauen um ein Multipack Süßigkeiten streiten. Halloween ist nach Weihnachten und Thanksgiving der drittschrecklichste Zeitpunkt, um in einen Laden zu gehen, und doch stehe ich mitten im Gedränge. Eine Frau rempelt mich an, den Wagen voller Süßigkeiten, als müsste sie eine ganze Stadt damit versorgen. Sie geht mich unhöflich an, als wäre *ich* daran schuld.

»Ich hasse Halloween«, brumme ich.

Schon immer habe ich eine starke Abneigung gegen diesen Feiertag empfunden, es liegt wahrscheinlich daran, dass zeitgleich mein Geburtstag ist. Aus diesem Grund gab es kein Jahr, in dem die Geschenke oder Feiern nicht mit dem Halloweenthema verbunden waren. Stifte mit blinkenden Kürbissen, Kleidungsstücke mit Hexen, Vampiren, Werwölfen oder Zombies. Man sollte meinen, dass meine Familie meine Abneigung irgendwann mitbekommen hätte, doch meine Mutter liebt es, mir Halloweensachen zu schenken. Deshalb habe ich es auch nie übers Herz gebracht, ihr die Wahrheit zu sagen.

Unzufrieden stelle ich fest, dass meine Lieblingssorte von Hersheys, Karamell mit Erdnüssen und Bretzel-Stückchen, bereits ausverkauft ist. Das Regal ist komplett leer, die Massen haben hier bereits zugeschlagen und nichts übrig gelassen. Meine Mundwinkel gehen nach unten, weil ich mich bereits auf meine Schokolade gefreut habe.

Ich habe diese Nervennahrung dringend gebraucht.

Die letzten vier Wochen waren anstrengend und nervenzerreißend, denn auch wenn nichts weiter mit Antonio passiert ist und wir uns voneinander ferngehalten haben, geht er mir nicht aus dem Kopf, ich kann nur noch an ihn denken. Und ihm ergeht es scheinbar nicht anders. Im Unterricht tauschen wir heimlich sehnsüchtige Blicke aus. Er schaut mir immer traurig hinterher, wenn ich seinen Lehrsaal verlasse, dessen bin ich mir bewusst, weil ich mich nach jeder Vorlesung noch einmal unauffällig zu ihm umdrehe.

Seufzend verlasse ich die Schokoladenabteilung und laufe zu den Keksen, in der Hoffnung, dass ich dort etwas ergattern kann. Erleichtert lächle ich, weil noch ein paar Oreo-Verpackungen übrig sind. Ich schnappe mir einmal Oreo Salted Caramel, meine Lieblingssorte, und begebe mich zur Kasse, nachdem ich mir noch zwei Energydrinks aus dem Kühlregal geholt habe, denn es wird eine lange Nacht werden.

Ava, Heath und ich müssen noch unsere Gruppenarbeit fertigstellen, weshalb wir heute eine Nachtschicht einlegen werden. Selbst wenn es keine Note gibt, spornt der Preis die beiden an. Die Gewinnergruppe bekommt einen Gutschein für den Campus-Buchladen, sodass man die Bücher für das zweite Semester umsonst erhält. Im ersten Moment hört sich das nicht großartig an, doch da die Bücher für das erste Semester rund 340 Dollar gekostet haben, rückt es den Preis in ein anderes Licht. Auch wenn ich nicht darauf angewiesen bin, gebe ich mein Bestes, um sie zu unterstützen. Die kleinen Gesten zählen, das haben die beiden mir beigebracht.

Nachdem ich an der Supermarktkasse bezahlt habe, mache ich mich auf den Rückweg zur Universität. Vor unserem Lehrsaal, wo wir uns verabredet haben, bleibe ich stehen und blicke mich kurz um. Die Tür zum Raum ist verschlossen, weshalb ich stirnrunzelnd Avas Nummer wähle. »Hey, sorry, ich bin gleich da, ich habe nicht mehr auf die Uhr geschaut und mich dadurch leicht verspätet«, begrüßt sie mich, kaum dass sie den Anruf angenommen hat.

»Ach so, und wo ist Heath?«

»Hast du seine Nachricht nicht gelesen?«

»Einen Moment.« Nachdem ich das Telefon vom Ohr genommen habe, minimiere ich den Anruf und schaue in unseren Gruppenchat. Heath hat vor wenigen Minuten geschrieben, dass er sich ein wenig verspätet. »Habe ich übersehen, hatte mich beeilt, weil ich selbst spät dran war. Der Lehrsaal ist allerdings verschlossen«, teile ich ihr mit, bevor ich irritiert fortfahre. »Hast du ihn nicht für uns reserviert?«

Im Hintergrund höre ich ein Auto hupen, ich nehme an, dass sie gerade das Wohnheim verlassen hat und in der Nähe des Kreisels ist.

»Ja, habe ich, aber die Lehrsäle lassen sich nicht mit unseren Schlüsselkarten öffnen. Professor Vittori meinte, wir sollen uns den Schlüssel aus seinem Büro abholen, er wird den ganzen Abend hier sein.« Professor Vittori, Antonio. Sein Name brennt sich in meine Gedanken, am liebsten würde ich mich in seine Arme flüchten, die mich fest umschlungen halten. »Also?«, fragt Ava plötzlich, und ich realisiere, dass ich mit meinen Gedanken abgedriftet bin.

»Also was?«, frage ich.

»Na, würdest du den Schlüssel abholen?«

Ich schlucke. »Klar, kein Problem.«

Und ob das ein Problem ist.

Seufzend stecke ich mein Telefon in die hintere Hosentasche und mache mich auf dem Weg zu Antonios Büro. Mein Herz schlägt wie verrückt, und ich hege die Hoffnung, dass er doch nicht in seinem Büro ist, weil er uns einfach vergessen hat. Es wäre das Beste, weil ich mir in seiner Gegenwart nicht vertrauen kann. Wenn ich in seiner Nähe bin, denke ich immerzu an ihn und unsere gemeinsamen Momente.

Leider brennt in seinem Büro das Licht. Mein Magen zieht sich zusammen, meine Handflächen werden schwitzig, und mein Puls beschleunigt sich, einfach nur weil ich ihm gleich gegenüberstehen werde. Es ist lächerlich, dass mein Körper so auf ihn reagiert, doch ich kann es nicht verhindern. *Konzentration, ade, sabbernde Scarlet, willkommen.*

»Herein«, ruft Antonio, nachdem ich an seine Tür geklopft habe. Ich schaffe es allerdings nicht, diese zu öffnen, und bleibe wie erstarrt stehen. Was bin ich für ein Feigling. »Herein«, ruft er erneut, doch ich bewege mich noch immer nicht. Er öffnet genervt die Tür. »Ja, was ist denn …« Antonio gerät ins Stocken, als er mich erblickt. Antonio schluckt für einen Augenblick, ein Zeichen dafür, dass er absolut nicht mit mir gerechnet hat. »Scarlet?«, fragt er durcheinander. »Was machst du hier? Brauchst du meine Hilfe? Ist irgendetwas passiert?«

Seine Stimmlage wechselt von Verwirrung zu Besorgnis, weshalb ich schnell den Kopf schüttele. »Nein, es ist alles in Ordnung. Ich wollte mir nur den Schlüssel für den Lehrsaal holen. Für die Arbeitsgruppe.«

Antonio schaut mich einen Moment an, bevor er sich räuspert. »Ah, ja. Nun, gut.« Schnell dreht er sich zu seinem Schreibtisch um. Aus offensichtlichen Gründen versuche ich, ihm nicht mit meinem Blick zu folgen, und schaue in die entgegengesetzte Richtung. Antonio kommt schneller zurück als erwartet und reicht mir die Schlüssel. »Hier. Ich bin heute bis kurz vor Mitternacht noch im Büro, um Hausarbeiten zu korrigieren, es wäre also schön, wenn ihr ihn mir bis dahin zurückbringen könntet«, teilt er mir mit.

»Selbstverständlich.«

Mein Kopf will, dass ich sein Büro verlasse, doch mein Herz sehnt sich nach Antonio. Es bringt mich dazu, ihm in seine wunderschönen rehbraunen Augen zu schauen. Alles an ihm zieht mich an, ich will in seine Arme fallen und seine Nähe spüren. Wie gerne würde ich mit ihm zusammen sein. Gleichzeitig verstehe ich nicht, wieso ich *so* für ihn empfinde, schließlich kennen wir uns kaum zwei Monate und haben nur zweimal miteinander geschlafen. Es muss daran liegen, dass er der erste Mann ist, auf den ich mich eingelassen habe. Durch meine Unerfahrenheit reagiert mein Körper wie ein hormongesteuerter Teenager, der nicht genug von dem bekommen hat, was Antonio bietet. *Sex*. Das muss es sein, ja.

»Freust du dich schon auf morgen?«, fragt er mich.

»Auf Halloween?«

»Nein, deinen Geburtstag.«

Verwundert betrachte ich ihn. »Woher kennst du meinen Geburtstag?«, will ich wissen.

»Aus deiner Akte.«

»Du hast meine Akte gelesen?«

Seine Augen weiten sich für einen Moment, weil er dieses Detail anscheinend nicht ausplappern wollte. Antonio fängt sich jedoch schnell. »Ich habe die Akten von allen Studenten gelesen, um mir ein Bild machen zu können«, erklärt er, doch ich bin mir ziemlich sicher, dass er mich anflunkert, was ich niedlich finde.

»Du hast dir also alle Geburtstage gemerkt?« Antonio nickt, lässt sich die Wahrheit nicht aus der Nase kitzeln, weshalb ich nachhelfen möchte. »Na gut, wann hat Ava Geburtstag?«, fordere ich ihn mit einer gehobenen Augenbraue heraus.

Er kneift kurz seine Augen zusammen. »Juni?«

»Falsch, Professor, im August.«

Antonio hebt abwehrend seine Hände, ein Schmunzeln umspielt seine Lippen. »Nun gut, vielleicht habe ich doch nur deine Akte gelesen.«

Auch wenn ich mich eigentlich nicht über diese Erkenntnis freuen sollte, schmeichelt es mir, dass er sich für mich interessiert. Antonio hat sich nach mir erkundigt, weil ich ihm anscheinend wirklich etwas bedeute. Bevor ich darüber nachdenken kann, mache ich einen schnellen Schritt nach vorne und gebe ihm einen raschen Kuss auf seine Wange.

Eine Sekunde später weiche ich hastig wieder zurück, weil das nicht hätte passieren sollen. Damit bin ich *erneut* zu weit gegangen. Antonio ist wie erstarrt, schaut mich mit geweiteten Augen an, den Mund geöffnet. Damit hätte wahrscheinlich keiner von uns beiden gerechnet. Er blinzelt, seine Hand fährt zu der Stelle, an der meine Lippen ihn berührt haben.

Um es nicht noch schwieriger zu machen, weiche ich ein paar Schritte zurück.

»Ich sollte jetzt wirklich gehen«, sage ich und wende meinen Blick ab, damit ich ihm nicht in die Augen schauen muss. Ich will mich gerade wegdrehen, als er mich am Arm festhält und mein Kinn anhebt, sodass ich ihn betrachten muss. »Was wird das?«

»Warte, bitte.«

Kapitel 19

Seine Worte gehen mir durch Mark und Bein. Erwartungsvoll schaue ich ihn an und hoffe, dass er mich zum Bleiben bittet. Der Gedanke daran lässt mein Herz schneller schlagen. »Ja?«

Antonio öffnet seinen Mund, schaut mir in die Augen, und als würde er erkennen, was sich mein Innerstes wünscht, hält er inne, schweigt, weil wahrscheinlich seine Vernunft gewinnt. Dann lächelt er mich an, doch es erreicht seine Augen nicht. »Ich wollte dir nur noch mal einen schönen Geburtstag wünschen, amüsiere dich.«

Augenblicklich stirbt meine Hoffnung, und Enttäuschung macht sich wider Willen in mir breit, lässt meine Brust schwer werden. Für eine kurze Sekunde habe ich wirklich gedacht, dass er mich hierbehalten will, und gehofft, dass er mich danach in seine Arme zieht. Alles würde ich dafür geben, dass wir uns nicht in dieser ausweglosen Situation befinden, doch Antonio bleibt mein Professor und ich seine Studentin – *nicht seine Liebste.*

Angestrengt versuche ich, mich nicht von meinen Gefühlen leiten zu lassen, denn ich möchte ihm nicht zeigen, wie sehr mich das alles mitnimmt. Es wäre nicht fair ihm gegenüber, es ist nicht seine Schuld, dass wir nicht zusammen sein können.

Ein erzwungenes Lächeln erscheint auf meinen Lippen. »Vielen herzlichen Dank«, verabschiede ich mich, bevor ich mich umdrehe und schnell aus seinem Büro verschwinde. Ich kann ihn nicht länger ansehen, ohne von Tränen überwältigt zu werden.

Wieso muss es nur *so* schwer sein?

Mitsamt Schlüssel laufe ich zum Lehrsaal zurück und erkenne Ava und Heath, die bereits auf mich warten. »Bist du in die Toilette gefallen?«, fragt Ava kichernd, bevor sie auf ihr Telefon schaut. »Das hat ganz schön gedauert.«

In Sekundenschnelle lege ich mir eine Lüge zurecht. »Ich habe ihn nicht im Büro angetroffen, nicht direkt jedenfalls.« *Ich hasse das.* »Der Professor war anscheinend noch im Haus unterwegs, weshalb ich auf ihn warten musste.«

Ava holt ihren Laptop hervor, weil wir dort die PowerPoint und die Handouts gespeichert haben. »Wisst ihr, was den Preis um einiges besser machen würde?«, fragt sie uns. »Wenn wir zusätzlich zum Gutschein unseren Praktikumsplatz nächstes Jahr selbst auswählen könnten.«

Das zweite Jahr, also das dritte und vierte Semester, besteht aus einem Praktikum im Krankenhaus und weiteren Vorlesungen, obwohl die Arbeit im Krankenhaus im Vordergrund steht. Jeder Student wird Ärzten zugeteilt, die uns an die Hand nehmen. Die Plätze sind in bestimmten Abteilungen sehr knapp, wie in der Herz- oder Unfallchirurgie, weshalb man mit Bestnoten bessere Chancen hat. Ansonsten landet man in der Allgemeinchirurgie oder endet in der Pathologie, was die meisten Studenten – *verständlicherweise* – nicht wollen. Und auch ich empfinde so, schließlich könnte ich mir unter keinen Umständen eine Karriere zwischen Leichen vorstellen, allein wegen des Geruchs würde ich schnell das Weite suchen.

»Was würdest du dir aussuchen?«, fragt Heath Ava.

»Kardiologie«, antwortet sie, bevor sie mich anschaut. »Deine Mutter ist tatsächlich eines meiner Vorbilder, Scarlet. Sie ist eine hervorragende Kardiologin.« Und weil ich Ava inzwischen gut kenne, weiß ich, dass sie das nicht sagt, um mir zu schmeicheln, sondern weil sie wirklich so empfindet. »Wisst ihr, Herzen haben mich schon immer fasziniert. Es ist einfach das wichtigste Organ in unserem Körper.« Danach schüttelt sie sich unzufrieden, als würde sie über etwas nachdenken, was ihr nicht passt. »Grundsätzlich könnte ich mich mit fast jeder Fachrichtung anfreunden außer …«

»Pathologie, hm?«, frage ich lachend.

Ava schüttelt den Kopf, ihre schwarzen Locken fliegen wirr umher. »Pädiatrie.« Ich schaue sie überrascht an, damit habe ich nicht gerechnet. Schließlich hat sie zwei kleine Schwestern. »Ich habe nichts gegen Kinder, ehrlich nicht, doch ich will nicht tagtäglich mit ihnen zu tun haben. Die zwei kleinen Quälgeister zu Hause haben gereicht, ich habe genug Zeit mit Kindern verbracht.« Ava zuckt mit ihren Schultern. »Und außerdem glaube ich, dass mir einfach die Geduld dafür fehlt. Meine Schwestern habe ich oft zum Weinen gebracht – und es war *nicht immer* beabsichtigt! Aber kleine Kinder trödeln … kommen nie auf den Punkt. Also ja, Geduld ist ein Problem, an dem ich vielleicht noch arbeiten muss.«

»Vielleicht?«, fragt Heath lachend, und ich stimme mit ein.

Es ist kein Geheimnis, Ava besitzt keinerlei Geduld, es kann nie schnell genug für sie gehen. Erst letztens hat sie gegen einen Snackautomaten getreten, in der Hoffnung, dass der Schokoriegel damit schneller in ihre Hände fällt. Vielsagend schauen wir sie an, Heath' Blick liegt auf den Süßigkeiten, die sie auf dem Tisch stapelt, weshalb sie ihre Augen verdreht.

»Du weißt, dass ich es eilig hatte!« Unser Freund schaut sie mit seinem *Was auch immer du sagst*-Gesicht an. »Themawechsel – wo würdest du dein Praktikum am liebsten machen? Sportmedizin kann man eher schlecht im Krankenhaus praktizieren.«

Der Blondschopf nickt zustimmend. »In einigen Krankenhäusern gibt es Rehabilitationsabteilungen, die würden mich sehr interessieren. Ansonsten das Fachgebiet von Professor Vittori: Unfallchirurgie umfasst eigentlich alle Facharztgebiete, zusammen mit der Allgemeinchirurgie. Und in der Unfallchirurgie gibt es die skurrilsten und einmaligsten Operationen. Die Brandabteilung ist allerdings auch …«

Ava lacht und unterbricht ihn. »Entscheiden kannst du dich nicht, hm?«

»Nö, irgendwie nicht«, sagt er und grinst, bevor er sich an mich wendet. »Und du sicherlich noch immer Pädiatrie, hm?« Ich hatte schon oft erwähnt, dass es meine Traumabteilung ist, von daher überrascht es mich nicht, dass Heath richtigliegt.

»Genau«, sage ich lächelnd.

Ava speichert die fertige PowerPoint und unser überarbeitetes Handout fünfzehn Minuten vor Mitternacht –

wir haben es rechtzeitig geschafft. Schließlich sollen wir den Schlüssel bis dahin zurückbringen. Damit es später für alle ausgedruckt ist, sendet sie unserem Professor unsere Arbeit. Seine E-Mail-Adresse hat er uns bereits am ersten Tag gegeben, oft habe ich darüber nachgedacht, ihm zu schreiben, doch habe ich mich glücklicherweise dagegen entschieden. Ich habe erst vor wenigen Tagen erfahren, dass die E-Mails bei Bedarf von der Verwaltung gelesen werden. Und das wäre aus selbsterklärenden Gründen nicht gut gewesen, ich hätte damit für ein Eigentor gesorgt.

Nachdem wir alles eingepackt und den Lehrsaal verlassen haben, schließt Heath zu. »Ich muss noch schnell zu meinem Schließfach, ich kann den Schlüssel bei Professor Vittori abgeben«, schlägt er vor.

Gerne würde ich *Nein!* schreien, sagen, dass er mir den Schlüssel aushändigen soll. Obwohl ich weiß, dass aus uns nichts werden kann, kann ich das Verlangen und die Sehnsucht nicht ignorieren. Alles, an das ich denken kann, ist Antonio. Bisher habe ich noch nie für einen Mann so empfunden. Und derzeit wünsche ich mir nur eins, etwas Verbotenes, ihn, weil ich mich, entgegen jeglicher Logik und jeglichem Verantwortungsbewusstsein, in ihn verknallt habe. *In meinen Professor.* Und während ich Heath' Angebot als lästig und quälend empfinde, ist es wahrscheinlich ein Wink mit dem Zaunpfahl.

Ich darf Antonio nicht mehr sehen. *Es geht nicht.*

»Klingt super, danke«, bringe ich hervor und hoffe, dass es nicht gezwungen klingt.

Heath sprintet in Richtung der Büros, während wir bereits zum Ausgang laufen, jedoch aufgrund der Kälte im Innern warten. Es ist beinahe November, es herrschen noch keine Minusgrade, doch es fehlt nicht mehr viel. Aus persönlicher Erfahrung weiß ich, dass wir nicht mehr lange auf den ersten Schnee warten müssen.

Kurz darauf gesellt sich Heath wieder zu uns, und wir laufen zu dritt zum Wohnheim zurück, denn sein Bus, der ihn nach Hause bringt, hält genau davor. Roxbury liegt sogar recht nah, es bietet sich daher an, dass er zu Hause wohnt. Wie sagte er? Es spart Geld, *eine Menge Geld.* Denn bei seinem Stipendium ist aufgrund der Nähe seines Elternhauses ein Wohnheimplatz nicht inklusive.

»Hey, wollen wir am Wochenende ins Kino?«, frage ich, weil ich dort schon lange nicht mehr war. »Es läuft ein neuer Actionfilm.«

Ava schaut mich entschuldigend an. »Liebend gerne, aber im Moment passt es nicht. Geldtechnisch bin ich gerade nicht gut aufgestellt.«

»Mir gehts leider ähnlich, sorry.«

Ich fühle einen Stich im Herzen, weil die beiden sich einen Kinobesuch nicht leisten können. Niemand hat es verdient, die einfachsten Sachen im Leben nicht mitmachen zu können.

»Wisst ihr, was? Wieso lade ich euch nicht ein? Es wäre mir eine Freude.« Ava und Heath sagen nichts, stattdessen wechseln die beiden einen Blick, der mich irritiert. Ihnen liegt etwas auf der Zunge, doch sie trauen sich nicht, es auszusprechen, was mich überrascht, da sich Ava ansonsten nie zurückhält. »Ähm … Habe ich etwas Falsches gesagt?«

Ava lächelt mich an. »Hör zu, wir wissen, dass du es gut meinst, nur wollen wir keine Almosen von dir. Deshalb sind wir nicht miteinander befreundet.« Sie zeigt auf sich selbst. »Bisher hat es meine Familie allein geschafft, wir waren nicht auf Hilfe von anderen angewiesen. Wir wollen nicht bemitleidet werden, verstehst du?«

»Aber ich bemitleide euch nicht.«

Heath meldet sich zu Wort. »Doch, tust du.« Er legt seinen Kopf schief. »Wir bekommen mit, wie du uns immer anschaust, wenn wir von unseren Leben sprechen oder wenn wir sagen, dass wir uns etwas nicht leisten können. Du meinst es nicht böse, das verstehen wir, nur haben wir diesen Blick schon zu oft gesehen.«

Habe ich die beiden wirklich bemitleidet? Bisher habe ich es so nie gesehen, doch es kann gut möglich sein, dass ich es doch getan habe. Unterbewusst natürlich. »Das tut mir leid.«

Eine unangenehme Stille bricht unter uns aus, weil niemand mehr weiß, was er sagen soll. Heath zeigt schlussendlich auf ein Plakat, es befindet sich im Schaukasten direkt neben unserem Wohnheimeingang. »Samstag findet hier ein kostenloser *James Bond*-Filmtag statt, das wäre doch etwas für uns, findet ihr nicht auch?«, schlägt er einen Kompromiss vor, der mir gut passt.

»Das würde mir gefallen, aber nur wenn du mit dabei bist, Scarlet.« Ava macht einen Schritt auf mich zu. Im wörtlichen und übertragenen Sinne. »Bist du dabei?«

»Sehr gerne sogar.«

Kapitel 20

Stöhnend drehe ich mich im Bett um, greife nach dem Kissen, um es über meinem Kopf zu platzieren. Ich liege erst seit einer Stunde im Bett, brauche dringend Schlaf, doch mein Telefon hat andere Pläne. Es vibriert, vibriert und vibriert. Als es wieder still wird, seufze ich erleichtert auf. Meinen Kopf kuschle ich wieder ins Kissen, ein Lächeln auf meinen Lippen, da die Stille mein Freund ist und dafür sorgt, dass ich zurück ins Land der Träume gelange. Und gerade als mich der Schlaf einholt, meldet sich mein Telefon erneut. Stöhnend greife ich danach und muss mich erst mal an die Helligkeit gewöhnen.

Eine mir unbekannte Nummer.

Kaum dass ich mich dazu durchgerungen habe, den Anruf anzunehmen, verstummt das Telefon erneut. Ein Gefühl, dass etwas nicht stimmt, macht sich in mir breit. Sorge übermannt mich, als ich sehe, wie oft man versucht hat, mich zu erreichen. *Sieben verpasste Anrufe.* Ein Anruf mitten in der Nacht würde mir nicht seltsam vorkommen, sieben ist jedoch eine Zahl, die mich panisch werden lässt. Vor allem weil die Anrufe alle in kürzester Zeit waren, jemand wollte mich *dringend* erreichen. Bis vor wenigen Sekunden hat meine Müdigkeit die Oberhand behalten, doch nun bin ich hellwach.

Ich wähle den Rückruf.

Es dauert einen Moment, bis jemand abnimmt. »Scarlet.«

Sobald ich seine Stimme höre, zieht sich alles in mir zusammen. Mit allem habe ich gerechnet, nur nicht mit Antonio. Und woher hat er eigentlich meine Nummer? Aus meiner Akte? Und … wieso ruft er mich mitten in der Nacht an? Er würde es nicht ohne einen triftigen Grund machen, dessen bin ich mir sicher.

Ein Seufzen ist durch die Leitung zu hören. »Ich …« Antonio bricht ab, seine Stimme klingt brüchig … und verzweifelt? Mein Herz beginnt, schneller zu schlagen, denn inzwischen mache ich mir ernsthafte Sorgen. »Ich … ich brauche Hilfe«, flüstert er, als hätte seine Stimme all ihre Kraft verloren. »Ich bin kurz davor, einen Fehler zu machen, ich weiß nicht weiter.«

Seine Worte ergeben für mich keinen Sinn. Nie habe ich ihn verletzlich erlebt, Antonio war immer der Starke von uns beiden. Nicht er hat der Anziehung zwischen uns nachgegeben, ich war es, jedes Mal.

»Antonio, was ist los?«, frage ich, während ich versuche, meinen Herzschlag unter Kontrolle zu bringen. Antonio murmelt nur etwas Unverständliches. Es klingt ein bisschen wie, er kann nicht mehr, will nicht mehr. Ein ungutes Gefühl nimmt mich ein. »Wo bist du? Wo befindest du dich im Augenblick?«

Antonio antwortet nicht sofort, ich höre ihn nur seufzen. Mein Herz zieht sich zusammen, denn ich weiß gerade nicht, was hier vor sich geht und was mit Antonio los ist.

»Wo bist du, Antonio?«, frage ich ihn erneut, mit ein bisschen Nachdruck, damit er mir endlich verrät, wo er sich gerade aufhält.

»In der Moonshine Bar.«

Mehrmals blinzele ich, langsam macht sein Verhalten Sinn. Die Art, wie er redet, wie ich ihm alles aus der Nase ziehen muss – er ist wahrscheinlich betrunken.

Während ich die Neuigkeiten verarbeite, schalte ich mein Nachtlicht ein. Einerseits schmeichelt es mir, dass er in seiner Not an mich denkt, dass er sich Hilfe von mir wünscht, andererseits macht es unsere Situation nur noch komplizierter. Gerne würde ich mich wieder unter die Decke kuscheln, doch meine Gefühle für ihn sorgen dafür, dass ich ihn nicht im Stich lassen kann. Zudem wäre es unfair, ihn nicht zu unterstützen, schließlich hat Antonio mir auch seine Hilfe angeboten, wollte für mich einstehen. Ich muss das auch für ihn tun.

Nein, ich *will* es auch für ihn tun.

»Warte auf mich, ich bin unterwegs.«

Nachdem ich die Bar gegoogelt habe, schlüpfe ich in die nächstbesten Sachen, trenne mein Telefon vom Ladekabel und werfe einen Wintermantel über. Schnell schnappe ich mir noch eine Tasche und packe mein Portemonnaie rein. Die Tür schließe ich leise hinter mir, denn ich höre noch gedämpfte Musik aus Avas Zimmer, und ich möchte ihr nicht erklären, wo ich um diese Uhrzeit hinmöchte. Ich kann ihr schlecht sagen, dass ich unserem Professor um diese unchristliche Zeit helfen musste – sie könnte eins und eins zusammenzählen, sie ist nicht naiv.

Das warme Gebäude lasse ich hinter mir und stelle mich sichtbar auf die Straße, damit mich das Taxi nicht verfehlen kann. Um diese Uhrzeit würde ich niemals allein durch die Stadt marschieren, selbst wenn die Bar nicht weit entfernt ist. Dazu kommt, dass ich durchgefroren ankommen würde. Ich tapse auf der Stelle hin und her, um nicht das Gefühl in meinen Beinen zu verlieren. Am liebsten würde ich im Hausflur warten, aber Taxis haben die Angewohnheit zu hupen, wenn man nicht draußen steht. Ungern möchte ich das ganze Haus aufwecken.

Erleichtert seufze ich, als ich eingesammelt werde.

Zehn Minuten später halten wir in der Innenstadt von Boston genau gegenüber dem Massachusetts General Hospital. Mir ist bewusst, dass meine Mutter heute Nacht arbeitet, weshalb ich mich mit meinem Professor genau vor ihrer Nase befinde. *Beunruhigend, sehr, sehr beunruhigend.* Nachdem ich den Fahrer in bar bezahlt habe, sodass es mein Vater nicht nachverfolgen kann, steige ich aus und stelle mich vor den Eingang. Wäre es nicht so kalt, hätte ich wahrscheinlich gezögert und noch einmal gründlich darüber nachgedacht. Stattdessen betrete ich erhobenen Hauptes die gut gefüllte Bar und schaue mich um.

Es dauert nicht lange, bis ich ihn entdecke. Antonio sitzt in einer der hinteren Nischen, sein Kopf ist gegen die Wand gelehnt, seine Augen geschlossen. Vor ihm steht eine volle Whiskeyflasche, bisher, wie es aussieht, ungeöffnet. *Hat er bereits eine neue bestellt?* Sein Gesichtsausdruck erinnert mich an unser erstes Aufeinandertreffen in San Francisco, damals blickte er genauso verloren drein. Seine Haltung, nicht mehr stark, aufrecht, sondern gebeugt, energielos, als hätte er alle Kraft verloren.

»Antonio?«, spreche ich ihn an.

Seine Augen öffnen sich augenblicklich, starren mich ungläubig an, als hätte er nicht mit mir gerechnet. Er blinzelt mehrmals und muss schlucken, während er mit seinen Händen spielt. Am liebsten würde ich ihn sofort in meine Arme ziehen, über seine Haare streichen und sagen, dass ich für ihn da bin und ihn nicht allein lasse, bis es ihm besser geht.

»Was ist los?«, möchte ich wissen. Um ihm zu zeigen, dass er mit mir reden kann, ergreife ich seine Hand, drücke diese sanft.

Antonio schaut zwischen unseren verschränkten Fingern und der Flasche mehrmals hin und her, als würde er abwägen, was er als Nächstes tun soll. Eine kleine Ewigkeit vergeht, doch er schweigt, wagt es nicht, in meine Augen zu schauen, sondern richtet seinen Blick auf die Flasche. »Mein Verlangen ... Es ist zu groß.«

Augenblicklich verstehe ich, wovon er spricht. *Uns.* Antonio begegnet meinem Blick, ich lese pure Verzweiflung in seinen Augen, weshalb mein Herz in tausend Teile zerspringt. Für mich ist es auch nicht einfach, doch im Augenblick habe ich Kontrolle über mich, weshalb ich ihm den richtigen Weg zeigen muss. Alkohol beinhaltet dieser nicht.

»Soll ich sie öffnen?«, spricht er mit sich selbst, löst sich von mir und umfasst die Flasche mit seinen Händen. »Soll ich es nicht? Soll ich stark bleiben? Was soll ich nur tun, Scarlet?«

Sanft nehme ich ihm die Flasche aus der Hand. Antonio lässt mich gewähren, schaut der Whiskeyflasche nur sehnsüchtig hinterher. »Ich glaube, du hattest heute Nacht schon genug Alkohol, wir sollten diese Flasche wieder zurückgeben.«

Er schüttelt den Kopf. »Du verstehst nicht, ich ...«

»Was verstehe ich nicht?«

Sein Finger zeigt zitternd auf die Flasche, danach schaut er mir in die Augen.

»Das ... das ist das Problem.« Die Flasche? Der Alkohol? Ich kann ihm nicht folgen. »Ich bin so kurz davor ... *so kurz*«, mit seinen Fingern macht er eine Geste, um diese Aussage zu unterstreichen, »davor, wieder rückfällig zu werden, die Sucht gewinnen zu lassen.«

Kapitel 21

Sucht? Habe ich gerade richtig gehört?

Antonio muss schlucken, es fällt ihm offensichtlich nicht leicht. »Mein äußerer Schein trügt, Scarlet, ich bin nicht der Gute – *ich war es nie.*« Erneut will ich nach seinen Händen greifen, doch diesmal weicht er zurück, als würde ihn meine Berührung verbrennen. Die Zurückweisung schmerzt. »Gebrochen, das beschreibt mich am besten, Scarlet«, möchte er mir einreden, doch ich glaube es ihm nicht.

Nichts davon glaube ich. »Antonio, ich …«

Er unterbricht mich. »Ich bin alkoholsüchtig.«

Es ist, als würde die Welt stehen bleiben, während die Worte in Endlosschleife durch mein Gedächtnis rauschen und nicht verstummen. Was mir Antonio gerade gesagt hat, kann nicht wahr sein, oder? Es fühlt sich an, als wäre ich im falschen Film. Gleichzeitig muss ich mich fragen – wie gut kenne ich ihn eigentlich? Kenne ich ihn überhaupt? Ich bin mir nur einer Sache hundertprozentig sicher, ich fühle mich zu ihm hingezogen, doch eine Chance, den Mann *Antonio* kennenzulernen, nicht meinen Professor, hatte ich nie. Es ging nicht. Wir dürften nicht, es war uns nicht erlaubt.

Antonio starrt weiterhin die Flasche an, als würde sie ihn hypnotisieren.

»Lange Zeit dachte ich, ich hätte es im Griff, würde nicht schwach werden, und doch bin ich jetzt an genau dem Punkt, an dem ich nicht mehr standhaft bleiben kann«, teilt er mir seine Gedanken mit, Abscheu zeichnet sich in seinem Gesicht ab. »Wenn ich jetzt trinke, wäre ich frei im Kopf, nichts würde mich weiter bedrücken.« Seine Finger schieben sich in Richtung der Flasche, halten auf halbem Weg inne. »Doch wenn ich mich dem Alkohol, meiner größten Schwäche, hingebe, rückfällig werde, dann wäre alles, *einfach alles*, was ich in der Vergangenheit deswegen durchgemacht habe, umsonst.«

Die neuen Informationen sorgen für Kopfschmerzen, während ich versuche, alles zu verinnerlichen, was er mir gerade anvertraut hat.

»Wenn du ›rückfällig‹ sagst, meinst du damit, dass du das bereits einmal durchgemacht hast?«, frage ich, weil ich mich mit dem Thema nicht auskenne. Bisher hatte ich damit keinen Berührungspunkt. Gleichzeitig fühlt sich das alles unwirklich an, als würde das gerade nicht ernsthaft passieren.

»Vor über zwei Jahren habe ich einen Entzug gemacht, erfolgreich, und seitdem habe ich keinen Schluck mehr getrunken.« Ich spüre deutlich, dass gleich ein *Aber* folgt. »In den letzten Monaten ist eine Menge passiert«, beginnt er, bevor er seufzt und schlucken muss. *»Zu viel ist passiert.«*

Erneut blinzelt er die Flasche an, die ich, ohne es zu bemerken, näher an mich herangezogen habe. Mein Unterbewusstsein wollte damit wahrscheinlich dafür sorgen, dass der Alkohol aus seiner Reichweite verschwindet.

»Bisher bist du ...« Ich suche nach dem richtigen Fachbegriff. »... noch immer *trocken*?«

Antonio nickt stumm.

Langsam setzt das Verstehen ein: Antonio ist alkoholsüchtig, ein *bisher* trockener Alkoholiker, das ist die bittere, grausame Realität. Und weil ich mich endlich für die Wahrheit geöffnet habe, tauchen auf einmal Bruchstücke aus meinem Unterbewusstsein auf, Erinnerungen, die mich jetzt vereinnahmen. Immer wieder hatte ich mich bei unserem Kennenlernen in San Francisco gewundert, dass er den Drink in seiner Hand nicht angerührt hatte. Während ich in kurzer Zeit gleich zwei Cocktails bestellt habe, ist es bei ihm und diesem einen *unberührten* Getränk geblieben. Anscheinend hat er damals schon mit seinen inneren Dämonen gekämpft, jedoch gewonnen. Zudem erinnere ich mich an seine Worte an jenem Abend, an dem ich zum zweiten Mal Alkohol getrunken hatte. *Aber lass dir einen Rat von einem Mann geben, der schon vieles durchgemacht und viele Fehler begangen hat, Alkohol ist keine Lösung, er zerstört viel mehr, als er berauschen kann,* sagte er zu mir. Damals wusste ich nicht recht, was ich davon halten sollte, nun muss ich seine Worte in einem anderen Licht betrachten. Antonio schwebt derzeit auf der Schwelle zwischen Trockenheit und Sucht, und das bedeutet, dass es noch nicht zu spät ist, um ihm zu helfen. Es *darf* nicht zu spät sein.

»Du hast bereits in San Francisco mit der Sucht gekämpft, nicht wahr?«

Antonio presst seine Lippen aufeinander. »Um ehrlich zu sein, war es der erste Tag, an dem ich wieder das Verlangen gespürt habe, mich dem Alkohol hinzugeben.«

Unendlich viele Fragen schwirren durch meinen Kopf, aber irgendwo müssen wir anfangen. »Was war der Auslöser? Also für deine Sucht? Wie kam es dazu?«

Antonio holt tief Luft, muss noch einmal schwer schlucken, bevor er sich zu einer Antwort durchringen kann.

»Ich war ein sogenanntes Wunderkind«, beginnt er, während er den Blick senkt und mit seinen Fingern spielt. »Die Schule habe ich mit zwölf Jahren als Jahrgangsbester abgeschlossen. Meinen Bachelor habe ich mithilfe eines Stipendiums in Harvard in Wirtschaftswissenschaften in Rekordstudienzeit gemacht, auch mit Auszeichnung. Mit 15 Jahren habe ich hier mein Medizinstudium angefangen, ich war einer der jüngsten Studenten überhaupt, seit es die Medical School gibt. Mit 22 Jahren war ich ausgebildeter Chirurg der Unfallchirurgie. Im Alter von 27 Jahren wurde ich stellvertretender Chefarzt der Unfallchirurgie. Die Leitung der Klinik hatte große Pläne, prahlte ständig mit mir.« Er brummt unzufrieden. »Der Druck war unbeschreiblich, doch nicht nur vom Krankenhaus, sondern auch von der Harvard Medical School, die mich laut ihrer Beschreibung zu einem der besten Chirurgen geformt hatte. Zwischen meinen Schichten musste ich auf Kongressen Vorträge halten und nett für die Kameras lächeln. Hätte ich nicht einen Zehn-Jahres-Vertrag in Boston unterschrieben, hätte ich längst das Handtuch geschmissen. Aber ich hätte ungelogen vier Millionen Dollar zahlen müssen, um das Krankenhaus wechseln zu dürfen, denn sie wollten mich nicht gehen lassen.«

Antonio bricht ab und schüttelt seinen Kopf, weshalb ich nach seiner Hand greife, diesmal lässt er es glücklicherweise zu. Nachdem Antonio von unseren verschränkten Fingern aufgeschaut hat, lächle ich ihm aufmunternd zu.

»Ich habe *mehrmals ausdrücklich* gesagt, dass ich das alles nicht will.« Er lacht bitter auf, schüttelt abermals seinen Kopf. »Doch haben sie zugehört? Nein, sie haben es auf meine jugendliche Naivität geschoben. Der Druck hat mich erschöpft und kaputt gemacht«, teilt er mir mit, während mein Herz vor Angst fast stehen bleibt. »Und irgendwann habe ich gelernt, den Frust mit einem Bier zu dämpfen. Dann mit zwei, drei und vier. Dann hat Bier nicht mehr ausgereicht, weshalb ich auf Whiskey umgestiegen bin. Ich habe mein Problem, die Sucht, nicht einmal kommen sehen, weil ich es als Lösung für mein anderes Problem angesehen habe.«

»Und was ist dann passiert?«, frage ich leise und fürchte mich gleichzeitig vor seiner Antwort. Ich hoffe inständig, dass die Kündigung, von der mir Ava erzählt hat, nichts damit zu tun hat, doch mein Gefühl sagt etwas anderes.

»Meine Sucht hat mich verändert. Ich wurde ungeduldig, feindselig und habe mich gegen alles aufgelehnt, denn mir wurde alles egal. Meine große Leidenschaft, ein erfolgreicher Chirurg zu sein, hatte sich zu einem Albtraum entwickelt. Irgendwann kam ich nicht mal mehr nüchtern zur Arbeit. An jenem Tag, der mein Leben verändern sollte, habe ich vor der Arbeit drei Gläser Whiskey getrunken, um meine Nerven zu beruhigen. Doch nur eine halbe Stunde nach Schichtbeginn wurde ein siebenjähriger Junge eingeliefert, der in einen schlimmen Autounfall verwickelt worden war.«

»Und ... dann?«

»Er hat nicht überlebt, weil *ich* ihn operiert habe.«

Kapitel 22

Antonio hat mir gerade sein dunkelstes Geheimnis anvertraut.

Durch seine Sucht hat er einen kleinen unschuldigen Jungen auf dem Gewissen, etwas, über das er sicherlich *nie* hinwegkommen wird. Was passiert ist, ist eine Tragödie. Allerdings steht es mir nicht zu, ihn zu verurteilen, Antonio hat sicherlich für seinen Fehler in vielerlei Hinsicht bezahlen müssen. Nicht zu vergessen, dass er mit den Konsequenzen und den Schuldgefühlen *für immer* leben muss.

»Ich habe nach der Operation alles zu Kleinholz verarbeitet und teure Apparate zerstört. Ich tobte vor Wut und Frustration. Die Security hat mich unverzüglich zur Klinikleitung gebracht, die mein Verhalten schnell durchschaut hat.« Ein Seufzen kommt über seine Lippen. »Der Leitung war klar, dass sie mich nicht mehr beschäftigen kann, aber um den guten Ruf des Krankenhauses nicht zu gefährden und sich vor einer Klage zu schützen, wurde meine Sucht unter den Tisch gekehrt. Wenn die Wahrheit herausgekommen wäre, hätte die Klinik Unsummen an Schadensersatz und Schmerzensgeld zahlen müssen. Also wurde ich wegen Vandalismus gefeuert und nicht, weil ich betrunken operiert habe.«

Übelkeit macht sich in mir breit, weshalb ich mir beschützend über meinen Magen fasse. »Die Familie hat niemals die Wahrheit herausgefunden?«, frage ich ihn ungläubig.

Antonio presst die Lippen zusammen. »Ich musste vor meiner Entlassung eine Verschwiegenheitserklärung unterzeichnen.« Das heißt so viel wie: *Nein.* »Danach bin ich für mehrere Monate in eine Entzugsklinik gegangen. Der Entzug und die Schuldgefühle halfen mir, wieder zu mir selbst zu finden und die Sucht zu kontrollieren, doch durchatmen konnte ich noch immer nicht. Das Gesicht von Jonah, so hieß der Junge, geisterte ständig durch meinen Kopf, weshalb ich einen Entschluss gefasst habe, der mich alles hätte kosten können.« Nachdem ich ihn gefragt habe, was das wäre, fährt er fort. »Ich habe auf die Verschwiegenheitserklärung gepfiffen und den Eltern die Wahrheit über die Operation erzählt. Ich habe beiden meine Unterstützung zugesagt, falls sie rechtliche Schritte einleiten wollen, sowie mein gesamtes Erspartes als Entschuldigung angeboten. Doch zu meiner Überraschung wollten sie weder die Klinik anklagen noch mein Geld annehmen. Alles, was sie gebraucht und gewollt haben, war die Wahrheit über den Tod ihres Sohnes.«

»Das war die richtige Entscheidung, Antonio, ich hätte es genauso gemacht.«

»Selbst wenn ich mir nicht vergeben kann, haben es seine Eltern getan. Trotzdem werde ich für immer mit dieser Schuld leben«, offenbart er mir und klingt dabei so verletzlich, dass es meinem Herz einen Stich verpasst. »Ich musste ihnen versprechen, nie wieder einen

Schluck Alkohol zu trinken, und beinahe hätte ich das Versprechen gebrochen.«

»Richtig«, sage ich. *»Beinahe.«*

»Aber … es fehlt nicht mehr viel.« Er wischt sich über seine dunkelbraunen Augen. »Ich kann nicht schlafen, ich habe immerzu Jonahs Gesicht vor Augen.« Danach beugt sich Antonio zu mir herüber, tippt mir mit dem Finger auf die Brust, genau dorthin, wo sich mein Herz befindet. »Und dann bist da noch du.« Mein Herzschlag beschleunigt sich. »Anfangs habe ich mir keine Gedanken gemacht. Das zwischen uns war nur ein One-Night-Stand, richtig? Aber du hast etwas an dir, das mich anzieht, mich dich nicht vergessen lässt. Je mehr ich mich gegen diese Gefühle wehre, desto schwieriger fällt es mir, mich von dir fernzuhalten.« Er zieht sich zurück, Enttäuschung macht sich in mir breit. »Das mit uns ist eine ausweglose Situation, wir *dürfen* nichts füreinander empfinden.«

Ich schaue ihn an. »Und doch …«

»… und doch haben wir Gefühle füreinander.«

»Verbotene Gefühle«, rufe ich ihm in Erinnerung.

Antonio fährt sich mit der Hand übers Gesicht, bevor er mich nachdenklich anschaut. Ich habe das Gefühl, dass ihm etwas auf den Lippen liegt, doch er hält sich zurück. Eine Weile schweigen wir.

»Mich hat heute nur ein Gedanke davon abgehalten, rückfällig zu werden.« Er schaut mich an, gesteht mir, was er sich zuvor nicht getraut hat. »Der Gedanke an dich.« Erneut beginnt mein Herz, schneller zu schlagen, während Schmetterlinge in meinem Bauch tanzen. »Ich habe daran gedacht, wie stark du bist.«

Überrascht runzele ich die Stirn. »Stark? *Ich?*«

»Du lässt so vieles über dich ergehen, nur um dir deinen Traum zu erfüllen, das würden nicht viele schaffen.« Ich mag nicht, dass unsere Unterhaltung in diese Richtung abdriftet, weshalb ich wegschaue. Kurz darauf spüre ich seine Finger an meinem Kinn, die mich zwingen, ihn wieder zu betrachten. »Flucht ist der natürliche Reflex eines Menschen und stets die einfachste Lösung. Du, *allerdings*, schaust der Bestie ins Maul, kämpfst für das, was du willst. Und obwohl ich es nicht sollte, wollte ich dir ebenbürtig sein, wollte dich *wirklich* verdienen.«

»Nicht nur ich bin stark, du bist es auch, Antonio«, möchte ich ihm gut zureden, denn daran glaube ich wirklich. »Schau dich an, du sagst, du bist am Ende deiner Kräfte, und trotzdem hast du es geschafft, sie nicht zu öffnen.« Ich mache eine Kopfbewegung zur Flasche, die nun vor mir steht. »Das nenne ich auch Stärke.«

»Bis jetzt«, kommt es leise über seine Lippen.

»Würdest du mich einen Moment entschuldigen?«, frage ich, während ich gleichzeitig auf die Toilette zeige. Antonio nickt, doch nichts kommt über seine Lippen. Er legt seine Stirn auf dem Tisch ab, kann anscheinend nicht weiter aufrecht sitzen.

Während ich aufstehe, schnappe ich mir die ungeöffnete Whiskeyflasche und gebe sie auf dem Weg zu den Toiletten an der Bar ab, schließlich wird sie heute Nacht nicht mehr gebraucht. *Dafür sorge ich.* Ich muss nicht auf die Toilette, ich brauchte nur einen Grund, um mich für einen Moment davonzustehlen.

Zuallererst stelle ich mich ans Waschbecken und spritze mir kaltes Wasser ins Gesicht, meine Wangen glühen von den vielen neuen Informationen. Danach hole ich mein Telefon hervor und rufe meinen besten

Freund in dieser Situation auf: *Google.* Ich brauche Ratschläge, Artikel, Beiträge, die mir verraten, wie wir mit seiner zurückkehrenden Sucht umgehen. Irgendetwas muss ich finden, um ihm zu helfen. Als ich erneut auf die Uhr schaue, erschrecke ich mich. Es sind zehn Minuten vergangen, ich war dermaßen auf das Lesen konzentriert, dass ich die Zeit außer Acht gelassen habe.

Stürmisch verlasse ich die Toiletten und laufe zum Tisch zurück, denn ich hatte nie vor, ihn so lange allein zu lassen. Was, wenn diese zehn Minuten gereicht haben, um ... Nein, ich schüttele diesen Gedanken von mir ab, ich muss positiv bleiben.

Erleichtert stelle ich fest, dass Antonio noch in der Nische sitzt, kein Getränk weit und breit zu sehen. Lediglich seine Sitzposition hat sich verändert, seine Stirn ruht nicht länger auf dem Tisch, sondern er stützt die Ellenbogen auf der Platte ab. Doch was, wenn er in der Zwischenzeit an der Bar war? *Nein, nein, nein.*

Für Antonio ist es im Augenblick wichtig zu wissen, dass ich an ihn glaube. Wenn ich an ihm zweifle, hat er keinen Grund mehr, an sich selbst zu glauben. Nicht dass alles von mir abhängt, doch im Augenblick bin ich die einzige Person, die ihm Kraft schenkt, also will ich ihm zeigen, dass er seine Dämonen besiegen kann.

»Ich habe nachgedacht«, meine ich, während ich mich wieder zu ihm hinsetze. »Im Augenblick gibt es drei Alternativen.« Antonio schaut mich abwartend an. »Du könntest wöchentlich mit einem Therapeuten sprechen, um aufzuarbeiten, was gerade alles in deinem Leben vorgeht«, benenne ich die erste Möglichkeit, bevor ich auf die zweite Variante eingehe. »Dann gibt es die allgemeine Suchtberatung, die auch Therapeuten stellen und zudem Selbsthilfegruppen anbieten.« Die

Alternative gefällt mir ein wenig besser, schließlich gibt es dort Einzel- und Gruppentherapie. »Dann gibt es noch Tageskliniken und natürlich die stationäre Reha. Ich muss dazu sagen, dass diese Alternative für die Menschen empfohlen wird, die rückfällig geworden sind, nicht für die, die kurz davorstehen. Jedoch ist es kein Ausschlusskriterium.«

Antonio blinzelt mich verwirrt an. »Woher weißt du das alles?«

»Als ich auf der Toilette war, habe ich das Internet befragt.«

In seinen Augen stehen unendlich viele Emotionen, zu viele, um sie alle zu entziffern. Antonio schaut einen Moment zu Boden, bevor er den Blick hebt. »Das hast du getan? *Für mich?*« Es scheint ihn zu überraschen. Doch wieso eigentlich? Ihm sollte bewusst sein, dass ich verrückt nach ihm bin, alles für ihn tun würde. »Nach all dem, was ich dir gerade erzählt habe, wendest du dich nicht von mir ab?«

»Niemals«, kommt es wie aus der Pistole geschossen aus mir heraus.

»Das habe ich nicht verdient.« Diese Unsicherheit und die Art, wie er sich nicht für würdig hält, ist neu für mich. Antonio war immer selbstbewusst, schien zu wissen, was er tut, doch im Moment erinnert er mich an einen kleinen verlorenen Jungen. Gleichzeitig frage ich mich auch, ob Antonio sich zuvor verstellt hatte, aus Furcht, mir sein wahres Wesen zu zeigen.

Habe ich nun den *echten* Antonio vor mir? Es macht mir Angst, so viel und gleichzeitig nicht genug über ihn zu wissen. Es ist, als würde ein fremder Mann vor mir sitzen, den ich erst noch kennenlernen muss. Und trotzdem habe ich heute Nacht nichts erfahren, das mich dazu bringt, kehrtzumachen und ihn zurückzulassen.

»Doch, hast du«, widerspreche ich ihm, lächle ihn an. »Und? Was klingt für dich am besten? Welche der drei Möglichkeiten spricht dich an?« Ich werde ihm helfen, ihn unterstützen und für ihn da sein, wenn er mich braucht.

Antonio schweigt, während seine Schultern zusammensacken. »Um ehrlich zu sein, weiß ich es nicht«, gibt er zu, schaut mich entschuldigend an und kratzt sich dann unsicher im Nacken. »Das ist alles gerade zu viel, ich kann dir im Moment keine Antwort geben.«

Verständnisvoll nicke ich. Es ist zudem eine wichtige Entscheidung, die nicht übereilt getroffen werden sollte. »Wieso schläfst du nicht ein paar Nächte darüber?«

Sein Blick sucht meinen, ein ängstlicher Ausdruck liegt in seinen Augen. Es ist wirklich so, als würde mir ein anderer Mann gegenübersitzen, doch ich finde es nicht schlimm, dass er mir seine verletzliche Seite zeigt. Ich möchte *jede* Seite an ihm kennenlernen.

»Ich möchte heute Nacht nicht allein sein, würdest du bei mir bleiben?«

Kapitel 23

Sein Stadtteil, Beacon Hill, ist eines der schönsten, malerischsten Viertel in Boston, welches von der viktorianischen Zeit und dem Federal Style geprägt ist. Überrascht schaue ich Antonio an, als wir ungefähr fünfzehn Minuten später vor einem schönen dunkelroten Backsteinreihenhaus anhalten, welches sich genau vor dem Boston Common Park befindet, in dem ich als kleines Kind mit meiner Mutter Schlittschuh gelaufen bin. *Wie klein die Welt doch ist.* Das Haus ist sehr schmal, aber vierstöckig, und die weißen Fenster runden das Gesamtbild ab – ein typisches Reihenhaus in Boston.

»Scarlet?« Antonio ist bereits ausgestiegen und schaut mich irritiert an, weil ich bisher keine Anstalten gemacht habe, unser Taxi zu verlassen. »Willst du doch lieber nach Hause?«, erkundigt er sich, während er vergeblich versucht, seinen traurigen und verletzten Gesichtsausdruck zu verstecken. »Ich würde es verstehen, wirklich, falls du dich umentschieden haben solltest.«

Ich muss nicht lange darüber nachdenken, ich weiß, dass ich ihn nicht allein lassen werde. Zwischen uns hat sich in dieser Nacht vieles verändert, es ist vertrauter, intimer, intensiver. Es ist, als hätten wir durch sein Geständnis die nächste Stufe unserer Beziehung erreicht –

unserer nicht akzeptierten, verbotenen Beziehung, falls man das zwischen uns überhaupt so nennen kann. Und ich glaube, ich bin dabei, den Antonio kennenzulernen, der er wirklich ist.

Als Antwort halte ich ihm meine Hand entgegen, sodass er mir aus dem Wagen helfen kann. Antonio entspannt sich, als er mich aus dem Taxi zieht. »Ich habe meine Meinung nicht geändert.«

Unsere Hände verschränken sich, als er mich zum Eingang seines Hauses führt. Es fühlt sich befremdlich, aber auch gut an, dass wir aneinander festhalten. Antonio schließt die Haustür auf, sodass ich mich in einem winzigen Hausflur wiederfinde, der in die Küche, das Wohnzimmer und die obere Etage führt. Es ist alles offen, keine Türen, sondern breite Durchgänge. Sämtliche Möbel sind alte Antiquitäten, die aus einem dunklen Holz geschnitzt wurden, wahrscheinlich Edelholz oder Mahagoni.

Es passt perfekt zu ihm, weil er ein traditioneller, altmodischer Gentleman ist, für den Werte und Intelligenz von Bedeutung sind. Es würde mich nicht überraschen, wenn sich hier noch eine kleine gemütliche Bibliothek befindet. In seinem Büro habe ich auch schon etliche Bücher entdeckt.

»Soll ich dich herumführen?«

»Gerne.«

Antonio beginnt die Tour in der Küche, die im Landhausstil gefertigt wurde, ebenfalls in einem dunkelbraunen Farbton. Von der Küche aus kommt man auch in das Wohnzimmer. Neben einer gemütlichen Sitzecke in einem cremefarbenen Ton, einem Kamin mit an der Wand montiertem Fernseher darüber, besitzt das Zimmer auch eine riesige alte Schrankwand.

Ich entdecke Porzellan und Souvenirs aus verschiedenen Ländern, selbstverständlich hinter Glastüren aufbewahrt. Zudem wurden viele Fotorahmen in den offenen Regalen positioniert. Auf jedem Bild sieht Antonio glücklich und unbeschwert aus, so, wie ich ihn in den letzten Monate kennengelernt habe, nicht wie zu Beginn unserer ersten Nacht und definitiv nicht wie am heutigen Abend.

Danach führt er mich in das erste Obergeschoss. Hier befindet sich ein Badezimmer und, so, wie ich es erwartet habe, eine kleine Bibliothek, die mit einem Arbeitszimmer verbunden ist. Die unzähligen Bücher lächeln mich an, weshalb ich auf eines der Regale zulaufe.

»Stephen King, Alex North, Alex Michaelides, Jean Hanff Korelitz, Lauren Beukes«, lese ich einige Namen der Autoren vor, bevor ich ihn überrascht betrachte. »Horror, Mystery, Thriller und Sci-Fi ... Was ist dein Lieblingsbuch?«, frage ich.

Antonio macht ein Gesicht, als hätte ich ihn beleidigt. »Ein Buch? Nur *ein* Buch?«, erwidert er kopfschüttelnd. »Scarlet, du könntest eine Pistole auf mich richten, und trotzdem könnte ich dir keine Antwort geben.«

In seinem Gesicht erscheint ein aufrichtiges Lächeln, was mir verdeutlicht, dass ihn unsere Konversation von der bitteren Realität ablenkt. *Gut so*, denn er darf nicht der Negativität und dem Pessimismus verfallen, er muss glauben und hoffen.

Aus diesem Grund fahre ich fort, helfe, die Dunkelheit einen weiteren Moment zu verdrängen und das Licht durchzulassen. »Wenn die Regierung ein Gesetz erlassen würde, das man nur ein Buch besitzen darf, welches würdest du auswählen?«

»Mi hai fatto diventare il tuo nemico giurato, donna malvagia.« Nachdem ich ihn gefragt habe, was das bedeuten soll, grinst Antonio verschlagen. »Ich sagte: ›Ihr habt mich zu Eurem Todfeind gemacht, böse Frau‹«, wiederholt er für mich.

»Böse Frau?!« Beleidigt pike ich ihn in die Rippen, weshalb ein Ton aus seinem Mund kommt, der mir das Herz erwärmt. *Ein Lachen.* So etwas, nach einer Nacht wie dieser, aus seinem Mund zu hören, erleichtert mich. Und um es noch einmal zu hören, pike ich ihn ein weiteres Mal, genau dort, wo sich sein *Famiglia*-Tattoo befindet. Antonio zuckt zusammen, lacht laut und versucht, mich abzuwehren, doch meine flinken Finger sind schneller. »Jetzt musst du den Zorn der *bösen Frau* ertragen.«

»Aufhören, aufhören«, bettelt er mit Lachtränen in den Augen.

»*No*«, ziehe ich ihn mit dem einzigen Wort in Italienisch auf, das ich kenne.

»Das wirst du mir büßen, *piccola strega.*«

Gerade als ich fragen will, was er damit meint, halte ich inne. Seine Augen, die dunkler als sonst erscheinen, starren auf mich herab, während er sich langsam und sinnlich über die Lippen leckt. Ich muss schwer schlucken, während ich versuche, meinen Blick von seinem Mund fortzureißen. Diese Lippen und was sie anstellen können ...

Und als hätte Antonio nur auf die richtige Gelegenheit gewartet, ergreift er blitzschnell meine Hände, die er nun hinter meinem Rücken zusammendrückt und mich damit gefangen hält. Seine rechte Hand übergibt der linken meine beiden Hände, danach legt er seine freie Hand auf meine Hüfte, fährt mit seinen Fingern an meiner Seite hoch und runter, immer und immer wieder. Als er seinen Daumen unter mein Shirt schiebt, halte ich meinen Atem an, Vorfreude und Ungeduld machen sich in mir breit, doch er macht etwas Unerwartetes, etwas, das mich wie ein Schwall kaltes Wasser trifft und meine unanständigen Gedanken hinfortspült.

Antonio kitzelt mich. *Unbarmherzig.*

»Ahh!«, schreie ich und will mich aus seinem Griff winden, doch ich schaffe es nicht, sodass Antonio mich weiterkitzelt. »Bitte, bitte, aufhören«, versuche ich erneut, ihn zu beschwichtigen, doch Antonio streckt mir die Zunge heraus und macht weiter. »Wenn du nicht willst, dass ich mich einpinkle, *dann hör auf.*«

Sein Kitzeln wird schwächer, während er mich abschätzend und mit einer gehobenen Augenbraue mustert. »Du hast angefangen, kleine Hexe, schon vergessen?«

Nachdem er seinen Griff gelockert hat, begebe ich mich aus seiner Reichweite. Ich halte erst inne, als ich gegen eine Wand stoße, während Antonio näher kommt – wie eine Raubkatze, die sich anpirscht. Während ich einen Fluchtweg suche, um davonzulaufen und unser *kleines Spiel* fortzusetzen, stelle ich fest, dass sich in meinem Rücken keine Wand, sondern ein weiteres Bücherregal befindet. Es ist kleiner, aber edler, die Bücher sind hinter einer Glasscheibe aufgestellt und damit nicht der Luft ausgesetzt. *Interessant.*

Das, was gerade zwischen uns passiert ist, gerät in Vergessenheit, weil ich nur noch Augen für die Bücher habe.

»Darf ich?«, frage ich, worauf Antonio nickt, während er sich neben mich stellt. Meine Finger finden sofort einen Klassiker, den ich schon tausendmal gelesen habe. *Sturmhöhe* von Emily Brontë. Das Buch sieht jedoch anders aus als das, welches ich besitze. Es sieht älter aus. Aus Neugier öffne ich das Buch, blättere zu der Stelle, die ich suche. Geschockt hebe ich meinen Blick von der Seite. »Eine Erstausgabe?«

Dieses Buch muss inzwischen Tausende Dollar wert sein, die Erstausgaben von Brontë sind rar, Literatursammler würden für eine so gut erhaltene vermutlich ihre Seele verkaufen.

Antonio betrachtet das Buch in meinen Händen. »Tatsächlich ist das meine allererste Erstausgabe gewesen«, beginnt er zu erzählen und lächelt mich an. »Das war der Anfang der Sammlung, denn durch dieses Buch habe ich gemerkt, wie kostbar und wundervoll eine solche Erstausgabe ist, aus diesem Grund wollte ich mehr haben.« Dabei macht er eine Handbewegung zu den anderen Büchern.

Meine Augen weiten sich. »Halt.« Ich hebe meine Hand. »Willst du mir erzählen, dass das hier *alles Erstausgaben* sind?«

Seine Antwort besteht aus einem erneuten Nicken, weshalb ich aus allen Wolken falle. Ich entdecke weitere Bücher von Brontë, aber auch von Tolstoi, Dickens und Austen. Ungläubig nehme ich *Krieg und Frieden* in die Hand. Antonio ist ein Professor, doch selbst damals als stellvertretender Chefarzt hätte er nicht so viel verdienen können, um sich all diese kostspieligen Erstausgaben zu leisten. Obwohl es mich grundsätzlich nichts angeht, wie er an die Bücher gekommen ist, interessiert es mich trotzdem.

»Es sind nicht alles Erstausgaben, es sind auch Zweit- und Drittausgaben dabei«, will er mich beruhigen, nachdem er meinen geschockten Gesichtsausdruck bemerkt hat. »Für mich ist es gleichzeitig eine Wertanlage, die ich sicherheitshalber auch hoch versichert habe. Einige investieren ihr Geld in Wertpapiere, Immobilien oder andere Sachen, ich investiere lieber in Bücher.« Er legt einen Finger an sein Kinn, als würde er nachdenken. »Von all diesen Büchern habe ich rund die Hälfte selbst gekauft. Der Rest waren Geschenke, von der Klinik, Sponsoren oder von A...«

Plötzlich bricht er ab, und für einen kurzen Augenblick ist die Trauer in seinem Blick zurück. Seine Mundwinkel gehen nach unten. Antonio schaut kurz weg, als würde er sich sammeln, bevor er vorgibt, es wäre nichts passiert. »Von anderen halt.«

»Von anderen?«, hinterfrage ich.

»Ja«, sagt er kurz angebunden.

»Zum Beispiel?«

Antonio presst seine Lippen zu einer schmalen Linie, es gefällt ihm nicht, dass ich hierzu weitere Fragen stelle, und ich habe das Gefühl, dass da noch mehr dahintersteckt. *Wer ist... A*?

»Ist das wirklich wichtig?«, versucht er auszuweichen. »Es waren Geschenke von verschiedenen Personen.«

Kapitel 24

»Du hast mir nur anvertraut, wieso du damals in die Sucht verfallen bist«, beginne ich, nachdem wir uns auf das kleine Ledersofa an der Fensterfront gesetzt haben, welches sich in seinem Arbeitszimmer mit der integrierten Bibliothek befindet. Das komische Gefühl wegen der Bücher und seiner Reaktion darauf verdränge ich, denn es gibt im Moment wichtigere Dinge, die wir noch klären müssen. »Ich glaube, es ist an der Zeit, dass du mir auch erzählst, wieso du beinahe in San Francisco rückfällig geworden wärst.« Ich schaue ihn ernst an. »Es gibt noch mehr, das dich bedrückt, oder?«

Ein Schatten legt sich über Antonios Gesicht. »Ja.« Als hätte ich einen Schalter umgelegt, ist die Traurigkeit zurück. Durch meine Frage kehrt der Antonio zurück, der mich aus dem Bett geklingelt hat.

Innerlich verfluche ich mich dafür, dass ich das Thema angesprochen habe, doch ich muss es einfach wissen. Denn wie soll ich ihm helfen, wenn ich nicht die ganze Geschichte kenne?

»Ich …« Antonio bricht ab, möchte erneut anfangen, hält jedoch wieder inne. Währenddessen meidet er meinen Blick, als würde er sich vor meiner Reaktion fürchten, Angst haben, dass seine Worte *alles* verändern könnten. Endlich hebt er seinen Blick, schaut mich niedergeschlagen und entschuldigend an. »Ich kann nicht …«, beginnt er und spielt mit seinen Händen, wahrscheinlich aus Nervosität. »Ich bin noch nicht bereit, mit irgendjemandem darüber zu sprechen, Scarlet.«

Nicht nur Enttäuschung übermannt mich, sondern auch Sorge. Trotzdem möchte ich ihn nicht drängen, da das wahrscheinlich kontraproduktiv sein würde. Ich muss ihm Zeit geben, ihm zeigen, dass er sich auf mich verlassen kann.

»Es ist in Ordnung, Antonio, du musst es mir nicht sagen, nimm dir die Zeit, die du brauchst. Ich bin für dich da, egal, was passieren wird, und werde nicht von deiner Seite weichen. Wir werden das *zusammen* durchstehen.«

Zur Verdeutlichung halte ich ihm meine Hand hin, doch Antonio ergreift sie nicht, sondern schaut mich nur blinzelnd an, als würde er über etwas nachdenken. Nach einer Weile senkt er seinen Blick, schaut auf seine Finger, die sich nun zu Fäusten ballen, bevor er seinen Kopf schüttelt. Ich frage mich, wieso er meine Hand nicht ergreifen möchte.

Schließlich lasse ich sie fallen.

»Habe ich etwas Falsches gesagt?«, frage ich verunsichert, und meine Brust zieht sich dabei zusammen.

»Ich … ich habe Angst, dich mit mir in den Abgrund zu reißen, denn das hast du nicht verdient.« Er dreht sich mit dem Rücken zu mir, wendet sich von mir ab. »Was ich berühre, zerfällt in tausend kleine Stückchen. Schau dir mein Leben an, ich bin eine zerstörerische Persönlichkeit, Scarlet, du bist der beste Beweis. Es gibt Millionen von Frauen auf der Welt, und ich entscheide mich für meine Studentin.«

Seine Worte brennen sich in meinen Verstand, in mein Gedächtnis. *Er hat sich für mich entschieden.* Damit hat mir Antonio indirekt seine Gefühle gestanden, etwas, das ich nicht für möglich gehalten hätte.

»Wenn du clever bist, hältst du dich von mir fern. Ich werde dich sonst zerstören, Scarlet, vertrau mir.«

Es klingt, als würde er sich selbst verabscheuen. Ich würde lügen, wenn ich behaupte, dass mich das nicht schockiert. Mein Kopf und mein Herz im Einklang erteilen mir einen Befehl: *Nimm ihm diese Gedanken.*

»Du bist keine zerstörerische Persönlichkeit, Antonio, und wenn du es wärst, dann wäre ich es genauso. Ich habe aus freien Stücken mit dir geschlafen, nachdem ich wusste, wer du wirklich bist. Ich bin geblieben, nachdem du mir die Wahrheit über dich verraten hast.« Ich bin hier und werde nicht gehen. »Du bist kein hoffnungsloser Fall, Antonio, das spüre ich.« Mein Finger tippt wiederholt auf meine Brust, genau dorthin, wo sich mein Herz befindet. »Ich habe mich auch für dich entschieden, weil ich an dich – *uns* – glaube.«

Es ist wahrscheinlich mein größter Fehler, der mich alles kosten kann, doch Antonio ist es mir wert. Mir ist bewusst, dass er eine schwierige Zeit durchmacht und ich ihn erst richtig kennenlernen muss. Trotzdem ändert es nichts an der Tatsache, dass ich Gefühle für ihn entwickelt habe. Mir ist egal, ob er der selbstbewusste Professor ist, in den ich mich verguckt habe, oder der gebrochene Antonio, der gerade mit sich selbst kämpft. Es macht keinen Unterschied, es ändert nichts an meinen Gefühlen.

Ich will ihn genau so, wie er ist.

»Nicht nur deine Gedanken lassen dich nicht in Ruhe, du suchst mich heim, jede einzelne Sekunde des Tages.

Du beflügelst mich, machst mich lebendig, auf eine Art, wie ich mich noch nie gefühlt habe.« Seine Augen weiten sich, sein Mund steht leicht offen. »Ich möchte bei dir sein, denn die Alternative, dass ich es nicht bin, wäre ein Albtraum für mich.« Wenn ich schon dabei bin, mich zu öffnen, dann mache ich es ganz und gar. »Du kannst mich nicht zerstören, du vervollständigst mich auf eine Art, die ich noch nie so erlebt habe.« Erhobenen Hauptes schaue ich ihn an. »Ich habe starke Gefühle für dich.«

Für einen Moment glaube ich, Erleichterung in seinem Blick zu sehen, doch so schnell die Emotion gekommen ist, verschwindet sie auch wieder. Plötzlich liegt eine Eiseskälte in seinen Augen, die mich zurückschrecken lässt. »Du solltest jetzt gehen.«

»Ich sollte *was*? Nein.«

»Doch, ich rufe dir ein Taxi.«

Gerade als er eine Nummer wählen will, schnappe ich mir das Telefon in seinen Händen. »Das lässt du bitte bleiben, ich gehe nirgendwohin, Antonio.«

Meine Sturheit frustriert ihn.

»Was stimmt nicht mit dir, Scarlet?«, fährt er mich wütend an, doch ich lasse es an mir abprallen, er versucht wahrscheinlich, mich loszuwerden, um sein schlechtes Gewissen zu beruhigen und meine Meinung zu ändern. »Wieso machst du nicht endlich einen verdammten Rückzieher?«, platzt es aus ihm heraus. »Ein gottverdammter Alkoholiker bin ich, der das Leben eines Kindes auf dem Gewissen hat! Mein Leben lang wird der Kampf mit der Sucht bestehen bleiben, ein Mal Alkoholiker, *immer* Alkoholiker!« Er versucht, sich sein Telefon wieder zu holen, doch ich bin schneller und weiche ihm aus. »Ich darf nicht auch noch dich auf dem

Gewissen haben, Scarlet.« Sein letzter Satz kommt nicht mehr wütend über seine Lippen, sondern verzweifelt.

Meine Hand legt sich an seine Wange, als hätte ihn der Blitz getroffen, zuckt er zurück.

»Stell dir vor, ich treffe meine eigenen Entscheidungen, wäge sämtliche Risiken ab«, teile ich ihm mit. »Antonio, ich will keinen perfekten und aalglatten Mann, sondern einen ehrlichen, wahrhaften und realen Mann mit Ecken und Kanten.« Er schaut mich verständnislos an, lässt jedoch meine Berührung dieses Mal zu. »Mir sind die Risiken bewusst, die Hindernisse, die uns im Weg stehen.«

»Und trotzdem würdest du alles aufs Spiel setzen? *Für mich?*«

»Ja«, gestehe ich ihm.

Antonio muss schlucken und umfasst meine Hände auf seinen Wangen, presst sie zusammen, sodass es beinahe wehtut. »Scarlet ... das ist keine gute Idee, ich möchte nicht dafür verantwortlich sein, dass dein Leben den Bach runtergeht.«

»Und wenn es den Bach runtergeht, dann ist das halt so«, entgegne ich. »Wie man sich bettet, so liegt man«, werfe ich ein und schaue ihn vielsagend an. »Antonio, ich habe mein Bett selbst gemacht, ich habe mich bewusst – trotz aller Widrigkeiten – für dich entschieden.« Ich ziehe seinen Kopf noch näher, unsere Lippen berühren sich fast. Anscheinend hat Antonio nicht mehr die Kraft, sich gegen mich zu wehren.

»Scarlet, ich will dich auch, aber ...«

»Dann müssen wir einfach vorsichtig sein.«

Antonio erwidert darauf etwas leise, während er offensichtlich mit sich hadert. Seine Kiefer sind angespannt, während er seine Augen vor mir verschließt. Er sagt es erneut, diesmal ein wenig lauter, er murmelt, dass ich es mir viel zu einfach vorstelle. Gleichzeitig lehnt er sich wieder ein wenig zurück, sodass mir seine Nähe schmerzhaft fehlt.

»Ich weiß, dass es nicht einfach werden wird, und mir ist bewusst, dass das alles böse enden kann. Trotzdem möchte ich für uns kämpfen, ich möchte um dich kämpfen. Ich habe Gefühle für dich, und ich weiß, dass du auch etwas für mich empfindest.« Ich schließe meine Augen, hoffe, dass ich erfolgreich bin. »Bitte küss mich, Antonio.«

Er zieht hörbar die Luft ein.

Es geht nicht nur um einen einfachen Kuss, sondern unsere gemeinsame Zukunft. Wenn er Ja sagt, dann kann uns nichts mehr aufhalten, wenn er allerdings mit Nein antwortet, ist das unser letzter gemeinsamer Abend. Es ist eine schwerwiegende Entscheidung, und jede Antwort wird Konsequenzen mit sich bringen.

Sein Mund steht offen, während er zwischen der Tür und meinen Lippen hin und her schaut, als würde er seine Optionen abwiegen. Nachdem mehrere Minuten vergangen sind und Antonio noch immer nicht die Entfernung zu mir überbrückt hat, lässt meine Zuversichtlichkeit nach. Und dann berühren seine Hände meine Wangen, während er mit seinen dunklen Augen, hinter denen ein wahrer Sturm von Gefühlen herrscht, zu mir herunterschaut. Sein Gesicht kommt näher und näher, mein Herz hört auf zu schlagen.

Antonio küsst mich.

Kapitel 25

Als wir am nächsten Morgen stürmisch das Schlafzimmer verlassen wollen, hält Antonio inne und zieht mich zurück an seine Brust. »Dafür haben wir jetzt keine Zeit.« Ich versuche, ernst zu bleiben, doch kann ich ein Grinsen nicht unterdrücken. Wir sind erst sehr spät eingeschlafen, da wir in den Armen des anderen gelegen und die Zweisamkeit genossen haben. Es war wunderschön, und wir wollten wenigstens eine Nacht, bevor wir uns mit den Problemen auseinandersetzen, die diese Beziehung mit sich bringt.

»Ich weiß, ich weiß, nur noch einen Augenblick, denn ich möchte dir noch etwas geben.« Antonio küsst mich auf die Wange, und meine Einwände sind verschwunden.

Dennoch schaue ich ihm schmollend hinterher, während er zur Kommode hinübergeht. Mit den Händen hinter dem Rücken dreht er sich wieder zu mir um. »Ich habe es vor wenigen Tagen in einem Schaufenster entdeckt und musste direkt an dich denken.« Antonio reicht mir eine kleine Box. »Mein Kopf sagte, dass ich es nicht kaufen sollte, da es falsch wäre, doch nun bin ich froh, dass ich auf mein Herz gehört habe.«

Einen Moment betrachte ich die Box argwöhnisch, bevor ich sie öffne. Darin befindet sich ein silbernes wunderschönes Bettelarmband mit kleinen Herzen und mehreren Anhängern in Form eines *S*. Ich stelle mich auf meine Zehenspitzen, und meine freie Hand zieht Antonio am Nacken zu mir herunter, sodass ich ihm einen Kuss als Dankeschön geben kann.

Danach streicht er mir eine hellbraune Strähne hinters Ohr. »Ich habe nicht vergessen, was heute für ein Tag ist.« Verwirrt betrachte ich ihn, da ich ihm gerade nicht folgen kann. Was für ein Tag ist heute? »Die Herzen stehen natürlich für meine Gefühle, doch die ersten zwei *S* stehen für San Francisco, wo wir uns kennengelernt haben, und für deinen Namen, Scarlet. Die anderen drei beschreiben dich perfekt – schlau, süß und stark. Denn du bist bewiesenermaßen schlau, die Art, wie du lächelst oder dich über etwas freust, ist unbeschreiblich süß. Und stark, weil du mehr aushältst, als man dir zutraut.« Er legt mir das Armband um, es passt wie angegossen, und küsst meine Hand. »Alles Gute zum Geburtstag, Scarlet.«

Am liebsten würde ich mir gegen die Stirn klatschen, im Trubel des gestrigen Abends habe ich vergessen, dass heute Halloween und somit auch mein 23. Geburtstag ist. Wie kann man bitte seinen eigenen Geburtstag vergessen? Ganz einfach, indem man von seinem Professor erfährt, mit dem man sich nun in einer heimlichen, verbotenen Beziehung befindet, dass dieser an einer Alkoholsucht leidet, die beinahe wieder über seine Kontrolle gewonnen hätte.

»Das ist wirklich ein sehr schönes Geschenk, damit habe ich nicht gerechnet.« Ich halte meinen Arm hoch, um das Armband zur Schau zu stellen. »Ich liebe es.«

Meine Hände platziere ich um seine Schultern, schmiege mich an ihn. »Danke schön, Antonio«, sage ich, bevor ich mich ein weiteres Mal auf meine Zehenspitzen stelle, um ihn zu küssen.

Seine Hände liegen an meinen Hüften, halten mich fest. Meine Finger spielen mit seinen dunkelbraunen Haaren, unsere Zungen fechten einen leidenschaftlichen Kampf aus. Meinen Körper presse ich fester an ihn, ich möchte jeden Zentimeter spüren. Seine Fingerspitzen wandern unter mein Shirt, malen sinnliche Kreise auf meiner Haut. Gestern Nacht haben wir nur umschlungen im Bett gelegen, uns über Gott und die Welt unterhalten, und das war gut so, denn das war die Art von Intimität, die wir gebraucht haben. Aber jetzt ...

Als wäre es das Schwerste auf der Welt, drücke ich ihn von mir fort.

Antonio schaut mich wegen meines Sinneswandels verwirrt an, denn anscheinend hat er vergessen, dass wir verschlafen haben und dringend losmüssen. »Wir haben dafür keine Zeit! Wir müssen in die Vorlesung, Antonio«, erinnere ich ihn.

Ein Stöhnen entweicht seinen Lippen, ein sehr frustriertes Stöhnen. »Verdammt«, kommt es aus seinem Mund, während er seine Kleidung richtet und dann mit mir im Eiltempo sein Schlafzimmer verlässt, welches sich im dritten Obergeschoss befindet. Die vierte Etage wollte mir Antonio nicht zeigen, beziehungsweise er hat es nicht angeboten.

Vermutlich ist es nur der Dachboden.

»Ich habe keine Ahnung, wie ich den heutigen Tag ohne Kaffee überleben soll«, wirft er ein, als wir die Treppe ins Erdgeschoss hinunterlaufen. Antonio wirft einen letzten sehnsüchtigen Blick auf seine Kaffeemaschine in der Küche, bevor er sich seinen Autoschlüssel schnappt, die Tür aufschließt, mir diese aufhält und ich an ihm vorbei in die frische Morgenluft trete.

Ich seufze. »Für einen Kaffee würde ich gerade morden.« Das Einzige, was mich gerade auf den Beinen hält, ist mein Adrenalin.

Vor der Haustür steht ein dunkelgrüner moderner Honda Civic, welchen Antonio ansteuert. »Was hast du für heute geplant?«, möchte er von mir wissen, während wir in sein Auto einsteigen. »Du hast sicher Pläne für deinen Geburtstag.«

Während Antonio losfährt, schaue ich kurz auf meine Finger, spiele mit ihnen, bevor ich ihm eine Antwort gebe.

»Geburtstagsessen mit der Familie«, antworte ich ihm. Nachdenklich lehne ich meinen Kopf gegen die Kopfstütze. »Auch wenn meine Oma und meine Mutter dabei sind, die ich beide über alles liebe, freue ich mich nicht auf den Abend.« Vater und Großvater würde ich liebend gerne *aus*laden.

Aus den Augenwinkeln kann ich erkennen, wie Antonio seine Lippen zusammenpresst. Ungewiss, ob es davon kommt, dass wir nur rote Ampeln abbekommen, oder wegen meiner Aussage bezüglich meiner Familie.

»Willst du danach eventuell vorbeikommen?«, fragt er schließlich.

Natürlich will ich Zeit mit ihm verbringen. Wenn wir erwischt werden, dann ist es halt so. Es würde mein Leben ruinieren, doch im Augenblick möchte ich etwas für mich tun. Etwas tun, dass ich wirklich will, weil es meine alleinige Entscheidung ist.

Antonio ahnt wahrscheinlich nicht, dass er mir hilft, die Person zu werden, die ich schon immer sein wollte

– eine starke, unabhängige Frau, die ihr eigener Boss ist. Bevor ich ihn kennengelernt habe, hätte ich ein solches Risiko nicht in Kauf genommen. Aber inzwischen schreit alles in mir danach, meinen Vater herauszufordern, ihm zu widersprechen, ihm die Stirn zu bieten. Und das habe ich unter anderem auch Antonio zu verdanken, weil er mir ein Leben gezeigt hat, das ich bisher für unmöglich gehalten habe.

Hätte mir jemand vor einem halben Jahr gesagt, dass ich gegen die Regeln meines Vaters verstoßen würde, jemanden daten würde, und dann auch noch meinen *verbotenen Professor*, hätte ich vor Unglauben laut aufgelacht.

»Ich würde tatsächlich sehr gerne vorbeikommen, Antonio.«

Kapitel 26

Während ich die Treppen zu meinem Stockwerk hinauflaufe, schaue ich auf mein Telefon, um die Uhrzeit zu überprüfen. Ein Stöhnen verlässt meine Lippen. Ich habe nur noch zehn Minuten, um zum Gebäude der Medical School zu laufen, bevor die Vorlesung beginnt. In einem unbeobachteten Moment hat mich Antonio an der Rückseite meines Wohnheims abgesetzt, dennoch wird es verdammt knapp.

Ich schaffe es, in Rekordzeit meine Zähne zu putzen und meine Kleidung zu wechseln, aber auch nur, weil ich alles nicht besonders gründlich mache. Mir rennt die Zeit davon, weshalb ich mir meinen Rucksack schnappe und zur Universität sprinte. Und ich glaube es nicht, dies zu sagen, doch zum ersten Mal bin ich meinem Vater dankbar – *wirklich dankbar* –, dass er mir beigebracht hat, meinen Rucksack immer am Vorabend zu packen.

Mit zwei Minuten Verspätung erreiche ich die Vorlesung, weshalb sich mein Magen zusammenzieht, denn damit handele ich mir einen Tadel ein. Antonio schaut mich an, zuckt mit seinen Schultern, als würde er sich entschuldigen. Danach dreht er sich um, schreibt etwas in ein Heft – wahrscheinlich meine Verspätung.

Selbst wenn wir Gefühle füreinander haben, kann er keine Rücksicht nehmen, Antonio muss sich fair verhalten und seine Studenten gleichbehandeln. Das macht ihn zu einem guten Professor und für mich umso liebenswerter. Schließlich bin ich nicht mit ihm zusammen, um einen Vorteil aus seiner Position zu ziehen, sondern weil mich sein Charakter überzeugt.

Während Antonio zurück zur Tagesordnung geht und mit dem Stoff weitermacht, begebe ich mich in die vorletzte Reihe, wo sich Ava und Heath niedergelassen haben. Erleichterung durchflutet mich, weil mir die hinteren Plätze lieber sind, denn immer wenn wir in den ersten Reihen sitzen, kann ich mich wegen Antonio kaum konzentrieren. Doch vielleicht wird das zukünftig kein Hindernis mehr sein. Dann müsste ich deutlich weniger nacharbeiten.

»Scarlet, wo zum Teufel warst du?«, beginnt Ava mit ihrem Verhör, kaum dass ich mich neben sie gesetzt habe. »Ich habe mir Sorgen gemacht, wir waren heute zum Frühstück verabredet.«

Vor Schreck weiten sich meine Augen, denn das hatte ich komplett vergessen.

»Zuerst dachte ich, du hättest vielleicht verschlafen, doch nachdem ich bei dir wie verrückt geklopft und nach dir gerufen habe, war mir klar, dass du nicht in deinem Zimmer warst«, sagt sie anklagend und schaut mich beleidigt an. »Wozu hast du eigentlich ein Telefon? Hättest du nicht schreiben können, dass du nicht kommst? Du hättest wenigstens meinen Anruf entgegennehmen oder auf meine Nachrichten reagieren können.«

»Es tut ...«

Meine Freundin unterbricht mich. »Du hättest tot in der Gosse liegen können.« Sie streicht eine schwarze Locke hinter ihr Ohr, die sich aus ihrem Zopf gelöst hat. »Tot bist du offensichtlich nicht, also hoffe ich, dass es eine gute Erklärung gibt.« Es scheint sie wirklich zu stören, dass ich die Verabredung vergessen habe. Ich kann sie verstehen, ich hätte es auch nicht gern, wenn mich jemand ohne ein Wort versetzen würde.

Heath legt ihr beruhigend eine Hand auf die Schulter. »Scarlet hatte bestimmt einen guten Grund. Und selbst wenn nicht, sollte das erst mal zweitrangig sein«, möchte er zwischen uns vermitteln, bevor er mich freundlich anlächelt. Ich atme erleichtert auf, wenigstens ist Heath nicht auf mich sauer. »Ich wünsche dir alles Liebe und Gute zum Geburtstag, Scarlet«, gratuliert er mir, bevor er sich an Ava vorbeilehnt, um mich kurz in die Arme zu schließen.

Beim Zurücklehnen stößt er Ava mit seiner Schulter an und macht eine Kopfbewegung in meine Richtung.

Unsere Freundin verdreht die Augen und seufzt schließlich, nachdem ihr Heath einen vielsagenden Blick zugeworfen hat. »Meinetwegen.« Widerwillig zieht sie mich in eine Umarmung, bevor sie mich eine Armeslänge von sich entfernt hält, mich ernst anblickt. »Das kommt nicht wieder vor, verstanden, Scarlet?«, versichert sie sich, und nachdem ich zustimmend genickt habe, umarmt sie mich erneut. »Alles Liebe, Scarlet, ich wünsche dir das Allerbeste und hoffe, dass deine Träume in Erfüllung gehen.«

Mir ist bewusst gewesen, dass sich zwischen uns eine Freundschaft entwickelt hat, doch ich war zu lange auf mich selbst gestellt, um daran zu denken, die beiden bei meinen Entscheidungen miteinzubeziehen. Es hatte natürlich seine Gründe, trotzdem fühle ich mich wirklich schuldig.

»Danke für eure Glückwünsche, und es tut mir wirklich leid. Es wird nicht mehr vorkommen, das verspreche ich dir, Ava.« Dann schaue ich zu Heath, weil ich ihn auch versetzt habe. »Das verspreche ich euch.«

Während sich Heath wieder dem Unterricht widmet, schaut Ava mich mit erhobenen Augenbrauen an. »Und nun wirst du mir verraten, wo du die letzte Nacht verbracht hast.« Sie rutscht hibbelig auf ihrem Stuhl herum, etwas, das sie gerne macht, bevor sie sich dem Klatsch und Tratsch hingibt. »Du hast dich nach Mitternacht rausgeschlichen, und das kann nur eins bedeuten«, sagt sie grinsend und lacht dann – und das nicht gerade leise: »Du hattest Sex, nicht wahr?«

Ich spüre eine verdächtige Wärme in meinem Gesicht, was bedeutet, dass ich so rot wie eine Tomate anlaufe.

Mein Kopf läuft auf Hochtouren, denn die Wahrheit kann ich ihr nicht sagen. Glücklicherweise dreht sich der Student, der vor uns sitzt, zu uns um. »Könnt ihr vielleicht leiser reden? Manche wollen hier tatsächlich etwas lernen.«

Ava verdreht ihre Augen. »Jaja.« Ohne den Studenten, der, soweit ich mitbekommen habe, Kai heißt und ebenfalls in der Vanderbilt Hall wohnt, eines weiteren Blicks zu würdigen, dreht sie sich wieder ungeduldig zu mir. »Und? Nun sag schon«, flüstert sie diesmal, wahrscheinlich um sich nicht wieder mit Kai auseinanderzusetzen.

Was soll ich darauf antworten? Notlügen fliegen einem immer um die Ohren, dessen bin ich mir bewusst – ich habe es am eigenen Leib erfahren. Aus diesem

Grund entscheide ich mich für eine Halbwahrheit beziehungsweise dafür, ihr nicht alles zu erzählen. »Ich habe jemanden kennengelernt, aber es ist noch zu früh, um etwas Konkretes zu sagen.«

»Ich habe jemanden kennengelernt«, äfft sie mich nach. »Mehr Details bekomme ich nicht?« Anstatt etwas zu sagen, zucke ich nur entschuldigend mit den Schultern, weshalb sie schmollt. »Komm schon, erzähl mir etwas, *irgendetwas*!«, bettelt sie mich an, doch ich schüttele den Kopf.

Ava dreht sich zu Heath um, schlägt ihm gegen die Schulter. »Sag doch auch mal was, Hutcherson! Wir brauchen mehr Informationen!«

Heath hebt abwehrend seine Hände. »Nicht wir, Ava, *du*. Du brauchst mehr Informationen«, korrigiert er sie, während er seinen Stift hinlegt. »Lass mich da raus, ich werde sie zu nichts zwingen.« Er zieht seine Augenbraue hoch und schaut Ava vielsagend an. »Nur weil du kein Geheimnis für dich behalten kannst, kannst du das nicht von allen anderen erwarten. Wenn sie so weit ist, wird sie dir schon alles berichten.«

»Danke«, sage ich erleichtert.

»Nicht dafür.«

Ein Schnalzen kommt aus ihrem Mund. »Verräter.«

Für einen Moment schaut der Blondschopf Ava nur mit offenem Mund an, dann schüttelt er sich, grinst verschlagen und nimmt Ava ohne Vorwarnung in den Schwitzkasten. Sie macht laute unzufriedene Geräusche, die dafür sorgen, dass sich einige Studenten genervt zu uns umdrehen. Heath stört das nicht, er macht weiter und wuschelt ihr durch die dunkle Lockenpracht.

Während Ava sich wehrt, versucht, sich aus seinem Griff zu befreien, tut Heath so, als wäre nichts. »Und was hast du heute noch geplant? Irgendwas Besonderes zum Geburtstag?«, erkundigt er sich.

Die Situation vor meinen Augen ist bizarr, aber auch urkomisch. Wenn man es nicht besser wüsste, würde man denken, dass die beiden Geschwister sind. Ava und Heath können nicht miteinander, aber auch nicht ohne einander.

»Abendessen mit der Familie«, beantworte ich ihm.

»Und *danach*?«, höre ich Ava spitzbübisch fragen.

»Wie lange willst du im Schwitzkasten bleiben?«, fragt er sie.

Sie versucht, den Kopf zu mir zu drehen, weshalb Heath seinen Griff ein wenig lockert. »So lange, bis ich meine Antwort bekomme.«

Er schaut mich grinsend an. »Also noch ein wenig länger.«

Als Stunden später endlich die Vorlesung endet, packe ich meine Sachen zusammen und werfe Antonio einen kurzen Blick zu. Er hat am Schreibtisch, der neben dem Rednerpult steht, Platz genommen und tippt etwas auf seinem Laptop ein. Dann schaut er auf, sucht meinen Blick und schenkt mir ein rasches und viel zu kurzes Lächeln. Für die meisten wahrscheinlich ohne Bedeutung, für mich ein Blick voller Zuneigung und Intimität.

Gleichzeitig vibriert mein Telefon, sodass ich neugierig einen Blick darauf werfe. Antonio hat mir eine Nachricht gesendet, in der er mir viel Erfolg für das Abendessen mit meiner Familie wünscht. Danach wartet er mit Eis auf mich, um mich aufzuheitern und auf andere Gedanken zu bringen. Die Vorstellung, dass er mich mit Eis füttert oder andere verführerische Dinge damit anstellt, lässt mich erröten.

»Erde an Scarlet?«

Heath' Stimme holt mich aus meinen Gedanken zurück. Die beiden stehen bereits und wollen an mir vorbei, allerdings trödle ich noch immer. Schnell packe ich meine restlichen Sachen in den Rucksack, setze ihn auf und laufe voraus.

Kaum haben wir den Vorlesungssaal verlassen, halten mich beide gleichzeitig an der Schulter zurück, sodass ich mich zu ihnen umdrehe. Ava grinst über beide Ohren, auch Heath lächelt mich an. Sie überreicht mir einen Briefumschlag. »Hier, das ist dein Geburtstagsgeschenk. Wir hoffen inständig, dass es dir gefällt. Und wenn nicht, können wir uns noch etwas anderes einfallen lassen.«

Unverzüglich öffne ich den Umschlag und staune nicht schlecht. Es ist ein Gutschein für einen Fun-Tag in Boston, wo mir die beiden die besten Sachen zeigen wollen, die man hier kostenlos oder für einen schmalen Taler unternehmen kann. Tatsächlich hatte ich mir das nach dem Fiasko mit dem Kino von den beiden gewünscht, damit ich Sachen vorschlagen kann, die wir alle definitiv machen können. Und weil ich meine Freude nicht im Zaum halten kann, ziehe ich beide gleichzeitig in eine Umarmung.

»Ich liebe es, das klingt nach einem super Tag!« Dann schaue ich die beiden lächelnd an, ein warmes Gefühl macht sich in meiner Brust breit. Freude, Glück. »Vielen Dank ihr beiden.«

Daraufhin trennen sich unsere Wege, während ich mit Ava in Richtung Wohnheim laufe, geht Heath in die entgegengesetzte Richtung, da er mit seiner Mutter verabredet ist. Im Vergleich zu den anderen Tagen ist es heute vergleichsweise ruhig, wir wechseln kaum ein Wort, und wenn, ist es bedeutungsloser Small Talk.

Ava wirft mir dabei immer wieder verstohlene Blicke zu und wendet den Kopf ab, wenn ich zu ihr schaue. Scheinbar liegt ihr etwas auf der Zunge, aber warum spricht sie es nicht einfach aus? Ist es noch immer wegen heute Morgen, weil ich mich nicht gemeldet habe?

Sie ist sonst niemand, der sich zurückhält. »Was ist los, Ava?«, frage ich. »Denkst du, ich merke deine Blicke nicht?«

»Ich überlege, wie ich mich bei dir entschuldigen soll.« Nun, damit hatte ich nicht gerechnet. Entschuldigen? *Wofür?* »Heath hatte recht, ich hätte dich nicht wegen deines Typen bedrängen dürfen.«

Warte, darum gehts ihr? Das hatte ich schon wieder vergessen.

Sie zuckt mit ihren Schultern, bevor sie auf ihre Finger schaut. »Es ist nur so ... Ich vermisse meine beste Freundin, verstehst du? Wir kennen uns seit Kindertagen, sie war, schon seit ich denken kann, meine Nachbarin, und wir wohnten auch während des Bachelors nebeneinander.« Das wusste ich, das hat sie mir bereits erzählt. »Wir hatten täglich Kontakt, saßen stundenlang zusammen und haben uns *alles* erzählt. Jetzt telefonieren wir zwar mehrmals in der Woche, doch das ist nicht dasselbe.«

»Nur weil es nun anders ist, heißt es nicht, dass es vorbei ist.« Ich habe kaum Erfahrungen mit Freundschaften, daher kann ich keinen wirklich guten Ratschlag geben. Im Augenblick sage ich das, was mir mein Bauchgefühl mitteilt. »Aber ich bin mir sicher, dass sie genauso fühlt, Ava«, versuche ich, sie zu trösten.

Ava seufzt. »Eigentlich weiß ich das auch, aber manchmal projiziere ich diese Freundschaft mit ihr auf dich, weil ich dich wirklich gernhabe und du meine engste Vertraute hier bist – und bin dann enttäuscht, dass du mir nicht wie sie alles anvertraust.« Sie schüttelt ihren Kopf. »Und das ist falsch von mir, *du bist du*, nicht sie.«

Weil ich das Gefühl habe, ihr Trost spenden zu müssen, ergreife ich ihre Hand, drücke sie. »Was nicht ist, kann noch werden«, sage ich ihr. »Vertrauen zu fassen, fällt mir schwer, Ava, und ich brauche einfach mehr Zeit als andere Personen.«

Wenn es darauf ankäme, glaube ich, dass ich ihr vertrauen könnte, trotzdem werde ich ihr nichts von Antonio und mir erzählen. Ihm zuliebe, weil ich ihm damals ein Versprechen gegeben habe, noch bevor wir uns für eine Beziehung entschieden haben – *niemand darf von uns erfahren.* Gerne würde ich mich mit Ava austauschen, mir ihren Ratschlag anhören oder den Frust von der Seele sprechen, doch ich darf das nicht, denn damit würde ich unsere Beziehung einem Risiko aussetzen, und das möchte ich nicht.

Dennoch schaue ich sie lächelnd an. »Wenn ich darüber reden kann, bist du die Erste, der ich mich anvertraue, versprochen.«

Kapitel 27

Gerade als der Bus hält, den ich nehmen muss, erreiche ich die Haltestelle und steige mit schnell schlagendem Herzen ein. Ich kann nicht sagen, ob der erhöhte Herzschlag von meinem Sprint zur Haltestelle kommt oder ob ich mich vor dem Haus meiner Eltern fürchte. Wahrscheinlich beides.

Der Bus ist rappelvoll, weshalb ich mich an einer Stange festhalten muss. Bei der nächsten Haltestelle stecke ich mir meine Kopfhörer in die Ohren und höre ein wenig Musik, um mich abzulenken und auf andere Gedanken zu bringen.

Ungefähr zwanzig Minuten später hält der Bus an der Haltestelle, an der ich aussteigen muss. Meine Nervosität konnte ich nicht beruhigen, ganz im Gegenteil, für einen Moment habe ich sogar gehofft, dass mein Bus in einen Unfall verwickelt wird, sodass ich wegen minimalen Verletzungen ins Krankenhaus muss – Hauptsache, nicht meinem Vater gegenübertreten, dem alles zuzutrauen ist. Und allein dieser Gedanke sagt vieles über meine Familie und mich aus.

Vor der Haustür schaue ich auf meine Uhr, ich habe noch fünf Minuten, was bedeutet, dass ich noch einen Moment durchatmen kann. Mein Plan, die letzten Minuten in Ruhe zu genießen, geht nicht auf, weil sich die Tür öffnet.

Aus Reflex weiche ich ein paar Schritte zurück, doch als ich das Gesicht erkenne, beruhige ich mich und trete auf die oberste Stufe der Außentreppe.

»Hallo, Mama.«

Auch wenn wir uns letztens nicht unter den besten Bedingungen verabschiedet haben – das Gespräch habe ich noch immer nicht verdaut –, freue ich mich, sie zu sehen. Im Gegensatz zu meinem Vater habe ich etliche gute Erinnerungen mit ihr. Sie versucht, mir eine gute Mutter zu sein ... Sie versucht es *wirklich*. Ihre Art, mir zu helfen, ist nur nicht die Art, die ich mir wünschen oder brauchen würde. Aber ich kann ihr keinen Vorwurf machen, wenn ich selbst nichts gegen ihn unternehme.

Sie zieht mich in ihre Arme und küsst mich auf die Wange. »Alles Gute zum Geburtstag, Scarlet.« Danach lässt sie mich ins Haus eintreten und nimmt mir den Mantel ab, um diesen an die Garderobe zu hängen. »Zum Nachtisch habe ich deine Lieblingstorte gebacken – Blueberry Cheesecake.« Meine Mutter schaut auf ihre Armbanduhr und seufzt. »Die Küche ruft, wenn du mich also entschuldigen würdest.« Kurz dreht sie sich noch einmal zu mir um und zwinkert mir verschwörerisch zu. »Ach, an deiner Stelle würde ich zuerst ins Wohnzimmer gehen, da ist jemand, der sich auf *sehr* auf dich freut.«

Als ich das Wohnzimmer betrete, schleicht sich ein ehrliches Grinsen auf meine Lippen. Ein stummes Dankesgebet wird an meine Mutter gesendet, dafür, dass sie mich zu ihr und nicht zu ihm geschickt hat. Meine Großmutter sitzt in einem Sessel, eine Tasse in der

Hand, wahrscheinlich mit ihrem Lieblingstee, Earl Grey.

Von meinem Großvater fehlt jede Spur – *zum Glück*.

Sobald sie mich erblickt, stellt sie die Tasse ab und strahlt über beide Ohren.

»Komm«, fordert sie mich auf, während sie neben sich auf das Sofa klopft. »Scarlet, mein Kind, setz dich zu mir.« Das lasse ich mir nicht noch einmal sagen, unverzüglich nehme ich neben ihr meinen Platz ein. »Ach, Kind, sieh dich nur an, du wirst von Jahr zu Jahr hübscher.« Wie üblich kneift sie mir in die Wangen, das macht sie schon, seit ich ein kleines Kind bin. »Ich wünsche dir alles Gute zum Geburtstag. Ich hoffe, dass alle deine Wünsche in Erfüllung gehen.« Zwinkernd überreicht meine Oma mir einen Umschlag. »Ich weiß ja, warum du Bargeld bevorzugst.«

Ich nehme das Geschenk entgegen. »Danke schön.« Wie immer schaue ich nicht direkt hinein, da ich es als unhöflich erachte. »Wie war die Fahrt?« Meine Großeltern haben sich vor über zehn Jahren in den Hamptons niedergelassen. Man braucht mindestens vier Stunden bis nach Boston, aber auch nur, wenn man die Fähre nimmt.

»Mit meinem Mann im Auto? Zu lang, Scarlet, *viel zu lang*«, sagt sie schulterzuckend, während sie mir ein freches Grinsen schenkt. Für solche langen Touren organisieren sie sich einen Fahrer, zu Hause fährt immer meine Oma, weil es die Gesundheit meines Großvaters nicht mehr zulässt.

»Wo ist eigentlich Großvater?«, frage ich, nachdem ich mich prüfend umgeschaut habe.

In all den Jahren ist aus Großvater nie Opa geworden, nicht weil ich es nicht will, was natürlich auch der Fall ist, sondern weil er es nicht wünscht. Seiner Meinung nach lässt ihn solch ein Kosename nicht autoritär genug klingen. In der Hinsicht ähnelt er seinem Sohn. Oder, besser gesagt, ähnelt mein Vater seinem Erzeuger.

»Er ist mit deinem Vater im Arbeitszimmer und ...« Meine Großmutter hält inne, kräuselt die Stirn und zeigt mit ihrem Finger an mir vorbei. »Wenn man vom Teufel spricht«, bemerkt sie, und ich drehe mich um.

Mein Vater und Großvater betreten das Wohnzimmer. Es ist, als hätte man einen Vorgänger und den Nachfolger des gleichen Objekts vor sich. Die grauen Haare von Großvater gehen immer mehr an seinen Sohn über, beide tragen die Haare kurz und gepflegt. In seinem Alter trägt er auch noch immer einen Anzug, der identisch dunkelblau wie der meines Vaters ist. Meine braungrünen Augen habe ich von den beiden geerbt. Glücklicherweise bin ich von dem markanten spitzen Kinn sowie der Knollennase, die von Jahr zu Jahr größer und dicker wird, verschont geblieben.

Mein Vater schaut gleichgültig drein, während mich mein Großvater griesgrämig betrachtet. »Worauf wartet sie?«

Sie? Sie heißt Scarlet, und sie ist hier – direkt vor deiner Nase, alter Mann.

Auch mein Großvater besteht darauf, dass man ihn zuerst begrüßt. Also gebe ich meinem Großvater einen Kuss zur Begrüßung auf die Wange, bevor ich dies bei meinem Vater wiederhole. »Alles Gute zum Geburtstag«, wünscht mein Großvater, nachdem ich mich fürs Kommen bedankt habe, klopft mir zweimal auf die Schulter und läuft ins Esszimmer.

»Von mir auch.« Mehr äußert mein Vater nicht.

Beide sind nicht sehr gesellig oder überschwänglich, wenn es darum geht, Gefühle zu zeigen. Wut und Verachtung ausgenommen, darin sind die beiden sehr erprobt. Keine Frage an mich, wie es mir geht oder wie ich den Tag bisher verbracht habe, es ist bei beiden kein Interesse vorhanden – solange es nicht ums Studium geht.

Mein Vater lässt mich stehen und geht ins Esszimmer hinüber, wo meine Mutter die letzte Servierplatte abstellt. Meine Oma setzt sich hin, reibt sich den Magen, während sie das Rotwildfleisch betrachtet.

Die nächsten fünfzehn Minuten verlaufen ruhig, da mein Großvater und Vater es nicht dulden, wenn während des Essens gesprochen wird. Eine wichtige Tischregel, die ungern von mir gebrochen wird. Doch nicht nur, weil ich mich vor den Konsequenzen fürchte, sondern auch weil ich nicht wüsste, was ich mit meinem Vater und Großvater besprechen sollte. Mit meiner Oma kann ich stundenlang reden, sie ist ein Plappermaul, weshalb ihr diese Regel am schwersten fällt.

Meine Oma legt ihr Besteck beiseite. »Hat dein Freund, Doktor Marshall, wieder dieses hervorragende Wildschwein geschossen?«

»Daphne, das haben wir vorhin schon bejaht«, antwortet Großvater.

Sie verdreht ihre Augen und denkt nicht im Traum daran zu verstummen. »Ich würde nicht ständig anfangen, wenn es nicht so ruhig wäre. Es erinnert mich an eine ...«, sie sucht nach dem richtigen Wort, »... eine verfluchte Beerdigung.«

Mein Großvater brummt etwas, das klingt, als würde er sich wünschen, dass es seine Beerdigung wäre, und legt anschließend unzufrieden sein Besteck hin. Sie lächelt zuckersüß, greift nach ihrem Weinglas und hebt es zwinkernd in die Höhe.

Und damit ist die Stille beendet, weil nun auch mein Vater sein Besteck weglegt. »Mutter, kannst du nicht ein Mal akzeptieren, dass wir unser Essen in Ruhe genießen wollen?«

Meine Oma zuckt mit ihren Schultern, nippt an ihrem Wein. »Wenn ihr akzeptieren könnt, dass ich das nicht will«, kontert sie, weil sich die Frau nichts von ihrem Ehemann oder ihrem Sohn sagen lässt. Früher war das anders, meine Oma war einst wie meine Mutter, immer schweigsam und tat, was ihr Ehemann sagte. Doch seit Großvater gesundheitliche Probleme hat, lässt sie sich nichts mehr vorschreiben. Sie ignoriert sogar die Männer am Tisch, die etwas brummen, und wendet sich an mich. »Scarlet, meine Liebe, wie läuft das Studium?«

Plötzlich liegt sämtliche Aufmerksamkeit auf mir, weshalb ich am liebsten verschwinden möchte. Man könnte eine Stecknadel fallen hören, so leise ist es. »Das Studium macht mir Spaß. Es ist zwar sehr anspruchsvoll, was ich natürlich erwartet habe, aber ich habe keinerlei Probleme mit dem Stoff und komme gut hinterher.«

Meine Oma lächelt. »Selbstverständlich, wir sind deshalb sehr stolz auf dich, nicht wahr?« Diese Frage war an meinen Großvater William gerichtet.

»Wie sieht es mit der Spezialisierung aus? Hast du dir darüber schon Gedanken gemacht?« Anstatt meiner Großmutter zu antworten, möchte mein Großvater sich ein eigenes Bild machen. »Neurologie würde passen.«

»Meine Vorliebe hat sich nicht geändert. Ich habe noch immer vor, später in der Kinderchirurgie zu arbeiten.«

Die Augen meines Großvaters weiten sich, seine Nasenflügel beben, und sein Kiefer spannt sich an. Er wendet sich an meinen Vater, der blass geworden ist. »Kinderchirurgie?«, wiederholt er in einer Tonlage, als hätte ich ihn gerade beleidigt. »Was hast du dir dabei gedacht? Wieso hast du ihr diesen Schwachsinn nicht ausgeredet? Kein erfolgreicher Chirurg arbeitet in der Kinderchirurgie! Willst du, dass sie unseren Namen in den Dreck zieht?«, blafft er meinen Vater an, während er mich nicht einmal betrachtet.

Als hätte ich kein Mitspracherecht.

Die Wangenmuskeln meines Vaters zucken, er mag es nicht, von Großvater gerügt zu werden. Verständlicherweise, schließlich ist er derjenige, der in dieser Familie inzwischen den Ton angibt. »Mir ist bewusst, dass sie unserer Familie nicht als Kinderchirurgin gerecht wird. Ich wollte das zu einem *besser geeigneten* Zeitpunkt angehen, doch das hast du mir nun vorweggenommen, Vater, herzlichen Dank!«

Mein Vater hatte nie vor, mir meinen Spezialisierungswunsch zu genehmigen beziehungsweise zu tolerieren. Stattdessen wollte er nur auf die richtige Gelegenheit warten, um mich zu zwingen, mich in einer anderen Abteilung zu spezialisieren. Einer, die für ihn akzeptabel ist.

Schluckend schaue ich zu meiner Mutter, hoffe, dass sie einspringt oder etwas sagt, doch sie meidet meinen Blick und schaut auf ihren Teller, als würde sie hiermit nichts zu tun haben, als würde sie nichts davon mitbekommen.

Meine Großmutter schüttelt enttäuscht ihren Kopf. »Das, mein Sohn, nennt man Manipulation«, erwidert sie. »Scarlet wird die Zukunft retten, unsere Zukunft, unsere Kinder. Ich finde das schön. Es passt perfekt zu ihr.« Am liebsten würde ich ihr um den Hals fallen, als Dank dafür, dass sie für mich einsteht.

Wenigstens eine …

Mein Vater gibt seinem Temperament nach, schlägt mit seiner Faust auf den Tisch. »Hättest du ihr nicht immer wieder irgendwelche Flausen eingeredet, würden wir dieses Gespräch jetzt nicht führen! Aber du kamst immer wieder damit an, dass sie ihrem Herzen vertrauen soll. Also ja, wenn ich mit Manipulation vorgehen muss, dann ist das deine Schuld, Mutter!«

»Jacob William Pierce, was erlaubst du dir eigentlich?« Das Gesicht meiner Großmutter läuft vor Wut rot an. Sie ist eine stolze Frau, die sich keine Fehler unterschieben lässt. »Das ist das Leben *deines Kindes*! Sie soll das machen, was sie glücklich macht!«

Die laute, aufgebrachte Stimme meines Großvaters mischt sich ein. »Was sie glücklich macht? Für diese Gefühlsduselei gibt es in der Karrierewelt keinen Platz. Sie hat doch keine Ahnung, was sie glücklich macht. Sie ist zu jung, um klar zu denken.«

Mein Herz schlägt unendlich schnell, meine Adern pulsieren, und mein Kopf dröhnt schmerzhaft. Mir anzuhören, wie naiv und jung ich bin, verlangt viel von mir ab. »Also, ich …«

Die donnernde Stimme meines Großvaters lässt mich verstummen. »Sei still, Scarlet, die Erwachsenen unterhalten sich jetzt!«

Ich … *Was?*

Meine Oma erdolcht ihren Ehemann mit Blicken, während meine Mutter nur auf ihre Hände schaut und weiterhin still ist.

»Verbiete ihr nicht den Mund, William«, setzt sich meine Großmutter für mich ein. *Danke.* »Wir reden über *ihren* Werdegang, *ihr* Leben. Sie besitzt nicht nur ein Mitspracherecht, es ist allein *ihre* Entscheidung.« Meine Großmutter seufzt und wendet sich dann zu meinem Vater. »Irgendwann wird aus diesem Szenario ein ›Cluedo‹-Spiel, weil irgendjemand ermordet wird. Meine Vermutung ist, dass meine Enkeltochter dir eines Tages den Hals umdreht, weil sie genug von dir hat, Jacob!«, blafft sie aufgebracht.

Zu wissen, dass mein Vater gegen meine Wahl der Chirurgie vorgehen wollte, macht mich krank. *Meine Familie ist kaputt.* Obwohl langsam kann man das nicht mal mehr als eine Familie betiteln, denn das wäre eine Lüge. Dieser Mann mir gegenüber ist nicht mein Vater, er ist mein Erzeuger. Und ich habe die Schnauze gestrichen voll.

»Es reicht«, sage ich leise, bedrohlich, und dann hebe ich meinen Blick, um meinen Vater und Großvater hasserfüllt anzuschauen. *»Es reicht«*, sage ich erneut, doch kraftvoller, selbstsicherer. »Ich habe keine Lust oder Kraft mehr, um mir euren Mist mitanzuhören. Was glaubt ihr beide eigentlich, wer ihr seid? Gott?«, frage ich und lache bitter auf, während ich meinen Frust endlich herauslasse. »Nein, seid ihr nicht. Das ist mein Leben, *meins und nur meins.*« Ich hebe die Serviette von meincm Schoß und schlage sie mit voller Kraft auf den Tisch. »Ihr beide habt nicht mehr das Recht, mir vorzuschreiben, wie ich mein Leben zu leben habe!«

»Wie redest du mit uns, junge Dame?«, fragt mein Großvater entsetzt, während sich meine Großmutter sich zufrieden zurücklehnt. Sie zeigt mir sogar einen Daumen nach oben und gießt sich ein weiteres Glas

Wein ein. »Habt ihr Scarlet keinen *Respekt* gelehrt? In eurer Erziehung ist einiges schiefgelaufen!« Lustig, dass dieser Satz aus seinem Mund kommt, wo er zuerst auf voller Linie versagt hat.

Mit einer gehobenen Augenbraue betrachte ich meinen Großvater. »Nicht nur in meiner Erziehung ist einiges schiefgegangen.« Voller Elan stehe ich auf, werfe den Stuhl dabei um. »Fass dir also zunächst an die eigene Nase, *Großvater.*«

Sein Mund steht weit offen, mit dieser Offenheit meinerseits hat er anscheinend nicht gerechnet.

»Wisst ihr, ich hätte schon längst für mich einstehen sollen, denn ich mache diesen Affenzirkus nicht länger mit. Ihr könnt mich mal kreuzweise, und wenn ihr mich nicht bald mit euren Auffassungen in Ruhe lasst, werfe ich mein Studium hin und werde Kassiererin bei McDonald's!« Meinem Vater fehlen die Worte, sein Kopf färbt sich dunkelrot, als würde er kurz vor einer Explosion stehen. »Das wars dann mit eurem guten Ruf!«

Eine Lektion fehlt noch, bevor ich aus diesem Haus stürmen werde – *hoffentlich für immer.*

»Übrigens, ich bin Demokratin und habe damals Hillary Clinton gewählt.«

Kapitel 28

Ich stürze aus dem Esszimmer, während sich die Gesichter der Anwesenden in meinen Kopf einbrennen. Meine Großmutter betrachtet mich stolz, ein breites Lächeln auf den Lippen. Mein Großvater knallt sein Glas mit voller Wucht auf den Tisch, sodass es zersplittert. Meine Mutter schaut mich mit einem weit geöffneten Mund an, die Augen aufgerissen. Mein Vater presst seine Lippen aufeinander, seine Finger krallen sich in die Tischdecke, als würde er versuchen, sich zu kontrollieren. Und bevor ich das Zimmer verlasse, sehe ich, wie mein Vater aufsteht und der Stuhl umgestoßen wird.

Ich beschleunige meine Schritte.

Hinter mir sind schwere Fußstapfen zu hören. Kurz bevor ich die Haustür erreiche, werfe ich einen Blick zurück. Mein Vater hat mich gleich erreicht. Ein Wimmern kommt aus meinem Mund, als ich die Tür öffne. Die Freiheit, die zum Greifen nah ist, wird mir innerhalb der nächsten Sekunde wieder genommen. Die Hand meines Vaters rauscht an mir vorbei, sein Körper dicht an meinen gepresst, während er die Tür vor meiner Nase zuschlägt.

Seine Hand findet mein Haar, er zieht mich grob zurück, sodass ich vor Schmerz aufstöhnen muss. »Hast du wirklich gedacht, dass du damit davonkommst? Mich vor meinem Vater zu blamieren? Ihm den Eindruck zu vermitteln, dass ich meine Familie nicht im Griff habe?«

Mein Vater schubst mich gewaltsam zu Boden.

Er gibt mir keine Chance, irgendwas zu tun oder zu sagen, denn in der nächsten Sekunde spüre ich seinen Fuß in meiner Magengegend. Es fühlt sich an, als würde mein Innerstes zerbersten. Ich krümme mich, versuche, mich wegzudrehen, doch entblöße ich dadurch nur meinen Rücken, der ihm schutzlos ausgeliefert ist. Der nächste Tritt kommt so heftig, dass mein Kopf gegen die Wand prallt, und schwarze Flecken vor meinen Augen tanzen.

Ich warte auf einen weiteren Tritt, doch dieser bleibt aus, stattdessen höre ich einen lauten Aufprall und einen wutentbrannten Aufschrei. Ich hebe meinen Kopf. Mein Vater steht nicht mehr vor mir, sondern nur noch meine Mutter, die die Hände vor sich ausgestreckt hat. Mein Blick sucht meinen Vater, der sich an der Tür hochzieht. Und langsam realisiere ich, was gerade passiert ist: Sie hat ihn von mir weggeschubst.

Meine Mutter hat mich beschützt.

Wenige Sekunden später kommt meine Großmutter in den Raum gestürzt, sie schaut von mir auf dem Boden zu meiner Mutter, die noch immer eine Abwehrhaltung eingenommen hat, zu meinem Vater, der seine Finger knacken lässt, während er seine Ehefrau mit einem hasserfüllten Blick betrachtet, der mich schlucken lässt.

»Jacob!« Meine Großmutter schaut ihn mit geweiteten Augen an. *»Was hast du getan?«* Mein Großvater steht mit ausdrucksloser Miene daneben, macht sich bloß ein Bild von der Szenerie. »Wie konntest du das Scarlet antun?« Die Frage kommt wie ein Flüstern über ihre Lippen. Sie schaut ihren Ehemann böse an, der nur mit den Schultern zuckt, danach kommt sie mit langsamen Schritten auf uns zu.

Meine Mutter hält sie auf Abstand, die Hände immer noch ausgestreckt, und zum ersten Mal in meinem Leben erinnert sie mich an eine Löwen- oder Bärenmutter, die ihr Junges vor allem und jedem beschützt.

»Liebes, lass mich durch.« Ihre Stimme ist melodisch, weich, damit meine Mutter versteht, dass sie keine Bedrohung ist. Ihre Körperspannung lässt ein wenig nach, weshalb sie meiner Mutter beide Hände auf die Arme legt und dafür sorgt, dass sie sie sinken lässt. Meine Großmutter dirigiert sie zur Seite, weit weg von meinem Vater, damit sie an mich herankommt. Sie hält mir die Hand hin. »Komm.«

Ich lasse mir hochhelfen.

»Mutter«, die Stimme meines Vaters klingt bedrohlich. »Misch dich da gefälligst nicht ein, das ist eine Sache zwischen meiner Familie und mir.«

Meine Großmutter stellt sich vor mich, sodass sie nun zwischen uns und meinem Vater steht.

»Und zusehen, wie du deine Tochter erneut verletzt? *Ich glaube nicht.*« Sie stemmt ihre Hände in ihre Hüften. »Du hättest es besser wissen müssen, Jacob. Du weißt genau, wie das ist, wie sich das anfühlt.« Die Hand von meiner Mutter legt sich von hinten auf meine Schulter, und ich verschränke die Finger mit meiner Großmutter. Wir unterstützen uns alle gegenseitig. »Ist das die Strafe dafür, dass ich dich damals nicht beschützt habe? Dass ich dasselbe Schicksal nicht von dir ferngehalten habe?«

Mein Vater kommt näher, pirscht sich langsam an. »Ganz im Gegenteil, ich habe das gebraucht, um meinen Platz zu finden.« Und dann macht er eine Kopfbewegung zu mir, lässt seine Finger knacken. »Und das wird sie nun auch lernen.«

»Sie kann doch noch stehen, Daphne.« Mein Großvater meldet sich zu Wort, doch aus seinem Mund kommen keine hilfreichen Worte – im Gegenteil, er scheint meinen Vater zu verteidigen, als hätte er nichts falsch gemacht. »Kinder brauchen ab und zu eine Tracht Prügel, früher war das gang und gäbe. Wenn sie nicht hören wollen, müssen sie fühlen.« Er schließt zu meinem Vater auf, Schulter an Schulter bilden sie eine geschlossene Front.

»Zwischen einem Klaps auf den Hintern und auf jemanden einzuprügeln, liegen Welten.« Meine Oma versteift sich. »Und wenn du denkst, dass ich einfach danebenstehe, wenn *unser Sohn* seine Familie misshandelt, dann liegst du falsch.«

»Tritt beiseite, Mutter.«

»Und dann was? Was wirst du dann tun, Jacob?«

»Ich werde meine Frau und meine Tochter bestrafen.«

Mein Vater möchte mich dafür bestrafen, dass ich *mein* Leben nach *meinen* Regeln leben möchte, und meiner Mutter möchte er heimzahlen, dass sie ihn daran gehindert hat, weiter auf mich einzuprügeln. Das ist krank. *Einfach nur krank.* Die Hand auf meiner Schulter verkrampft, und ich bin mir sicher, dass meine Mutter im Augenblick wieder die Angst verspürt, die sonst dafür gesorgt hat, dass sie lieber wegschaut.

Plötzlich bricht eine unsägliche Wut über mich herein. Nach allem, was sich mein Vater heute an meinem

Geburtstag erlaubt hat, droht er uns weiterhin? War es nicht genug für ihn, dass er seine eigene Tochter brutal und ohne Nachsicht getreten hat? Reicht das nicht? Haben ihm die zwei gewaltsamen Tritte nicht gereicht? Möchte er vielleicht auf drei, vier oder sogar fünf erhöhen, um sicherzugehen, dass ich wieder nach seiner Pfeife tanze? Und was wird er meiner Mutter dafür antun, dass sie *endlich* für mich eingestanden ist?

Das Gesicht meines Vaters ist vor Hass verzerrt. »Was für einen Wert habt ihr ohne mich? *Keinen.* Ihr beide seid nichts, ihr seid auf mich angewiesen!«, möchte er uns demütigen, und sofort verspüre ich eine beklemmende Enge in meiner Brust. Das kleine Mädchen kommt wieder aus der Dunkelheit hervor, möchte die Kontrolle übernehmen. »Ihr seid schwach und erbärmlich, und ich werde dafür sorgen, dass ihr euch nie wieder gegen mich stellt.« Mein Vater tritt nach vorne, meine Großmutter zieht scharf die Luft ein. »Ich sorge dafür, dass ihr den Abend niemals vergessen werdet.«

Gerade als ich das Gefühl habe, schwach zu werden, höre ich eine vertraute Stimme, die dafür sorgt, dass ich vor seiner Erniedrigung dieses Mal nicht einknicke. *Du bist wertvoll, Scarlet,* höre ich Antonio sagen. *Niemand hat das Recht, dich so zu behandeln. Du bist stärker, als du denkst, glaub an dich,* spricht er mir Mut zu. *Beweise, Scarlet, du brauchst Beweise, um gegen ihn vorzugehen.*

Du hast recht, Antonio, die brauche ich. Und ich werde sie mir besorgen, selbst wenn ich dafür mein Leben – *meine Freiheit* – aufs Spiel setze.

Innerhalb von wenigen Augenblicken lege ich mir einen Plan zurecht, der durchaus schiefgehen kann, doch ich muss es versuchen. Ich atme tief durch. *Augen zu und durch, Scarlet, du schaffst das,* höre ich Antonios

Stimme mir zuflüstern, weshalb ich die Kraft finde. »Nein, das wirst du nicht.« Meine Mutter nimmt meine freie Hand in ihre, meine Oma drückt meine Finger fester.

Mein Vater macht einen weiteren Schritt nach vorne. »Was hast du gerade gesagt, Scarlet?« Seine Stimme lässt mein Blut gefrieren, doch ich werde mich nicht mehr zurückhalten, denn dieser Abend hat mir gezeigt, dass es so nicht mehr weitergehen kann.

Schwer atmend drehe ich mich zu meiner Mutter um, lächle ihr zu, bevor ich beiden Frauen meine Hände entziehe. Meine Hand findet die Hosentasche meiner Mutter, zuerst betrachtet sie mich skeptisch, und dann, als sie erahnen kann, was ich vorhabe, schüttelt sie leicht mit dem Kopf, dass es niemand außer uns mitbekommt, doch ich nicke nur. Danach stelle ich mich vor meine Großmutter, eine Hand verstecke ich hinter meinem Rücken.

Dort, wo sich meine *geladene Waffe* befindet.

Mein Vater hat sich groß und breit gemacht, seine Kiefermuskeln zucken. Er tritt näher, und auch ich mache einen Schritt auf ihn zu. Zeige ihm, dass im Moment nicht die Angst über ihn siegt, sondern meine Selbstbestimmtheit.

Es ist an der Zeit, ich drücke den Knopf, um für die Beweise zu sorgen. »Ich sagte Nein«, wiederhole ich ruhig, mache einen weiteren Schritt und stehe nun dicht vor ihm. »Vater, du wirst mich nie wieder in den Keller zerren, du wirst mich nie wieder erpressen, du wirst mich nie wieder schlagen, du wirst mich nie wieder treten.« Keine Bestrafungen mehr, kein Leid mehr, keine Angst mehr – nichts mehr davon. *»Nie wieder.«*

»Scarlet … nicht«, fleht meine Mutter.

»Und wie willst du mich daran hindern? Du bist nur ein Kind. Wenn ich dich als Bestrafung schlagen will, dann tue ich das. Wenn ich dich in den Keller sperren will, dann mache ich das.« Die Hand meines Vaters schnellt hervor, presst sich um meine Kehle, drückt fest zu, sodass meine Luftzufuhr unterbrochen wird. »Und genau dort kommst du hin.« Das Atmen fällt mir schwer, trotzdem kann ich ein Lächeln nicht unterdrücken – ich habs geschafft, denn ich habe ihn genau dort, wo ich ihn haben wollte.

Meine Hand fährt nach vorne, und ich halte sie einen Arm lang von uns beiden entfernt, sodass das ganze Bild eingefangen werden kann. »Lächle für die Kamera, Vater.« Im gleichen Augenblick beende ich die Aufnahme vom Telefon meiner Mutter, dessen letztes Bild seine Hand ist, die mich würgt, und im nächsten Augenblick sende ich das Video an mein Telefon, weil ich es aus dem Chat heraus gemacht habe. Es musste schnell gehen, ich durfte mir keine Fehler erlauben oder ihm eine Chance geben, die Aufnahme gleich wieder zu löschen.

»Erhebst du auch nur noch ein Mal die Hand gegen deine Familie, werde ich dieses Video an die Polizei weiterleiten. Haben wir uns verstanden?«

Meinem Vater fehlen die Worte, doch er lässt los.

»Ein Fehler – und ich sorge dafür, dass du hinter Gittern landest.« Ich drehe mich um, reiche das Telefon meiner Großmutter, damit sie es meiner Mutter geben kann. »Und ich bluffe nicht, ich werde es durchziehen.« Dann schnappe ich mir meine Handtasche von der Garderobe mit meinem Telefon drin und laufe zur Tür. Nachdem ich die Haustür geöffnet habe, drehe ich mich noch einmal zu meinem Vater um. »Und? Wie fühlt es sich an? Hilflos zu sein? Zu wissen, dass du nichts ändern kannst? *Mir hilflos ausgeliefert zu sein?*«

Er presst die Lippen aufeinander, doch sagt erneut nichts.

Ich habe gewonnen.

Kapitel 29

»Du hättest mich sehen sollen, Antonio, ich habe mich selbst nicht wiedererkannt«, sage ich, während ich nur in Unterwäsche vor ihm sitze und er meinen Bauch inspiziert. »Ich hätte nicht gedacht, dass ich es schaffen würde, weißt du? Doch als ich gehört habe, wie er meine Mutter und mir wieder gedroht hat, wusste ich, dass ich das nicht mehr über mich ergehen lassen kann.«

Seine Finger tasten meinen Magen ab, sodass ich leicht zusammenzucke. Es tut nicht allzu sehr weh, doch die Stelle ist noch immer empfindlich.

»Du hättest sein Gesicht sehen müssen, als ich ihn vor vollendete Tatsachen gestellt habe. Ich habe nun die Kontrolle, *ich*, nicht er.«

Nachdem sich Antonio auch meinen Rücken angeschaut hat, reicht er mir ein schwarzes langes Männershirt, das er zuvor von oben heruntergeholt hat. Ich wollte nicht wieder in das Kleid schlüpfen.

»Ich denke, dass alles in Ordnung ist, allerdings werden blaue Flecken zurückbleiben«, teilt er seinen Befund mit, als ich meinen Oberkörper mit seinem Shirt bedecke. Antonio räuspert sich. »Ich würde mich trotzdem besser fühlen, wenn wir dich ins Krankenhaus bringen.«

Das kommt für mich nicht infrage. »Nein, geht schon«, erwidere ich, da ich im Augenblick nirgendwohin möchte, sondern nur hier bei ihm bleiben will.

Seine Mundwinkel gehen nach unten, die Antwort gefällt ihm anscheinend nicht. »Dann wenigstens zur Polizei. Du kannst ihn mit dem, was er dir heute angetan hat, nicht davonkommen lassen. Er hat auf dich eingeprügelt.«

Als ich erneut verneine, kann er ein Stöhnen nicht unterdrücken.

»Perché sei così testardo?« Seine Muttersprache kommt zum Vorschein, weshalb ich ihn irritiert anschaue. Antonio fährt sich durch seine dunklen Haare, seufzt. »Wieso musst du nur so stur sein?«

»Ich habe dir bereits vorhin erklärt, wieso ich das nicht machen werde.« Ich habe ein Druckmittel, das dafür sorgt, dass ich sicher vor meinem Vater bin. Wenn er nicht will, dass seine gewalttätige Seite an die Öffentlichkeit gerät, dann *muss* er sich zusammenreißen. Im Moment habe ich die Oberhand, und das werde ich nicht aufgeben. »Sobald ich mein Studium abgeschlossen habe, werde ich gegen ihn vorgehen.«

»Denkst du nicht, dass dein Vater irgendwas versuchen wird, um dir das Video abzunehmen oder die Kontrolle wiederzuerlangen?« Ich zucke nur mit meinen Schultern, denn es ist natürlich möglich, doch ich verfolge erst einmal weiter meinen Plan. »Wenn du schon nicht zur Polizei gehen willst, dann leite mir wenigstens das Video weiter.« Gerade als ich fragen will, wieso, fährt er fort. »Nur um sicherzugehen, dass das Video nicht abhandenkommt.«

Verunsichert schaue ich ihn an. »Du wirst nichts ohne mein Einverständnis tun?«

»Ich verspreche es.«

Nicht eine Sekunde zweifle ich seine Worte an, ich weiß instinktiv, dass ich ihm vertrauen kann und Antonio mich nicht hintergehen würde. Aus diesem Grund schnappe ich mir mein Telefon und leite ihm das Video weiter. Auf dem Weg hierher habe ich es schon an mehrere E-Mail-Adressen von mir gesendet. Ich wusste, dass ich eine Rückversicherung brauchen würde. An mein Telefon und an meine E-Mails könnte mein Vater mit viel Anstrengung kommen, doch dass auch mein Professor – *mein geheimer Freund* – eine Version hat, das würde er nie erwarten.

Antonio legt seine Arme um mich und zieht mich an seine warme Brust. »Auch wenn du im Moment nicht rechtlich gegen ihn vorgehen willst, bin ich trotzdem sehr stolz auf dich, denn du hast dich gegen ihn behauptet.« Er beugt sich nach vorne und drückt mir einen Kuss auf meine Schläfe. »Und egal, was du brauchst, ich werde dir helfen, so, wie du auch mir helfen willst, meine Dämonen zu bezwingen.«

»Wir helfen uns gegenseitig.«

Sein Kinn ruht auf meinem Kopf. »Ja, das werden wir.« Er atmet tief durch, bevor er sich zurückzieht und wieder auf mich herunterschaut, das Gesicht ernst. »Wenn wir schon bei inneren Dämonen sind, möchte ich dir etwas vorschlagen. Nicht um dich zu kontrollieren, sondern um uns nicht zu gefährden und unsere Situation zu vereinfachen. Wir sollten ein paar Regeln aufstellen.« Das Wort *Regeln* stößt mir unverzüglich bitter auf, denn davon hatte ich in der Vergangenheit schon zu viele. »Nein, halt. Regeln ist eindeutig das falsche Wort, tut mir leid. Lass uns Richtlinien sagen, weil es keine Regeln zwischen uns geben sollte, wir schreiben einander nichts vor.«

Glücklicherweise hat Antonio sich berichtigt, denn wenn wir beim ersten Vorschlag geblieben wären, wäre ich nicht zufrieden gewesen. Regeln hätten mich zu sehr an die Beziehung mit meinem Vater erinnert, und damit sind wir nicht zu vergleichen. »Richtlinien klingt gut. Die erste sollte sein, dass wir niemanden von uns erzählen, richtig?«, überlege ich mit.

»Ich möchte dich wirklich ungern verleugnen, doch in unserer Situation geht es leider nicht anders.« Antonio nimmt meine Hand, verschränkt unsere Finger. »Und wenn ich niemand sage, dann ist damit wirklich jeder gemeint, beste Freunde und Familien eingeschlossen. Wenn einer von uns dringend den Wunsch hegt, es jemandem zu erzählen, dann sollten wir uns vorher absprechen«, schlägt er vor, um ein kleines Türchen offen zu halten. »Eins ist mir aber ebenso wichtig, Scarlet. In der Universität müssen wir Abstand halten, keine verliebten Blicke, keine zufälligen Berührungen oder Aufeinandertreffen. Auch nicht in meinem Büro, auf dem Campusgelände sind wir ausschließlich Professor und Studentin.«

Seine Bitte ist einleuchtend, weil wir immer ziemlich unachtsam und naiv waren, als wir uns in der Universität näher gekommen sind. Wenn das zwischen uns funktionieren soll, müssen wir uns zurückhalten. »Ich werde mich dort von dir fernhalten«, verspreche ich, bevor ich kurz nachdenklich zur Seite schaue, da mir etwas durch den Kopf geht. »Das gilt aber auch für ganz Boston, nicht wahr?«

»Wir können nicht riskieren, dass uns ein Student erwischt.«

»Und was ist, wenn wir außerhalb von Boston etwas unternehmen? Es gibt viele schöne Städte in der Nähe. Weymouth hat atemberaubende Parks, die perfekt für Picknicks geeignet sind. Salem ist eine kleine niedliche Hafenstadt. Und außerdem gibt es mehrere Inseln, die sich für ein Wochenende zu zweit eignen würden«, schlage ich vor.

»Glaub mir, ich würde nichts lieber machen, als etwas mit dir zu unternehmen, doch …« Antonio bricht ab, er kneift seine Lippen zusammen. »Das Risiko ist einfach zu groß, Scarlet. Wir sollten uns nur bei mir treffen.«

Die Gewissheit, dass wir nie etwas in der Öffentlichkeit zusammen machen können, stimmt mich traurig. Und doch wusste ich, worauf ich mich mit ihm einlassen würde. Deshalb nicke ich zustimmend.

Ich nehme meinen Mut zusammen, weil ich noch ein anderes Thema aufgreifen muss. Mut ist vielleicht das falsche Wort, es fällt mir einfach schwer. Bisher hatte ich nie Berührungspunkte mit einer Sucht. Ich weiß nicht, wie ich darüber mit ihm sprechen soll, wie ich ihm helfen kann. Es gibt nur eine Sache, die ich mit Gewissheit weiß: Die Gesundheit und der Heilungsprozess von Antonio bedeuten mir viel, weshalb ich seine Probleme nicht ignorieren werde.

»Es gibt Sachen, Antonio, die sich nicht einfach in Luft auflösen. Und ich glaube, du weißt ganz genau, was ich damit meine.«

»Meine Sucht.«

»Richtig«, bestätige ich. »Was tun *wir* nun?«

Anstatt mir eine Antwort zu geben, steht Antonio auf und läuft zu seiner Garderobe im Flur, die vom Wohnzimmer aus zu sehen ist. Was wird das? Möchte er gehen? Für einen Augenblick habe ich Angst, dass er mich allein lässt, weil er noch nicht über seine inneren Dämonen sprechen möchte, doch dann kommt er zurück, nachdem er etwas aus seiner Jackentasche geholt hat. Sein Portemonnaie.

Antonio öffnet es, holt eine Visitenkarte heraus. »Nach der Vorlesung war ich heute im Suchtberatungszentrum, wo man mir auch damals weitergeholfen hat, und habe mir für nächste Woche einen Termin für ein Gespräch geholt.« Nachdem ich ihn abwartend angesehen habe, fährt er fort. »Das Gespräch soll mir helfen herausfinden, was ich tun muss, um nicht rückfällig zu werden.«

Antonio scheint es ernst mit der Suchtbekämpfung zu meinen, was mich erleichtert, schließlich habe ich gelesen, dass der Schritt, sich aktiv Hilfe zu suchen, am längsten dauert.

»Das ist super, ich bin stolz auf dich.«

»... allerdings hätte ich noch eine Bitte.«

Neugierig schaue ich ihn an. »Und die wäre?«

»Würdest du mich begleiten?«

Eigentlich möchte ich unverzüglich mit *Ja* antworten, doch unsere Richtlinien halten mich davon ab. Die Grenzen dieser Richtlinien sind mir nicht bewusst. Sind sie biegsam? Abänderbar? Es ist alles noch sehr neu für mich, ich weiß nicht, was in Ordnung ist und was nicht.

»Wo befindet sich denn das Suchtberatungszentrum? Hier in Boston?«, erkundige ich mich, woraufhin er nickt. »Ich weiß nicht, ob das eine gute Idee wäre, Antonio. Was ist, wenn uns dort jemand zusammen sieht?« Am liebsten würde ich ihn natürlich sofort begleiten, doch das Risiko sollten wir nicht eingehen.

Er wirft seinen Kopf nach hinten, so, als hätte er dieses Hindernis nicht bedacht. »Stimmt, du hast recht, tut mir leid, das ist mir entfallen.« Die Art, wie er meinen Blick meidet, damit ich seine sichtbare Enttäuschung nicht wahrnehme, bricht mein Herz.

Es muss eine Möglichkeit geben, wie ich ihm trotzdem meine Unterstützung zeigen kann. Während ich angestrengt nachdenke, schaue ich mich im Raum um, und mein Blick bleibt im Flur an der Schlüsselschale hängen. Mir kommt eine Idee. »Was ist, wenn ich dich nicht mit reinbegleite, sondern in deinem Auto warte? Es hat abgedunkelte Scheiben. Wenn ich mich hinten verstecke, wird mich niemand erkennen. So bin ich zwar nicht direkt an deiner Seite, aber nur wenige Meter entfernt. Hilft das vielleicht?«

Antonio denkt kurz darüber nach, dann schenkt er mir ein Lächeln, eines, das glücklicherweise seine Augen erreicht, eines, das aufrichtig ist. »Das würde ich sehr begrüßen, und es würde mir sicherlich weiterhelfen zu wissen, dass du da bist.«

Ein Stein fällt mir vom Herzen. Diese Konversation hätte auch anders ausgehen können, weil sich viele nicht helfen lassen wollen. Doch Antonio hat sein Problem eingesehen und handelt rational und bedacht. Er hat sich zurzeit zwar nur bedingt unter Kontrolle, will jedoch dagegen vorgehen. Ein Gespräch im Suchtberatungszentrum ist dabei der erste Schritt in die richtige Richtung.

»Du hast mich um etwas gebeten, jetzt habe ich eine Bitte an dich.«

Er schaut mich skeptisch an, während ein wenig Neugier mitschwingt. »Ich höre.«

»Küss mich.«

Antonio lässt sich das nicht zweimal sagen. Sobald sich unsere Lippen treffen, füllt mich ein wohliges Kribbeln aus. Meine Augen schließen sich automatisch, während ich mich an ihn schmiege. Meine Hände wandern über seinen Bauch, seine Arme und seinen Rücken. Ich kann nicht genug von Antonio und seinem Körper bekommen.

Und als meine Finger über sein *Famiglia*-Tattoo fahren, erinnere ich mich an unsere Konversation vor ein paar Tagen, als ich ihn nach dem Ursprung dieser Tätowierung gefragt habe. Als Antonio achtzehn wurde, hat er sich dieses Tattoo machen lassen, um die Liebe zu seiner Familie auf ewig auf seinem Körper festzuhalten. Antonio meinte, dass er alles für seine Familie tun würde, nichts wäre zu viel verlangt.

Dieser Mann ist nicht nur attraktiv, sondern auch intellektuell, einfühlsam und gefühlvoll, was ihn nur umso gefährlicher macht. Die Art, wie er mich behandelt, mich berührt und mich küsst, macht es mir schwer, mich nicht in ihn zu verlieben.

»Ah!«, entfährt es mir, als er sich plötzlich auf mich stürzt, über seine Schulter hievt und in seine Küche trägt. »Antonio, was soll das?«, frage ich kichernd, als er mir spielerisch auf den Hintern schlägt und vor seinem Kühlschrank stehen bleibt.

Selbst wenn ich es im Augenblick nicht sehen kann, bin ich mir sicher, dass ein freches Lächeln auf seinen Lippen abgebildet ist. »Hast du mein Versprechen mit dem Eis vergessen? Ich stehe *immer* zu meinem Wort.« Mit mir über seiner Schulter schnappt er sich das Eis aus dem Kühlfach und setzt mich danach auf der Küchentheke ab.

Antonio stellt sich zwischen meine Beine, küsst mich, bevor er sanft am Saum meines Shirts zieht. In Zeitlupe hebt er das Shirt an. Sobald es über meinen Kopf gezogen und achtlos auf den Boden geworfen wird, betrachtet er mich ausgiebig. Sein Blick bleibt an meinem roten Spitzenbustier hängen, weshalb er sich gierig über die Lippen leckt. »Endlich kann ich es *genauer* unter die Lupe nehmen.« Die Härte in seinem Schritt verdeutlicht, wie sehr er meine Unterwäsche bewundert. Es überrascht mich allerdings nicht, denn ich habe bei seiner Untersuchung meiner blauen Flecken bereits gemerkt, wie er angestrengt den Blick von meiner Reizwäsche abgewandt hat, um konzentriert zu bleiben.

In diesem Augenblick bin ich Ava noch dankbarer, denn mit ihr zusammen war ich im Unterwäschegeschäft, und sie hat mir den Tipp gegeben, dass ein Mann solch eine Aufmachung *verrückt* macht. Ich wollte es nicht mit ihr zusammen holen, damit sie keinen Verdacht hegt, dass ich jemanden treffe – *hat super funktioniert, ich weiß* –, weshalb ich es am nachfolgenden Tag mit meinem gesparten Geld in bar gekauft habe.

»So gerne ich dich nackt bewundere, hat es mir dein rotes Dingsda ziemlich angetan.«

»Dingsda?«, frage ich lachend nach.

Mit seinen Fingern fährt Antonio unter meinen Träger, hebt diesen kurz an und lässt ihn dann auf meine Haut schnellen. »Aua«, beschwere ich mich, obwohl ich dieses Spielchen zugleich befürworte, denn es sorgt für eine verführerische Würze. »Das nennt man«, fange ich an und streichele über die Wölbung meiner Brüste, »ein Bustier.«

»Überaus interessant«, antwortet er, während er mir in die Augen schaut und seine Hände über meine Brüste fahren lässt.

»Tob dich aus«, hauche ich.

Ein Schaudern überkommt mich, als er mit den Lippen mein Bustier küsst. Seine Hände wandern über meinen Oberschenkel, weshalb sich meine innere Mitte freudig und erregt zusammenzieht. Er löst sich kurz von mir, um sich des Eises zu bemächtigen. Mit schnellem Herzschlag beobachte ich, wie er sich einen Löffel in den Mund schiebt. Ich will gerade nach einem Bissen betteln, als er mithilfe eines Kusses den Inhalt seines Eises teilt. Durch die Intensität des Kusses läuft es an uns beiden herunter, doch es interessiert mich nicht.

Antonio verteilt ein wenig Vanilleeises auf meinen Oberschenkeln. Ich kann ein Stöhnen nicht unterdrücken, als er sich vorbeugt und mit seiner Zunge das Eis von meinen nackten Beinen leckt. Meine Emotionen fahren Achterbahn, ich zerre seine Lippen von meinen Oberschenkeln und richte ihn auf. Es ist an der Zeit, dass ich endlich seinen Körper in voller Pracht bewundere.

Während meine Lippen wieder seine finden, mache ich mich an seiner Hose zu schaffen. Innerhalb weniger Sekunden liegen seine Hose sowie seine Unterhose auf dem Boden. Er drückt mich auf die Theke, beugt sich über mich und küsst meinen gesamten Oberkörper.

Antonio lässt keinen Millimeter aus, und es ist um mich geschehen, als er seine Finger in meine Unterhose gleiten lässt und über meine Klitoris und Schamlippen streichelt. Die Spannung, die sich in mir aufbaut, versuche ich, mit Selbstbeherrschung zu hemmen.

Meine Hand umfasst seinen erregten Schaft, der sich gegen meinen Oberschenkel presst. Mit gefühlvollen Auf- und Abbewegungen fange ich an, bis ich mit meinem Finger über seine Eichel streiche und seine Lusttropfen verteile. Seine Eichel war schon immer sein Kryptonit, weshalb er sich angestrengt stöhnend zurückhält. Sobald ich seinen Schaft wieder umfasse und ihn mit schnellen Bewegungen einer lustvollen Folter unterwerfe, greift Antonio in die Einkaufstasche neben uns auf der Theke und holt eine Packung genoppte Kondome heraus.

Antonio positioniert sich erneut zwischen meinen Beinen, hebt meinen Hintern an und setzt mich auf die Kante der Kücheninsel. Ohne weiter Zeit zu verlieren, dringt er hart in mich ein. Ich lege meinen Kopf in den Nacken und stöhne lustvoll auf.

Er beschleunigt sein Tempo, drückt mich auf die Theke und hebt meine Beine auf seine Schultern, um tiefer in mich einzudringen. Seine Finger finden ihren Weg zu meiner Klitoris, üben nicht zu viel und nicht zu wenig Druck aus, sodass sich alles weiter und weiter in mir zusammenzieht. Es fühlt sich unglaublich an, und ich hoffe, dass er damit nie wieder aufhört.

Seine Berührungen und seine harten und unbeugsamen Stöße entzünden ein Feuer in mir, meine Haut steht in Flammen. Und ich wünsche mir, dass dieses Brennen endlich gelöscht wird, ich über die Schwelle trete und *erlöst* werde. Die Spannung in meinem Inneren erreicht den Höhepunkt, zerschellt und lässt die Wellen eines Orgasmus über mich hinwegrauschen. Durch die Zuckungen, die es für ihn intensiver gemacht haben, kommt Antonio kurz nach mir.

Kapitel 30

Halbherzig versuche ich, mich aus Antonios Armen zu befreien, allerdings macht er keine Anstalten, mich loszulassen. Er schenkt mir ein freches Grinsen, bevor er eine Augenbraue hebt und mit seinem Finger über meinen Arm streicht. »Musst du wirklich schon gehen, Scarlet? Mit mir hättest du bestimmt mehr Spaß.«

Die letzten drei Wochen habe ich diesen Vorschlag oft gehört, wir haben das Bett kaum verlassen.

Selbst wenn ich gerne weiter in seinen Armen liegen bleiben würde, muss ich demnächst los, weil ich mich mit Ava und Heath zum Lernen in der Bibliothek verabredet habe. Im nächsten Monat, Mitte Dezember, um genauer zu sein, schreiben wir unsere erste Klausur, die den größten Teil unserer Note ausmacht. Und ich habe noch eine Menge zu tun, damit ich eine Leistung abliefere, mit der *ich* zufrieden bin.

Auch wenn meine bisherigen Noten immer hervorragend waren, hätte ich immer einen weiteren Notenpunkt herausholen können, wenn ich nicht so abgelenkt gewesen wäre. Das Drama mit Antonio war – vor unserer Beziehung – daran mit schuld. Zurecht hat Antonio bei den meisten weiblichen Studentinnen bereits einen Spitznamen weg. *Professor Sahneschnittchen.* Und ich verüble es ihnen nicht, denn Antonio ist in der Tat ein köstlicher Leckerbissen. Wenn ich mehr Zeit hätte, würde ich ihn nicht abweisen.

Spitzbübisch schaue ich ihn an, denn was nun kommt, hat er sich selbst zuzuschreiben. »Ich würde gerne bleiben, aber mein Professor hat uns allen eindeutig zu verstehen gegeben, dass das Wochenende sinnvoll genutzt werden soll«, äffe ich ihn nach, weil er meiner Klasse gestern einen langen Vortrag gehalten hat.

Die letzten Jahre haben die Studenten die erste Klausur unterschätzt, ihre Zeit anders genutzt und dann ein böses Erwachen erlebt. Und weil ich das nicht möchte, müssen nun Prioritäten gesetzt werden.

Antonio grinst mich frech an und küsst meine Schulter. »Wer könnte dir besser helfen als dein Professor, hm?«, fragt er und möchte mich damit zum Bleiben verleiten. »Für jede richtig beantwortete Frage bekommst du einen Kuss.« Sein verführerischer Blick sorgt dafür, dass ich in meiner unteren Region ein vertrautes Ziehen verspüre. *Böser, böser Antonio.* »Und du darfst dir sogar aussuchen wohin.«

»Das«, sage ich und gebe ihm einen Kuss auf den Mund, »klingt wirklich verlockend, aber nicht heute, Romeo.«

Ich winde mich aus seinen Armen, als er kurz abgelenkt ist, und flitze schnell in sein Badezimmer. Ein Schmunzeln umspielt meine Lippen, als ich ihn laut und frustriert aufstöhnen höre. Die letzten Wochen sind im Handumdrehen vergangen, und die Wochenenden haben wir zu zweit verbracht, um die verlorene Zeit nachzuholen.

Es läuft harmonisch zwischen uns, weil wir uns auf einer Wellenlänge befinden, und trotzdem gibt es immer wieder Augenblicke, in denen ich mir ernsthafte Sorgen um ihn mache. Letzte Woche bin ich mitten in der Nacht aufgewacht, weil ich aus dem Wohnzimmer Geräusche gehört habe. Antonio hat sich Speedy Gonzales angeschaut, weil er, wie sich herausgestellt hat, eine Schwäche für Cartoons hat. Doch als ich herunterkam, erwartete mich kein Antonio, der lachend vor dem Fernseher saß, sondern ein Mann, der mit glasigen und feuchten Augen seinen Körper mit seinen Händen eng umschlungen hielt und sich auf dem Fußboden hin und her wiegte. Antonio vertraute mir an, dass er sich gerne Cartoons anschaut, wenn es ihm schlecht geht und er nicht schlafen kann.

Das ist bisher zwei Mal passiert, und jedes Mal hat es mich erschrocken. Meistens bemerke ich seine dunkle und gebrochene Seite nicht mehr, weil er sich entweder verstellt oder es ihm im Moment gut geht. Ich will mit ihm darüber reden, doch er fühlt sich dazu meistens nicht in der Lage. Und ich möchte ihn nicht drängen. Ich würde es schließlich auch nicht gut finden, etwas tun zu müssen, wozu ich noch nicht bereit bin. Aber ich hoffe, dass er sich mir bald komplett öffnet.

Nachdem ich mich frisch gemacht habe, packe ich meine Kosmetikartikel in meine Tasche. Das alles immer umherschleppen zu müssen, ist nervig und auch schwer. »Am liebsten würde ich mein Shampoo und Duschgel hierlassen, ich fühle mich immer wie eine alte Oma, wenn ich den Rucksack abstelle«, sage ich lachend und rolle meine verspannten Schultern. »Oder sollte ich es in diese in kleine Flaschen abfüllen?«

Antonio schaut in Richtung des Badezimmers und verlässt anschließend lächelnd das Bett. »Warum eigentlich nicht? Lass ein paar Sachen hier.«

»Ich … äh … *Was?*« Meine Worte waren als Spaß gemeint, ich hatte nicht wirklich darüber nachgedacht, ein paar meiner Sachen hierzulassen. »Bist du dir sicher?«, hinterfrage ich, weil ich nichts überstürzen möchte. Ich weiß nicht, ob so ein Schritt zu früh wäre.

Ab wann hinterlässt man Sachen bei seinem Freund? Manchmal wünschte ich, dass es einen Ratgeber gäbe, der einem genau erklärt, wie die zeitlichen Abläufe innerhalb einer Beziehung sind. Wann kann man Sachen beim anderen bunkern? Wann redet man über die Gefühle, die man füreinander hat? Wann oder wie sollte das erste *Ich liebe dich* ausgesprochen werden? Sollte es von ihm kommen? Oder doch von mir?

Eine Anleitung wäre wirklich hilfreich.

»Natürlich, ich habe wirklich nichts dagegen.«

»Dürfte ich vielleicht auch ein paar Anziehsachen hierlassen?«, frage ich unsicher, denn ich weiß nicht, ob ich damit eine Grenze überschreite. Allerdings, dachte ich mir, wenn wir schon bei dem Thema sind, sollte ich einfach fragen.

»Die Kommode hier ist leer, da kannst du gerne was reinlegen. Die gehört dann jetzt offiziell dir.« Danach zeigt er auf meinen Wäschestapel, den ich gerade in meinen Rucksack stopfe. »Ich kann deine Sachen gerne mit waschen, das macht mir nichts aus«, teilt er mir mit. »Wirf alles, was hierbleiben sollen, einfach in den Wäschekorb im Badezimmer.«

Mein Herz macht einen Sprung, denn der Vorschlag zeigt mir, dass es ihm ernst mit uns beiden ist. Auch wenn es nach drei Wochen vielleicht ein wenig verfrüht ist, fühlt es sich richtig an. Mein Bauch ist gefüllt mit tausend glücklichen Schmetterlingen.

Ich lasse von meiner Tasche ab, laufe zu ihm hinüber, um meine Hände um seinen Hals zu legen.

»Das bedeutet mir viel, Antonio«, teile ich ihm freudestrahlend mit und stelle mich auf meine Zehenspitzen, um ihn leidenschaftlich zu küssen. Er verstärkt den Griff um meine Hüfte, weshalb ich ihn auf sein Bett zurückdrücke und mich schweren Herzens von ihm abwende. »Spar dir deine Kräfte fürs nächste Wochenende auf, denn ich muss langsam los.«

Antonios Blick verändert sich, und er schaut mich verunsichert an. »Wenn wir schon über nächstes Wochenende sprechen, da gibt es etwas, das ich dir sagen wollte. Meine Therapeutin weiß auch schon Bescheid.«

Die Woche, in der Antonio sein erstes Gespräch im Suchtbehandlungszentrum hatte, war nicht einfach und ging ihm nahe. Mittlerweile hat er dreimal wöchentlich eine Einzeltherapie und einmal in der Woche Gruppentherapie. Er erklärte mir, dass ihm seine Therapeutin anfangs mehr Hilfe empfohlen hat, um die Gefährdung der Sucht zu minimieren. Wenn das erfolgreich überstanden ist, können die Stunden verringert werden, und es wird sich darauf konzentriert, wie in Zukunft solch ein Beinaherückfall verhindert werden kann.

»Ich glaube, ich bin bereit, darüber zu sprechen.«

Uh, oh. *Darüber.* In den letzten Wochen habe ich ihn nicht mehr bedrängt, weil ich ihm die Zeit lassen wollte, die er braucht, bis er sich mir anvertrauen möchte. Ich habe keinen blassen Schimmer, was seinen Beinaherückfall getriggert hat, aber es muss schlimm sein, wirklich schlimm. Die fahrlässige Tötung des kleinen

Jungen, wie es laut Fachjargon heißt, hat er mir bereits anvertraut, aber daran allein lag es nicht.

»Nur wenn du wirklich willst, Antonio.«

»Ich will, Scarlet.«

»Nun gut, dann sehen wir uns morgen, Professor Vittori.«

Nachdem ich im Wohnheim meine Wochenendtasche gegen meine Lehrbücher getauscht habe, laufe ich zur Bibliothek. In einem der Gruppenräume, weil man dort nicht leise arbeiten muss, lachen und quatschen Heath und Ava miteinander. Auch wenn ihre Unterlagen vor ihnen ausgebreitet sind, glaube ich nicht, dass es dabei um den Stoff geht.

»Das hast du nicht?« Ava schaut Heath schockiert an, der bleich im Gesicht ist, dunkle Augenringe verschlimmern sein Aussehen. Sie wedelt sich gerade die Röte aus dem Gesicht, während sie krampfhaft Lachtränen unterdrückt. »Scarlet! Du hast gestern Abend was verpasst!«

»Und was?«, frage ich, während ich mich hinsetze und danach meine Unterlagen aus dem Rucksack hole. »Scheint lustig gewesen zu sein.«

Heath stöhnt gequält auf. »Können wir bitte nicht darüber reden?«, fragt er und fass sich gegen die Schläfe, als wollte er Kopfschmerzen herausmassieren.

Als Antwort schüttele ich meinen Kopf, und nachdem ich ihn aufgefordert habe weiterzureden, tut er mir den Gefallen.

»Wir waren gestern auf einer Verbindungsparty der Alpha Omegas, und ich habe mich volllaufen lassen«, erklärt er. »Nicht die beste Idee, wenn man am nächsten Morgen für eine Klausur lernen möchte, möchte ich anmerken.« Das erklärt die tiefen Augenringe der beiden, vermutlich haben sie die ganze Nacht durchgemacht.

»Du kennst doch Kathy, richtig?«, fragt Ava mich aufgeregt, weshalb Heath seinen Kopf beschämt auf den Tisch legt.

»Aus unserem Kurs? Klar.«

Ava klatscht voller Schadenfreude in die Hände, sie genießt es regelrecht, Heath zu quälen.

»Wir wissen ja, dass sie schon länger ein Auge auf unser Schnapsdrösselchen geworfen hat.« Sie lacht, wahrscheinlich aufgrund des Kosenamens, den sie ihm gerade gegeben hat. »Und gestern hat sie endlich den Mut aufgebracht, ihn um ein Date zu bitten«, eröffnet sie mir. »Und was macht Heath? Du wirst es kaum glauben, aber halt dich fest ... Er hat sich statt einer Antwort auf ihr Kleid übergeben!«

Belustigt betrachte ich Heath, der beschämt dreinblickt. »Das ist aber nicht die feine englische Art, hm?«, weise ich ihn grinsend zurecht. Natürlich erlaube ich mir nur einen Scherz, mir ist bewusst, dass er das nicht absichtlich gemacht hat.

Heath hebt abwehrend die Hände. »Zu meiner Verteidigung, ich habe zuvor sechs Jägermeister geext«, will er sich herausreden.

»Und genau deshalb halte ich mich davon fern«, sage ich.

Weil ich merke, dass Heath das Thema am liebsten wechseln möchte, tue ich ihm den Gefallen.

»Seid ihr eigentlich am Dienstag auf dem alljährlichen Medizinerball?«, frage ich, da wir uns darüber noch nicht ausgetauscht haben. Einmal im Jahr findet zu Ehren der besten und erfolgreichsten Ärzte und Chirurgen ein Ball statt, der in einem Countryclub ein wenig außerhalb von Boston veranstaltet wird.

Ava schüttelt ihren Kopf. »Ich hatte wirklich überlegt hinzugehen, schließlich kann man da eine Menge hilfreicher Kontakte knüpfen, aber ...« Sie zuckt mit ihren Schultern. »Eine Karte kostet fast 50 Dollar, und das kann ich mir nicht leisten.«

»Mir gehts genauso.«

Am liebsten würde ich mir schon wieder gegen die Stirn klatschen. Mein Vater hat meine Karte bereits letzten Monat für mich gekauft, darüber musste ich mir keine Gedanken machen. Ich versuche, mich anzupassen, doch es funktioniert nicht immer. Aber ich versuche es, wirklich. Und selbstverständlich werde ich nicht wieder fragen, ob ich die beiden einladen soll. Diese Lektion habe ich gelernt.

Ich bin einerseits traurig, dass sie den Medizinerball nicht miterleben können, andererseits wütend, dass die Karten so teuer sind, dass sie sich nicht jeder leisten kann. Studenten der medizinischen Fakultät sind immer herzlich willkommen, so heißt es jedenfalls, was für ein schlechter Witz.

»Aber, hey, ist in Ordnung«, sagt Ava und lächelt mich an. »Vielleicht nächstes Jahr.«

Heath zeigt auf unsere Unterlagen. »Also ... womit fangen wir an?«

Kapitel 31

Um mich für den Medizinerball fertig zu machen, der immer in der vorletzten Novemberwoche von der Harvard Medical School veranstaltet wird, musste ich notgedrungen nach Hause kommen. Schließlich ist der Kleiderschrank meines Wohnheimzimmers so winzig, dass ich meine Abendgarderobe und meinen Schmuck hier zurücklassen musste.

Heute Abend versammelt sich die Crème de la Crème der Medizinbranche, erfolgreiche Ärzte, renommierte Chirurgen, anerkannte Professoren und bekannte Klinikleiter aus dem gesamten Land, allesamt Harvard-Absolventen. Man wird sich über neue Methoden austauschen und über klinische Studien beratschlagen. Das Hauptanliegen der meisten Gäste ist allerdings ein anderes: Sie wollen sich einen persönlichen Vorteil erkämpfen.

In dieser Nacht kann man auf unzähligen Schleimspuren ausrutschen, es werden Lügen verbreitet, um Konkurrenten auszuschalten, alles nur, um seine Beziehungen zu verbessern. Zwar habe ich nicht vor, mit unlauteren Mitteln zu kämpfen, aber wenn ich es schaffe, einen guten Eindruck zu hinterlassen, kann mir das später bei einer Festanstellung helfen.

Weit, weit weg von hier.

Die letzten Wochen hat sich mein Vater andauernd bei mir gemeldet, doch nicht eine Drohung kam aus seinem Mund, er wollte sich ausschließlich nach mir erkundigen und fragte immer wieder, ob ich ihn nicht besuchen möchte. Ich habe jedes Mal abgelehnt. Weil ihm bewusst ist, dass er mit seinen altbekannten Methoden im Augenblick nicht weiterkommt, versucht er einen neuen Ansatz.

Andauernd erhielt ich in den letzten Wochen Pakete mit neuen Büchern, von denen er dachte, dass sie mir gefallen würden. Als ich vorhin mein Zimmer betrat, fand ich ein beigefarbenes Ballkleid vor. Es war wunderschön, keine Frage, doch es war ein weiterer Bestechungsversuch. Und um ihn zu zeigen, was genau ich davon halte, habe ich aus Prinzip ein anderes angezogen.

Meine Hände streichen den dunkelgrünen Stoff des Kleides gerade, bevor ich einen prüfenden Blick auf mein Spiegelbild in meinem alten Kinderzimmer werfe. Das atemberaubende rückenfreie Kleid liegt oberhalb eng an, während es an meiner Hüfte in Tüll übergeht.

Bevor ich aufbreche, muss ich noch ein Versprechen erfüllen, weshalb ich mir mein Telefon schnappe und Ava über FaceTime anrufe. Sie wollte unbedingt wissen, was ich für ein Kleid anziehen würde. »Na she ma ena an!« Ava kaut, weil sie im Moment, wie ich am Hintergrund erkennen kann, in der Cafeteria sitzt.

»Kannst du das wiederholen? Vielleicht ohne etwas im Mund zu haben?«, schlage ich lachend vor, weil ich zuvor kein einziges Wort verstanden habe.

Ava schluckt. »Ich sagte: Na sieh mal einer an!« Dann kichert sie und fährt sich mit der freien Hand durch die schwarzen Locken. »Halte dein Handy näher ans Gesicht«, bittet sie mich, und ich tue ihr den Gefallen. *»Hmmm«*, macht sie nachdenklich, während ein Finger an ihrem Kinn liegt. »Sehr süß, dein Make-up ist sehr dezent gehalten. Du willst den anderen wohl nicht die Show stehlen, eh?«

»Willst du das Kleid sehen?«

Ava nickt euphorisch. »Oh, ich bitte darum!« Ich stelle die Kamera um, sodass die Außenkamera filmt. Ava kann dadurch mein Spiegelbild sehen. *»Wow.«* Mit großen Augen schaut sie mich an. »Du siehst wirklich hinreißend aus, Scarlet. Hast du uns vielleicht angelogen? Wenn dies ein Film wäre, wäre das der Zeitpunkt, an dem du dich auf den königlichen Ball schleichst, dem Prinzen den Kopf verdrehst und anschließend mit ihm durchbrennst.«

»Und dabei hast du das Beste noch nicht gesehen«, locke ich sie.

Mit meiner freien Hand streiche ich meine Haare nach vorne, dann drehe ich mich halbwegs um, damit Ava meinen *entblößten* Rücken sehen kann. Dieses Kleid hätte vor wenigen Wochen definitiv noch nicht im Schrank gehangen, doch weil ich meinem Vater eine Botschaft senden will, die er nicht ignorieren kann, war ich letzte Woche shoppen. Der Rückenausschnitt geht zwar nur bis zum untersten Rippenbogen, doch er reicht aus, um ihm bei diesem Ball meine Unabhängigkeit zu beweisen.

»Ich habe mich geirrt, du wirst jedem die Show stehlen, das Kleid lässt sogar mich sabbern!«

Glücklicherweise war letzte Woche niemand zu Hause, denn hätte mein Vater mitbekommen, dass ich ein

Kleid mitgebracht habe, hätte er anschließend geschnüffelt, und ich hätte seine Reaktion darauf verpasst.

Was viel zu schade wäre.

Meine Mutter würde wahrscheinlich einen Herzinfarkt bekommen, wenn sie wüsste, dass ich meinen Vater absichtlich provozieren will. Sie befindet sich derzeit in Sicherheit, denn durch mein Druckmittel macht er auch vor ihr halt. Doch sie plagt die Angst, dass das nicht mehr lange anhalten wird, weshalb sie mich ständig bittet, nichts Unbedachtes zu tun. Und da ich nicht vorhabe, nackt oder völlig betrunken auf dem Medizinerball zu erscheinen, finde ich, dass ich mich daran halte.

»Hey!« Avas Stimme holt mich in die Gegenwart zurück, und ich wechsle wieder zur Frontkamera. »Hier!«, ruft sie, schaut an mir vorbei, hebt ihren Arm hoch und winkt. »Heath ist hier, um mich abzuholen.«

Die beiden gehen heute ins »Moist«. Es ist ein Museumstheater, das mir die beiden an dem Tag gezeigt haben, an dem ich mein Geburtstagsgeschenk eingelöst habe. Es ist zwar nicht kostenlos, doch der Eintritt beträgt nur fünf Dollar.

Die Wörter Museum und Theater sollten eigentlich nicht zusammenpassen, das Etablissement beweist das Gegenteil. Es ist für darstellende Künstler geschaffen, die sich erproben wollen. Das Museum besteht nur aus einem kleinen dunklen Raum. In der Mitte befindet sich eine Bühne, an der Seite eine Bar und ansonsten nur gepolsterte Bänke, auf denen man die Show genießt. Und welche Show eigentlich? Nun, das weiß niemand. Welche Szene aus der Weltgeschichte gespielt wird, entscheidet der Künstler. Manchmal ist es ein einzelner, manchmal eine Gruppe.

»Dann wünsche ich euch viel Spaß!«, sage ich und lächle. »Und richte liebe Grüße an Heath aus!«, bitte ich sie, bevor wir auflegen.

Ein schneller Blick auf mein Telefon verrät mir, dass ich demnächst losmuss, denn der Countryclub liegt außerhalb der Stadt, und ich möchte ungern zu spät kommen. Rasch füge ich meinem Outfit die letzten Accessoires hinzu: kleine, schlichte Diamantohrringe und das silberne Bettelarmband, welches mir Antonio zum Geburtstag geschenkt hat.

Selbstverständlich habe ich Antonio gefragt, ob er auch vor Ort sein wird. Zu meinem Leidwesen verneinte er. Er wurde eingeladen, doch er möchte die Personen, die mitgeholfen haben, seine Karriere zu zerstören, nicht wiedersehen, und das kann ich nachvollziehen. Selbst wenn er dort sein würde, könnte ich keine Zeit mit ihm verbringen, doch zu wissen, dass er in meiner Nähe ist, hätte es leichter gemacht.

Meine Mutter habe ich auch gefragt, doch sie muss wie so oft arbeiten. Vermutlich steht eine wichtige OP an, die sie wieder über Stunden einspannt.

Nachdem ich einen letzten prüfenden Blick in den Spiegel geworfen habe, ziehe ich mir silberne offene High Heels an und schnappe mir meine kleine Umhängetasche, farblich passend zu den Schuhen. Ich streiche meine hellbraunen gelockten Haare nach hinten und verlasse mein altes Kinderzimmer, um nach unten zu gehen. Mein Taxi, welches ich heute früh bestellt habe, müsste jeden Augenblick hier eintreffen.

Gerade als ich die Treppe herabsteige, sehe ich meinen Vater unten an der Tür.

Kaum komme ich unten an, verkneife ich mir das Bedürfnis, meine Augen zu verdrehen. Obwohl, wieso eigentlich? Ich muss keine Angst mehr haben, er kann mir nichts tun. Ich habe die Oberhand. *Ich, ich, ich* – nicht er.

Sein Anzug ist in der Farbe des Kleides gehalten, welches er mir gekauft hat – Beige. Am liebsten würde ich über den Fakt lachen, dass er uns farblich abstimmen wollte.

»Das ist nicht das Kleid, das ich für dich ausgesucht habe«, stellt er unzufrieden fest. Seinem Gesicht ist allerdings keinerlei Regung abzulesen, er hat sich unter Kontrolle.

»Nein, ich wollte dieses hier.« Ich schnappe mir meinen Mantel aus der Garderobe, werfe ihn mir über. »Nun, wenn du mich entschuldigen würdest.«

Als ich die Tür erreiche, hält mich seine Hand auf meinem Arm zurück. Ich versteife mich unter seiner Berührung, während ich mich in Zeitlupe umdrehe. Mein Blick liegt ausschließlich auf seiner Hand, die mich unerlaubterweise berührt. Als hätte er verstanden, nimmt er sie fort.

»Bist du sicher, dass du nicht mit mir fahren willst? Für den Abend habe ich eine Limousine bestellt.«

»Ganz sicher«, presse ich hervor.

Für eine Millisekunde sehe ich, wie sein Kiefermuskel zuckt. »Wie lange willst du dieses Verhalten noch an den Tag legen, Scarlet?« Mein Blick huscht zu seinen Händen, die sich an seinem Jackett festklammern. »Langsam verliere ich die Geduld mit dir.« Seine Stimme ist weiterhin ruhig, doch seine Augen verengen sich zu Schlitzen. »Komm heute an meiner Seite zum Ball, lass uns allen zeigen, dass wir eine Familie sind.«

Ah, da haben wirs. Der heilige Ruf von Jacob Pierce. Mein Vater möchte, dass ich ihn begleite, um den Anwesenden zu zeigen, dass in seiner Familie alles rundläuft und er der perfekte Vater ist. Deshalb auch das beigefarbene Kleid. Es war kein Bestechungs- oder Versöhnungsversuch, sondern eine ausgetüftelte List.

»Es reicht noch lange nicht, Vater«, antworte ich ihm, bevor ich mich kerzengerade hinstelle. »Das ist keine Laune, das ist mein Leben. Mein Leben, das *ich*, und ich allein, bestimme.« Mein Blick fällt zu seiner Hand, die zuckt, wahrscheinlich aus Gewohnheit. »Na, na, na«, tadele ich ihn mit erhobenem Haupt. »Wenn ich du wäre, würde ich deine zuckenden Hände wegstecken, nicht dass du ausrutschst und etwas tust, das du später *sehr* bereuen wirst.«

»Scarlet, übertreib es nicht.«

Seine Drohung prallt an mir ab, kalt lässt sie mich nicht, trotzdem stehe ich im Moment darüber. Scheiß auf später, ich kann nicht mehr warten. Er muss es sehen, soll wissen, dass ich nicht mehr sein kleines Mädchen bin, das alles tut, was er verlangt. Ich lasse den Mantel von meinen Schultern gleiten, sodass mein Rücken entblößt wird, dann drehe ich mich um.

Ich höre, wie er scharf die Luft einzieht.

»Wir sehen uns dort, *Vater.*«

Sein Gebrüll ist zu hören, als ich das Haus verlasse.

Ich lächle.

Kapitel 32

Eine halbe Stunde später befinde ich mich auf dem privaten Anwesen des Countryclubs. Etliche weitere Autos, Limousinen und Taxis stehen an, um die Gäste herauszulassen. Nachdem ich meine Karte vorgezeigt habe, betrete ich das Anwesen. Meine erste Anlaufstelle ist das Büfett, denn ich habe noch nichts gegessen. Irgendwie bin ich nicht dazu gekommen, denn nach der Vorlesung habe ich meine Hausaufgaben gemacht und bin anschließend direkt zum Haus meiner Eltern gefahren.

Gerade als ich mich an den Sandwiches zu schaffen mache, spüre ich, wie mein Telefon in der Handtasche vibriert. Es ist eine Nachricht von Antonio, und als ich sie mir durchlese, drehe ich mich nach allen Seiten um.

Ein sehr schönes Kleid.
Aber ... was trägst du darunter?

Die Veranstaltung wird nicht live übertragen, dessen bin ich mir sicher. Mein Herz schlägt schneller, denn das kann nur eins bedeuten: *Antonio ist hier.*

Schnell schaue ich mich um, doch zwischen den vielen anwesenden Gästen kann ich ihn nirgendwo erkennen. Und das wurmt mich, denn seit Sonntag habe ich ihn nur von Weitem in den Vorlesungen gesehen, keine Unterhaltungen, außer Telefonate am Abend oder vereinzelte Nachrichten am Tage.

Wo bist du, Antonio?
Ich kann dich nicht sehen.

Eine Antwort bleibt aus, weshalb ich unzufrieden meinen Mund verziehe. Antonio kann doch nicht aus heiterem Himmel verkünden, dass er hier ist, und dann nicht mehr auf meine Nachrichten reagieren. Oder ist es vielleicht Absicht? Mein Handy vibriert erneut.

Wollen wir ein Spiel spielen?
Finde mich und fordere deinen Preis ein, Scarlet.

Wir beide wissen, dass ich das nicht ablehnen werde. Es ist ein gefährliches Spiel, und doch bin ich im Augenblick Feuer und Flamme, denn ich habe bereits eine Vorstellung von dem Preis, den ich einfordern werde, wenn ich ihn gefunden habe.

Aus diesem Grund schaue ich mich genauer im Countryclub um, jedoch nicht an den belebten Plätzen. Als Erstes begebe ich mich in den Garten und hoffe, dass ich schnell fündig werde. Wenige Sekunden später erreicht mich eine Nachricht von ihm, in der er mir mitteilt, dass ich den richtigen Riecher hatte und ihm in die Welt der Löcher und Schläger folgen soll.

Eigentlich wollte ich zunächst auf den Tennisplätzen Ausschau halten, doch Antonios Worten zufolge hat es ihn in die Weiten des Golfplatzes gezogen. Je weiter ich durch die Außenanlagen schreite, desto leerer wird es.

Die meisten Menschen sind drinnen oder halten sich auf der Veranda auf, weil die Temperaturen knapp um den Gefrierpunkt liegen. Und die Kälte geht nicht spurlos an mir vorbei, weshalb ich die Arme enger um mich schlinge. Hätte ich gewusst, dass mich Antonio nach draußen lockt, hätte ich mir meinen Mantel von der Garderobe geholt.

Kurz darauf halte ich inne, weil ich etwas auf dem Gras ausmachen kann. Neugierig beuge ich mich hinunter und hebe das auf, was ich als Kleidungsstück identifiziere. Hat Antonio sich seiner Kleidung entledigt? Hier, im Winter, bei überaus kalten Temperaturen? Der Mann ist lebensmüde, was hat er sich dabei gedacht?

Was tust du, Antonio?
Willst du erfrieren?
Zieh dich bitte wieder an!

Seine nächste Nachricht kommt sofort.

Mache dir keine Sorgen.
Wo ich bin, ist es warm.
Vertrau mir. Und nun beeile dich, Scarlet.

Weil ich mich unbeobachtet fühle – hier ist weit und breit niemand mehr –, lasse ich einen frustrierten Schrei raus. Am liebsten würde ich ihm gerade eine verpassen, weil er mich blind auf eine Jagd nach ihm schickt. Und zudem verstehe ich nicht, was er meint. Hier gibt es keinerlei Gebäude, hier sind nur Hügel, Teiche, kleine Wälder. *Es ist ein Golfplatz.*

Als Nächstes finde ich einen Socken unweit von mir entfernt, weshalb ich mich nun rechts halte. Kurz darauf finde ich den anderen Socken, und dann erscheinen weitere Kleidungsstücke, seine Krawatte und seine Schuhe, weshalb ich glaube, nah dran zu sein. Plötzlich ertönt aus dem Nichts Musik, mitten auf dem Golfplatz, in meiner unmittelbaren Umgebung. Die Musik führt mich zu einem größeren Hügel, nein – zwei Hügel, die ineinander übergehen.

In der Mitte ist eine Tür eingelassen, und unverzüglich sehe ich ein Bild vor meinen Augen. Dieses Häuschen, oder was auch immer es sein soll, erinnert mich an ein Hobbit-Haus aus dem *Der Herr der Ringe*-Universum.

Die Musik kommt eindeutig aus diesem kleinen Versteck. Die Tür ist nicht verschlossen, weshalb ich eintrete und erst einmal überraschend blinzeln muss. Es handelt sich um ein Lager voller Equipment, doch das meiste ist mit Planen abgedeckt. Dazu ist es erstaunlich warm, vielleicht verstecken sich hier die Pumpen für die Beregnungsanlage des Golfergrüns.

Etliche Kerzen wurden aufgestellt, Rosenblätter auf dem Boden verteilt. In der Mitte wurde eine riesige Luftmatratze aufgebaut, Kissen und Decken darauf platziert. Und dann ist da natürlich noch er – *mein Antonio.*

Er steht mir grinsend gegenüber, sein weißes Hemd ist geöffnet, seine Bauchmuskeln strahlen mich an. Barfuß mit einer tief hängenden hellbraunen Hose, die Sicht auf seine Unterhose freigebend, kommt er mir entgegen, legt mir die Hände auf die Hüften.

»Überraschung.«

»Was … was machst du hier?«, frage ich, noch immer verwirrt, weil ich meinen Augen kaum trauen kann. »Bist du hier eingebrochen?«

Antonio blinzelt, schaut mich überrascht an, wahrscheinlich hat er nicht mit dieser Antwort gerechnet. Zu meiner Verteidigung: So was hat noch nie jemand für mich getan. Ich weiß nicht, wie ich reagieren soll. »Lass mich das bitte rekapitulieren«, beginnt er skeptisch. »Ich komme für dich hierher, obwohl ich es eigentlich nicht wollte, dann überrasche ich dich mit diesem romantischen Setting … und das Einzige, was aus deinem Mund kommt, ist die Frage, ob ich etwas *Kriminelles* getan habe?«

Antonio muss sich wirklich Mühe gegeben haben, das alles vorzubereiten. Und anstatt mich zu freuen, ihm in die Arme zu fallen oder ihm zu danken, frage ich, ob er hier eingebrochen ist. *Großartige Freundin.*

»Tut mir leid, das war nicht so gemeint«, sage ich, bevor ich meine Arme um seinen Kopf platziere, mich an ihn presse und in seine rehbraunen Augen blicke. »Es ist wirklich wunderschön geworden, Antonio«, versichere ich ihm, bevor ich ihn rasch auf den Mund küsse. »Aber ernsthaft, Antonio, wie hast du das organisiert?«

Antonio legt seine Stirn an meine, ich höre ihn schmunzeln. »Du bist wirklich unverbesserlich, Scarlet.« Danach löst er sich abrupt von mir, weshalb ich automatisch einen Schmollmund ziehe. Ich möchte zurück in seine warmen Arme. Antonio läuft zu einem Regal, holt etwas hervor und zeigt es mir. *Ein Schlüssel.*

»Früher war ich hier wöchentlich golfen, mittlerweile nur noch einmal im Monat, doch weil ich immer vorzüglich Trinkgeld gebe und netter bin als die meisten

Mitglieder des Clubs, kennen mich die Mitarbeiter. Nachdem du mir am Montag erzählt hast, dass du heute hier bist, bin ich noch am gleichen Tag hergekommen und habe die Caddies aufgesucht, mit denen ich immer am besten ausgekommen bin. Sie hatten keine Einwände und wollten mir helfen. Ich bekam den Schlüssel, konnte alles schmücken und musste nur noch auf dich warten.«

Bevor ich mich zusammenreißen kann, läuft eine Träne über meine Wange. »Ich weiß nicht, was ich sagen soll.« Meine Gefühle fahren Achterbahn, wir haben ein Date auf einem Ball direkt unter den Nasen aller Anwesenden der Medizinbranche, und doch sind wir versteckt.

»Du weinst«, stellt Antonio überrascht fest, bevor er mir eine weitere Träne von der Wange wischt und mich dann wieder in seine Arme zieht.

»Vor Glück«, sage ich.

Kapitel 33

Antonio dreht mich plötzlich um, stellt sich dicht hinter mich, sodass ich seinen warmen Atem auf meiner Haut spüren kann. Ein Zittern fährt durch meinen Körper, als ich seine Lippen auf meinem Nacken spüre. Die Glückseligkeit, die ich gerade noch empfunden habe, wird durch andere Emotionen verdrängt – *Verlangen und Lust.*

Ich halte den Atem an, als seine Finger quälend langsam meinen Rücken herunterstreichen, denn ich möchte, dass mir Antonio endlich aus meinem Kleid hilft. Danach spüre ich seine Hand, die bis zu meinem Fuß hinunterwandert, nur um danach unter meinem Kleid bis zu meinem vorderen Oberschenkel hochzufahren. Und kurz bevor Antonio meine Mitte findet, entzieht er mir seine Hand, sodass ich laut aufwimmere.

»Möchtest du, dass ich dir aus dem Kleid helfe?«, fragt er mich, seine Stimmlage tiefer, heiserer.

Im Augenblick kann ich mir nichts Schöneres vorstellen, doch ich gebe ihm keine Antwort, denn mein Körper sendet genug Signale. Alles in mir schreit nach ihm, verzehrt sich nach ihm. Jede seiner Berührungen lässt mich erschaudern, lässt mich mehr wollen. Antonio quält mich weiter, macht das Kleid nicht auf, stattdessen fährt er mit seinen Fingern an meiner Seite hoch und runter, jedes Mal weiter südlich, näher an dem Ort, an dem ich gerade *alles* von ihm spüren möchte.

Einen Augenblick überlege ich, ihn herauszufordern, wer länger die Beherrschung behält, aber dann entscheide ich mich dagegen. In dieser Beziehung haben Machtspielchen nichts zu suchen, auch nicht, wenn wir miteinander schlafen. Seine Frage war auch nicht in der Hinsicht formuliert. Antonio wollte nur mein Einverständnis, wie immer.

»Bitte zieh mir das Kleid aus, Antonio«, willige ich ein. Seine linke Hand liegt auf meiner nackten Schulter, während seine andere Hand den Reißverschluss meines Kleides öffnet.

Im Handumdrehen rutscht es an meinem Körper herunter, doch bevor es den staubigen Boden berührt, beugt sich Antonio nach unten und fängt es auf. Nachdem mir Antonio herausgeholfen hat, legt er es ordentlich zur Seite. Und allein dafür würde ich ihm am liebsten um den Hals fallen, tausend Küsse verteilen, ihm zeigen, wie viel er mir bedeutet. Es war eine kleine Geste von ihm, doch eine mit viel Bedeutung, die zeigt, dass Antonio auf mich achtgibt, sich höchstwahrscheinlich *immer* für mich einsetzen wird.

In den meisten Filmen oder Büchern wäre das Kleid unbedacht auf dem Boden gelandet oder wäre sogar vielleicht zerfetzt worden. Antonio hingegen handelt bedacht, ist einfühlsam, denkt vorausschauend, nicht nur an das *Hier und Jetzt*. Mit einem Lächeln auf den Lippen realisiere ich, dass ich nicht nur Dankbarkeit, Zuneigung spüre, sondern vielleicht auch ein wenig … *Liebe*?

Ja, ich bin dabei, mich unwiderruflich in Antonio zu verlieben.

Inzwischen trage ich nur noch meine dunkelgrüne Unterwäsche, die ich passend zum Kleid ausgewählt habe. Antonio begutachtet mich erneut, doch anstatt mir ein Kompliment zu machen, küsst er mich. Die Intensität, mit der sich unsere Zungen treffen, lässt meine Beine schwach werden.

Dann spüre ich, wie seine Finger zu meinem Hintern herunterwandern bis zu meinen Oberschenkeln. Mein leiser Aufschrei unterbricht den Kuss, als er mich hochhebt, sodass ich, als wäre es das Selbstverständlichste der Welt, meine Beine um seine Hüften wickle. Danach trägt mich Antonio zur Luftmatratze, platziert mich darauf, sodass er über mir liegt. Die nächste Minute passiert nichts, außer dass wir einander wortlos anschauen, einander in die Seelen blicken, wie wir es schon so oft getan haben.

Es ist, als würden unsere Herzen im Einklang schlagen, als wäre all dies hier vorherbestimmt. Und der Gedanke rechtfertigt all die Risiken und die Gefahren, die wir mit unserer Beziehung in Kauf nehmen. Denn wie kann das zwischen uns falsch und verboten sein, wenn es sich dermaßen gut und richtig anfühlt? Das mit uns *kann* kein Fehler sein.

Antonios Lippen wandern über meinen Oberkörper, meine Arme, Schultern, Hals und Dekolleté. Ich kralle mich in seinen Rücken, langsam verliere ich die Selbstbeherrschung. Mit funkelnden Augen schaut Antonio zu mir herauf, ein freches Grinsen auf den Lippen. Seine Hände wandern unter meinen Rücken, weshalb ich meinen Körper anhebe, damit er besser an den Verschluss meines BHs kommt.

Und kurz darauf springen meine Brüste ihm entgegen, bereit, von seinen Lippen liebkost zu werden. Ein glücklicher, erregter Seufzer lässt sich nicht unterdrücken, als ich seine Zunge auf meinem Nippel spüre, während sich seine freie Hand um die andere Brust kümmert. Mit seiner Zunge zieht er langsame sinnliche Kreise, weshalb ich meinen Rücken durchbeuge.

Diese bittersüße Folter sorgt dafür, dass ich mich am Reißverschluss seiner Hose zu schaffen mache. Und weil Antonio merkt, dass es mir nicht erfolgreich gelingt, zieht er sich zurück. Während er sich seiner Anzughose entledigt, fahre ich mit meinen Fingern über seine Bauchmuskeln, spüre, wie sie sich unter meiner Berührung anspannen, während er mich mit wachsamen Augen beobachtet, abwartet, was ich als Nächstes tue.

Ein Plan, ein Vorhaben entsteht in meinem Kopf, doch zunächst streife ich ihm das bereits geöffnete Hemd von den Schultern, sodass es zu dem BH auf der Matratze fällt – Hauptsache, weg von der nackten Haut *meines Antonio*. Inzwischen haben wir uns beinahe aller Kleidung entledigt, die sich wie ein Hindernis angefühlt hat.

Wagemutig fahren meine Finger zum Bund seiner Unterhose, es fühlt sich noch immer unwirklich an, dass ich mich das traue. Früher habe ich immer gedacht, dass ich mich scheuen würde, es mir sogar peinlich wäre, einen Mann zu begehren, sein bestes Stück umfassen zu wollen, ihn verwöhnen zu wollen. Und doch ist es mit Antonio anders, vollkommen anders, als ich es mir ausgemalt habe.

In der Gegenwart von Antonio ist mir nichts peinlich, ich schäme mich nicht, alles mit ihm fühlt sich richtig an. Ich fühle mich geborgen, sicher, als würde ich in seine Arme gehören, als wäre das, was wir tun, das Normalste auf der Welt – *was es auch ist.* Voller freudiger Erwartung zieht sich mein Unterleib zusammen.

Antonio streicht langsam über meinen Oberschenkel, immer höher, bis er den Saum meines Slips findet. Im Gegenzug tue ich dasselbe, meine Finger schlüpfen unter den Bund seiner Unterhose. Und wenige Sekunden später halte ich seinen erregten Schaft in meinen Händen, weshalb Antonio scharf die Luft einzieht. Die Art, wie er auf mich reagiert, sorgt dafür, dass sich ein Ziehen in meiner Magengegend ausbreitet, die Vorfreude lässt mich breit grinsen.

Seine Finger streichen kurz darauf über das zarte, weiche Fleisch meiner Mitte, danach dringt er sanft und vorsichtig mit seinem Finger in mich ein und setzt seinen Daumen auf meine Klitoris, stimuliert mich von beiden Seiten, sodass ich erneut aufwimmern muss und sich das Tempo, mit dem ich seinen Schaft befriedige, drosselt.

Was er mit mir anstellt, ist ein Gefühl, welches sich kaum in Worte fassen lässt. Spannung baut sich auf, Stück für Stück, im ganzen Körper. Alles fühlt sich heiß an, das Blut in meinen Adern, vor allem meinen Wangen, glüht regelrecht.

Sobald Antonio mit seinen geschickten Fingern meinen Slip entfernt hat, übermannt mich freudige Erwartung. Mit ein paar Griffen liege ich nun auf meinem Bauch. Kurz darauf wendet sich Antonio ab, sodass ich einen enttäuschten Seufzer nicht unterdrücken kann. Ich höre ein Rascheln und nehme wahr, wie etwas aufgerissen wird. Das wird wohl das Kondom sein. Dann spüre ich ihn wieder dicht bei mir, sein Atem kitzelt mich am Ohr. Er drückt mir einen Kuss auf die Schulter, bevor seine Hände zu meinen Hüften wandern. Antonio zieht mein Hinterteil hoch, sodass ich auf allen vieren vor ihm knie.

Als er in mich eindringt, kann ich ein lautes Stöhnen nicht zurückhalten, denn von hinten kann er tiefer in mich stoßen – *und härter.*

Seine rechte Hand ruht auf meiner Hüfte, hält mich fest, seine linke Hand fährt über meinen Bauch, bis er meinen Kitzler findet. Während Antonio mich wieder um den Verstand bringt, reibt sein Finger sanft meine Klitoris. Und es dauert nicht lange, bis ich *es* spüre, ein Zittern fährt durch meinen Körper, meine Zehen strecken sich durch, während sich die Anspannung, die mich fest im Griff hatte, löst.

Meinen Kopf lasse ich in die Matratze sinken, schwer atmend übermannen mich die Wellen des Orgasmus. Und kurz darauf spüre ich das bekannte Zucken in mir, bevor sich Antonio aus mir herauszieht und sich mit mir aufs Bett fallen lässt.

Kapitel 34

Mein Kopf ist auf Antonios warmer Brust gebettet, sodass ich das regelmäßige Schlagen seines Herzens spüren kann. Zu wissen, dass das Blut durch seinen Körper gepumpt wird, es ihn wirklich gibt und all das hier real und keine Einbildung ist, ruft ein breites Grinsen auf meinem Gesicht hervor. Ich träume nicht, es ist die Wirklichkeit.

Manchmal fühlt es sich noch immer wie ein Traum an, dass ich einen Menschen gefunden habe, für den ich mein letztes Hemd geben würde und den ich um nichts in der Welt wiederhergeben würde. Nicht freiwillig jedenfalls, ich würde um ihn kämpfen, wenn es nötig sein sollte. Mit seinen Fingern krault er mich, verwöhnt mich, sodass ich mich wohl- und sicher fühle, ich würde am liebsten die Zeit anhalten, sodass dieser Moment niemals endet.

Nur Antonio, der Kerzenschein und ich.

Die Probleme, die wir haben, die *eigentlich* unseren Alltag bestimmen, spielen im Augenblick keine Rolle. Es ist, als würde ich mich in einem Kokon befinden, nichts kann mich erreichen, ich bin sicher vor der Außenwelt. Inzwischen sind über zwei Stunden vergangen, seit ich mich vom Ball weggeschlichen habe, und anscheinend ist mein Verschwinden bisher nicht weiter aufgefallen, denn ich habe weder verpasste Anrufe von meinem Vater noch irgendwelche Nachrichten, in denen er sich nach mir erkundigt.

Ein lautes Seufzen kommt über meine Lippen, sodass Antonio mich fragend betrachtet.

»Es ist, glaube ich, an der Zeit, zum Ball zurückzukehren.«

Antonio beugt er sich zu mir herab, um mir einen raschen Kuss auf die Lippen zu geben, während er mit seinen Händen mein Gesicht umfasst. Die Geste sorgt dafür, dass die kleinen Schmetterlinge in meinem Magen aufgescheucht werden, mich wieder ein Kribbeln durchfährt.

»Leider hast du recht, es wäre wirklich besser, bevor dein Vater deine Abwesenheit bemerkt.« Langsam setzt er sich auf, um nach seiner Unterhose zu greifen. Nachdem er diese übergezogen hat, sucht er im Bett nach meiner Unterwäsche. »Hier.«

Fragend blicke ich ihn an. »Also ... Freitag steht noch, oder?«

Antonio meinte letzten Sonntag zu mir, dass er bereit wäre, mit mir über seine inneren Dämonen zu sprechen, die ihn in San Francisco beinahe zu einem Rückfall verleitet haben.

Er hält plötzlich inne, bewegt sich nicht mehr und schweigt, weil ich ihn damit anscheinend kalt erwischt habe. »Wenn du es dir anders überlegt hast, weil es zu früh ist, wäre das in Ordnung, Antonio«, versuche ich, ihn zu beruhigen, weil ich ihn noch immer nicht bedrängen will. Selbstverständlich bringt mich die Neugier beinahe um, doch es geht hier nicht um mich, sondern um ihn.

Antonio trägt im Moment nur seine Anzughose, sein Oberkörper ist noch immer unbedeckt. Anstatt mir zu antworten, zieht er mich nur in seine starken Arme, bettet seinen Kopf an meiner Schulter. Antonio krallt sich regelrecht in mir fest, lässt keinen Zentimeter zwischen uns frei, als hätte er Angst, mich zu verlieren. Es bricht mir das Herz, ihn so leiden zu sehen.

»Es ist in Ordnung, Antonio«, wiederhole ich erneut, während meine Hände zu seinem Kopf fahren, seine Haare kraulen.

Dann spüre ich, wie Antonio tief Luft holt, laut seufzend ausatmet und sich danach von mir zurückzieht. Augenblicklich fühlt es sich der Raum kälter an, seine Nähe fehlt mir.

»Du weißt nicht, wie viel mir dein Verständnis und deine Geduld bedeuten, Scarlet.« Das ist keine Antwort auf meine Frage, doch ein Anfang. Seine Hände suchen meine, unsere Finger verschränken sich, während er mir tief in die Augen sieht. »Im Augenblick kann ich nicht eindeutig sagen, ob ich bereit für die Wahrheit bin. Manchmal bin ich es, an anderen Tagen nicht. Es ist ... schwierig.« Für einen kurzen Moment schaut Antonio zu Boden, dann wieder zu mir. Trauer flackert in seinen Augen. »Und doch werde ich mich dir am Freitag anvertrauen«, eröffnet er mir.

Meine Hände lege ich an seine Wangen. »Nur wenn du es wirklich willst«, sage ich erneut, weil ich nicht das Gefühl habe, dass er dazu bereit ist. Eher denke ich, dass Antonio mir damit einen Gefallen tun möchte, und das wäre nicht richtig. »Du sollst dich mir nicht meinetwegen anvertrauen, du darfst es *nur* deinetwegen machen.«

»Ich will es für *uns* tun.« Damit wendet sich Antonio von mir ab, wahrscheinlich ist das Gespräch für ihn damit vorbei. Am liebsten würde ich weiter darüber reden, doch ich denke nicht, dass es uns derzeit irgendwohin führen würde. Antonio holt mein Kleid, kommt damit zu mir zurück. »Hier, lass mich dir hineinhelfen.«

Nachdem Antonio auch in sein Jackett geschlüpft ist, begeben wir uns zum Ausgang, doch bevor wir diesen erreichen, halte ich ihn an seiner Hand zurück.

»Warte bitte«, sage ich, weshalb er sich mit einem Stirnrunzeln zu mir herumdreht, als würde er denken, dass ich das Thema von gerade eben wieder anschneiden würde. »Ich wollte nur sagen, wie schön ich das Date in unserer Hobbithöhle fand.«

Antonio schaut mich verwundert an. »Hobbithöhle?«, kommt es aus seinem Mund, während ich seinen Mundwinkel zucken sehe. Plötzlich ein Lachen, ein sehr lautes Lachen. Die Anspannung ist aus seinem Gesicht gewichen. »Hast du diesen Lagerraum gerade als Hobbithöhle betitelt?«

Als Antwort zucke ich mit meinen Schultern. »Du hast die Lage des Raums bemerkt, oder? Er ist inmitten mehrerer Hügel eingelassen, als wären wir höchstpersönlich im Haus eines Sackheim-Beutlins im Auenland in Mittelerde.« Dann zeige ich mit meinem Finger nach oben. »Und du siehst, wie niedrig und rundlich dieser Raum ist? Die Decke ist gewölbt, wie im Haus von Frodo und Bilbo, also ja, eine Hobbithöhle.«

Antonios Hände umfassen plötzlich mein Gesicht, während er mich grinsend betrachtet. Mein Herz wird leichter. »Im Moment weiß ich nicht, wofür ich dich mehr lieben sollte, Scarlet. Dafür, dass du anscheinend

Der Herr der Ringe und *Der Hobbit* geschaut hast oder dass du versuchst, mich aufzuheitern.«

Mein Herz bleibt stehen, es rutscht mir in die Hose, während sich seine Worte in Endlosschleife in meinem Kopf abspielen. *Im Moment weiß ich nicht, wofür ich dich mehr lieben sollte.* Dieses eine besondere Wort – *lieben* – ist bisher in keiner Konversation gefallen, niemand hat es ausgesprochen. Um ehrlich zu sein, habe ich mir diesbezüglich noch keine Gedanken gemacht. Ist es Verliebtheit? Ist es schon Liebe? Wo hört Verliebtsein auf, wo fängt Liebe an? Mir war immer eine Sache bewusst, die ich nie bezweifelt hatte, ich habe starke Gefühle für ihn.

Auch Antonio scheint sich seiner Worte bewusst zu werden. Geschockt weiten sich seine Augen, als hätte er selbst mit diesem Geständnis am wenigsten gerechnet.

»Wofür du mich mehr *liebst*?« Mein Herz klopft wie wild, Aufregung macht sich in mir breit.

»Das habe ich gesagt, nicht wahr?« Seine rhetorische Frage muss nicht beantwortet werden, das wissen wir beide. »Es ist zu spät, es zurückzunehmen, aber ... wieso sollte ich auch? Immerhin ist es die Wahrheit.« Mein Herz droht aus meiner Brust zu springen. »Ich habe es schon eine Weile gespürt. Die Art, wie ich dich beobachte, wie ich Tag und Nacht über dich nachdenke, wie ich dich vermisse, wenn du nicht bei mir bist«, gesteht mir Antonio, macht dann eine kurze Pause, sodass ich ihn am liebsten anschreien möchte, dass er fortfahren und die Worte sagen soll, die ich *dringend* hören möchte. »Und wie könnte ich das nicht empfinden? Scarlet, ich habe mich in dich verliebt.«

Anstelle es direkt zu erwidern, kann ich das Verlangen nicht unterdrücken, ihn zu küssen. Unsere Lippen treffen sich, ich möchte ihn nicht mehr loslassen, doch ich zwinge mich dazu, schließlich bin ich ihm eine Antwort schuldig. Obwohl, nein, nicht schuldig, ich möchte, dass er es auch weiß. »Ich liebe dich, Antonio.«

Kapitel 35

»Wo zur Hölle ist es?«, murmele ich.

Zum zehnten Mal suche ich am Tag nach dem Medizinerball mein Wohnheimzimmer ab und versuche, mein Portemonnaie zu finden. Bevor ich zu meinen Eltern gefahren bin, habe ich es in meinen Rucksack getan, wo sich zudem meine kleine Tasche für den Abend, mein Make-up-Beutel und mein Parfüm befunden haben. Und doch kann ich es nirgendwo finden, es ist weg, verschwunden, wie vom Erdboden verschluckt. Heute Morgen vor meiner Vorlesung habe ich es bemerkt, doch hatte ich keine Zeit, um gründlich überall nachzusehen.

Zudem war ich gestern Abend nicht mehr wirklich ansprechbar oder aufnahmefähig, meine Gedanken haben sich die restliche Nacht um Antonios Liebesgeständnis gedreht. *Scarlet, ich habe mich in dich verliebt.* Irgendwie kann ich noch immer nicht glauben, dass es wirklich passiert ist. Als ich heute Morgen aufgewacht bin, dachte ich wirklich, dass das nur ein Traum war, doch ich wurde eines Besseren belehrt. Mein Telefon zeigte eine Nachricht von Antonio an, in der er mir noch eine gute Nacht gewünscht hat und mir schrieb, dass er mich liebt.

In der Erinnerung schwelgend, strahle ich über beide Ohren.

Genug, ermahne ich mich.

Ein weiteres Mal krame ich in meinem Rucksack herum und lasse mich danach seufzend auf dem Bett nieder. Es gibt nur drei Orte, an denen sich mein Portemonnaie befinden könnte. Das Haus meiner Eltern, das Taxi oder der Veranstaltungsort – *inklusive Hobbithöhle*. Obwohl der Ort unseres Dates unwahrscheinlich ist, denn wenn ich es dort verloren hätte, hätte es Antonio gestern Nacht beim Aufräumen gefunden.

Wenn ich mich richtig erinnere, hat meine Mutter heute Spätschicht, weshalb sie nicht vor Mitternacht zu Hause ist. Und meinen Vater will ich nicht fragen, es ist selbsterklärend, warum. Allerdings möchte ich nicht so lange mit der Ungewissheit leben, wo sich mein Portemonnaie befindet, weshalb ich selbst nachschauen muss. Etwas anderes bleibt mir im Moment nicht übrig, und falls es dort nicht ist, werde ich meine Kreditkarte sperren lassen. Bisher sind in der Online-Banking-Übersicht zumindest keine neuen Umsätze zu sehen.

Genervt krame ich durch meinen Rucksack und meine Schubladen nach Kleingeld fürs Busticket, da sich meine MetroCard in meinem verschollenen Portemonnaie befindet. Ich zähle meine Ausbeute zusammen und stöhne dann frustriert. Mir fehlt genau ein Dollar. *Das gibt es doch nicht.*

Hoffnungsvoll verlasse ich mein Zimmer, um bei Ava anzuklopfen, doch dort öffnet mir niemand die Tür, weshalb ich niedergeschlagen zurückkehre. In einem letzten Versuch schreibe ich meinen Freunden eine Nachricht und erkundige mich, ob sie in der Nähe sind, doch es meldet sich niemand zurück.

Und damit bleibt mir nur noch eine Wahl.

Zähneknirschend öffne ich die Uber-App, um mir ein Taxi zu bestellen. Es ist nicht meine erste Wahl, schließlich befinden wir uns mitten im Berufsverkehr. Doch meine Kreditkarte ist online hinterlegt, weshalb die Kosten für den Transport automatisch abgebucht werden. Perfekt für den Fall, dass man sein Portemonnaie verlegt hat.

Nachdem ich die Adresse eingegeben habe, verbindet mich die App mit einem freien Fahrer in meiner Nähe, und mir wird mitgeteilt, dass das Taxi neun Minuten entfernt ist. Um den Fahrer nicht warten zu lassen, mache ich mich bereits fertig. Über meinen Hoodie mit der Aufschrift *Books are my best friends* und meine weiße Jeans ziehe ich meinen dunkelbraunen Mantel, der mir bis zu den Knien geht. Weil noch immer kein Schnee liegt und es heute ein sonniger Tag ist, bleibe ich bei meinen Chucks. Danach greife ich nach einer Umhängetasche, in der ich nun den Haustürschlüssel meiner Eltern verstaue.

Der Feierabendverkehr ist, wie befürchtet, schrecklich, nicht nur haben die versprochenen neun Minuten bereits über fünfzehn gedauert, sondern wir stecken auch in einem Stau fest. Das Haus meiner Eltern ist nicht mehr weit, und kurzerhand beende ich die Fahrt an Ort und Stelle, sodass ich erstens weniger bezahlen muss und auch noch schneller am Zielort bin.

Es stellt sich heraus, dass es eine gute Entscheidung war, denn als mich nur noch zwei Häuser von meinem Ziel entfernt befinde, kann ich einen Unfall erkennen. Würde ich weiterhin im Taxi sitzen, hätte ich mich keinen Zentimeter vorwärtsbewegt.

Gerade als ich die Haustür aufschließe, merke ich, dass ich doch nicht allein bin. Meine Mutter kommt aus dem Wohnzimmer gelaufen, mit jeder Menge Fotos in ihrer Hand. »Scarlet, was machst du denn hier?«

»Ich kann mein Portemonnaie nicht finden und hofft, dass es hier ist«, antworte ich ihr und werfe ihr einen skeptischen Blick zu. »Was machst du hier? Ich dachte, du wärst arbeiten?«

Meine Mutter seufzt und zuckt mit ihren Schultern. »Ich weiß nichts mit meiner Zeit anzufangen, also sortiere ich unsere Schränke durch, um ein wenig auszumisten.« Sie kommt näher, zeigt auf ihr rechtes Auge. Erst jetzt bemerke ich, dass die Haut rund um ihr Auge gerötet ist, sich bereits gelblich verfärbt hat und an einigen Ecken ins Violette übergeht. Die Verletzung muss erst ein paar Stunden her sein. »Vor meiner Schicht war ich mit meiner Kollegin Monique zum Squash verabredet, und weil wir uns nebenbei unterhalten haben und ich ein wenig abgelenkt war, habe ich den Ball genau ins Gesicht bekommen. Die OP, die für heute angesetzt war, übernimmt ein anderer Arzt, weil nicht sicher war, ob mein Auge zuschwillt.«

Ein ungutes Gefühl macht sich in meiner Magengegend breit. »Vom Squash?«, hinterfrage ich, weil ich den Gedanken nicht abschütteln kann, dass mein Vater irgendetwas mit der Sache zu tun hat. Ich meine ... würde er es wirklich wagen?

Ihre Augen weiten sich, weil sie versteht, worauf ich hinauswill. Sie schüttelt den Kopf, schaut mich ernst an.

»Nein, dein Vater hat nicht ... Er hat damit nichts zu tun«, versichert sie mir schnell. »Du kennst doch Squash, Scarlet. Es zählt nicht ohne Grund zu den verletzungsträchtigsten Sportarten.« Sie legt einen Finger an ihr Kinn. »Erinnerst du dich an deine zweite Stunde?«

»Wie könnte ich die je vergessen?«

Als ich vierzehn wurde, fand meine Mutter, dass es an der Zeit ist, dass ich auch anfange, Squash zu spielen, um hoffentlich ihre Leidenschaft mit ihr zu teilen. Die erste Stunde machte wirklich Spaß, und ich habe es genossen, es war aber auch sehr anstrengend, und ich hatte danach tagelang Muskelkater.

In meiner zweiten Stunde habe ich mich ablenken lassen und dadurch den Ball mit voller Geschwindigkeit gegen den Kopf bekommen, sodass ich eine Gehirnerschütterung erlitt. Danach habe ich lieber mit Tennis weitergemacht, diese eine Verletzung hat mir für immer gereicht. Wenn meine Mutter also sagt, dass ihr blaues Auge vom Squash kommt, dann sollte ich ihr glauben. Außerdem habe ich meinen Vater gewarnt. Er weiß ganz genau, was für ihn auf dem Spiel steht.

»Aber ansonsten behandelt er dich ... angemessen?«

»Er versucht es.« Sie zuckt mit ihren Schultern. »Es hilft natürlich nicht, dass du ihn so provozierst, Scarlet.« Meine Mutter spielt mit den Fotos in ihren Fingern, es sind Kinderfotos von mir. »Er war außer sich vor Wut ... Und für einen Moment dachte ich, das wäre es jetzt für mich gewesen, doch ich stehe noch immer vor dir.« Sie schaut wieder zu mir auf, sieht mich ernst an. »Ich sage nicht, dass du das Druckmittel aufgeben sollst, im Gegenteil, ich möchte, dass du dein Leben lebst, ohne dass dein Vater über jeden Aspekt bestimmt. Doch bitte verhalte dich ruhig, bleib aus seinem Blickfeld. Vielleicht ... vielleicht wird er sich eines Tages daran gewöhnen?«

Ich fühle mich ein wenig schuldig, denn ich habe nicht darüber nachgedacht, was für Folgen meine Rebellion haben kann. Indem ich meinen Vater provoziere, sorge ich vielleicht dafür, dass er meine Mutter angreift, und dann müsste ich den Weg gehen, den ich im Augenblick noch nicht gehen wollte – sondern erst, wenn mein Studium beendet ist. Daher stimme ich, wenn auch widerwillig, meiner Mutter zu, dass ich mich zurückhalten sollte. Ich meine, ich habe gewonnen, ich muss ihm das ja nicht unter die Nase reiben. Ansonsten wäre ich wie er.

»Tut mir leid, ich habe nicht nachgedacht«, gestehe ich ihr.

Meine Mutter lehnt sich nach vorn und streicht eine Strähne hinter mein Ohr. »Ich verstehe es, Scarlet, ich verstehe es wirklich.« Dann macht sie eine Kopfbewegung nach oben, sodass sich eine dunkelblonde Strähne aus ihrem Dutt löst. »Wieso schaust du nicht nach deinem Portemonnaie, und danach hilfst du mir, die Bilder zu sortieren, hm?«, schlägt sie vor.

Instinktiv werfe ich einen Blick in Richtung des Büros meines Vaters. Sie folgt meinem Blick, lächelt mich aufmunternd an.

»Nach der Arbeit geht er etwas mit Kollegen trinken, wir haben also ein paar Stunden für uns allein«, versichert sie mir.

Voller Erleichterung nicke ich. »Dann gern.«

Sie kehrt ins Wohnzimmer zurück, und ich flitze nach oben in mein altes Kinderzimmer, um dort mein verloren geglaubtes Portemonnaie zu finden. Es liegt wie auf dem Präsentierteller auf meinem Schreibtisch. Und ich frage mich wirklich, wie ich es übersehen konnte.

Mein Blick fällt zum leeren Kleidersack, der gut sichtbar an der Tür zu meinem Ankleidezimmer befestigt wurde. Dann schlage ich mir gegen die Stirn. *»Mein Kleid!«*

Es liegt noch immer auf meinem Stuhl im Wohnheim, weil ich gestern Nacht keinen Platz dafür gefunden habe. Ich hätte es direkt mitnehmen können, wenn ich schon mit dem Taxi unterwegs war. Augenverdrehend schnappe ich mir den Kleidersack, falte ihn zusammen und laufe damit hinunter.

Nachdem ich meine Sachen an der Haustür abgelegt sowie meinen Mantel an der Garderobe aufgehängt habe, laufe ich ins Wohnzimmer, wo sich meine Mutter aufhält. Sie sitzt vor der größeren Schrankwand, die sich neben dem Kamin befindet. Vor ihr stehen mindestens sieben Kisten mit Fotos. Meine Mutter will sie schon seit Jahren in Fotoalben kleben, doch durch die Arbeit ist sie nie dazu gekommen.

»Erinnerst du dich an diesen Tag?« Sie reicht mir ein Foto, es zeigt mich mit meiner Großmutter in einem Sonnenblumenlabyrinth. Ich sehe aus wie drei oder vier Jahre alt.

Ich schüttele meinen Kopf, doch sie lächelt, schaut gedankenversunken auf das Foto und schwelgt in Erinnerungen.

»Wir drei waren keine zwanzig Minuten dort, als das Foto gemacht wurde. Und danach hast du wie am Spieß geschrien und wolltest nur noch nach Hause.« Ich schaue sie stirnrunzelnd an, während sie fortfährt. »Als wir das Labyrinth betraten, wurden wir von einem Menschen in einem Vogelscheuchenkostüm erschreckt. Und jedes Mal wenn wir kurz davor waren, dich zu beruhigen, kamen wir an einer *echten* Vogelscheuche vorbei, und es fing von vorne an.« Sie kneift mich leicht in den Arm. »Das erste freie Wochenende seit zwei Monaten, und du brüllst nur.«

Ich zucke mit meinen Schultern. »Upsi.«

»Weißt du, wie wir dich endlich umstimmen konnten?« Ich schüttele den Kopf, und sie reicht mir ein weiteres Bild. Ich sitze auf einem Heuballen, die Augen verquollen, doch ich esse begeistert meine liebsten Gummitiere.

»Sour Patch Kids.« Die Gummitiere, mit denen ich noch immer vom Flughafen oder Bahnhof abgeholt werde, die Süßigkeiten, die ich immer heimlich zum Geburtstag geschenkt bekomme, die zuckrige Versuchung, die meine Mutter mir immer nur dann gab, wenn mein Vater nicht in der Nähe war.

Danach schauen wir uns weitere Kinderfotos von mir an, bis wir über eins stolpern, das nicht mich zeigt. Es ist in Schwarz-Weiß, zeigt ein kleines Mädchen mit hellen Haaren zwischen zwei Erwachsenen. Die Gesichtszüge würde ich überall wiedererkennen, denn das kleine Mädchen sitzt im Augenblick neben mir.

»Sind das meine Großeltern?«, frage ich. Ich kann es nicht mit Gewissheit sagen, ich lernte sie nie kennen.

Meine Mutter schaut lange auf das Foto in ihren Händen. Sie spricht nie über die beiden, ich habe nur irgendwann aufgeschnappt, dass sie keinen Kontakt mehr haben. »Ja, das sind Lucinda und Mark Van Zyl, meine Eltern.«

Meine Großeltern haben die gleichen hellen Haare, und beide sind wirklich wunderschöne junge Menschen – beziehungsweise *waren* sie das. Lucinda, ihre Mutter, ist ihr Ebenbild. Sie haben beide blonde lange Haare, ein schmales Gesicht und helle strahlende Augen. Mark, ihr

Vater, hat ein markantes Gesicht, hohe Wangenknochen, volle Lippen, aber dunklere Augen. Die beiden wirken so sympathisch und herzlich, ich kann mir nicht vorstellen, dass sie nichts von ihrer Tochter – oder Enkeltochter – wissen möchten. Bisher hat sie mir die Frage, was passiert ist, nie beantwortet – und ich habe oft nachgefragt.

»Was ist passiert?« Ein weiterer Versuch.

Lange bleibt sie still, meidet meinen Blick, und ich fange an zu glauben, dass ich erneut keine Antwort bekomme. »Dein Vater. Dein Vater ist passiert.« Ich lege ihr eine Hand auf den Arm und hoffe, dass sie fortfährt. »Mein Vater ist südafrikanischer Botschafter, wir …«

Überrascht unterbreche ich sie. »Halt … Hast du gerade Botschafter gesagt? Willst du mir damit sagen, dass du … *wir* aus Südafrika stammen? Und du eigentlich keine Amerikanerin bist?« Ich falle aus allen Wolken.

Meine Mutter seufzt, zuckt mit ihren Schultern. »Ja und nein. Meine Eltern sind Südafrikaner, und ich bin eine amerikanische Südafrikanerin, denn ich wurde in den Staaten geboren, während mein Vater hier gearbeitet hat.« Sie steht auf, geht zur Kommode, greift in die mittlere Schublade, wo sich unsere wichtigsten Unterlagen befinden. Sie reicht mir einen grünen Pass. *D'AFRIQUE DU SUD.* »Aus diesem Grund habe ich die doppelte Staatsbürgerschaft.«

Ich schlage den Pass auf, Monica Pierce, geborene Van Zyl. »Und woher kommt bitte der Nachname? Klingt nicht … afrikanisch?«

»Die Urgroßeltern deines Großvaters sind aus den Niederlanden ausgewandert.«

Für einen Augenblick blinzle ich verwirrt. Südafrika, die Niederlande. Bis vor wenigen Sekunden dachte ich, dass ich eine stinknormale Amerikanerin wäre. Natürlich wusste ich, dass meine Vorfahren eines Tages über den Atlantik gereist sind, doch damit hatte ich mich nie groß beschäftigt, dachte immer, das wäre Jahrhunderte her.

»Wieso hast du mir das nie verraten? Habe ich nicht ein Anrecht zu erfahren, was meine Wurzeln sind?«, frage ich leicht verletzt.

»Ich wollte es wirklich, doch es ist für mich schwierig, darüber zu reden.«

Ich halte ihr die Hand hin, ziehe sie wieder zu mir herunter. Unsere Finger verschränken sich miteinander.

»Ich habe deinen Vater während meines Bachelors in Harvard kennengelernt, er war charismatisch, hatte eine Ausstrahlung, die dafür sorgte, dass ich ihm direkt verfallen bin.« Sie zuckt mit ihren Schultern. »An meinen Eltern ist das allerdings abgeprallt, sie haben sofort bemerkt, dass nicht alles Gold ist, was glänzt. Sie haben Jacob stillschweigend akzeptiert, ich denke, weil sie hofften, dass es nicht halten wird.« Sie sollten sich irren. Oh, ich kann mir schon denken, in welche Richtung die Geschichte geht. »Als Jacob bei meinem Vater um meine Hand angehalten hat, verweigerte er ihm den Segen, jagte ihn praktisch mit den Worten ›Lass deine Drecksfinger von meiner Tochter‹ aus dem Haus. Ich war jung, verliebt, naiv und habe gegen meine Eltern rebelliert, denn ich dachte zu dem Zeitpunkt, dass sie mein Glück zerstören wollten.«

Dabei wollten sie sie nur beschützen.

Sie wischt sich über die Augen. »I-ich habe schreckliche Dinge gesagt, ich ... ich war so wütend auf die beiden. Ich habe gesagt, ich will nichts mehr von ihnen wissen.«

Ich lehne meinen Kopf an ihrer Schulter an. »Und seitdem …?«

»Seitdem hatten wir kein Kontakt mehr.«

Kapitel 36

Mein Blick folgt Antonio, der zwischen seinem Schreibtisch und der elektronischen Tafel hin und her läuft. »... und deshalb ist es klausurrelevant. Wenn Sie nicht aufgepasst haben, dann müssen Sie es sich allein erarbeiten, da ich es nicht wiederholen werde«, bemerkt er, weil einige Studenten immer wieder fragen, ob nicht eine kurze Wiederholung möglich ist.

Antonio nippt an seiner durchsichtigen Glasflasche, bevor er sie wieder wegstellt und sich uns zuwendet. »Denken Sie an Ihre Hausaufgaben, bis morgen«, entlässt er die Klasse, bevor er sich sein Telefon schnappt und mir eine Nachricht schreibt.

Bis nachher, Scarlet.
Ich liebe dich.
Bitte vergiss das nicht.

Heute ist es so weit, Antonio will sich mir endlich anvertrauen. Das, was seine inneren Dämonen noch immer an die Oberfläche lockt und ihn beinahe über die Grenze treten lassen hat, möchte er mir gestehen. Seit Wochen frage ich mich, was es nur sein kann. In seinen

Augen jedenfalls ist es schlimmer, als für den Tod des kleinen Jungen verantwortlich zu sein.

Der letzte Satz seiner Nachricht lässt dennoch die Rädchen in meinem Kopf drehen. *Bitte vergiss das nicht,* bat er mich. Wie sollte ich vergessen können, dass er mich liebt? Was sollte mich dazu veranlassen? Aber egal, was es ist, ich werde ihm zeigen, dass ich für ihn da bin und mich nichts von ihm trennen wird.

Am liebsten würde ich sofort mit ihm sprechen, die Wahrheit hier und jetzt aus ihm herauspressen. Nicht weil ich will, dass er keine Geheimnisse vor mir hat, sondern weil ich wissen möchte, was ihn herunterzieht, um ihm richtig helfen zu können, ihm meine Hand anbieten zu können, um ihn endlich aus dem dunklen Loch zu holen.

»Scarlet?« Avas Stimme dringt zu mir durch.

Heath und Ava stehen bereits, warten auf mich.

»Erde an Scarlet?«, möchte Heath wissen, da ich noch nicht zu Ende eingepackt habe. Nachdem ich mein Buch in den Rucksack gesteckt habe, sind meine Gedanken abgedriftet. »Schmachtest du etwa auch unseren Professor an?« *Großartig, einfach fantastisch, Scarlet, kleb dir gleich einen Zettel an deine Stirn.* »Was stimmt mit den ganzen Mädchen aus unserem Kurs nicht? Wieso himmelt ihr ihn alle an?«

Ava hebt eine Augenbraue. »Neidisch, Hutcherson?«, fragt sie provozierend. »Professor Vittori ist halt ein Sahneschnittchen der Extraklasse. Die meisten fahren wahrscheinlich wegen der verbotenen Anziehung auf ihn ab.«

Das kann ich *wortwörtlich* bezeugen, schließlich hat mich diese Anziehung beinahe in den Wahnsinn getrieben.

Heath brummt etwas Unverständliches.

»Psychologie nennt man das.« Ava runzelt die Stirn, während sie auf mich deutet. »Allerdings bezweifle ich, dass das bei Scarlet der Fall ist. Alles, an was sie im Augenblick denkt, sind ihre Noten. Sicherlich hat sie sich nur das Tafelbild angeschaut, um den Stoff besser zu verinnerlichen.« Dann grinst sie. »Während wir beide, Heath, am liebsten nach Hause wollen, möchte sie wahrscheinlich *noch mehr* lernen.«

»Wenn ich du wäre, würde ich mir eine Scheibe von mir abschneiden und ein wenig mehr lernen.« Ihr ist bewusst, dass ich ein Scherz mache, schließlich lernen wir in letzter Zeit oft bis spät in die Nacht zusammen. Mitnichten würde ich Ava als faul betiteln, eher das Gegenteil, sie ist unglaublich ehrgeizig und zielstrebig.

Meine Freundin schaut mich siegessicher an, während ich aufstehe und meinen Rucksack aufsetze. »Könnte ich tatsächlich, ja, aber dann würde ich dir den Rang der Jahrgangsbesten abluchsen, und das würde ich nicht wagen. Du hast bewiesen, dass stille Wasser tief sind, und daher würde ich nicht im Traum daran denken, dir in Quere zu kommen. Wer weiß, vielleicht wache ich am nächsten Tag nicht mehr auf, weil ich ein Messer im Herzen habe?«

Ava tut so, als holte sie ein imaginäres Messer aus ihrer Brust, und streckt mir dann die Zunge raus.

»Im Herzen?«, frage ich und folge den beiden, die den Raum der Vorlesung bereits verlassen. Es macht Spaß, mit ihnen herumzualbern. »Das Messer hättest du eher im Kopf, der Ort, der mich wirklich bedroht hätte.«

Ava dreht sich zu mir um. »Ich *wusste* es! Du hast schon darüber nachgedacht, wie du mich umbringen würdest!«

»Täglich, Ava, *täglich*«, erwidere ich.

Heath lacht. »Nur täglich? Nicht stündlich, wie ich?«

»Hey!«

Die beiden liefern sich einen weiteren Schlagabtausch, doch ich halte mich raus beziehungsweise höre nicht mehr zu, weil ich einen letzten Blick auf Antonio werfe, der mich ebenfalls beobachtet. Ein trauriges Lächeln liegt auf seinen Lippen, keine Vorfreude oder Aufgeregtheit in seinem Gesicht. Mein Herz wird schwer, denn alles fühlt sich heute *anders* an, es ist nicht wie an den Freitagen zuvor. *Schluss damit, Scarlet.* Diese negativen Gedanken bringen mich nicht weiter.

Es ist wichtig, dass ich einen klaren Kopf bewahre.

Für Antonio, für mich, *für uns.*

Nachdem wir uns am Wohnheim voneinander verabschiedet haben, begebe ich mich in mein Zimmer, um die Hausaufgaben für die kommende Woche zu erledigen. Nach über einer Stunde bin ich nicht einmal zur Hälfte durch, obwohl es nicht viele Aufgaben sind, die zudem schnell zu erledigen sein sollten. Doch mir fehlt sämtliche Konzentration, meine Gedanken, dic immer wieder zum heutigen Abend zurückkehren, sind zu laut, meine Emotionen, die meinen Körper mit Furcht, Angst und Ungewissheit vollpumpen, viel zu gegenwärtig.

Ich greife nach meinem Telefon und schreibe ihm eine Nachricht.

Kann ich jetzt schon vorbeikommen?
Für die Hausaufgaben fehlt mir die Konzentration.

Danach schaue ich im Minutentakt auf mein Telefon, in der Hoffnung, dass Antonio zusagt. Allerdings bekomme ich keine Antwort.

Wieso fahre ich nicht einfach zu ihm? Die paar Stunden früher machen auch keinen Unterschied, *oder*? Gleichzeitig würde ich auch nicht wollen, dass mein Besuch früher auftaucht, schließlich haben wir nicht umsonst eine Zeit ausgemacht. Frustriert werfe ich meinen Kopf nach hinten, stöhne laut auf, bevor ich mit voller Wucht mein Lehrbuch zuschlage. Die Leber, deren Aufbau und Funktion, interessiert mich im Moment nicht.

Und dann nehme ich ein Vibrieren wahr. Unverzüglich stürze ich mich auf mein Telefon, und Erleichterung macht sich in mir breit, als ich sehe, dass Antonio endlich geantwortet hat.

Komm vorbei, Scarlet.
Dann reden wir.

In Sekundenschnelle packe ich alle Sachen, die ich bereits gestern Abend zurechtgelegt habe, in meinen Rucksack. Gerade als ich aus der Tür herausstürzen will, laufe ich noch einmal zum Schreibtisch zurück. Beinahe hätte ich meine Hausaufgaben vergessen, die muss ich dann bis Sonntag bei ihm erledigen. Ohne mich noch einmal frisch zu machen, verlasse ich das Wohnheim, um zu Antonio zu fahren.

Die Busfahrt ist der Horror, denn die Zeit scheint langsamer zu vergehen als sonst. Und die Fahrt, die *maximal* eine halbe Stunde dauern sollte, zieht sich, sodass ich fast fünfzig Minuten zu ihm brauche. Als ich an seiner Bushaltestelle aussteige, zögere ich. Es gibt noch einen anderen Ort, den ich zuerst aufsuchen muss.

Zwanzig Minuten später stehe ich vor seinem Haus mit einer Tüte in der Hand. Und trotzdem zögere ich erneut, die Klingel zu betätigen. Die Angst sitzt tief in meinen Knochen, denn ich fürchte mich vor seiner Wahrheit, vor dem, was er mir bisher nicht anvertrauen konnte. Es bedurfte mehrerer Wochen Therapie, um sich dem Punkt zu nähern, an dem wir uns nun befinden. Dem Punkt, den ich so lange herbeigesehnt habe, doch nun, als es wirklich so weit ist, würde ich mich am liebsten umdrehen und davonlaufen.

Immer wenn sich etwas offenbart, was mit ihm zu tun hat, zieht es mir den Boden unter den Füßen weg. Zuallererst, als ich erfahren habe, dass es sich bei ihm um meinen Professor handelte, und dann, als mir Antonio anvertraute, dass er ein trockener Alkoholiker ist, der kurz vor einem Rückfall stand. Und doch haben wir das alles gemeinsam überstanden.

An diesen Gedanken klammere ich mich, als ich klingele.

Als Erstes, nachdem er mich ins Haus gelassen hat, zieht er mich in seine Arme und lässt mich eine kleine Ewigkeit nicht los, als befürchte er, dass es das letzte Mal ist, dass er mich berühren darf. Nachdem er sich zurückgezogen hat, sieht er mich genauso gequält an wie nach der Vorlesung. Wie ein verlorener Welpe, der totale Gegensatz von dem Mann, der er wirklich ist.

Eigentlich wollte ich ihm die Tüte erst später überreichen, doch ich glaube, dass er im Augenblick die Aufheiterung nötiger hat. »Hier, für dich.«

Antonio holt mit irritieren Blick mehrere DVDs von Speedy Gonzales heraus. Immer wenn es ihm schlecht geht, schaut er sich diese Cartoons an. Sie lindern sein Leid, lenken ihn ein wenig ab. Aus diesem Grund habe ich die Serien- und Filmabteilung von Walmart auf Herz und Nieren geprüft. Glücklicherweise hatten sie, was ich gesucht habe.

»Es sind die allerersten Staffeln, richtig *oldschool.*« Also perfekt für Antonio. »Da steht irgendwas von 1953 drauf.« Ich wollte, dass er weiß, dass ich mir Gedanken über ihn mache, dass ich mich um ihn sorge. »Wir könnten die später gemeinsam schauen.«

Antonio muss schlucken. »Ich weiß nicht, was ich sagen soll.« Tränen glitzern in seinen Augen, weshalb sich mein Herz zusammenzieht. »Danke.«

Danach dreht er sich um, läuft in die Küche, legt die Hände auf den Tresen und beugt sich leicht nach vorne, schaut nach unten. Von hinten lege ich meine Hand auf seine Schulter. Seine Rückenmuskeln spannen sich deutlich unter meiner Hand an, zudem spüre ich, wie Antonio tief durchatmet.

»Wie fange ich am besten an?« Ich drücke mit der Hand ein wenig zu, um zu signalisieren, dass ich für ihn da bin. »Es gibt wahrscheinlich keinen perfekten Weg, um diese Art von Konversation zu beginnen.« Antonio atmet noch einmal durch, schluckt und greift mit seiner Hand in seine hintere Hosentasche, um dann etwas auf den Tresen zu legen. Es ist ein edler goldener Ring.

»Scarlet, das ist mein Ehering.«

Kapitel 37

Ehering.

Verheiratet.

Ehemann.

Drei Worte, die mich heimsuchen, drei Worte, die mich quälen, drei Worte, die sich wie ein Mal in meine Haut gebrannt haben. Es muss sich um einen Witz handeln, nichts davon kann ernst gemeint sein. Und weil sich Antonio noch immer nicht umgedreht hat, hoffe ich, dass das so ist, weil er ein Grinsen versteckt. *Es muss ein Scherz sein.*

Antonio kann nicht verheiratet sein, das ist nicht möglich. In diesem Haus – *seinem Haus* – gibt es keine Anzeichen von einer Ehefrau. In seinen Kleiderschränken ist nur seine Kleidung, im Badezimmer befinden sich nur *meine* Kosmetiksachen, nur *unsere* beiden Zahnbürsten. Die Bilder, die im Haus verteilt sind, zeigen kein verliebtes Pärchen, sondern nur Familien- und Gruppenfotos. Wenn Antonio verheiratet wäre, dann würde sich darunter ein Bild der angeblichen Hochzeit befinden, nicht wahr?

Antonio dreht sich zu mir herum, in seinem Gesicht stehen Schuld und Trauer geschrieben und damit habe ich die endgültige Bestätigung, dass das sein bitterer

Ernst ist. Das passiert gerade wirklich, Antonio *ist* verheiratet.

Waren die letzten Monate eine einzige Lüge? Unsere gemeinsamen Momente, das Teilen unserer Gefühle und Anvertrauen von Geheimnissen – alles gelogen, eine Scharade? *Nein … nein … nein!* Nein, das ergibt keinen Sinn, alles davon war echt. Unsere Beziehung, unsere Liebe war … *ist* real. Ich glaube ihm, dass er verheiratet ist, doch da muss noch mehr dahinterstecken. Antonio würde mich nicht hintergehen und betrügen. Ich kenne diesen Mann, ich weiß, *was* für ein Mensch er ist.

Auf mein Gefühl vertrauend, ergreife ich seine Hand und verschränke unsere Finger. »Okay, erzähl mir alles, Antonio.«

Zunächst schaut er mich überrascht an, wahrscheinlich hat er nicht damit gerechnet, dass ich so ruhig bleibe. Danach führt er mich ins dritte Obergeschoss, das ich bisher noch nie betreten habe. Antonio bleibt vor der geschlossenen Tür stehen, die sich genau gegenüber der Treppe befindet. Seine Hand liegt auf dem Türknopf, doch er dreht ihn nicht, sondern ist wie erstarrt.

Ich lege meine Hand über seine, drücke sie leicht, um ihm zu signalisieren, dass er nicht allein ist und ich für ihn da bin. Nach ein paar Minuten schafft er es, die Tür zu öffnen, doch was mich hier erwartet, überrascht mich … *noch mehr als zuvor.*

Das Zimmer, in dem ich mich nun befinde, ist blassrosa gestrichen, die Möbel sind weiß mit rosa Elementen. Ein kleines Babybett, eine Wickelkommode, ein kleiner Schrank und drei Kisten, die wahrscheinlich mit Spielsachen gefüllt sind, befinden sich in diesem Raum. Über dem Bett ist der Name *Annabella* in einer weißen

Schrift geschrieben, kleine Herzen und Schmetterlinge sind drumherum arrangiert.

Ich befinde mich in einem Kinderzimmer.

»Antonio, was bedeutet das alles?«, frage ich, doch ich bekomme keine Antwort, sodass ich mich nach ihm umdrehe.

Antonio steht noch immer auf der Schwelle, schaut starr geradeaus, genau auf den Namen an der Wand. Es dauert einen Augenblick, bis er seinen Blick abwenden kann, danach läuft er zwei Schritte nach vorn, um sich seitwärts gegen den Türrahmen zu lehnen.

»Abigail habe ich kennengelernt, als ich zwanzig war, während meines Medizinstudiums.« Der Name sagt mir irgendetwas, beziehungsweise regt sich etwas in mir, doch ich kann es nicht benennen. »Damals hat es sofort gefunkt, ich wusste sofort, das sie *die Eine*.« Seine Worte sind wie ein Stich ins Herz, doch ich bleibe stumm und höre weiter zu. Das bin ich ihm schuldig. »Wir waren unglaublich verliebt, und nachdem ich meine Assistenzarztzeit beendet hatte, heirateten wir und zogen zusammen in dieses Haus ein.«

Und plötzlich trifft mich der Blitz der Erkenntnis. Als mich Antonio damals herumgeführt und mir sein Arbeitszimmer mit integrierter Bibliothek gezeigt hat, wollte er einen Namen mit *A* sagen. Abigail hat ihm einige der Erstausgaben geschenkt.

Ich wusste, dass dieser Name eine Bedeutung in seiner Sucht spielt, ich hätte nur nicht gedacht, dass es sich dabei um seine Ehefrau handelt, die Mutter seiner Tochter. Abigail, Antonio und Annabella, als wäre die kleine Familie vorherbestimmt gewesen. Ein erneuter Stich der Eifersucht trifft mich.

»Vor drei Jahren haben wir uns dazu entschieden, eine Familie zu gründen, aber … « Antonio bricht ab, schüttelt sich kurz, als würden ihn diese Erinnerungen verletzen. »Abigail wurde nicht schwanger. Vor über neun Monaten haben wir uns dazu entschieden, zu einem Fruchtbarkeitsspezialisten zu gehen. Wir wollten herausfinden, woran es lag.«

Zu hören, dass sich Antonio nichts mehr gewünscht hatte, als mit einer anderen Frau ein Kind zu bekommen, liegt mir schwer im Magen. Und doch habe ich das Gefühl, dass mir noch ein Puzzleteil fehlt, als würde ich nicht die ganze Geschichte kennen. Die Traurigkeit in seinen Augen sagt vieles, aber auch nichts aus. Im Moment weiß ich nicht, wohin diese Geschichte führen wird. Bin ich bloß eine Ablenkung? Haben sich die beiden gestritten oder vielleicht vor Kurzem vorübergehend getrennt? Wäre Antonio deshalb beinahe rückfällig geworden? Weil er dachte, er hätte seine Frau verloren? Oder hat er sie vielleicht wirklich verloren? Das würde seine Traurigkeit erklären.

So viele Möglichkeiten, so viele Varianten, so viele Vorstellungen in meinem Kopf. *Nicht negativ denken, einfach zuhören, ruhig bleiben.*

»Zwei Wochen nach meinem Termin dachte ich, dass dieser unnötig gewesen wäre, denn Abigail zeigte mir einen positiven Test. Sie war schwanger – mit Annabella.« Plötzlich umspielt ein Lächeln seine Lippen, das jedoch nur wenige Sekunden anhält, als hätte er sich an etwas erinnert, das dieses Ereignis in einen dunklen Schatten hüllt. »Ich war überglücklich, habe, obwohl wir warten wollten, meine Eltern darüber informiert und Kindersachen gekauft. Ich wollte dieses kleine Würmchen sofort in meinen Armen halten. Nach dem

Ultraschalltermin im fünften Monat richtete ich das Kinderzimmer ein. Das war, eine Woche bevor wir uns in San Francisco kennengelernt haben.«

Eine Woche bevor wir uns kennenlernten, war er noch immer glücklich verheiratet und erwartete ein Kind. *Uff.* Bisher ergibt es keinen Sinn, wieso ihn all dies an seine Grenzen gebracht hat, ihn beinahe zurück in die Sucht getrieben hat. Bisher klingt seine Erklärung wie eine Bilderbuchgeschichte mit Happy End.

»Wieso lässt mich das Gefühl nicht los, dass noch ein *Aber* kommt?«, spreche ich meinen Gedanken laut aus.

Antonio setzt sich in den Schaukelstuhl, der am Fenster platziert wurde. Sein Blick ist zu Boden gerichtet, weshalb sich mein Herz zusammenzieht.

»Schon in den Monaten zuvor hatte sich das Verhältnis zwischen Abigail und mir verändert. Sie wollte nichts mehr zusammen mit mir unternehmen, sie redete kaum noch mit mir. Ich dachte, Stimmungsschwankungen aufgrund ihrer Schwangerschaft wären der Grund dafür.«

»Aber sie waren nicht der Grund?«, frage ich.

»Nein.« Antonio sieht mich direkt an. »Zwei Tage bevor wir uns kennengelernt haben, bekam ich einen Brief des Arztes mit meinen Ergebnissen. Stell dir meine Überraschung vor, als ich herausfand, dass ich unfruchtbar bin.«

Kapitel 38

»Annabella ist nicht *meine* T-Tochter.«

Seine Stimme klingt brüchig vor Schmerz.

Antonio tut mir so furchtbar leid, und langsam verstehe ich, wieso er so lange gebraucht hat, um mir davon zu berichten. Er dachte, er würde Vater einer Tochter werden, hat Zukunftspläne geschmiedet, alles vorbereitet, nur um dann zu erfahren, dass es nicht sein Kind ist. Das muss furchtbar schmerzhaft sein.

»Ich …« Ich verstumme, da ich nicht weiß, was ich in dieser Situation von mir geben soll. »Das tut mir wirklich leid«, ist das Erstbeste, was mir einfällt.

»Ich habe Abigail direkt zur Rede gestellt, wollte wissen, *wieso*«, fährt er mit der Geschichte fort. »Nachdem es immer wieder nicht funktioniert hat, suchte sie in den Armen ihres Kollegen Trost, der zu ihrem Vertrauten geworden war und sie aufgemuntert hat. Sie versicherte mir, dass es lange nur freundschaftlich war, doch irgendwann konnte sie ihre Gefühle für ihn nicht mehr unterdrücken. Mit ihm hat sie immer verhütet, deshalb war sie überzeugt, dass das Kind von mir sein musste. Und weil sie das Richtige für ihr Kind tun wollte, blieb sie bei mir, obwohl ihr Herz für einen anderen geschlagen hat. Sie wuchs bei geschiedenen Eltern auf, sie wollte nicht, dass ihre Tochter dasselbe durchleben muss.«

Ich kann mir den Rest denken. Um ihn davor zu bewahren, es selbst auszusprechen, übernehme ich es für ihn. »Und als sie erfuhr, dass es nicht von dir ist, veränderte das alles, nicht wahr?« Antonio nickt, die Lippen aufeinandergepresst, sein Wangenmuskel zuckt. Kurz darauf höre ich, wie er leise sagt, wie dumm er doch war. »Nein, Antonio, du warst nicht dumm. Du hast dich wie jeder werdender Vater verhalten, du hast an deine Ehe geglaubt, *du* hast nichts Falsches getan.«

»Und doch kam ich bettelnd angekrochen.«

»Hm?«, frage ich, weil ich nicht verstehe, was er meint.

Antonio ballt seine Hände zu Fäusten, bevor er sich abwendet und mit schnellen Schritten das Zimmer verlässt. Ich folge ihm. Mit dem Rücken zum Kinderzimmer sitzt er auf der obersten Treppenstufe, das Gesicht in seinen Händen vergraben.

»Die Angst, alles zu verlieren, war überwältigend. Ich habe Abigail angefleht, bei mir zu bleiben, gebettelt, ihr Kind – *unser Kind* – adoptieren zu können. In dem Moment war mir egal, dass sie mich betrogen hatte, ich konnte Annabella nicht verlieren.« Mein Herz zerbricht daran zu wissen, wie sehr er noch immer unter dem Verlust des Kindes leidet. »Sie verneinte, sagte, ich solle mich nicht lächerlich machen, es sei nicht mein Kind.«

»Das hat sie nicht wirklich?«, frage ich schockiert, während ich mich zu ihm auf die Treppe setze und meine Hand auf seinen Rücken lege.

Obwohl ich diese Frau nicht persönlich kenne, würde ich ihr am liebsten die Augen dafür auskratzen, dass sie Antonio verletzt hat. Die beiden waren jahrelang zusammen, verheiratet, wollten eine Familie gründen. Man sollte so nicht mit Leuten umspringen, mit denen man ein Leben geteilt hat.

»Abigail ist keine böse Person, im Gegenteil, sie ist eine warmherzige Frau, der das Wohl aller wichtig ist. Aber sie dachte wahrscheinlich, es fällt mir leichter, darüber hinwegzukommen, wenn ich einen tiefen Hass auf sie entwickle.«

Die Art, wie er sie verteidigt, schürt die Glut in mir. »Sie wollte es dir einfach machen? Hörst du dir selbst überhaupt zu, Antonio?«, frage ich, während ich mich in Rage rede. »Sie hat dich betrogen, dich *verlassen.*« Sein Gesicht verzieht sich bei meinen Worten schmerzhaft, und meine Wut verpufft augenblicklich. Ich wollte ihm nicht wehtun, ich wurde nur von meinen eigenen Gefühlen übermannt. »Und … wie ging es dann weiter?«, frage ich, nachdem ich kurz durchgeatmet habe.

»Abigail sagte, dass sie am nächsten Tag ihre Sachen holen wollte«, beginnt er. »Ich konnte nicht tatenlos danebenstehen und zusehen, wie sie mich verlässt und unser … *ihr* Kind mitnimmt. Aus diesem Grund bin ich zu meiner Familie nach San Francisco geflogen.« Nun kommen wir langsam zu dem Teil, in dem ich eine Rolle spiele. »Die ersten Stunden haben wirklich gutgetan, vor allem die Gespräche mit meinen Eltern, doch als weitere Familienmitglieder kamen, wurde es mir zu viel. Nachdem mich meine Mutter im wahrsten Sinne bemuttert hat, mich nicht allein lassen wollte, musste ich raus, weg aus meinem Elternhaus.« Dann schaut er mich an. »Für meinen letzten Abend habe ich mich in einem Hotel einquartiert.«

»Und da hast du mich kennengelernt.«

»Und da habe ich dich kennengelernt«, bestätigt er mir, bevor er mich urplötzlich auf seinen Schoß zieht, sodass ich überrascht quieken muss. »Als ich erfahren habe, dass ich Vater werde, war meine Dunkelheit wie weggeblasen, denn obwohl ich zuvor trocken war, hat sich alles verändert. Mit der Sucht umzugehen, fiel mir leichter. Alles, an das ich dachte, war mein Kind, ich wollte ihr ein Vorbild sein.« Seinen Kopf platziert er in meiner Armbeuge, und ich lege meine Hand an sein Herz, es schlägt viel zu schnell. »Und als dieser Lichtblick fort war, kam die Dunkelheit erschreckend schnell zurück. In der Bar habe ich wieder dieses Verlangen gespürt, alles, *wirklich alles* mit Alkohol zu betäuben. Einmal Alkoholiker, immer Alkoholiker.« Diese Worte habe ich schon mal aus seinem Mund gehört.

Meine freie Hand legt sich auf seine Wange, hebt seinen Kopf an, um ihn zu zwingen, mich anzusehen. »Sie kam zurück, doch du bist stark geblieben, du bist der Dunkelheit nicht erlegen, du hast es geschafft.«

»Deinetwegen, Scarlet.«

»Nein, wegen dir selbst, Antonio.«

»Ich war *so* kurz davor, rückfällig zu werden.« Antonio zeigt mir den nicht vorhandenen Abstand zwischen Daumen und Zeigefinger. »Und dann kamst du.« Sein Finger spielt mit einer Haarsträhne. »Indem ich mich auf dich eingelassen habe, vergaß ich für eine Nacht, was alles vor sich ging. Ich vergaß die Dunkelheit, die mir im Nacken saß.«

Mein Schnauben kann ich nicht unterdrücken. »Und dann stellte sich heraus, dass ich deine Studentin bin. Es tut mir wirklich leid, Antonio, dass ich für weitere Sorgen und Kopfschmerzen verantwortlich bin«, sage ich aufrichtig. »Hätte ich das gewusst, dann …«

»Entschuldige dich nie wieder dafür.« Antonio legt eine Hand auf meine Wange. »Als ich in das leere Haus zurückkehrte, weil sie alles Persönliche mitgenommen hatte, Bilder, Deko, Kleidung, Kosmetika, kam die Dunkelheit abermals zurück. Erinnerst du dich an unser erstes Aufeinandertreffen? Ich war auf dem Weg zur Bar, nachdem ich all diese glücklichen Familien beobachten musste, doch dann bist du praktisch in meine Arme gestolpert.« Er legt seine Stirn an meine. »Ausgerechnet der eine Mensch, der es geschafft hatte, die Dunkelheit fernzuhalten, stand mir gegenüber, als wäre es vom Schicksal selbst vorherbestimmt.«

Die Art, wie er über mich spricht, lässt mein Herz höher schlagen, doch ich versuche, es mir nicht anmerken zu lassen. Es fühlt sich falsch an, sich gut zu fühlen, denn ich habe gerade erst erfahren, was ihm alles in der Vergangenheit widerfahren ist.

»Inzwischen glaube ich, dass das Schicksal es tatsächlich gut mit mir meinte«, teilt er mir mit. »Indem sich die Gedanken an dich und die verbotene Anziehung eingemischt haben, wurde alles andere in den Hintergrund gedrängt. Indem ich mich vor meinen Gefühlen für dich fürchtete, haben meine anderen Probleme nicht mehr meine Gedanken eingenommen. Und je mehr Zeit ich mit dir verbrachte, desto leichter fiel es mir, mich an diese neue Realität zu gewöhnen und den Fakt zu akzeptieren, dass ich bald ein geschiedener Mann bin, dass ich kein Vater werde.« Seine Finger streichen sanft über meine Wange, sodass ich mich gegen seine Hand lehne. »Die Dunkelheit war nie ganz verschwunden, doch du hast sie in Schach gehalten. An manchen Tagen mehr, an manchen Tagen weniger.«

»Wie damals, als du mich aus dem Bett geklingelt hast?«

Antonio nickt. »Das war der Tag, als mich mein Anwalt bezüglich der Scheidung kontaktiert hat.«

»Also warst du wegen ihr traurig?« Ich möchte mich nicht verletzt fühlen, doch ich kann nichts dagegen tun. »War ich bloß eine Ablenkung für dich?« Diese Worte haben meinen Mund verlassen, ehe ich es verhindern kann.

Diese Frage wollte ich *nie* laut aussprechen.

Antonio schüttelt seinen Kopf, hält inne und nickt dann, sodass mein Herz bricht.

»Du warst eine Ablenkung, ja, aber die Traurigkeit kam nicht, weil wir uns scheiden lassen, sondern weil ich den Verlust von Annabella noch nicht verkraftet habe. Abigail wird immer ein Teil meines Herzens bleiben, sie war meine erste große Liebe, Scarlet.« Ich versuche, mich aus seinem Griff zu befreien, doch er lässt mich nicht los, sondern zieht mich noch näher an sich heran. »Und doch kann ich nicht mehr von Liebe sprechen, wenn ich an Abigail denke, denn diesen Teil meines Herzens hast du eingenommen, Scarlet. Und obwohl du nun alles von mir weißt, meine dunkelsten Seiten, meine schlimmsten Geheimnisse kennst, bist du noch hier.« Antonio küsst meinen Mundwinkel. »Ohne dich wäre ich wahrscheinlich rückfällig geworden. Ich hätte keinen Grund gehabt, mich zurückzuhalten, ich hatte nichts mehr zu verlieren.«

Dann tippt er auf mein Herz.

»Doch nun kann ich *das* verlieren.«

Kapitel 39

»Ich wünschte, du wärst hier.«

Mit meinem Telefon in der Hand lasse ich mich auf mein Kopfkissen sinken und schließe meine Augen, um mich auf seine Stimme zu konzentrieren. Antonio ist vorvorgestern nach San Francisco geflogen, um mit seiner Familie Weihnachten im warmen, sonnigen Kalifornien zu feiern. Erst in drei Tagen kommt er zurück, doch am liebsten würde ich im Augenblick sein Lächeln sehen, es würde mich von dem Gedanken ablenken, dass ich in einer Stunde aufbrechen muss, um mit meinen Eltern Weihnachten zu verbringen.

»Und ich hätte dich auch gern bei mir.«

»Ich müsste nicht so lange auf dich verzichten, wenn *ihr Europäer* Weihnachten wie der Rest von uns hier in Amerika feiern würdet.« Das Weihnachtsfest seiner Familie beginnt leider einen Tag früher, bereits am vierundzwanzigsten Dezember.

Gleichzeitig denke ich über meine Aussage nach. Bin ich nicht auch Europäerin? Mehr oder weniger? Oder was genau bin ich eigentlich? Amerikanerin? Afrikanerin? Meine Herkunft verwirrt mich immer noch, es ist, als befände ich mich in einer Identitätskrise. Meine Großeltern, die laut meiner Mutter zurück nach Südafrika gezogen sind, wissen nicht einmal, dass ich *existiere*. O Gott, ich darf nicht darüber nachdenken, sonst bekomme ich nur Kopfschmerzen.

Andere Gedanken, ich muss auf andere Gedanken kommen.

»Kannst du mir noch mal erklären, wie ihr *festeggiare il Natale* feiert?«

Antonio musste mir beibringen, wie man Weihnachten auf Italienisch sagt, denn ich möchte mehr über sein Heimatland und seine Wurzeln erfahren. Zudem klingt es supersexy, wenn er etwas auf Italienisch sagt, gefühlt klingt alles in seiner Sprache besser. Und gleichzeitig lasse ich ihn gerne über Weihnachten sprechen, denn es ist seine Lieblingszeit im Jahr, sie macht ihn glücklich, überschwänglich, und das kann er gut gebrauchen.

Sein Lachen erwärmt mein Herz. »Noch mal, hm?« Nachdem ich bejaht habe, kommt er meiner Bitte nach. »Nun gut, alles beginnt in Italien am sechsten Dezember mit dem *San Nicola*, nachts gelangen kleine Geschenke und Süßigkeiten auf *mysteriöse* Weise auf einen Gabenteller, der vor dem Schlafzimmer der Kinder aufgestellt ist. Eine Woche später, am Dreizehnten, findet *Santa Lucia* statt, mein persönlicher Favorit, wie du bereits weißt.«

Eine Frau, die in Sizilien geboren wurde, vermachte ihr Vermögen den Armen, und eine traditionelle Süßspeise erinnert daran. *Torrone dei poveri.* Diesen Namen kenne ich in- und auswendig, dafür hat Antonio gesorgt. Es ist ein klebriges Gemisch aus Zucker und Kichererbsen, Antonio hat mir ein paar gebacken, nachdem seine Mutter übers Telefon mit ihm das Rezept geteilt hatte.

»Am Vierundzwanzigsten, Heiligabend, versammelt sich die Familie zu einem Festmahl, anschließend besucht man einen Gottesdienst. Die Bescherung findet bei uns auch in den frühen Morgenstunden des fünfundzwanzigsten Dezembers statt. Währenddessen schauen wir wegen der Zeitverschiebung gleichzeitig den Segen des Papstes auf dem Petersplatz. Daraufhin folgt ein weiteres Festmahl. Der vierte und letzte Feiertag ist der sechste Januar. Nachts hinterlässt die gute Hexe *La Befana* artigen Kindern Geschenke und den unartigen Kindern kleine Kohlestücke in ihren Schuhen.«

Ein Schnauben entkommt mir. »Und wir haben bloß den fünfundzwanzigsten Dezember, nichts weiter, wie unfair«, beschwere ich mich.

»So würde ich das nicht sagen.« Ich stelle mir vor, wie er dabei lächelt. »Ich habe einen Weihnachtsmann und zwei Mandarinen in deinem Schuh hinterlassen, zwar nicht genau am Sechsten, sondern erst am Wochenende danach, doch das zählt trotzdem. Zudem habe ich dich mit *Torrone dei poveri* überrascht. Du hast also *San Nicola* und *Santa Lucia* indirekt mitgefeiert, und nicht zu vergessen, dass *La Befana* erst noch kommt.« Plötzlich kichert er, es ist ein freches, spitzbübisches Lachen. *Oh, was kommt jetzt?* »Wenn du also keine Kohlestücke in deinen Schuhen vorfinden willst, solltest du in Zukunft *sehr nett* zu mir sein.«

»Was bekomme ich denn, wenn ich nett zu dir bin?«

»Was willst du denn haben?«

»Hmm«, mache ich, während ich so tue, als würde ich angestrengt nachdenken. »Wie wäre es mit *dir* als Belohnung? Du reichst mir.«

»Das klingt *mehr* als gut, Scarlet, und ich habe auch die eine oder andere Idee, was wir machen könnten. Was hältst du von …« Mitten im Satz hält er inne, weil im Hintergrund eine Frauenstimme zu hören ist. *»Mamma, un momento, per favore!«*, höre ich ihn ein bisschen leiser sagen, vermutlich hält er sein Telefon vom Ohr weg. »Entschuldigung, ich muss auflegen, das Essen ist in wenigen Minuten fertig.«

Einen kurzen Moment sammle ich mich, möchte meine Enttäuschung nicht preisgeben. »Natürlich, das verstehe ich«, sage ich, obwohl ich ihn am liebsten anflehen würde, weiter mit mir zu sprechen. »Ich wünsche dir noch einen schönen Abend, Antonio.«

»Es sind nur ein paar Stunden«, beginnt er, weil er selbstverständlich die Traurigkeit aus meiner Stimme herausgehört hat. Ihm ist bewusst, dass ich meine Mutter an Weihnachten mit meinem Vater nicht allein lassen kann. Sie verdient meine Unterstützung. »Du bist eine starke Frau, Scarlet, wenn das jemand durchhalten kann, dann du.«

»Danke, Antonio.«

»Nicht dafür, ich liebe dich, Scarlet.«

»Und ich liebe dich.«

Als ich die Haltestelle bei meinen Eltern erreiche, wird die Dunkelheit durch die Straßenlaternen und das blaue Licht eines Rettungswagens erleuchtet. Verwundert steige ich aus, halte inne, als ich erkenne, *wo* der Wagen steht. *Vor dem Haus meiner Eltern.*

Mit schnellen Schritten nähere ich mich, einige Nachbarn stehen draußen, tuscheln neugierig. Genaueres kann ich allerdings nicht erkennen, weil sich in diesem Augenblick die Türen des Krankenwagens schließen.

Die Sanitäter springen in das Fahrzeug, fahren mit Sirenen davon und lassen mich ratlos zurück.

Gerade als ich zu einem Nachbarn gehen will, um zu fragen, was passiert ist, erkenne ich meinen Vater, der unweit entfernt steht und aufgebracht ein Telefonat führt. Ich schaue mich nach meiner Mutter um, kann sie jedoch nirgendwo entdecken. Draußen ist sie definitiv nicht.

Weil mein Vater sein Telefon wegsteckt, laufe ich zu ihm. »Hey, was ist denn hier passiert?«

»Deine Mutter«, beginnt er und klingt dabei neutral, ohne jegliche Emotionen, »ist die Treppe hinuntergestürzt und hat sich ernsthaft verletzt.« Seine Worte erreichen mich, spulen sich wieder und wieder in meinem Kopf ab, doch ich will es nicht realisieren. *Mutter. Ernsthaft. Verletzt.* »Sie ist auf dem Weg ins Krankenhaus.«

In seiner Stimme ist keine Besorgnis zu hören, keine Angst, absolut *nichts.*

Kapitel 40

Seit über vier Stunden warten wir auf eine Nachricht, wie die Operation meiner Mutter verlaufen ist. Bisher ist nichts passiert, während ich im weißen kahlen Wartezimmer ausharre und meine Angst und meine Sorgen durch meinen Kopf schwirren. *Es ist nicht auszuhalten.*

Meine Hoffnung auf Antworten wird mindestens zweimal die Stunde geweckt, weil ein behandelnder Arzt ins Wartezimmer gelaufen kommt, um Angehörigen Neuigkeiten mitzuteilen. Doch die erleichternde Gewissheit, auf die ich quälend warte, wurde bisher nur anderen Leuten zuteil. *Ich warte und warte und warte.* Bisher wissen wir nur, dass meine Mutter, aufgrund des harten Aufpralls, Knochenbrüche und eine schwere Kopfverletzung erlitten hat. In der Notaufnahme wurden sofort Untersuchungen angeordnet, wobei glücklicherweise rechtzeitig innere Blutungen festgestellt wurden, sodass unverzüglich ein Operationssaal vorbereitet wurde.

Mein Vater dreht seit Stunden seine Runden, kommt nicht zur Ruhe. Anscheinend macht er sich doch Sorgen um seine Ehefrau, obwohl er teilnahmslos danebenstand, als sie im Krankenwagen abtransportiert wurde.

Inzwischen glaube ich, dass er unter Schock stand.

Eine weitere halbe Stunde ist vergangen, als mein Telefon vibriert. Beziehungsweise sich mehrmals meldet: Dadurch, dass schlechter Empfang herrscht, erhalte ich Nachrichten immer zur selben Zeit. Zuerst öffne ich die Nachricht von Antonio, da ich mich im Augenblick nach seiner Geborgenheit sehne. Am liebsten wäre es mir, wenn er hier wäre, mir über die Haare streichen und sagen würde, dass alles wieder in Ordnung kommt.

Ist deine Mutter noch immer im OP?
Ich drücke euch die Daumen und hoffe, dass alles glatt läuft.
Ich liebe dich!

Danach öffne ich die Nachricht von Ava.

Gibt es schon Neuigkeiten?
Dein Trostpflaster sollte bald eintreffen.

Gerade als ich zurückschreiben und fragen will, was sie damit meint, schreitet Heath durch die Flügeltüren des Wartebereichs. Für einen Moment schaut er sich um, und als er mich erblickt, kommt er mit schnellen Schritten auf mich zu. Einen Verbündeten an meiner Seite zu haben, auf den ich mich verlassen kann, dem ich trauen kann, erleichtert mich.

Hektisch stehe ich von dem unbequemen Stuhl auf, renne ihm entgegen und werfe mich in seine Arme. Heath drückt mich fest an sich, streicht behutsam über meinen Rücken.

»Ava meinte, dass du im Augenblick einen Freund gebrauchen kannst.« Da hat sie recht, schließlich kann ich von meinem Vater keinen Trost erwarten. »Wenn sie nicht an der Westküste bei ihrer Familie wäre, wäre sie auch hier.« Er seufzt. »Und hättest du ihr nicht erst letzte Stunde davon erzählt, hätte ich längst hier sein können.«

»Ich weiß das wirklich zu schätzen«, sage ich, während ich mich langsam zurückziehe. »Ich habe mich nur so spät gemeldet, weil so viel auf einmal passiert ist …« Aus diesem Grund habe ich nur Antonio und Ava eingeweiht. Bedrückt muss ich einsehen, dass ich an Heath überhaupt nicht gedacht habe, und fühle mich deswegen ein wenig schuldig.

Heath nimmt die ganze Situation gelassen, vielleicht musste er schon einmal darauf warten, dass ein Angehöriger nicht mehr in Lebensgefahr schwebt.

»Und wie sieht es aus? Schon Neuigkeiten?«, erkundigt er sich bei mir.

Während ich mir über meine Augen wische und einmal schniefe, weil ich mir wirklich Sorgen mache, schüttle ich meinen Kopf. Mir ist bewusst, dass Vorbereitung und Nachbereitung einer OP recht lange dauern, deshalb versuche ich, mich mit dieser Erklärung zu beruhigen.

»Nein, wir warten noch immer.«

»Deine Mutter ist in den Händen von begabten Chirurgen, sie wird es schaffen«, spricht Heath mir Mut zu und dirigiert mich zu den Sitzen hinüber.

Kaum haben wir uns hingesetzt, höre ich die kühle Stimme meines Vaters, der vor uns aufgetaucht ist und Heath mustert. »Wer ist *das*?«

Seine Abneigung ist deutlich herauszuhören, wahrscheinlich denkt er, dass Heath *mehr* als nur ein Freund ist, was gegen seine goldenen Regeln verstößt. Und ich kann nicht glauben, dass *das* im Augenblick seine größte Sorge ist. Definitiv der falsche Zeitpunkt.

Heath lässt sich nicht von ihm irritieren, stattdessen steht er auf, reicht ihm die Hand.

»Mein Name ist Heath, Sir«, sagt er, die Stimme freundlich und voller Respekt. Vielleicht hat Ava ihn bezüglich des Desasters unserer ersten und einzigen Party am College eingeweiht und weiß daher von der Kontrollsucht meines Vaters. »Ich bin ein guter Freund Ihrer Tochter, wir studieren zusammen an der Medical School.« Ich staune nicht schlecht, als er seine Hand ergreift, sie schüttelt. »Und in dieser schweren Stunde will ich *nur* für Ihre Tochter da sein«, versichert er ihm, da er wahrscheinlich seine Anspannung bemerkt hat.

Mein Vater will etwas sagen, hält jedoch inne und dreht sich um, als wir Schritte hören, die aus dem gesperrten Bereich kommen. Mein Herz setzt aus, eine erneute Enttäuschung könnte ich nicht ertragen. Meine Hände krallen sich in meine Oberschenkel, denn der Arzt, der sich als Dr. Prescott vorstellt, bleibt vor meinem Vater stehen. Aus seinem Gesicht kann ich nichts ablesen, keinen Hinweis, der mir Gewissheit verschaffen kann.

»Wie geht es meiner Mutter?«, platzt es aus mir heraus.

Er zeigt mir ein Lächeln, es erreicht allerdings nicht seine Augen. Entweder ist es die berufliche Distanz, die man nach einigen Jahren in der Notaufnahme entwickelt, oder es folgt noch eine schlechte Nachricht.

»Sie hat die Operation gut überstanden. Durch den Sturz ist ihre Milz gerissen, doch dadurch, dass wir das rechtzeitig entdeckt haben, wird sie sich wieder erholen. Die Rehabilitation und Genesung werden allerdings nicht einfach. Durch eine Femurfraktur, den sogenannten Oberschenkelbruch an gleich beiden Oberschenkeln, wird sie eine längere Zeit an einen Rollstuhl gebunden sein.« Ich muss schlucken, als ich höre, was sie alles durch den Sturz erlitten hat. »Sobald sie aus dem Krankenhaus entlassen werden kann, wird ihr eine Pflegerin für die ersten Monate an sie Seite gestellt, schließlich sorgt der Bruch in ihrem linken Arm dafür, dass sie zusätzlich Hilfe braucht.«

»Wann können wir sie sehen?«, frage ich.

»Sie wurde vor wenigen Minuten in einen Aufwachraum gebracht, um sich von der Operation zu erholen«, teilt er uns mit. »Sie können diesen Raum wahrscheinlich in einer halben Stunde betreten, die Schwestern müssen zunächst einige Vorbereitungen treffen. Es ist allerdings nicht abzusehen, wann sie aufwacht, das ist immer unterschiedlich.«

»Aber sie wird aufwachen, oder?«, möchte ich wissen. Heath legt seine Hand auf meinen Arm, drückt diesen leicht, um mich zu beruhigen.

Der Arzt schaut mich an, immer noch keine Regung in seinem Gesicht. Er ist neutral, sachlich, klinisch – *der perfekte Arzt.* Im Augenblick hasse ich das, denn es würde mich beruhigen, wenn er optimistisch dreinschauen würde. »Wir gehen davon aus, ja, es gibt keine Anzeichen, dass dies nicht der Fall sein sollte.« Dann schaut er wieder meinen Vater an. »Würden Sie sich in der Zwischenzeit um einige Formalitäten kümmern?«

Mein Vater nickt. »Natürlich, wo muss ich hin?«

Dr. Prescott zeigt zur Information, wo derzeit zwei Krankenschwestern arbeiten, und meint, dass es nicht lange dauern wird. Falls es in der Zwischenzeit Neuigkeiten geben sollte, wird man ihm Bescheid sagen.

»Ich kümmere mich sofort darum«, versichert mein Vater ihm, bevor er sich mir zuwendet. »Du solltest nun lieber nach Hause und dich ein wenig ausruhen.«

Nach Hause gehen? *Jetzt?* Bevor ich meine Mutter nicht mal gesehen habe? Unverzüglich schüttle ich den Kopf.

»Selbst wenn ich mich ins Bett legen würde, könnte ich nicht schlafen«, sage ich. »Ich würde gerne hier sein, wenn sie aufwacht.«

Mein Vater presst die Lippen aufeinander. »Das verstehe ich.« Er sagt es ruhig, doch an seinen zusammengekniffenen Augen sehe ich, dass er es nicht so meint. »Du solltest trotzdem versuchen zu schlafen. Wenn sie aufwacht, könnte ich dich anrufen.«

Nachdem ich noch einmal ausdrücklich betont habe, dass ich bleiben will, überlegt mein Vater für einen längeren Moment. Schlussendlich presst er nur seine Lippen aufeinander und läuft zur Information.

Das war *seltsam.*

Der Arzt schaut meinem Vater hinterher, bis er aus unserer Hörweite verschwindet, dann wendet er sich an mich. »Könnte ich Sie unter vier Augen sprechen?« Das überrascht mich, denn wieso möchte der Chirurg ohne die Anwesenheit meines Vaters mit mir sprechen? »Es wäre wirklich wichtig, dass wir das unverzüglich tun.«

Sein Blick huscht ein weiteres Mal zur Anmeldung, wo mein Vater steht, sodass ich nicke. Der Arzt räuspert sich, wirft meinem Freund einen vielsagenden Blick zu.

Heath versteht die Aufforderung sofort, steht auf und holt sein Telefon hervor. »Ich wollte Ava sowieso anrufen, um sie über den Zustand deiner Mutter zu informieren.« Er wirft uns bloß einen leicht irritierten Blick zu, bevor er den Warteraum verlässt.

Sobald wir allein sind, schlägt der Arzt die Krankenakte meiner Mutter auf und nimmt den Stift, der bis dato an seinem Kittel befestigt war. »Ist ihre Mutter ungeschickt? Neigt sie dazu, ihr Gleichgewicht zu verlieren und zu stolpern?«

Diese Frage überrascht mich ebenfalls. »Nein, ich denke nicht.«

Er nickt, macht sich Notizen im Krankenblatt. »Ist Ihre Mutter sportlich aktiv?«, erkundigt er sich, weshalb ich ihn verwirrt anblicke. Was hat das mit der Genesung meiner Mutter zu tun? Weil keine Antwort aus meinem Mund kommt, führt er die Befragung fort. »Macht Ihre Mutter Kampfsportarten? Kickboxen, Taekwondo oder Ringen?« Ich schüttele den Kopf. »Reitet sie vielleicht? Macht sie Eiskunstlauf?« Erneut verneine ich, inzwischen bin ich immer ratloser. »Und ich nehme nicht an, dass sie Eishockey oder Football spielt, richtig?«

Mehrmals muss ich blinzeln, um meine Gedanken zu sortieren. »Sie spielt Squash, aber sie war seit einigen Wochen nicht mehr dort. Sie hat sich durch einen Querschläger am Auge verletzt und wollte eine Pause einlegen.«

Dr. Prescott nickt, legt die Krankenakte weg, nimmt sich einen Stuhl und setzt sich mir gegenüber hin. Nachdem er noch einmal prüfend zur Anmeldung geschaut hat, fährt er fort: »Ich weiß nicht, ob Sie sich dessen bewusst sind, aber Ihre Mutter hat dunkelblaue, violette und gelbe Flecken an Bauch und Rücken, einige sind erst ein paar Tage alt, andere wiederum deutlich älter.«

Meine Augen weiten sich vor Schreck. *O nein.* Es ist unnötig auszusprechen, woher die Flecken kommen, wir sind uns dessen beide bewusst.

»Der vermeintliche Sturz bringt mich zudem ins Grübeln. Die Schwere der Verletzungen deutet an, dass sie jemand absichtlich die Treppe hinuntergeschubst hat.« Der Arzt seufzt. »Eher mit voller Wucht gestoßen«, fügt er hinzu.

Im Moment weiß ich nicht, was ich sagen soll, denn mein Vater hat meine Mutter die Treppe hinuntergestoßen. Eine falsche Bewegung beim Sturz, und sie hätte sich das Genick brechen können. Und wenn ich den Worten des Arztes Glauben schenken darf, dann hat er sie *mehrmals* geschlagen. *Sie hätte sterben können.*

Dieser Gedanke spielt sich in Endlosschleife in meinem Kopf ab. Wieso hat sie mir nichts gesagt? Wieso hat sie mich nicht um Hilfe gebeten? Sie hätte mich nur fragen müssen!

Und dann rastet die viel bittere Erkenntnis ein. Er wusste, dass ich ein Druckmittel habe. Mein Vater hat sie *trotzdem* verprügelt. Wie konnte ich nur so blind sein? Mein Vater war vorhin wirklich besorgt, doch nicht um ihre Gesundheit. Er fürchtet bloß, dass die Wahrheit über den Sturz ans Licht kommt, man *ihm* auf die Spur kommt. Er hätte sie beinahe umgebracht.

Meine Mutter hätte sterben können.

»Wir sind verpflichtet, Anzeichen auf häusliche Gewalt der Polizei zu melden.« Mit diesen Worten gehört Dr. Prescott wieder meine ganze Aufmerksamkeit. »Allerdings werden die Verfahren oft eingestellt, weil die Opfer leugnen, misshandelt worden zu sein. Aus diesem Grund werde ich die Polizei nicht rufen, außer *Sie* bitten mich darum. Ich habe Ihr Gesicht gesehen, Miss, Sie haben das heute nicht zum ersten Mal gehört. Sie haben mir anstandslos geglaubt, es nicht einmal infrage gestellt.«

Eine Antwort zu formulieren, fällt mir schwer, stattdessen nicke ich niedergeschlagen.

»Mit Ihrem Wissen könnten Sie gegen ihn aussagen, damit könnten Sie ihn ins Gefängnis bringen und Ihrer Mutter helfen.« Er schaut mich ernst an. »Es ist allein Ihre Entscheidung, doch wenn Sie mich fragen, sollten Sie Ihren Vater nicht weiter damit durchkommen lassen.«

Eigentlich muss ich nicht groß darüber nachdenken, denn ich habe ihn gewarnt, was passiert, wenn er noch einmal die Hand gegen seine Familie erhebt. Es wird Zeit, dass mein Vater für seine Taten bezahlt und nicht länger damit davonkommt.

»Rufen Sie die Polizei.«

Kapitel 41

»Wieso …? Ich meine … *Warum* hast du nie etwas gesagt?«

Heath schaut mich noch immer schockiert an, die Augen weit geöffnet, während eine Hand über seinem Mund liegt. Nachdem ich mich dafür entschieden habe, dass ich endlich etwas gegen meinen Vater unternehmen will, musste ich Heath einweihen. Für diesen Schritt *brauche* ich Unterstützung.

Meinen Vater mit einem Druckmittel in Schach zu halten, war relativ einfach, zu versuchen, ihn ins Gefängnis zu bringen, ist etwas komplett anderes. Ich habe mir immer gesagt, dass ich warten will, bis ich mein Studium beendet habe, um es nicht zu gefährden, doch ich glaube, dass das immer nur eine Ausrede war. Die Wahrheit ist, dass ich Angst habe. Angst vor dem Ausgang. Angst vor den Konsequenzen.

Und ich war egoistisch. Zuallererst habe ich an *mein* Wohlbefinden gedacht, habe an *mein* Leben gedacht, was am besten für *mich* wäre. Habe geglaubt, dass mein Vater sich keinen weiteren Übergriff herausnehmen würde. Nicht ein Mal habe ich daran gezweifelt oder mich gefragt, ob es meiner Mutter *wirklich* gut geht. Ich bin einfach davon ausgegangen, weil ich mein Leben endlich leben wollte.

Und dann macht etwas in mir Klick.

Ihr blaues Auge.

Es war keine Sportverletzung, wie sie mir weismachen wollte, es war mein Vater. Diese Erkenntnis fühlt sich an wie ein Schlag in den Magen. Sie spielt oft mit ihrer Kollegin, doch wann hat sie jemals vor ihrer Schicht gespielt? *Niemals.* Ich kann nicht fassen, dass ich meiner Mutter anstandslos geglaubt habe. Ich hätte es besser wissen müssen, doch ich habe meine Augen vor der Wahrheit verschlossen.

Und weil ich noch immer nichts gesagt habe, meldet sich Heath wieder zu Wort.

»Vergiss die Frage, Scarlet, ich kann mir schon denken, warum du nichts gesagt hast.« Heath legt er mir die Hand auf die Schulter, sodass ich mich wieder auf ihn konzentriere, lächelt mich aufmunternd an. »Das muss sicher schwierig für dich gewesen sein, an deiner Stelle hätte ich sicher auch so lange gebraucht«, versucht er, sich in meine Lage hineinzuversetzen. »Und du bist dir *ganz sicher*, dass du das durchziehen willst?«

Ich nicke.

»Gut, dann sag mir, wie wir dir helfen können.«

Ich schaue auf meine Armbanduhr, es ist beinahe elf Uhr abends, wir stehen seit einer halben Stunde draußen in der Kälte. »Ich weiß, dass es schon sehr spät ist, zudem ist Weihnachten, doch würdest du bei mir bleiben?«

»Natürlich«, kommt es wie aus der Pistole geschossen. »Um nichts in der Welt würde ich verpassen wollen, wie dein Vater von der Polizei abgeführt wird, nachdem, was er deiner Mutter und dir angetan hat.«

Ich kann mich noch immer an seinen Gesichtsausdruck erinnern, als ich ihm von dem winzigen Raum im Keller – *meiner persönlichen Hölle* – erzählt habe. Zuerst machte er einen geschockten, beinahe ungläubigen Ausdruck, danach wurde er wütender und wütender, bis er sich kurz wegdrehen musste, um sich zu sammeln.

»Danke, Heath.«

Ohne ein weiteres Wort zieht mich mein Freund in seine Arme. »Es tut mir wirklich leid, dass dir das alles passiert ist.« Danach hält er mich ein Stück von sich entfernt. »Wieso schaust du nicht nach deiner Mutter, hm?«, schlägt er vor. »Und ich werde uns einen Kaffee besorgen, denn ich habe das Gefühl, dass das eine *lange* Nacht wird.«

Dankbar lächle ich, dann trennen sich unsere Wege. Während ich zum Wartezimmer zurückgehe, läuft er zur Cafeteria. Ich weiß noch nicht, wie ich das alles durchstehen soll, doch ich bin froh, dass ich nicht allein bin. Nachdem die Schwestern mir die Zimmernummer mitgeteilt haben, schreibe ich Heath eine Nachricht und mache mich auf den Weg, um meine Mutter aufzusuchen. Und gerade als ich den Aufzug verlasse und in den Flur einbiege, der zum Krankenzimmer führt, beobachte ich etwas, das mich innehalten lässt. Durch die Glaswand erkenne ich meinen Vater, der sich zu ihrem Bett hinunterbeugt.

Sie ist aufgewacht.

Die letzten Schritte renne ich.

»... und das solltest du nicht vergessen, denn du weißt, was passiert, wenn du erzählst, was ...« Mein Vater verstummt augenblicklich, als ich an das Bett herantrete, doch nicht schnell genug, seine letzten Worte habe ich trotzdem gehört. Eine weitere Drohung, für ihn hat sich nichts geändert. Man sollte meinen, dass es eine Auswirkung auf die eigene Psyche hat, wenn man seine Ehefrau beinahe umbringt, sie kaltblütig die Treppe herunterstößt, doch dem ist nicht so. *Monstrum.*

»Ich sag dem Arzt Bescheid, dass sie aufgewacht ist«, meint er und begibt sich zur Tür.

Kein Wunder, dass er mich nun mit ihr allein lassen möchte, er hat seinen Willen bekommen, konnte bereits seine Drohungen aussprechen.

Sobald mein Vater den Raum verlassen hat, stürze ich ans Krankenbett meiner Mutter. Ihre Augen sind verklebt, öffnen sich nicht vollkommen. Ihr Kopf ist zur Hälfte in Bandagen eingewickelt, und sie weist mehrfachen Reibungsbrand am Körper auf, weil unsere Treppen mit Teppich belegt sind. Der Sturz hat sie ziemlich zugerichtet.

Mein Herz wird schwer, als ich erkenne, dass ihre Augen feucht sind.

»Hey, hey«, sage ich sanft, wische ihr eine Träne aus dem Gesicht. »Alles wird gut, Mama, alles wird gut«, versichere ich ihr, bevor ich ihre Hand ergreife, diese sachte drücke. »Ich weiß, was vorgefallen ist, ich weiß, dass *er* dich geschubst hat, es war kein Unfall.« Ihre Augen, die zuvor nur halb geöffnet waren, sind nun schlagartig weit aufgerissen. Panik ist in ihrem Blick zu erkennen, doch bevor sie etwas sagen kann, komme ich ihr zuvor. »Du musst dir keine Sorgen machen, Vater wird damit nicht mehr durchkommen, diesmal werde ich dich beschützen, Mama.«

Ich hoffe inständig, dass die Polizei bald kommt, damit dieser Horror *endlich* ein Ende nimmt.

»Scarlet, nein, du ...«

»Keine Widerrede.« Die Art, wie ich es sage, zeigt deutlich, wie ernst ich es meine. Es ist die Stimmlage meines Vaters, eine, die ich mir durch die Häufigkeit des Hörens sehr gut eingeprägt habe. »Hätte man deinen Milzriss nicht rechtzeitig entdeckt, wärst du *tot.*« Bei dem letzten Wort zuckt sie zusammen. Gut so, vielleicht hilft es ihr zu realisieren, dass das so nicht weitergehen kann. »Wenn wir nichts unternehmen, Mama, dann bringt er dich beim nächsten Mal um.«

»Wir können nicht gewinnen.«

Meine Augen werden feucht. »Wenn wir nicht kämpfen, verlieren wir.«

»Was passiert dann mit dir? Deinem Studium?«

Anstatt für sich selbst einzustehen, denkt sie nur an mich, würde sogar ihren Tod in Kauf nehmen. Im Moment weiß ich nicht, ob ich sie drücken oder schütteln will. Eine Träne rollt auch über mein Gesicht.

»*Scheiß* auf mein Studium.« Nicht länger schweigen. »*Scheiß* auf sein Geld.« Nicht länger tatenlos danebenstehen. »*Scheiß* auf seine Kontakte.« Nicht länger nichts tun. »Wenn wir dadurch alles verlieren, dann *scheiß drauf*, dann ist das halt so, denn was uns bleibt, sind *wir.*« Nicht länger wird mein Erzeuger mit seinen Machenschaften durchkommen, nicht wenn ich ein Wörtchen mitzureden habe. »Lieber stehe ich vor dem Nichts, als dich zu verlieren.« Mit einem kämpferischen Blick schaue ich sie vielsagend an. »Scheiß auf meinen Vater, *scheiß auf ihn.*«

Meine Mutter schließt ihre Augen, presst ihre Lippen zusammen. Ihre Hand, die mit meiner verschränkt ist, spannt sich an. Es ist, als würde sie versuchen, sich vor meinen Worten abzuschirmen, als wollte sie nicht darüber nachdenken. Meine Mutter ringt im Augenblick mit sich selbst, versucht, gegen das anzukämpfen, was jenes zunichtemacht, wofür sie jahrelang gekämpft hat, wofür sie die Schläge auf sich genommen hat. Nach dem zehnten frustrierten und aufgebrachten Stöhnen zähle ich nicht mehr mit. Und dann, wie aus dem Nichts, löst sich ihre Anspannung, die Augen sind weit geöffnet.

Plötzlich nickt meine Mutter.

»Scheiß auf deinen Vater.« Sobald sie es ausgesprochen hat, seufzt sie erleichtert auf, als wäre eine Last von ihren Schultern gefallen. »Nie wieder seine Schläge, nie wieder sein vorschnellender Gürtel auf meiner Haut, nie wieder seine verbale Gewalt, nie wieder seine Tritte, nie wieder dein verfluchter Vater.«

»Du wirst also gegen ihn aussagen?«

»Ich werde *alles* sagen.«

Kapitel 42

»Ich habe gute Neuigkeiten«, verkündet uns der Arzt, nachdem wir nach einer Untersuchung wieder ihr Zimmer betreten dürfen. »Mrs Pierce wird wieder zu voller Gesundheit kommen.«

Sein Satz sorgt dafür, dass ich erleichtert aufatme.

In den letzten dreißig Minuten mussten wir uns gedulden, während der Arzt und eine Krankenschwester den Zustand meiner Mutter überprüft haben. Nach unserem Gespräch erschien sie mir in Ordnung, doch ich bin noch keine ausgebildete Ärztin, ich wollte unbedingt die Versicherung haben, dass wirklich alles mit ihr stimmt. Manche Folgen sind erst zu erkennen, wenn ein Patient wieder aufgewacht ist. Ein Paradebeispiel dafür sind Gedächtnisverluste, vorübergehende oder permanente. Und noch etliche andere Schädigungen, die ich erst noch lernen muss.

Falls ich es lernen kann.

Wer weiß, was die Zukunft nun für mich bereithält.

Langsam frage ich mich allerdings, ob die Polizei überhaupt kommt. Seit ich dem Arzt zugesagt habe, dass ich aussagen werde, sind anderthalb Stunden vergangen.

Nachdem sich Dr. Prescott vorübergehend verabschiedet hat, verlässt auch mein Vater den Raum, um zu telefonieren. Kaum sind wir allein, stöhne ich frustriert auf, darauf bedacht, nicht zu laut zu sein, weil meine Mutter inzwischen von der Erschöpfung eingeschlafen ist. Sie hat sich die Ruhe nach allem verdient.

»Wo bleibt nur die Polizei? Wieso lassen die uns so lange warten?«, frage ich leise.

Heath, der neben mir auf einem Stuhl sitzt, zuckt mit seinen Schultern. »Nun, es ist Weihnachten, und wir wissen beide, dass das nicht immer harmonisch abläuft.« Er macht eine Kopfbewegung zu meiner Mutter. »Sie werden wahrscheinlich alle Hände voll zu tun haben.«

»Du hast recht, ich vergesse immer wieder, dass eigentlich Weihnachten ist.« Ich schüttele den Kopf, lache verbittert auf. »Die sogenannte *schönste Zeit* des Jahres.«

Er lehnt sich nach hinten in den Stuhl. »Es ist auch die Zeit der Familie«, erinnert er mich, bevor er mich anlächelt. »Und ich glaube wirklich, dass euch zwei«, er zeigt auf meine Mutter und mich, »dieses Weihnachten zusammenschweißen wird, denn ihr werdet nie vergessen, dass dies der Anfang eures neuen Lebens war.«

»Du hast recht.« Erneut bewundere ich ihn für seine positive Art. Auch wenn er nicht unter idealen Voraussetzungen geboren wurde, versucht er immer, das Beste aus seinem Leben zu machen. Heath und seine Einstellung sind mir ein Vorbild. »Danke, dass du hier bist«, sage ich, während ich nach seiner Hand greife. »Es bedeutet mir eine Menge.«

»Dafür sind Freunde da, Scarlet«, versichert er mir, bevor er gähnen muss. »Übrigens, falls du heute Nacht nicht allein im Wohnheim schlafen willst, könntest du mit zu meiner Familie kommen.« Heath lächelt. »Wir haben zwar kein Gästezimmer, doch ich würde freiwillig das Sofa im Wohnzimmer beziehen.«

Eine Antwort bleibe ich ihm schuldig, weil in diesem Augenblick mein Vater zurückkommt. Nachdem er seine Frau für einen längeren Moment betrachtet hat, wendet er sich uns zu. »Wir sollten ...« Mein Vater hält inne, seine Aufmerksamkeit richtet sich auf den Flur hinter mir, sodass ich seinem Blick folge.

Zwei Polizisten laufen in unsere Richtung.

Mein Herz beginnt, schneller zu schlagen, denn endlich ist es so weit. Ich kann es nicht fassen. *Endlich, endlich, endlich.* Mein Vater bekommt, was er verdient hat. Erleichterung macht sich in mir breit. Nicht dass ich nicht darauf gehofft habe, doch wenn man jahrelang unterdrückt worden und der Hoffnung beraubt worden ist, fällt es schwer zu glauben, dass der Mann, der so viel emotionalen und physischen Schaden angerichtet hat, irgendwann zur Verantwortung und Rechenschaft gezogen wird.

Ein Anflug von Panik ist in seinem Gesicht zu erkennen, doch mein Vater fängt sich nach einem Augenblick wieder. Wahrscheinlich denkt er nicht daran, dass die Polizisten für *ihn* hier sein könnten.

In seinem Gesicht ist keine Emotion mehr abzulesen, als die Polizisten dieses Zimmer ansteuern, was ich bedauere. Gerne würde ich wissen, was ihm gerade durch den Kopf geht. Stürzt er gleich aus dem Raum, in der Hoffnung, den Polizisten zu entkommen? Wird er dagegen ankämpfen? Doch nichts dergleichen passiert, leider fängt er sich *erneut,* und er strahlt Selbstbewusstsein und Stolz aus, als die beiden den Raum betreten.

Als würde er glauben, dass er über unserem Gesetz steht.

»Kann ich Ihnen helfen?«, fragt mein Vater, die Ruhe in Person.

Einer der Polizisten tritt nach vorn, während meine Mutter die Augen aufmacht, da sie wieder aufgewacht ist. »Wir sind wegen einer Beschwerde hier«, beginnt er, während er meinen Vater mit ernster Miene betrachtet. »Würden die männlichen Herrschaften so freundlich sein, den Raum zu verlassen?«

Ein Frosch bildet sich in meinem Hals, denn während Heath bereits aufsteht, tut mein Vater nichts dergleichen. Er öffnet seine Beine breiter, als würde er seinen Stand auf dem Boden festigen wollen. »Sie wollen mit *meiner Familie* sprechen?« Anstatt auf die Aufforderung zu hören, verschränkt er die Arme vor der Brust. »Wieso?«

Nun tritt die Kollegin des Polizisten hervor, eine breitschultrige Dame, die einen Gesichtsausdruck draufhat, vor dem ich mich am liebsten verstecken möchte. Ihre Körperspannung ist beachtenswert, vielleicht ist sie vorher bei der Armee gewesen. Ein derartiger Berufswechsel passiert nicht selten.

»Was mein Kollege höflicherweise als Bitte formuliert hat, ist im Grunde genommen keine«, sagt sie mit einer Autorität, die meinem Vater Konkurrenz macht. »Also raus.«

Heath steht inzwischen auf dem Gang, schaut aber gespannt hinein, denn mein Vater macht weiterhin keine Anstalten, den Raum zu verlassen. »Es ist *mein Recht* zu wissen, warum Sie beide allein mit meiner Frau und Tochter sprechen wollen.«

Sie macht einen weiteren Schritt nach vorn. »Es ist nicht Ihr Recht, Mister.« Sie holt ihre Handschellen hervor. »Ich gebe Ihnen eine letzte Chance, um zu entscheiden, ob wir es auf die freundliche oder harte Tour machen, obwohl ich *liebend gern* meine zwei Schätzchen benutzen würde.« Sie schaut ihn herausfordernd an, während sie mit den Handschellen spielt. »Glauben Sie mir, nichts tue ich lieber, als gewaltsame Ehemänner zu züchtigen.«

Im Augenblick bin ich mehr als zufrieden, dass uns diese Polizistin zugeteilt wurde, denn durch den letzten Satz bin ich mir sicher, dass sie unsere Anschuldigung ernst nimmt. Ihr Satz hat meinem Vater aber auch verraten, *warum* die beiden gerufen worden sind.

»Gewalttätig?«, wiederholt er. Sein Blick fällt auf seine Ehefrau, dann überlegt er einen kurzen Moment. »Ich bitte Sie ...«, sagt er lächelnd, tut so, als wäre das alles nur ein Witz. »Das ist alles ein Missverständnis, meine Frau hatte einen Unfall. Hätte der Arzt direkt mit mir gesprochen, dann hätte das aufgeklärt werden können.«

Sie betrachtet ihn unbeeindruckt.

Ich weiß nicht, woher diese plötzliche Kraft oder Selbstsicherheit kommt, doch ich fühle mich imstande, ihm entgegenzutreten. Wahrscheinlich nur, weil diese Powerfrau auf meiner Seite ist. In ihrer Gegenwart kann ich mich nur sicher fühlen.

»Dr. Prescott hat nicht die Polizei verständigt. *Ich* habe dich angezeigt.«

Mein Vater schaut mich quer durch den Raum an, langsam begreift er, sein gefasster Gesichtsausdruck entgleitet ihm. »Das hast du nicht getan.« Seine Stimme ist leise, bedrohlich, jagt mir eine Gänsehaut ein, doch seine Drohungen werden nie wieder mein Leben diktieren, mich nie wieder untergraben.

Dafür werde ich heute sorgen.

»Doch, habe ich.«

Die Polizistin beobachtet meinen Vater weiterhin mit Adleraugen, wahrscheinlich allzeit bereit einzugreifen.

»Es ist nicht das erste Mal, dass mein Vater auf meine Mutter losgegangen ist«, wende ich mich an sie. »Die Flecken auf ihrem Körper beweisen, dass er sie seit längerer Zeit schlägt.« Diese Worte laut in der Gegenwart meines Vaters auszusprechen, ihn damit anzuklagen, fühlt sich befreiend an. »In der Vergangenheit hat er seine Hand auch gegen mich, seine Tochter, erhoben.«

»*Scarlet*, das ist nicht mehr lustig.« Kurz zuckt sein Kiefermuskel, doch er hat sich schnell wieder unter Kontrolle. Ich kenne ihn zu gut und weiß, dass er innerlich vor Wut kocht. »Die Fantasie geht mit meiner Tochter durch.« Er hebt abwehrend seine Hände. »Sie möchte mir heimzahlen, dass ich nicht mehr Taschengeld zahle. Meine Frau kann Licht ins Dunkel bringen und bezeugen, dass es ein Unfall war.« Mit einem vielsagenden Blick beäugt er meine Mutter, die schwer schlucken muss. »Sag es ihnen.«

Meine Mutter bleibt stumm.

Die Polizistin macht einen weiteren Schritt nach vorne.

»Liebling, *sag es ihnen.*«

Mit einer Hand suche ich nach ihren Fingern, die sich kurz darauf mit meinen verschränken. Ich schenke ihr ein aufmunterndes Lächeln und hoffe, dass es reicht, um ihr Kraft zu geben.

»Zeit für die Wahrheit, Mama.«

Sie holt tief Luft, schaut mich an.

»Mein Mann lügt.« Seine Hände ballen sich zu Fäusten. »Meine Tochter sagt die Wahrheit, mein Mann schlägt mich seit Jahren und hat mich heute die Treppe heruntergestoßen, weil ich etwas getan habe, das ihm missfallen hat.« Sie wendet den Blick von mir ab, während mich Erleichterung durchflutet. Ich bin so stolz auf sie. »Du gehörst ins Gefängnis, Jacob, und ich bringe dich dorthin.«

Seine neutrale Miene ist passé, die Wut steht ihm nun ins Gesicht geschrieben. »Das wirst du mir büßen, du kleines Miststück.« Die Wörter werden wie Gift aus seinem Mund gespuckt, und obwohl ich es nicht an mich heranlassen will, brennen sie sich in mein Herz. Danach wendet er sich an seine Frau. *»Du bist tot.«*

Die nächsten Sekunden vergehen wie in Zeitlupe. Es fühlt sich an, als wäre ich außerhalb meines Körpers gefangen und würde alles als Außenstehende betrachten. Mein Vater stürzt nach vorne, und gerade als er seine Hände um den Hals meiner Mutter legen will, wird er von den beiden Polizisten zu Boden gerungen. Die Polizistin kniet auf seinem Rücken und legt ihm die Handschellen an. Er versucht, sich zu wehren, doch er ist machtlos, er schafft es nicht, sich zu befreien, weshalb er wie am Spieß schreit und brüllt.

Sie verhaften ihn.

Kapitel 43

»Und, wie gehts jetzt weiter?«

Diese Frage brennt mir auf der Zunge, die Ungewissheit begleitet mich seit einigen Stunden. Man meinte zu mir, dass ich mich erst einmal ausruhen, und danach meine Aussage bei der Polizei zu Protokoll geben solle, doch ich wollte ... *konnte* nicht warten, ich wollte es hinter mich bringen, um endlich nach vorne zu blicken. Und nun ist es erledigt, ich habe meine Aussage schriftlich hinterlegt.

»Derzeit befindet sich Ihr Vater in Untersuchungshaft«, beginnt die Polizistin, die sich als Sergeant Marshall vorgestellt hat. Mittlerweile weiß ich, dass sie der Special Victims Unit angehört und damit auf solche Fälle spezialisiert ist. »In ungefähr einer Woche beziehungsweise dann, wenn sein Anwalt den Antrag stellt, wird es eine Anhörung geben, bei dieser wird entschieden, ob er bis zur Gerichtsverhandlung im Gefängnis bleiben muss oder auf Kaution entlassen wird.«

»Das ist möglich?« Der Gedanke, dass mein Vater vorübergehend oder für immer auf freiem Fuß sein kann, sorgt für eine Gänsehaut.

»Der Staatsanwalt, der gegen ihn im Gericht antritt, ist ein alter Freund von mir, bisher hat er *selten* verloren.« Mit diesen Worten versucht sie wahrscheinlich, mir Mut zu machen. »Er wird sich vor der Verhandlung bei Ihnen melden, um Sie für Ihre Aussage vor Gericht vorzubereiten. Alles, was Sie ihm erzählen, egal, wie schwierig es ist, wird Ihnen am Ende weiterhelfen, um Ihren Vater verurteilt und im Gefängnis zu sehen.«

Ich reiche ihr zum Abschied meine Hand. »Danke, Sergeant.«

Gerade als ich ihr Büro verlassen will, meldet sie sich noch einmal zu Wort. Ich drehe mich wieder zu ihr um.

»Nach vorne zu schauen und sich an die neue Realität zu gewöhnen, wird nicht einfach sein, da die Vergangenheit und das, was Ihnen angetan wurde, immer ein Teil von Ihnen bleiben wird, doch Sie haben es geschafft, der schwerste Schritt liegt hinter Ihnen.« Sie steht auf, umrundet ihren Schreibtisch, kommt auf mich zu und reicht mir eine Visitenkarte. »Ein Fall hört für mich nicht auf, wenn der Schuldige hinter Gittern sitzt, Nachbetreuung gehört auch dazu. Also melden Sie sich, wenn Sie Redebedarf haben.«

Ich betrachte die Karte in meiner Hand. »Das werde ich, danke.«

Als ich die Polizeistation verlasse, bricht bereits der frühe Morgen an. *4.58 Uhr.* Seit siebzehn Uhr, als ich mein Wohnheim verlassen habe, bin ich unterwegs und damit seit fast vierundzwanzig Stunden wach.

Heath habe ich nach Hause geschickt, nachdem er mich bis zur Polizeistation begleitet hatte. Er bot an, an meiner Seite zu bleiben, doch ich habe ihm versichert, dass das nicht notwendig ist, schließlich hatte ich Sergeant Marshall. Dennoch musste ich ihm versichern, dass ich ihn stündlich auf dem neuesten Stand halte oder mich zumindest vorm Schlafengehen abmelde.

Am liebsten würde ich zu meiner Mutter ins Krankenhaus zurück, doch es ist wichtig, dass ich mich ein paar Stunden ausruhe. Trotzdem habe ich weiterhin Angst, um meine Mutter, um mich, um uns beide. Die Furcht wird mich wahrscheinlich nie ganz loslassen, das Risiko, dass sich mein Vater rächen wird, wird immer bleiben. Die Frage ist nicht, ob er es tut, sondern *wann* und *wie.*

Schluss damit, Scarlet. Solche Gedanken sind nicht hilfreich. Im Moment zählen nur zwei Sachen, die Gesundheit meiner Mutter und unsere neu gewonnene Freiheit, die ich nicht kampflos hergeben werde.

Als ich die Bushaltestelle ansteuern will, die sich in der Nähe befindet, halte ich inne. Unweit von mir entfernt steht ein dunkelgrünes Auto, das meine Aufmerksamkeit erhascht. Sobald mich *sein* Blick trifft, bleibt mein Herz stehen. Handelt es sich um eine Fata Morgana? Bilde ich ihn mir ein? Oder ist er *wirklich* hier?

Mit schnellen Schritten nähere ich mich dem Auto. Ohne Zweifel, den Fahrer des Wagens würde ich überall wiedererkennen. Selbst mit geschlossenen Augen, alles, was ich bräuchte, wäre seine Gegenwart, seinen Geruch. Uns trennen nur noch wenige Meter, weshalb er sich über den Sitz beugt und seine Beifahrertür öffnet. Ich sprinte los.

Zu ihm. *Meinem Antonio.*

»Was machst du hier?«, frage ich irritiert, als ich in sein Auto steige. »Solltest du nicht bei deiner Familie in San Francisco sein?«

Antonio ergreift meine Hand. »Du dachtest nicht wirklich, dass ich dich damit allein lasse, oder?« Nein, das habe ich nicht. Allerdings habe ich nicht erwartet, dass er ins Flugzeug steigt und sofort zu mir zurückfliegt. Ohne mir ein Wort zu sagen. Ich hatte an Telefonate und Nachrichten gedacht, nicht dass er plötzlich vor mir steht.

»Nachdem du mich informiert hattest, habe ich direkt den nächsten Flug nach Boston genommen«, teilt er mir mit, während er meine Hand streichelt. »Vor über einer Stunde bin ich gelandet, danach hat mich ein Taxi nach Hause gefahren, damit ich mein Auto holen konnte. Was denkst du, wieso ich mich stundenlang nicht gemeldet und mich dann vorhin nach deinem Aufenthaltsort erkundigt habe?«

»Ich ... ich weiß nicht, was ich sagen soll.« Antonio hat alles für mich stehen und liegen lassen, nur um mir zu Hilfe zu eilen, obwohl ich ihn nicht mal darum gebeten habe. Er wusste wahrscheinlich, dass ich ihn brauche. *Und das tue ich, das tue ich wirklich.* Zu wissen, dass es einen Menschen gibt, der alles für mich tun würde, löst mehr in mir aus, als ich gedacht hätte, in diesem schwierigen Moment fühlen zu können. Gleichzeitig fühle ich mich auch schlecht, denn Antonio hat sich auf die Zeit mit seiner Familie gefreut.

»Aber das hättest du nicht machen müssen, Antonio, du siehst deine Familie eh schon selten genug.«

»Du liegst falsch, ich musste das machen.« Antonio lehnt seine Stirn an meine. »Du bist auch Familie, Scarlet, du bist mein Zuhause.« Sanft küsst er mich auf den Mund. »Ich werde immer für dich da sein, komme, was wolle.«

Seine Worte hüllen mich ein wie in einen Kokon. Wir verschränken unsere Finger, und ich habe das Gefühl, endlich wieder *richtig* durchatmen zu können. Die Last der letzten Stunden wiegt noch immer schwer auf meinen Schultern, doch in seiner Gegenwart wird das Gewicht sekündlich weniger. Ihn hier zu haben, bei mir, ist der Balsam für meine Seele, den ich *dringend* benötigt habe.

Ich brauche ihn.

In mehr als *einer* Hinsicht.

Sein Auto steht nicht direkt vor dem Eingang des Polizeireviers, sondern ein wenig seitlich. Die Straßenlampen spenden nur geringes Licht, die Dunkelheit überwiegt die Nacht. Nachdem ich mich versichert habe, dass um diese Uhrzeit, am Weihnachtsmorgen, niemand unterwegs ist, schäle ich mich aus meinem Mantel, bevor ich über die Konsole klettere, um mich auf Antonios Schoß niederzulassen.

Bevor mich Antonio fragen kann, was ich vorhabe, küsse ich ihn, vergrabe meine Finger in seinem dunklen lockigen Haar. Die Art, wie ich mich an ihn presse, lässt keinen Zweifel offen. Ich spüre die Verzweiflung meinerseits durch den Kuss, die Wildheit, die Entschlossenheit in meinen Händen, die nun über seinen Oberkörper wandern, denn sie haben nur eine Aufgabe – mich auf andere Gedanken zu bringen. Die letzten Stunden haben mir deutlich gezeigt, wie kurz das Leben sein kann, wie schnell man etwas verlieren kann, das einem am Herzen liegt.

Antonio unterbricht unseren Kuss, zieht sich schwer atmend von mir zurück. »Scarlet.« Er streicht mir eine Strähne hinter das Ohr. »Ich glaube nicht, dass das der richtige Zeitpunkt ist, um miteinander zu schlafen.« Bedauern steht in seinen Blick geschrieben, es fällt ihm wirklich schwer. »Vielleicht sollten wir …«

Mit einem Kuss bringe ich ihn zum Schweigen. Ich ziehe mich von ihm zurück, schaue ihm tief in die Augen, zeige ihm meine Verletzlichkeit, meine Angst, meine Unsicherheit. *»Bitte«*, sage ich flehend. »Ich brauche dich.«

Um meinen Worten Nachdruck zu verleihen beziehungsweise mir mit meinen Reizen einen Vorteil zu verschaffen, lasse ich meinen Schulterträger herabgleiten, sodass mein Dekolleté zur Geltung kommt. Antonios Blick verschleiert sich, sein Herzschlag erhöht sich, und er muss schlucken, als ich den anderen Träger mit meinen Fingern hinunterschiebe.

Sobald das Kleid an meinem Oberkörper herunterrutscht, meine Brüste freigibt, spüre ich seine Härte unter mir, allerdings macht Antonio noch immer keine Anstalten, mich anzufassen.

Seine Zurückhaltung treibt mich in den Wahnsinn, denn während er es noch immer unpassend findet, gibt es nichts, das ich im Augenblick lieber tun würde. Im Augenblick muss ich mich lebendig fühlen, mein Körper braucht einen Adrenalinstoß, um den Schock loszuwerden.

Heute Nacht habe ich nicht aufgegeben, diesmal werde ich es auch nicht tun. Mit meinen Lippen fahre ich über seinen Hals, liebkose seine zarte Haut, während meine Hände seinen Mantel aufknöpfen, damit meine Finger unter sein Shirt wandern können.

Antonio wirft seinen Kopf in den Nacken, flucht leise etwas auf Italienisch, bevor er seinen Mund auf meine Lippen presst – *wild, leidenschaftlich.* Damit ist seine Selbstbeherrschung dahin, ich habe meinen Willen bekommen.

Er gibt sich mir mit jeder Faser seines Körpers hin.

Kapitel 44

»Es wird Zeit, Scarlet.« In der linken Hand hält meine Mutter ihr Flugticket, in der rechten ihren Handgepäckskoffer. Die zwei großen Gepäckstücke haben wir bereits vor über einer Stunde aufgegeben.

Vor vier Wochen wurde sie aus dem Krankenhaus entlassen, vor drei Wochen hat sie die Scheidung eingereicht, vor zwei Wochen hat sie sich dazu entschieden, einen Neuanfang zu wagen, und letzte Woche begann sie, all ihre Habseligkeiten einzupacken, die sie in Kapstadt brauchen wird. Seit sie sich von meinem Vater getrennt hat, der bis zum Prozess in Haft sitzt, hatte sie verstärkt den Wunsch, mit ihren Eltern ein klärendes Gespräch zu führen. Ein Gespräch, welches meiner Meinung jahrelang überfällig war.

Mithilfe einer gemeinsamen Bekannten konnten wir über Skype ein Videotelefonat arrangieren. Die ersten Minuten herrschte unangenehme Stille, es wurde einander nur stumm angestarrt. Die Stimmung lockerte sich erst auf, als ich mich mit den Worten ins Bild drängelte: *»Ich bin Scarlet, eure Enkelin.«*

Meine Großmutter fasste sich ans Herz, mein Großvater legte eine Hand über seinen Mund, die Augen beider glänzten. Damit war das Eis gebrochen, beide Seiten haben sich entschuldigt, während eine Menge Tränen geflossen sind.

Es kostete meine Mutter viel Kraft, den beiden zu erzählen, was ihr … *uns* widerfahren ist. Obwohl ihre Eltern recht behalten haben, haben sie es ihr nicht unter die Nase gerieben. Ich hatte tatsächlich eher den Eindruck, dass sie sich schuldig fühlten, weil sie uns in unserer Not nicht beigestanden haben und wir – *bisher* – da allein durchmussten.

Als ich sie vor zwei Wochen zu Hause besuchte, setzte sie sich mit mir hin und fragte, was ich davon halten würde, wenn sie zurück nach Südafrika gehen würde, um ihre seelischen Verletzungen zu heilen. Alles in Boston erinnert meine Mutter an ihren Ehemann, egal, wohin sie geht, alles versetzt sie in die Zeit mit ihm zurück, die Zeit, die sie am liebsten verdrängen oder hinter sich lassen würde.

Zuerst wusste ich nicht, was ich sagen sollte, denn ich wollte sie nicht verlieren, doch ihre Wunden würden in Boston vermutlich nie heilen. Aus diesem Grund sagte ich, dass das eine fantastische Idee sei, auch wenn es unglaublich wehtat.

»Haben wir nicht noch ein paar Minuten?«, frage ich, obwohl ich es besser weiß. Wenn sie nicht bald zu den Sicherheitskontrollen geht, könnte sie ihren Flug verpassen, doch ich möchte den Abschied so lange wie möglich hinauszögern.

»Willst du nicht doch in meinen Handgepäckkoffer hüpfen?«, fragt sie scherzend, bis sie meinen nachdenklichen Blick sieht. »Komm schon her.«

Keine Sekunde warte ich, bis ich mich in ihre Arme stürze, um sie ein letztes Mal umarmen zu können. *Kein Abschied für immer, nicht für die Ewigkeit, es ist kein*

Lebewohl, rede ich mir ein. Sie streicht über meinen Rücken, während ich mein Gesicht an ihrer Schulter vergrabe, tief einatme und den Duft ihres blumigen Parfüms aufnehme, in der Hoffnung, ihn nicht zu vergessen.

»Ich werde dich wirklich vermissen.«

»Und ich dich erst.« Nachdem sie sich langsam von mir zurückgezogen hat, streicht sie eine hellbraune Strähne hinter mein Ohr. »Ich danke dir für alles, denn die letzten Jahre hätte ich ohne dich nicht durchgestanden. Jedoch fühle ich mich noch immer schuldig, dass ich nicht früher gegen ihn vorgegangen bin. Ich bereue so vieles, Scarlet, doch ich bereue nicht, dich bekommen zu haben, denn du bist das Beste, was mir passieren konnte.« Sie tritt vor, um meine Stirn zu küssen. »Und ich würde ihn wieder heiraten, selbst wenn ich wüsste, was mir bevorsteht, denn ich würde dich nicht missen wollen.«

»Ach, Mama.« Mir läuft eine Träne über die Wange. »Ich verstehe, warum du dich nicht gegen ihn gewehrt hast, ich konnte es auch lange nicht.« In dieser Hinsicht war ich stärker als sie, doch sie wurde jahrzehntelang misshandelt, emotional und körperlich. Aber dann, als es *wirklich* darauf ankam, konnte ich auf sie zählen.

Nachdem sie ihre Tränen weggewischt hat, nimmt sie ihren Koffer wieder in die Hand und lächelt mich an. »Und mach dir wegen der Studienkosten keine Sorgen, ich werde mich darum kümmern, wir bekommen das hin.«

Nachdem mein Vater in Untersuchungshaft gekommen und ihm die Entlassung auf Kaution vom Richter verwehrt worden ist, wurden unsere Konten eingefroren. Meine Mutter musste ein separates Konto eröffnen, auf das ihr Arbeitgeber einen letzten Gehaltscheck überwiesen hat. Mein Konto lief zwar ebenfalls auf den Namen meines Vaters, doch da wir nachweisen konnten, dass ich es allein nutze, konnten wir die Sperre aufheben.

Dadurch, dass meine Eltern mir jahrelang ein *großzügiges* Taschengeld überwiesen haben, habe ich einen außerordentlichen Betrag zusammengespart, mit dem ich die Hälfte der Krankenhauskosten meiner Mutter beglichen habe. Die andere Hälfte haben meine Großeltern übernommen. Sie haben auch angeboten, meine Studienkosten zu bezahlen, doch wir haben dankend abgelehnt, weil wir nicht wieder von irgendjemandem abhängig sein wollen.

Wenn die Scheidung erst einmal durch ist und meine Mutter die Hälfte des Geldes bekommt, sind wir auf der sicheren Seite, doch bis dahin müssen wir uns noch ein wenig gedulden. Unser Anwalt meinte, dass die Konten erst freigegeben werden, wenn die Geldstrafe nach dem Gerichtsurteil von der Justizkasse eingezogen worden ist. Bis dahin sollte ich einigermaßen über die Runden kommen.

»Ich hoffe, ich kann euch bald besuchen kommen.«

Meine Mutter nickt, lächelt. »Das hoffe ich auch, denn ich bin mir sicher, dass es dir dort gefallen wird.« Sie schaut auf ihre Armbanduhr und zuckt zusammen. »*O Gott*, das Boarding beginnt in zwanzig Minuten!«

Erneut umarme ich sie, wünsche ich, ich müsste sie nicht ziehen lassen.

»Melde dich, wenn du angekommen bist«, rufe ich ihr hinterher, nachdem sie sich gezwungenermaßen losgemacht hat und losläuft. »Ich werde dich vermissen!«

Bevor sie sich an den Ausweiskontrollen anstellt, winkt meine Mutter mir zum Abschied. »Ich dich auch!«

Nicht für immer, kein Lebewohl.

Mit schwerem Herzen verlasse ich den Flughafen, um dann in Richtung des Kurzzeitparkplatzes zu gehen. Wie Antonio mir bereits geschrieben hat, steht sein Wagen relativ weit hinten, sodass uns niemand erkennen sollte. Aufgrund des Risikos, eventuell gesehen zu werden, wollte ich nicht, dass er mich abholt, doch Antonio bestand darauf. Wenn er sich etwas in den Kopf gesetzt hat, dann ist er nicht mehr umzustimmen, deshalb habe ich zugestimmt – und ich bin glücklich darüber.

Seine Anwesenheit macht das Leid erträglicher.

Antonio küsst mich zur Begrüßung. »Und wie gehts dir?«

Als Antwort zucke ich nur mit meinen Schultern. »Ich weiß, dass es das Beste für meine Mutter ist, wenn sie einen Neuanfang wagt, doch …« Seufzend breche ich ab, um mich zu sammeln, und lehne den Kopf gegen die Nackenstütze. »Ich meine, sie ist nicht mehr ein paar Bushaltestellen entfernt, sondern auf einem anderen Kontinent.«

Er nimmt meine Hand, küsst meine Fingerknöchel.

»Aus den Augen, aus dem Sinn, hm?«, spricht er meine Ängste aus. »Aber darüber musst du dir keine Gedanken machen, ich glaube nicht, dass das bei euch der Fall sein wird. Sie ist deine Mutter, das ist keine Beziehung, die im Sand verlaufen wird.« Antonio lächelt mich aufmunternd an. »Es wird hart werden, aber ihr schafft das, das weiß ich.«

»Und was, wenn sie sich nicht mit ihren Eltern versteht?« Meine Mutter hat in den letzten Jahren viel durchmachen müssen, letztlich hätte sie sogar sterben können, von daher möchte ich, dass ihr endlich ein wenig Glück widerfährt. »Was ist, wenn sie die Vergangenheit nicht hinter sich lassen können?« Darüber möchte ich eigentlich nicht nachdenken, denn es wäre eine Katastrophe. »Dann wäre sie ganz allein.«

»Als deine Großeltern gehört haben, dass deine Mutter nach Südafrika kommt, wollten sie nichts von einem Hotel wissen, für die beiden stand von Anfang an fest, dass sie sie mit offenen Armen empfangen, um die verpasste Zeit nachzuholen.« Er lächelt mich aufmunternd an. »Sie nehmen die Chance, wieder eine Beziehung aufzubauen, sehr ernst.«

Meine Großeltern reagierten sogar enttäuscht, dass ich aufgrund des Studiums hierbleibe, und ich musste den beiden versprechen, mich regelmäßig zu melden, weil sie ab sofort in meinem Leben eine präsente Rolle spielen wollen.

»Tief in mir drinnen ist mir bewusst, dass es das Beste für sie ist, trotzdem mache ich mir Sorgen.«

»Das verstehe ich, Scarlet.« Ein weiteres Mal küsst er meine Hand, sodass tausend Schmetterlinge durch meinen Magen flattern. »Und dafür liebe ich dich.« Dann lässt er meine Hände los, woraufhin ich enttäuscht seufzen muss, und legt sie auf das Lenkrad. »So, was wollen wir nun machen? Du darfst dir etwas aussuchen.«

»*Bella!* Komm sofort zurück!«, höre ich eine Stimme brüllen und sehe eine Frau, die vor unserem Auto ihrer kleinen Tochter hinterherjagt. Wahrscheinlich hat sich das Mädchen unerlaubt losgerissen. »Bella! Bleib stehen!« Mit einem Schmunzeln schaue ich der Verfolgungsjagd des kleinen Störenfrieds zu.

Danach wende ich mich wieder meinem Freund zu. »Wollen wir essen gehen? Ich hätte echt Hunger«, sage ich, während ich mir über meinen Magen reibe.

Antonio bleibt mir eine Antwort schuldig, weil er mich mit geweiteten Augen und einem leicht geöffneten Mund gedankenverloren anschaut, obwohl nein, er schaut an mir *vorbei*. Ich folge seinem Blick, der noch immer auf dem kleinen Mädchen und ihrer Mutter verweilt.

»Antonio?«, versuche ich es erneut, doch er reagiert nicht.

Und dann schlägt der Blitz der Erkenntnis ein. Zuerst habe ich mir bei dem Namen nichts gedacht, Bella ist eine hübsche Abkürzung oder ein Kosename. Doch Antonio denkt im Augenblick nur an einen Namen: *Annabella.*

Der Schmerz steht Antonio ins Gesicht geschrieben, denn er wurde gerade daran erinnert, was ihm genommen wurde. Das Kind, worauf er sich *monatelang* gefreut hat. Das Kind, das er sich *jahrelang* gewünscht hat. Das Kind, das *niemals* seins sein wird. Wäre nicht seine Unfruchtbarkeit festgestellt worden, wäre Antonio bereits Vater.

In diesem Moment wird mir wieder schmerzhaft bewusst, wie sehr ihn das Ganze mitnimmt. In den letzten Wochen habe ich nichts davon mitbekommen, denn für mich gab es keinerlei Anzeichen. Er sagte immer, wenn ich mit ihm darüber reden wollte, dass es ihm gut gehe, ihm die Therapie wirklich weiterhelfe und meine Anwesenheit alles lindere.

Doch muss ich nun feststellen, dass er dies nur vorgetäuscht hat.

Ihm gehts offensichtlich nicht gut.

Ich empfinde keine Wut darüber, dass er nicht offen und ehrlich mit mir war, ich empfinde ein Ziehen in meiner Brust, einen Schmerz in meinem Herzen. Es tut mir nicht weh, dass er seiner alten Familie nachtrauert, es tut mir weh, dass ich nicht weiß, wie ich ihm helfen soll. Wie kann ich ihm den Schmerz erträglicher machen, wenn ich ihn schon nicht nehmen kann?

Ich lege ihm die Hand auf die Schulter. »Hey«, sage ich leise. »Es ist in Ordnung.« An seiner Stelle würde ich auch leiden. »Ich bin hier, Antonio, ich bin für dich da.« Ich lehne mich vor, küsse ihn auf die Wange. »Du musst da nicht allein durch.« Ich sage genau das, was ich mir gewünscht habe zu hören, als ich mich meinem Vater gestellt habe.

Seine Knöchel sind inzwischen fast weiß, weil er sich in das Lenkrad krallt. Es dauert ewig, bis Antonio mich wieder ansieht. Seine Augen sind feucht, weshalb sich mein Herz zusammenzieht. Mir gegenüber sitzt nicht mehr der Mann, der mir vor wenigen Minuten noch gut zu geredet hat, sondern ein gebrochener Mann, der seinen Kopf nun auf das Lenkrad legt.

»Ich weiß nicht, was ich tun soll, Scarlet. Immer wenn ich denke, es geht mir gut, sehe oder höre ich etwas, dass mich an alles erinnert … und meine ganzen Fortschritte aus der Therapie *verpuffen.*« Anscheinend hatte ich mich doch nicht getäuscht, und es ging ihm tatsächlich gut, seine Worte zeigen mir aber auch, wie instabil Antonio eigentlich ist, und das beunruhigt mich, verängstigt mich.

»Ich …« Meine Worte versiegen, was soll ich sagen? Ich verstehe ihn? Kann es nachvollziehen? Das wäre gelogen. Ich kann mir nicht ansatzweise vorstellen, wie sich Antonio gerade fühlen muss.

Am liebsten würde ich mir alles von der Seele schreien.

Dieser Gedanke bringt mich auf eine Idee, eine idiotische und verrückte Idee, die vielleicht keine Besserung verspricht, doch ich muss *irgendetwas* tun. Ich schreie aus vollem Halse los, lasse *alles* heraus. Meine Ängste, meine Sorgen. Ich schreie und schreie, höre nicht mehr auf. Antonio schaut mich erschrocken an, wahrscheinlich fragt er sich, ob ich den Verstand verloren habe. Vielleicht habe ich das, vielleicht habe ich das wirklich, doch es fühlt sich gut an, loszulassen, sich nicht mehr zurückzuhalten.

»Lass es raus, Antonio, lass *alles* raus.«

Danach schreie ich erneut los, trample mit meinen Füßen.

Antonio bleibt stumm, schaut sich mehrmals prüfend um. Ihm sind die Unsicherheit und der innere Kampf anzusehen. Soll er loslassen? Soll er es nicht? Ich würde es ihm wünschen. Und nachdem ich zu einem weiteren Schrei ansetze, ergreift er meine Hand, verschränkt unsere Finger und stimmt mit ein.

Antonio schreit.

Und schreit. Und schreit. Und schreit.

Es scheint aus seinem tiefsten Innern zu kommen, aus vollem Halse schreien wir zusammen, versuchen, die Dunkelheit aus unseren Herzen zu vertreiben. Im Augenblick stört uns nichts, nicht einmal die Passanten, die an uns vorbeilaufen und uns seltsam anschauen. *Es ist uns egal.* Im Moment gibt es nur noch uns. Während ich mich langsam entspanne, tut er es mir gleich, seine Gesichtszüge werden gelassener.

Irgendwann, ich weiß nicht, wie lange wir geschrien haben, hören wir auf. Schwer atmend schauen wir uns an. Lange sagt niemand ein Wort, doch dann hebt er meine Hand, die er noch immer umschlossen hält, an seine Lippen. »Danke, Scarlet. Ich dachte nicht, dass es helfen würde, aber ich habe das anscheinend wirklich gebraucht.« Er hält inne, schaut mich dankbar an, ehe er wieder ernst wird. »Dennoch kann es so nicht weitergehen.«

Ich nicke. »Nein, das kann es wirklich nicht.« Dann schaue ich ihn fragend an. »Und wie wollen *wir* das bewerkstelligen?« Ich betone das »wir« absichtlich, denn ich möchte ihm zeigen, dass ich ihn nicht damit allein lasse.

»Ich bin mir nicht mehr sicher, ob eine Therapie noch ausreicht.« Seine Schultern sacken ab. »Ich werde mich mit meiner Therapeutin zusammensetzen, um herauszufinden, wie es nun am besten weitergehen soll, was am besten für mich wäre, und dann sehen wir weiter.«

Kapitel 45

Vor mir auf dem Bett liegen mehrere Flyer und Informationsbroschüren ausgebreitet, die sich entweder mit dem Thema Sucht oder depressiven Phasen auseinandersetzen. Seit diesem Erlebnis in Antonios Auto sitze ich wie auf heißen Kohlen und versuche, eine Lösung für ein Problem zu finden, mit dem ich mich überhaupt nicht auskenne.

Mittlerweile hat Antonio mir offenbart, dass ihm seine Therapeutin einen dreimonatigen Aufenthalt in einer stationären Einrichtung empfiehlt. Gestern wollte er von mir hören, was ich davon halte, doch ich konnte ihm keine Antwort geben. Ich hörte allerdings heraus, dass auch er sich nicht sicher ist, ob es das Beste für ihn wäre.

Und weil ich ihn besser verstehen und ihm helfen möchte, habe ich mich heute nach der Vorlesung in ein Suchtzentrum begeben und nach Flyern für Angehörige gefragt. Eine nette Frau am Empfang hat mir geholfen, nachdem sie sich eine grobe Schilderung des Sachverhaltes angehört hat, die richtigen Flyer auszuwählen. Zudem teilte sie mir mit, dass es jeden Dienstag eine Selbsthilfegruppe für Angehörige gibt. Zum Schluss habe ich ihr die Frage gestellt, vor dessen Antwort ich mich am meisten fürchte: Was würde helfen, wenn die Therapiesitzungen nicht mehr ausreichen?

Ihre Antwort: *Eine stationäre Behandlung.*

Ich weiß nicht, was das für uns bedeuten würde. Mir ist nur eine Sache bewusst, und das ist, dass ich dann eine lange Zeit von ihm getrennt sein werde. Und gleichzeitig ploppt ein Wort in meinem Kopf auf. *Egoist.* Während Antonio bemerkt, dass seine Therapie nicht mehr ausreicht, denke ich nur darüber nach, dass ich ihn dann nicht mehr täglich in der Vorlesung und am Wochenende zu Hause sehen kann.

Ich schiebe diese Gedanken weit von mir, denn wir müssen machen, was für ihn am besten ist, und wenn es eine stationäre Behandlung sein muss, *dann ist das halt so.*

Es klopft an meiner Tür.

Schnell stopfe ich die Flyer und Papiere unter meine Bettdecke. »Herein«, rufe ich.

Kurz darauf betritt Ava mein Zimmer. In den letzten Wochen ist sie kaum von meiner Seite gewichen, sie wollte mich auch zum Flughafen begleiten, doch weil ich die Stunden danach mit Antonio verbringen wollte, habe ich dankend abgelehnt. Wir haben aber noch am selben Abend kurz telefoniert.

»Therese hat mir diesen Brief für dich mitgegeben.« Therese ist die Verantwortliche für dieses Stockwerk. »Sie sagt, er sei wichtig und dringend«, teilt sie mir mit, als sie ihn mir reicht.

Irritiert und neugierig öffne ich den Brief, und nachdem ich den Inhalt gelesen habe, lasse ich ihn auf das Bett fallen und lege stöhnend meinen Kopf in den Nacken. *Scheiße.*

»Die Miete für das Zimmer wurde nicht überwiesen.« Ich habe noch fünf Tage, um die Rechnung für diesen und nächsten Monat zu begleichen. Der nächste Monat ist übermorgen fällig, weshalb ich diesen mit bezahlen muss. »Ich habe komplett vergessen, dass dieses Zimmer von den Konten, die wegen der Untersuchungshaft meines Vaters eingefroren wurden, bezahlt wird«, erkläre ich Ava, bevor ich die Lippen aufeinanderpresse.

»Oh.« Danach schaut sie mich nachdenklich an. »Reicht dein Erspartes, um die Rechnungen zu begleichen?«

»Ja, das sollte noch reichen.« Die Frage ist allerdings: *Wie lange noch?*

Wenn ich noch weitere Zahlungen des Wohnheims einplanen muss, könnte es enger werden, als mir lieb ist. Immerhin wissen wir noch nicht einmal den Termin für die Gerichtsverhandlung meines Vaters. Und ich will weder meine Mutter noch meine Großeltern um Hilfe bitten. Das letzte verfügbare Geld meiner Mutter ging für den Flug drauf, und nun lebt sie vorübergehend auf Kosten ihrer Eltern.

Die Eltern meines Vaters – *beziehungsweise mein Großvater* – würde mir nichts überweisen. Und ich würde nicht wollen, dass meine Großmutter mir hinter dem Rücken ihres Mannes hilft, schließlich möchte ich ihr keine Schwierigkeiten bereiten.

»Allerdings werde ich noch kürzertreten müssen.«

Ava zwinkert mir zu. »Dann bist du bei mir – der Low-Budget-Expertin – am besten aufgehoben, nicht wahr?« Ein Seufzen kommt über meine Lippen, und Ava hebt eine Augenbraue. »Nun schaue doch nicht wie drei Tage Regenwetter, so schlimm ist das nicht.«

Weil ich weiterhin die Lippen zusammenpresse, fährt sie fort. »Es ist nicht nur deswegen, oder?«

»Es ist wegen *allem*, was gerade bei mir los ist.« Sie setzt sich zu mir auf das Bett, legt ihre Hand auf meine Schulter. Ich spüre, wie sich mein Herz zusammenzieht, als das Gesicht von meiner Mutter vor meinem inneren Auge erscheint. »Ich vermisse meine Mutter, es ist seltsam, dass ich nicht zu ihr ins Krankenhaus kann, um sie während einer Schicht zu besuchen, oder zu Hause vorbeischauen kann, um mit ihr eine schnelle Mahlzeit zu essen, bevor sie arbeiten muss.«

Früher habe ich nicht den Wunsch verspürt, sie täglich zu sehen, doch im Augenblick würde ich *alles* dafür geben. Es ist schon lustig, dass man das haben will, was man nicht mehr haben kann.

»Und das mit dem Geld ist auch ungewohnt.« Ava nickt, weil ihr mein letzter Satz natürlich bekannt vorkommt. »Obwohl, dir muss ich das nicht sagen.« Hier sitze ich, die nur vorübergehend ohne Geld dasteht, während die junge Frau mir gegenüber ihr Leben lang kaum Geld zur Verfügung hatte. »Ich hätte mich nicht beklagen sollen.«

Sie schüttelt den Kopf. »Es ist etwas vollkommen Neues für dich, ich kann das nachvollziehen, und ich weiß, dass du das nicht böse meinst.« Ava schaut mich weiterhin prüfend an, runzelt die Stirn. »Aber das war es noch nicht, oder? Es gibt noch immer etwas, das dich beschäftigt, nicht wahr?«

»Woher …?«

Ava unterbricht mich. »Nenn es Intuition.«

»Du hast recht, es gibt noch etwas …« Mehr kann ich ihr nicht sagen, denn ich habe Antonio versprochen zu schweigen. Obwohl es vielleicht befreiend wäre, endlich jemanden einzuweihen, mit jemandem *über alles* zu sprechen.

»Ich möchte dich nicht bedrängen, du musst dich mir nicht anvertrauen.« Ava hebt abwehrend ihre Hände. »Aber ich möchte, dass du weißt, dass ich für dich da bin, wenn du mich brauchst, Scarlet.« Sie schenkt mir ein aufmunterndes Lächeln. »Ich habe bereits von mehreren Personen gehört, dass ich eine gute Zuhörerin bin.«

Es ist eine Verlockung, mich ihr anzuvertrauen, eine Verbündete zu haben, die mich auffängt, wenn ich nicht mehr weiterweiß. Doch wir haben nicht umsonst Regeln eingeführt, schließlich müssen wir unsere Beziehung vor der Öffentlichkeit geheim halten. Trotzdem verspüre ich den Wunsch, über diesen Regeln zu stehen, etwas für *mich* zu tun.

Langsam weiß ich einfach nicht mehr weiter, es überfordert mich. Ich fühle, dass ich Hilfe brauche. Und vielleicht weiß Ava die Antwort, nach der ich gesucht habe? Vielleicht kann sie mir helfen, die richtigen Entscheidungen zu treffen. *Ich hoffe es.* Manchmal muss man im Nachhinein um Erlaubnis bitten. Außerdem glaube ich nicht, dass Antonio mir sein Einverständnis vorenthalten hätte, er möchte, dass ich glücklich bin.

Also nehme ich all meinen Mut zusammen.

Noch einmal atme ich tief durch. »Ich will mich dir anvertrauen«, beginne ich und schlucke. »Ich bin in unseren Professor verliebt.«

»In Professor Vittori? In Ordnung, und wo genau liegt dein Problem, Scarlet?«, erkundigt sie sich und zuckt mit den Schultern. »Schämst du dich, weil du gleichzeitig in einer Beziehung bist? Das musst du nicht, viele schwärmen für unseren Professor.«

Jetzt oder nie, Scarlet.

»Es beruht auf Gegenseitigkeit.«

Meine Freundin blinzelt, schaut zur Seite, während sie über meine Worte nachdenkt. Mit riesigen Fragezeichen in ihrem Gesicht dreht sie sich wieder zu mir um.

»Gegenseitigkeit?«

Ich nicke.

»Wirklich?«, möchte sie sich versichern. »Du willst mir also sagen, dass ihr *beide* Gefühle füreinander habt?«

»Wir haben nicht nur Gefühle füreinander, Ava.« Je weiter ich mich erkläre, desto leichter wird mir das Herz. »Wir sind in einer Beziehung.«

Ava muss schlucken. »Der Typ, von dem du mir nichts Genaueres verraten wolltest, ist unser Professor?«

Ich nicke erneut.

»Hast du den Verstand verloren, Scarlet?«

Blitzschnell steht sie auf, läuft in meinem kleinen Zimmer auf und ab, murmelt grimmig vor sich hin. Sie richtet wieder das Wort an mich, Enttäuschung ist ihrem Gesicht abzulesen.

»Ich wusste nicht, dass du selbstzerstörerisch veranlagt bist.« Ihr Finger legt sich an ihre Schläfe, als hätte ich ihr Kopfschmerzen verursacht. »Mal ernsthaft, Scarlet, was hast du dir dabei gedacht, dich auf eine Beziehung mit *unserem Professor* einzulassen? Und ich dachte, du wärst die Clevere von uns beiden.«

»Denkst du wirklich, ich wollte das alles?«

Ava verdreht ihre Augen. »Zwischen Gefühle entwickeln und sich den Gefühlen hingeben ist ein *meilenweiter* Unterschied, Scarlet.« Sie lehnt sich gegen meinen Schrank, schließt kurz ihre Augen, bevor sie fortfährt. »Ihr beide braucht eine Beziehung, die euch nicht alles kosten wird. Und glaub mir, solche Sachen bleiben *nie* unter Verschluss.«

Meine Stimme wird lauter, meine Frustration wächst. »Das weiß ich alles, und glaub mir, ich denke tagtäglich über die Konsequenzen und …«

Ava unterbricht mich. »Na, anscheinend nicht gründlich genug, sonst hättest du dich nicht dafür entschieden, eine Beziehung mit unserem …« Sie hält inne, beruhigt sich und senkt ihre Stimme, schließlich sind die Wände dünn und die Türen noch dünner. »… mit unserem *verdammten Professor* einzugehen.«

Ein Funke der Erleichterung durchzuckt mich, weil sie den letzten Teil des Satzes leise ausgesprochen hat. Als wollte sie trotz allem nicht, dass das Geheimnis wegen ihr auffliegt, als würde sie weiterhin hinter mir stehen. Ich möchte etwas erwidern, doch sie lässt mich nicht zu Wort kommen.

»Wie lange läuft das schon?«

Ein Seufzen kommt über meine Lippen. »Mit uns hat alles angefangen, *bevor* ich wusste, dass es sich bei ihm um meinen Professor handelt.«

Irritation löst ihr Ärgernis ab. »Wie meinst du das?«

»Kannst du dich daran erinnern, dass ich vor dem Beginn des Studiums in San Francisco war?«, frage ich sie, weshalb sie bloß schweigend nickt. Die neuesten Erkenntnisse machen sie anscheinend neugierig. »Dort habe ich Antonio …«

Ava kneift ihren Mund aufeinander, schaut mich verständnislos an. Ihn mit Vornamen anzusprechen, ist wahrscheinlich noch zu früh. *Viel zu früh.*

»… ihn kennengelernt. Wir haben miteinander geschlafen, dachten nicht, wir würden uns jemals wiedersehen … Du kannst dir vorstellen, wie geschockt ich war, als sich herausstellte, dass er mein Professor ist.«

»Und weiter?«, möchte sie wissen.

Seufzend zucke ich mit meinen Schultern. »Wir haben versucht, uns voneinander fernzuhalten.« Ava schaut mich mit einem *Hat ja super funktioniert*-Blick und einer gehobenen Augenbraue an.

»Ich kann irgendwie nachvollziehen, wieso du ihm verfallen bist. Du bist jung, im Vergleich zu ihm unerfahren und musst dich erst in dieser Welt zurechtfinden, aber … *er*?« Plötzlich setzt Ava sich wieder zu mir auf das Bett. »Professor Vittori hätte es besser wissen sollen, er hat seine Machtposition ausgenutzt, um dich zu verführen.«

Und weil ich nicht möchte, dass sie solch ein schlechtes Bild von ihm hat, erzähle ich ihr den Rest – jedenfalls vom Teil der verbotenen Liebe. Und es ist mir überaus wichtig, dass sie weiß, dass die Initiative *immer* von mir aus ging.

Meine Freundin schaut mich lange stumm an, überlegt wahrscheinlich, was sie am besten sagen soll. Ihr Gesicht wird dabei weicher, der Ärger weicht aus ihrem Blick.

»Du hast gesagt, dass es dir nicht gut geht«, erinnert sie sich. »Ich kann mir gut vorstellen, dass dich das belasten muss. Hast du das damit gemeint?«

Für einen kurzen Augenblick vergrabe ich mein Gesicht in meinen Händen. »Wenn das nur unser einziges Problem wäre.« Ich blicke wieder auf, sie schaut mich verwirrt an, doch ich glaube auch, etwas wie Mitgefühl zu erkennen. »Dass er mein Professor ist, würde ich nicht als unser größtes Hindernis bezeichnen.«

Und damit lasse ich los, halte mich nicht mehr zurück und erzähle ihr einfach *alles.* Von seiner Suchterkrankung, seinem abgewendeten Rückfall, seiner Nochehefrau, dem verlorenen Kind. Nichts wird ausgelassen, und nachdem ich alles losgeworden bin, fühle ich mich befreit.

Avas Kinnlade hängt fast bis zum Boden. »*Uff,* heilige Scheiße.«

Ein trauriges Lächeln liegt auf meinen Lippen. »Ich möchte ihm helfen, für ihn da sein, denn er hat das alles nicht verdient.« Alkoholsucht ist eine Krankheit, keine freie Entscheidung. Und dass er von seiner Frau betrogen und verlassen wurde, ist auch nicht seine Schuld. »Aber ich weiß einfach nicht, wie.«

»Nun ... wieso suchst du dir dann nicht Hilfe?« Verwirrt betrachte ich sie, weshalb sie ihren Gedanken weiter ausführt. »Wenn es Selbsthilfegruppen für Süchtige gibt, muss es auch Gruppen für Angehörige geben, oder nicht? Er geht zur Therapie, hast du gesagt? Wieso nimmst du nicht auch einen Termin bei seiner Therapeutin wahr? Vielleicht kann sie dir ein paar Tipps geben?«

Ich hole die Flyer und Broschüren unter meiner Bettdecke hervor. »Ich war heute im Suchtzentrum und habe mir diese Unterlagen mitgenommen. Vielleicht sollte ich wirklich eine Gruppe besuchen?«

»Wenn du willst, kann ich dich begleiten.«

»Das würde mir eine Menge bedeuten, Ava.«

Nachdem wir uns kurz vor elf Uhr abends verabschiedet haben, liege ich im Bett und denke nach. Über Antonio, über mich, *über uns.* Und gleichzeitig über meine Liebe zu ihm, die sich in den letzten Monaten immer mehr verfestigt hat, egal, welche Hindernisse uns in den Weg gelegt wurden. Aus diesem Grund will ich nicht länger allein im Bett liegen.

Auch wenn wir das normalerweise nicht unter der Woche machen, kann ich den Wunsch nicht unterdrücken, in seinen Armen einzuschlafen. Nachdem ich ihm eine Nachricht geschrieben habe, dass ich vorbeikomme, antwortet er, dass er mich immer gerne bei sich hat. Ich schnappe mir meine Sachen und steige sofort in den Bus, um zu ihm zu gelangen.

Weil ich einen Schlüssel von ihm bekommen habe, klingle ich nicht und betrete unverzüglich sein Haus, das mich still und dunkel empfängt. Jedenfalls bis ich ins Schlafzimmer komme, denn dann ist etwas sehr deutlich zu hören.

Antonio schnarcht.

Grinsend gehe ich ins Bad und mache mich schnell bettfertig, danach lege ich mich mucksmäuschenstill zu ihm, um ihn nicht zu wecken. Ich kuschle mich an ihn, nehme seine Wärme und seinen Geruch auf, der meinen Herzschlag verlangsamen lässt, sodass ich neben ihm einschlafe.

Doch nicht für lange.

Unruhige Bewegungen und lautes, atemloses Stöhnen, das sich anhört, als würde jemand keine Luft mehr bekommen, lassen mich aus dem Schlaf hochschrecken. Es ist dunkel, die Nacht regiert noch immer über den Tag, doch Mondlicht erhellt den Raum ausreichend.

Antonio windet sich neben mir, seine Haut nass, seine Haare feucht vom Nachtschweiß, sein Gesicht schmerzerfüllt. Seine Lippen bewegen sich, ein kurzes leises Wort entweicht, doch ich kann es nicht verstehen. Aus diesem Grund lehne ich mich zu ihm hinunter, noch immer auf der Hut, weil Antonio mit seinen Armen herumschlägt, als versuche er, etwas von ihm fernzuhalten. Ein weiteres Mal entschlüpft ein Wort seinem Mund.

Annabella.

»Antonio«, sage ich, rüttele leicht an seiner Schulter. Dieses Grauen kann ich nicht länger mit ansehen. Es bricht mir das Herz, ihn derart leiden zu sehen. »Du träumst, wach auf.«

Das Zucken verschwindet, seine unruhigen Bewegungen stoppen. Abrupt öffnet Antonio seine Augen, die schimmern, weil sich dort Tränen gesammelt haben. Seine Brust hebt und senkt sich schnell.

»Ich …« Mehr kommt nicht aus seinem Mund, während er nach Luft ringt. Seine Hand krallt sich um meinen Arm, während er mich mit geweiteten, verängstigten Augen anschaut, die stumm nach Hilfe rufen. *»Sie …«*

Aus einem Reflex heraus ziehe ich ihn zu mir, bette seinen Kopf an meinem Kopf. Beruhigend streichle ich durch seine feuchten Haare. »Es ist alles in Ordnung«, versichere ich ihm und beuge mich herab, um ihm einen Kuss auf die Stirn zu geben. »Es war ein Traum, du bist nicht allein, ich halte dich fest.«

Obwohl ihm warm sein muss, bedecke ich uns beide mit einer Decke, um ihm Geborgenheit zu vermitteln. Ich improvisiere, bisher habe ich noch nie miterlebt, dass er einen Albtraum hatte. »Versuch, ein wenig zu schlafen, Antonio«, schlage ich vor, während ich weiter seinen Kopf streichle und beginne, eine leise beruhigende Melodie zu summen.

Kapitel 46

»Gibt es noch etwas, auf das ich achten muss?«

»Nein, Miss Pierce, nur auf das, was ich Ihnen bereits erklärt habe«, antwortet Staatsanwalt Michaelis. Die Unterlagen, die vor ihm ausgebreitet sind, schlägt er allesamt nacheinander zu. »Dann wäre es das auch für heute.« Er schaut in seinen Computer, überprüft anscheinend etwas. »Nächste Woche beschäftigen wir uns damit, was die gegnerische Seite vorbringen kann, um Ihre Glaubwürdigkeit zu untergraben.«

Seit zweieinhalb Wochen, seit der Termin für die Gerichtsverhandlung feststeht, treffen wir uns zweimal wöchentlich, um den Prozess vorzubereiten. Wir befinden uns in der Endphase, da der Gerichtstermin Anfang der übernächsten Woche stattfindet. Ursprünglich hielt es der Anwalt nicht für notwendig, sich mehr als zweimal in den vier Wochen zu treffen, doch nachdem Michaelis herausgefunden hat, *wer* meinen Vater vertritt und dessen Zeugenliste einsehen durfte, hat er darauf bestanden. Es ist die Sorte Anwalt, die nichts unversucht lässt, über Moral hinwegsieht, nur um den eigenen Mandanten mit nichts als einem Handklopfer davonkommen zu lassen. Ich soll mich darauf vorbereiten, von ihm durch den Dreck gezogen zu werden.

Meinen Block habe ich noch nicht geschlossen, meine Mitschriften über den Prozess sind wild durcheinander, weshalb ich diese im Wohnheim noch mal richtig aufarbeiten muss. Und erst dann werde ich meine Hausaufgaben für die Universität erledigen und lernen. Es gibt so viel zu tun, doch nur so wenig Zeit.

»Soll ich bis zur nächsten Sitzung wieder etwas vorbereiten?« Am Ende der Sitzung bekomme ich immer so etwas wie eine Hausaufgabe von ihm.

Er räuspert sich. »Ich muss wissen, was Ihre dunkelsten Geheimnisse sind, Miss«, beginnt er, weshalb sich Unbehagen breitmacht und ich unruhig auf meinem Stuhl herumrutsche. »Es ist viel verlangt, doch ich muss wissen, womit ich es zu tun habe und was die gegnerische Seite über Sie in der Hand haben könnte.« Ich notiere es mir, doch meine Hand zittert. »Egal, für wie unwichtig sie es halten, nennen Sie es mir. Haben Sie mal einen Mitschüler bestohlen? Über Ihre Anwesenheit in der Schule gelogen? Gehen Sie in sich, Miss Pierce, denken Sie nach und schreiben Sie alles in eine Liste.«

Es gibt nur eine Sache, die mir den Nacken brechen könnte. Antonio.

Der Staatsanwalt, der im Alter meines Vaters ist, streicht durch seine rötlich blonden Haare. »Gibt es etwas, das ich dringend wissen sollte?«, möchte er bereits vorab wissen, wahrscheinlich um sich darauf einzustellen.

»Es gibt …« *Etwas.* »… nichts.«

Es ist beinahe acht Uhr abends, als es an meiner Tür klopft.

Ava, nachdem ich sie hereingerufen habe, läuft tänzelnd zum Schreibtisch, an dem ich gerade sitze und arbeite. »Na? Alles gut so weit? Ich hatte dir geschrieben, doch du hast dich bis eben noch nicht zurückgemeldet, weshalb ich nach dir sehen wollte.«

Nachdem ich einen Knopf auf meinem Telefon gedrückt habe, blinken mehrere Nachrichten auf, weshalb ich überrascht meinen Mund öffne.

Seit ungefähr einer Stunde bin ich zu Hause, und seitdem habe ich keine der Benachrichtigungen mitbekommen. Zu sehr war ich mit den Aufzeichnungen, die ich beim Staatsanwalt gemacht habe, beschäftigt. Und ich bin auch erst gerade eben damit fertig geworden, alles neu aufzuschreiben und meine Gedanken und Anmerkungen einzufügen. Immer wenn ich mich mit dem Prozess auseinandersetze, spielt mir mein Kopf sämtliche Szenarien vor, die mich erwarten könnten. Diejenigen, vor denen ich mich auch am meisten fürchte, sind die, in denen ich als Verliererin hervorgehe. Aus diesem Grund schaue ich täglich, nachdem ich für die Medical School gelernt habe, die Notizen für die Verhandlung durch. Nicht selten bin ich erst weit nach Mitternacht im Bett und habe auch zwei- oder dreimal verschlafen.

»Oh, Entschuldigung, ich habe es nicht mitbekommen. Die Sitzung dauerte heute ein wenig länger«, erkläre ich ihr, schenke ihr ein Lächeln, auch wenn es nicht meine Augen erreicht.

Ich bin seit Wochen angespannt, weil ich das Ungewisse endlich hinter mir lassen möchte. Wird er verurteilt? Kommt er frei? Werde ich gewinnen? Werde ich verlieren? Und was passiert, wenn ich … *Nein, nein, nein.* Ich darf diesen Gedanken nicht zulassen.

»Aber ja, es ist alles in Ordnung, nur derzeit alles sehr stressig.« Diesen Satz gebe ich tagtäglich von mir, denn Ava fragt mich mindestens zweimal am Tag, wie es mir geht. Sie macht sich Sorgen um mich und möchte sich daher versichern, dass es mir nicht zu viel wird.

Ava macht eine Kopfbewegung Richtung Flur. »Und hast du dir schon überlegt, ob du dabei bist?«, fragt sie mich schließlich, weshalb ich meinen Kopf schief lege. Ava seufzt, lächelt mich dann aber an. »Sie zeigen doch heute *American Psycho* im Aufenthaltsraum.«

»Das habe ich komplett vergessen …« Ich verdrehe die Augen und klatsche gegen meine Stirn. Ava hat mich heute früh gefragt, ob wir uns den Film zusammen anschauen wollen.

Frustriert stöhnend werfe ich meinen Kopf nach hinten, weil ich gerne an einem Filmabend teilnehmen würde, doch wenn ich ansatzweise rechtzeitig im Bett sein will, muss ich meine Hausaufgaben machen und lernen.

Kopfschüttelnd zeige ich zu meinen Schulbüchern, die sich am Rand meines Schreibtisches stapeln. »Ich habe noch nicht einmal mit dem Unikram angefangen. Ich werde die nächsten Stunden damit beschäftigt sein.«

Gleichzeitig vibriert mein Telefon.

Hast du Zeit für mich? Können wir reden?

»Ich weiß, du betrügst nicht gern, aber wieso schreibst du nicht ein Mal meine Hausaufgaben ab? Du könntest einen freien Abend gebrauchen.« Derweil sperre ich mein Telefon und entscheide mich dafür, Antonio zu antworten, wenn Ava weg ist. »Du machst dich sonst noch kaputt, komm schon, es bleibt auch unter uns. Ich werde es schon nicht unserem Professor melden«, scherzt sie, sodass ich erzwungen lächle, während ich ein Gähnen unterdrücken muss.

Meine Antwort überrascht mich selbst. »Um ehrlich zu sein, würde ich gerne darauf zurückkommen und deine Hausaufgaben kopieren.« In meiner gesamten schulischen und akademischen Laufbahn habe ich das *noch nie* gemacht. »Aber ich würde lieber ein wenig Schlaf nachholen.« Ein weiteres Gähnen kann ich nicht unterdrücken, weshalb Ava schmunzelt und schließlich nickt.

»Weißt du, was? Wieso legst du dich nicht jetzt schon schlafen? Ich schreibe meine Hausaufgabe für dich ab, das würde mir nichts ausmachen.«

Unverzüglich schüttele ich meinen Kopf. »Nein, du würdest den Anfang des Films verpassen.«

Ava schnalzt mit der Zunge. »Ich habe den Film bereits Hunderte Male gesehen, ich kenne ihn in- und auswendig, weshalb das kein Problem ist.«

»Aber …«

»Keine Widerrede«, unterbricht sie mich, bevor sie nach vorne tritt, mich vom Stuhl zieht und dann in Richtung des Bettes schubst. »Sieh es als meine Wiedergutmachung dafür, dass du mich praktisch jeden Morgen aufweckst und mich zur Uni schleppst.« Sie schmunzelt, während sie ihre Locken mit den Fingern eindreht. »Ohne dich hätte ich sicherlich schon oft durch meinen Alarm geschlafen und die ersten zwei Stunden verpasst. Du bist wie meine nervigen Schwestern, die lassen mich auch nie ausschlafen.«

Sie schafft es, dass ein aufrichtiges Grinsen auf meinen Lippen erscheint. »Hast du mich gerade mit deinen *nervigen* Schwestern verglichen?«

»Gut möglich.« Ava lacht, bevor sie wieder in Richtung Tür läuft. »Pfoten weg von den schulischen Unterlagen, klar? Heute ist dein freier Abend«, erinnert sie mich mit einem tadelnden Finger in der Luft. »Bis morgen früh.«

Nachdem Ava mein Zimmer verlassen hat, schaue ich noch einen Moment auf meine Unterlagen, dann schüttele ich mich und lege mich ins Bett. Im Augenblick fehlt mir sogar der Elan, in den Waschraum zu gehen, um mir die Zähne zu putzen. Ich trage sogar noch meine Jeans, deren Bund sich in meine Haut drückt. Anstatt sie auszuziehen, öffne ich nur den Knopf. Ich entschließe mich dazu, einfach nur kurz die Augen auszuruhen, ein kurzes Nickerchen zu machen, bevor ich mich wirklich bettfertig mache.

Nur ein paar Minuten.

Gerade als ich meine Augen schließe, höre ich, wie mein Telefon klingelt. Stöhnend greife ich danach und seufze auf, als ich erkenne, dass mich Antonio anruft.

Ich glaube zu wissen, warum. Er hatte heute einen wichtigen Termin in einer Tagesklinik und wollte im Anschluss mit mir darüber sprechen, um eine Entscheidung zu fällen, doch durch meinen engen Zeitplan ... habe ich es einfach nicht geschafft. Selbstverständlich fühle ich mich schuldig deswegen, ich hatte ihm versprochen, für ihn da zu sein. Im Augenblick weiß ich nur, dass es eine Alternative zur stationären Behandlung ist. Antonio müsste dann nicht drei Monate in eine Reha Einrichtung gehen, was natürlich vorteilhaft wäre.

Mit einem schlechten Gewissen drücke ich ihn weg, weil ich im Augenblick zu erschöpft bin, um solch ein wichtiges Gespräch zu führen – es geht schließlich um seine Zukunft. Ich sollte nicht darüber sprechen, wenn ich kaum meine Augen aufhalten kann. Ich werde ihn einfach morgen zurückrufen, ja, das werde ich.

Obwohl … Morgen wird es auch ungünstig, denn es ist ein Skype-Gespräch mit meiner Mutter angesetzt, sie möchte mit mir über ihre Aussage sprechen.

Ich werde das schon irgendwie schaffen …

Kapitel 47

Mein Herz schlägt so schnell, ich habe das Gefühl, dass es gleich aus meiner Brust springt. Die Holzbank unter mir ist hart, sodass ich deswegen – und wegen meiner Nervosität – mein Gewicht regelmäßig verlagere. Ich sitze zwischen Heath und Ava, die je eine meiner Hände halten, während sie wie ich starr geradeaus schauen. Vor wenigen Minuten ist die Geschworenenjury zurückgekommen und verkündet jeden Moment das Urteil. Der Prozess dauerte zwei quälend lange Tage, da sich mein Vater einen gerissenen Anwalt genommen hat, der jede Menge Leumundszeugen vor Gericht gerufen hat. Ich bin aus allen Wolken gefallen, wie viele Chirurgen für ihn ausgesagt haben, dass mein Vater zu solchen Taten nicht in der Lage wäre. Für die Seite des Staatsanwalts haben nicht viele ausgesagt, eigentlich nur meine Mutter, die die Aussage per Videoübertragung gemacht hat, die zwei Polizisten aus dem Krankenhaus und ich. Die Gesichter der Jury während der Schilderung haben Bände gesprochen, und nachdem sie die Bilder meiner Mutter nach ihrem Sturz gesehen haben sowie mein Video, wusste ich, dass die Geschworenenjury auf unserer Seite ist. Sie haben meinem Vater hasserfüllte und angeekelte Blicke zugeworfen, die mich erleichtert und befriedigt haben.

Trotz allem bleibt ein Funke Furcht, das wird sich wahrscheinlich nie ändern.

Die Sprecherin für die Geschworenen steht auf, betrachtet die Richterin. »Wir befinden den Angeklagten in allen Punkten für schuldig«, verkündet sie.

»Scheiße, *ja*!« Heath klatscht in die Hände.

»Ab in den Knast mit dem Idioten!«, höre ich Ava sagen.

Aus meinem Mund kommt kein Ton, weil ich nicht glauben kann, dass es vorbei ist. Ich wusste, dass ich die Schlacht zuvor gewonnen hatte, doch ob ich auch siegreich aus dem Krieg hervorgehe, war bis zu dieser Gerichtsverhandlung offen. Und diese endgültige Gewissheit treibt nun die Tränen in meine Augen.

»Das ist nicht möglich!«, schreit mein Vater. Er springt vom Stuhl auf, so hektisch, dass die Wärter sich nähern und dafür sorgen, dass er an Ort und Stelle bleibt. »Das könnt ihr nicht tun! *Wisst Ihr nicht, wer ich bin?«*

»Ein Arsch!«, ruft Heath laut.

Er dreht sich um, die Augen verengen sich, als er von mir zu meinem Freund schaut, der ihn gerade beleidigt hat. »Du …«

»Ruhe in meinem Gerichtssaal!«

Die donnernde Stimme der Richterin sorgt dafür, dass alle verstummen, auch mein Vater, dennoch wirft er mir vernichtende Blicke zu. Bitte, soll er doch, mehr kann er mir nicht mehr antun.

»Die Geschworenenjury hat gesprochen. Jacob Pierce, hiermit verurteile ich Sie wegen mehrfacher Körperverletzung, schwerer Körperverletzung, versuchten Mordes …« Der Staatsanwalt hat den Vorfall auf der Treppe als versuchten Mord vor Gericht gebracht. »… Nötigung und Widersetzen gegen die Staatsgewalt zu einer Haftstrafe von zehn Jahren ohne Aussicht auf Bewährung.«

Der Hammer rauscht nach unten, das laute Geräusch lässt mich lächeln. *Dieses süße Geräusch des Siegs.* Am liebsten würde ich sie bitten, noch einmal zu urteilen, um es erneut zu hören.

»Führen Sie ihn ab.«

»Nein!«, brüllt er, als die Wärter sich in Bewegung setzen. »Lasst mich los! Lasst. Mich. Los!« Er versucht, sich aus dem Griff der zwei Beamten zu winden, doch ihm werden Handschellen angelegt. Während er zum Seitenausgang geführt wird, dreht er sich um, sucht meinen Blick. »Das wirst du bereuen!«

Früher hätte diese Drohung dafür gesorgt, dass mir das Blut in den Adern gefriert, ich mich am liebsten unter meiner Bettdecke versteckt hätte. Doch mein Vater wird *nie* wieder seine Hand gegen mich erheben. Er wird mich *nie* wieder erniedrigen. Der Keller wird mich *nie* wiedersehen. *Nie* wieder wird er mich manipulieren oder erpressen.

Zu sehen, wie er schuldig gesprochen, abgeführt und hinter Gitter gesteckt wird, macht all den Schmerz *fast* wieder gut.

»Er hat bekommen, was er verdient hat«, sagt Heath, während wir von unseren Plätzen aufstehen. Kaum stehe ich, zieht er mich in seine Arme, wippt mich hin und her, während ich mit meinen Füßen in der Luft schwebe, da er mich zudem auch hochgehoben hat.

»Du bist frei von ihm, Scarlet«, sagt Ava und umarmt mich ebenfalls.

»Ja und ja.« Dann hole ich mein ausgeschaltetes Telefon aus meiner kleinen Umhängetasche. »Wenn ihr mich entschuldigen würdet, ich muss meine Mutter anrufen.« Ich habe ihr versprochen, sofort anzurufen, wenn das Urteil gefällt wurde. Sie hätte darum nicht bitten müssen, ich hätte es sowieso gemacht.

Kaum schalte ich mein Telefon an, blinzle ich verwundert.

Sieben verpasste Anrufe von Antonio.

Die Anrufe verteilen sich innerhalb einer Zeitspanne von anderthalb Stunden. Vielleicht wollte er sich erkundigen, ob es schon Neuigkeiten wegen meines Vaters gibt. Es ist naheliegend, trotzdem kann ich ein beunruhigendes Gefühl nicht abschütteln, weshalb ich unverzüglich auf Rückruf drücke.

Mir ist bewusst, dass der erste Anruf meiner Mutter zusteht, trotzdem *kann* ich nicht anders. Es klingelt und klingelt und klingelt, doch Antonio hebt nicht ab. Nachdem ich es noch zwei weitere Male erfolglos probiert habe, rufe ich meine Mutter an, um ihr die guten Neuigkeiten zu überbringen.

Ihre Reaktion fällt erwartungsgemäß aus: Sie stößt einen Glücksschrei aus, und am liebsten würde ich ihr um den Hals fallen. Schade, dass sie nicht hier ist, um es mit mir zu feiern, doch es ist gut so, wie es ist.

Immer wenn ich mit meiner Mutter ein Videotelefonat führe, wirkt sie wie ausgewechselt. Strahlt über beide Ohren, lächelt glücklich und lacht aus tiefstem Herzen. Vorletzte Woche hat sie sich für die Medizinerprüfung angemeldet, wo ausgebildete Ärzte aus der ganzen Welt ihr Können unter Beweis stellen, um in Südafrika praktizieren zu dürfen. Sie möchte wieder in einem Krankenhaus arbeiten, sie möchte sich dort ein Leben aufbauen. Und ich freue mich aufrichtig für sie, es macht mich glücklich zu wissen, dass es ihr gut geht.

Bevor ich wieder zu Heath und Ava zurücklaufe, kommen mir meine Großeltern entgegen.

Mein Großvater würdigt mich keines Blickes und läuft ohne ein Wort an mir vorbei. Meine Oma bleibt vor mir stehen, nimmt mich in die Arme.

»Ich bin traurig, aber ich freue mich auch«, sagt sie aufrichtig, schließlich wurde ihr Sohn zu einer Haftstrafe verurteilt – ihr Kind, das sie trotz allem wahrscheinlich über alles liebt.

»Daphne!«, ruft mein Großvater. »Wir reden nicht mit Abschaum.«

Mir platzt der Kragen, in seinen Augen habe noch immer ich den Fehler gemacht, nicht sein gewalttätiger Sohn.

»Halt doch endlich die Klappe, du bist doch der größte Abschaum!« Mein Vater wurde nicht als Monster geboren, er wurde zu einem gemacht. *Von ihm.* Hätte mein Großvater seinen Sohn liebevoll erzogen, wären wir heute sicherlich nicht hier.

»Was erlaubst du d…?« Mehrere Beamte werden auf uns aufmerksam, weshalb mein Großvater verstummt, sich wegdreht und davonläuft. Wie mein Vater wirft er mir zum Abschied einen hasserfüllten Blick zu. In seinen Augen gehöre ich nicht mehr zur Familie, doch das stört mich nicht, ich habe meine Mutter, und ich habe meine Oma, die sich niemals gegen mich stellen würden, dessen bin ich mir bewusst.

»Wieso lässt du dich nicht scheiden?« Ich schaue sie fragend an, weil ich das wirklich nicht nachvollziehen kann. »Wärst du ohne ihn nicht glücklicher? Ich meine, *ich* wäre es.«

»Jahrelang war ich in der Rolle deiner Mutter gefangen, erlebte das, was sie durchgemacht hat.« Sie hatte es mehrmals angedeutet, doch bisher nie offen zugegeben. »Aber mittlerweile ist er machtlos, außer seiner Stimme hat er alles verloren, und seine Worte verletzen mich seit Jahren nicht mehr.« Plötzlich grinst sie spitzbübisch. »Er ist auf *mich* angewiesen, und genau auf diese Weise zahle ich ihm all die Jahre heim, in denen er mir mein Leben zur Hölle gemacht hat.«

Abwartend schaue ich sie an, weil ich möchte, dass sie mir mehr verrät. Wie *genau* zahlt sie es ihm heim?

»Ich erinnere ihn immer wieder an gemeinsame Momente, die ausgedacht sind, winke fremden Menschen in seiner Gegenwart zu und frage, ob er sich denn nicht mehr an unsere alten Bekannten erinnern kann. Er glaubt, sein Gedächtnis lässt nach, *was er hasst.* Ich kaufe immer wieder andere Wassersorten, fülle diese aber in die Flaschen seiner eigentlichen Marke um, sodass er denkt, dass er den Verstand verliert.« Sie zuckt mit ihren Schultern. »Eine Scheidung – selbst der Tod – wäre zu gnädig für ihn. Ich werde dafür sorgen, dass seine letzten Jahre die schlimmsten seines Lebens werden.«

»Das hätte ich dir nicht zugetraut«, gestehe ich ehrlich.

Ein trauriges Seufzen kommt über ihre Lippen. »Nun, ich habe jahrelang von dem Besten gelernt«, antwortet sie. Dann macht sie eine Kopfbewegung in Richtung meiner Freunde, die inzwischen auch den Gerichtssaal verlassen haben. »Und nun ab mit dir, Kleines.« Sie küsst mich zum Abschied auf die Wange. »Ich kann kaum in Worten ausdrücken, wie stolz ich auf die junge Frau bin, die im Moment vor mir steht. Du solltest diesen Tag feiern.«

»Ich habe dich lieb.«

»Und ich dich.«

Die nächsten Stunden vergehen wie im Flug. Nachdem wir zu dritt das Gerichtsgebäude verlassen haben, gehen wir zu Heath nach Hause, weil seine Mutter zur Feier des Tages etwas für uns kochen will. Obwohl mich seine Eltern nicht kennen, wollen sie mir, einer Freundin ihres Sohnes, etwas Gutes tun, um ihr Mitgefühl auszudrücken.

Es rührt mich, und ich fühle mich mehr als gut aufgehoben. Nicht zu vergessen, dass ich mich gefühlt alle zehn Minuten bei Ava und Heath bedanke und auch entschuldige, denn ich habe das Gefühl, in den letzten Wochen eher *genommen* zu haben, als etwas zu geben.

Zum Abend haben wir es uns bei Ava im Zimmer bequem gemacht, ihr Laptop steht uns gegenüber auf ihrem Stuhl, während wir uns zu dritt ins Bett kuscheln und *Guardians of the Galaxy* schauen. Auch wenn mir der Film gefällt, schiele ich immer wieder auf das Display und hoffe auf eine Nachricht. Langsam beunruhigt mich die Funkstille, bisher hat Antonio immer innerhalb einer Stunde geantwortet, meistens sogar innerhalb von Minuten. Inzwischen sind *Stunden* vergangen.

Es sieht ihm nicht ähnlich, mich zu ignorieren.

Der Film rückt immer weiter in den Hintergrund, weil meine Gedanken immer lauter werden. Das komische Gefühl in meinem Herzen stiehlt mir die Konzentration. Ich kann es weder abschütteln noch benennen – fühle ich mich unsicher? Traurig, weil Antonio mir nichts zum Urteil schreibt? Nach weiteren zehn Minuten schwindet meine Selbstbeherrschung. Ich wollte mich zurückhalten und ihn nicht bedrängen, doch seine Funkstille beunruhigt mich.

»Ich komme gleich wieder, ihr könnt den Film weiterlaufen lassen.«

Kaum habe ich den Raum verlassen, wähle ich unverzüglich seine Nummer. Nach ungefähr zehn Sekunden lande ich auf seiner Mailbox. Sein Telefon ist nicht aus, stattdessen hat er mich gerade *weggedrückt.*

Mein Magen zieht sich vor Übelkeit zusammen, da ich ein ganz schlechtes Gefühl habe. Nachdem ich die Nachricht geschrieben habe, in der ich mich erneut nach ihm erkundige, bleibt der Chat geöffnet. Ich starre gedankenversunken auf meine Nachfrage. Und warte und warte und warte. Eine Lesebestätigung gibt mir Hoffnung, dass er mich zurückrufen wird, mir sagen wird, dass alles in Ordnung ist und ich mir umsonst Sorgen gemacht habe.

Und dann erscheinen plötzlich drei Punkte in unserem Chat.

Antonio schreibt.

Mehrere Minuten starre ich auf den Bildschirm. Ich kann ein Stirnrunzeln nicht unterdrücken, denn zuerst meldet er sich stundenlang nicht bei mir, und nun schreibt mir Antonio einen Roman? Die drei Punkte verschwinden, jedoch erscheint keine Nachricht im Chat, wahrscheinlich liest er sie sich noch einmal durch. Das macht jeder, auch ich, das sollte mich nicht beunruhigen.

Doch nichts passiert, und langsam setzt sich die Erkenntnis bei mir durch: *Ich werde keine Nachricht bekommen.* Mich durchfährt weder Wut noch Zorn, dass er mich ignoriert hat, sondern Besorgnis und Angst. Gedankenverloren laufe ich unruhig auf dem Flur vor unseren Zimmern auf und ab, versuche nachzudenken.

Vor über vier Wochen hatte ich mir vorgenommen, ihn in seiner schwierigen Zeit zu unterstützen und dass wir eine gemeinsame Lösung finden. Doch nur wenige

Tage nachdem ich mir die Flyer besorgt habe, hat sich alles geändert. Meine Prioritäten haben sich verändert, ich habe mich an erste Stelle gesetzt. *Und ihn hintangestellt.* Was mir erst in diesem Augenblick wirklich bewusst wird.

Immer und immer wieder bin ich mit dem Staatsanwalt meine Aussage durchgegangen, habe geprüft, ob es Punkte gibt, die mich angreifbar machen können, zum Beispiel indem ich falsche Begriffe wie »ich denke«, »ich glaube, gesehen zu haben«, »es kann gut sein« benutze. Weil meine Mutter und ich die Kernzeugen waren, war unsere Glaubwürdigkeit ausschlaggebend.

Erschreckenderweise kann ich mich nicht mehr daran erinnern, wann ich ihn das letzte Mal nach seinem Tag oder seinem Befinden gefragt habe. Ich weiß nur, dass sich Antonio für eine ambulante Behandlung – *eine sogenannte Tagesklinik* – entschieden hat. In dieser verlässt man sein persönliches Umfeld nicht und lebt weiterhin zu Hause. Man findet sich am frühen Morgen dort ein und verlässt die Klinik am späten Nachmittag. Und doch weiß ich im Augenblick nicht einmal, *wann oder wie lange* diese Tagesklinik geht oder *wo* sie sich überhaupt befindet. Ich bin mir sicher, dass Antonio es mir gesagt hat, doch ich habe es mir nicht gemerkt oder verdrängt. Indem ich dafür gesorgt habe, dass mein Vater für seine Verbrechen geradesteht, habe ich bewusst – oder vielleicht unbewusst – die Bedürfnisse meiner Liebenden ignoriert.

Ich habe mich wie mein Vater benommen.

Bei der Erkenntnis wird mir schlecht.

Ich muss zu Antonio – *sofort.*

Kapitel 48

Mein Herz pocht wie verrückt, als ich Antonios dunkles Haus erreiche. Auch wenn ich vermute, dass er nicht hier ist, lasse ich mich mit meinem Schlüssel hinein. Stille, Kälte und Dunkelheit umgeben mich. Die Hoffnung, dass er gerade in seinem Bett ein Nickerchen hält, stirbt, als ich mich in seinem Schlafzimmer umschaue. Und obwohl ich wissen müsste, dass es unsinnig ist, überprüfe ich ein zweites Mal alle Räume. Danach setze ich mich auf die Treppe, den Kopf in meinen Händen.

Weil mir seine Vergangenheit und seine Sucht nicht fremd sind, kommt mir ein schlimmer Verdacht, den ich am liebsten verdrängen möchte. Stattdessen klappere ich die nächsten zwei Stunden alle Bars in der Nachbarschaft ab, auch das Moonshine, in dem ich ihn damals abgeholt habe. Zum einen bin ich erleichtert, dass ich ihn nicht betrunken in einer Kneipe vorfinde, andererseits bringt mich die Ungewissheit um. Mehrmals habe ich ihn währenddessen angerufen, doch entweder geht Antonio nicht ran oder drückt mich weg.

Verzweiflung macht sich in mir breit. Antonio würde nicht ohne Grund sämtlichen Kontakt unterbinden und nicht nach Hause kommen.

Eine letzte Idee bleibt mir, weshalb ich mich auf den Weg zur Harvard Medical School mache. Es ist bereits spät, allerdings will ich die Hoffnung nicht aufgeben. Wie erwartet ist unser Lehrgebäude wie leer gefegt, keine Menschenseele weit und breit. Je näher ich seinem Büro komme, desto mehr beschleunige ich meine Schritte. Sobald ich den Flur mit den Büros entdecke, bleibe ich unverzüglich stehen und halte eine Hand über mein Herz.

Antonios Büro ist erleuchtet.

Er ist *hier*.

»Da bist du ja, ich habe dich schon überall ...«

Meine Worte bleiben mir in der Kehle stecken. Antonios Augen sind stark gerötet und verquollen. Er hat geweint. Sein Kopf ruht auf seiner linken Hand, als wäre er zu schwer, um ihn aufrecht zu halten. In der rechten Hand hält er seine neue Aluminiumflasche, die er seit zwei oder drei Wochen benutzt und gegen seine gläserne durchsichtige Campus-Wasserflasche ausgetauscht hat. Vor ihm liegt sein entsperrtes Telefon, auf das er geschaut hatte, als ich sein Büro betreten habe.

»Was ist los?«, frage ich, doch er schüttelt stumm seinen Kopf. Am liebsten würde ich ihn schütteln, eine Antwort aus ihm herauspressen, damit er mir sagt, was ihm fehlt, was gerade schiefläuft, damit ich ihm helfen kann. »Bitte rede mit mir.«

Seine Aufmerksamkeit liegt wieder auf dem Telefon vor ihm. Aus diesem Grund trete ich an seinen Schreibtisch heran und werfe einen prüfenden Blick darauf. Er löst seine Umklammerung von der Flasche, schiebt das Telefon in meine Richtung, und ich nehme es in die Hand.

Kaum habe ich einen Blick darauf geworfen, überkommt mich eine tiefe Traurigkeit. Ich weiß ganz genau, was ihm dieses Foto antut. Es handelt sich um einen Beitrag auf Facebook, von einer Margaret Carter. Es ist ein Gruppenfoto von vier glücklich lächelnden Pärchen, die laut der Beschreibung des Posts den Geburtstag der Verfasserin feiern.

Ein Paar zieht meine volle Aufmerksamkeit auf sich. Die beiden blonden Elternteile, die im Alter von Antonio sein müssen, halten ein Neugeborenes in den Armen. Durch die Verlinkungen der Beteiligten im Beitrag weiß ich genau, um wen es sich bei diesem Baby handelt, selbst wenn es selbst nicht namentlich erwähnt wird.

Annabella.

»Oh, Antonio«, sage ich, während ich um den Schreibtisch herumlaufe, nachdem ich das Telefon gesperrt und niedergelegt habe. Ich knie mich vor ihm hin, drehe ihn zu mir, damit er mich anschauen muss. Und sobald wir auf einer Höhe sind, erschrecke ich mich, sodass ich nach hinten falle und auf meinem Hintern lande.

Dieser Geruch. Penetrant, unverwechselbar.

Antonio ist rückfällig geworden.

Auf dem Tisch ist kein Alkohol zu sehen, nur seine neue undurchsichtige Trinkflasche. Und dann trifft mich der Blitz der schmerzhaften Erkenntnis. Ich muss den Inhalt nicht überprüfen, ich weiß genau, dass dort kein Wasser drin ist.

Ein Schluchzen kommt aus seinem Mund, seine Augen schließen sich, während er den Kopf hängen lässt, als hätte er aufgegeben. Ihm ist bewusst, dass ich es weiß.

In meinem Kopf spuken unendlich viele Gedanken und Gefühle umher. Frust, dass er rückfällig geworden ist, Wut, dass ihm das nicht erspart blieb, Schuld, weil ich mitverantwortlich bin, Verzweiflung, weil ich nicht weiß, wie es weitergehen soll, Angst, dass ich ihn verloren habe, Sorge, weil ich nicht weiß, ob er sich jemals davon erholen wird.

Im Augenblick weiß ich nur, dass er mich braucht. Ich setze mich auf seinen Schoß, lege meine Hände um seinen Hals und ziehe ihn in eine Umarmung, die ihm Kraft schenken soll. Ich lasse ihn meine Wärme und meine Nähe spüren, denn ich weiß, dass dergleichen mir guttut, also bewirkt es *hoffentlich* dasselbe bei ihm.

Zuerst ziert er sich, versteift, doch je länger wir sitzen, desto mehr entspannt er sich. Irgendwann, ich weiß nicht, wie lange ich darauf gewartet habe, bewegen sich seine Arme, drücken mich fester an sich, und seine Finger krallen sich in meine Haut. Antonio legt seinen Kopf auf meiner Schulter ab, meine Hände finden die seinen, wir verschränken die Finger, doch wir dürfen uns nicht vor der Realität verstecken.

»Erzähl es mir, erzähl mir *alles.*«

Sein heißer Atem kommt schneller und schneller. »Die letzten Wochen …«, beginnt er, »… waren so schwer.«

Danach hält er inne, verstummt. Seine Hände verkrampfen sich so fest, dass ich vor Schmerz einen Aufschrei unterdrücke. Mit meinem Daumen zeichne ich Kreise auf seiner Haut, um ihn zu beruhigen. Und wenige Augenblicke später lockert sich sein Griff.

»Wieso hast du nichts gesagt?«, will ich wissen.

»Ich wollte es, wollte es wirklich oft, doch ich wollte dich nicht mit meinen Problemen belästigen. Du hattest genug um die Ohren.«

Kaum haben die Worte seinen Mund verlassen, löse ich mich von ihm, lehne mich nach hinten, sodass Antonio wieder aufrecht sitzen und mich anschauen muss. Mein Herz schmerzt, als ich sehe, wie seine Schultern zusammensacken. Meine Hand findet seine Wange.

»Hör mir zu, Antonio«, sage ich ernst. »Du bist keine Belastung, das wirst du *niemals* sein.« Meine freie Hand wandert weiter zu seinem Hinterkopf, ich drücke ihn in meine Richtung, sodass zwischen uns nicht mehr viel Platz ist. »Und ich muss mich bei dir entschuldigen, denn ich habe mir keine Zeit für dich genommen. Ich hätte es wissen müssen, dass etwas mit dir nicht stimmt.« Eine Träne kullert über meine Wange. »Das werde ich mir nie verzeihen.«

Hätte ich mich *nur ein Mal* nach seinem wahren Empfinden erkundigt, hätte ich das alles vielleicht abwenden können.

Er schüttelt den Kopf. »Bitte, gib dir nicht die Schuld, ich habe die Entscheidung getroffen.«

Im ersten Augenblick möchte ich ihm widersprechen, doch es geht gerade nicht um mich, sondern um Antonio. »Wie kam es dazu?«, frage ich erneut und breche die Schuldzuweisungen ab.

Antonio wendet kurz den Blick ab, ringt mit sich selbst. »Ich habe eure Hausarbeiten korrigiert, als ich eine Pause brauchte, ich konnte mich kaum noch konzentrieren. Nicht nur wegen der Dinge, die in meinem Leben schieflaufen, sondern auch wegen des Prozesses.« Dann macht er eine Kopfbewegung in Richtung seines Telefons. »Also habe ich nach langer Zeit mal wieder Facebook geöffnet, um mich ein wenig abzulenken. Und der Beitrag, der mir ganz oben angezeigt worden ist, war der von Margaret, der besten Freundin von … von meiner Ex Abigail.«

Antonio kneift kurz die Augen zusammen, während sich unsere Hände wieder verschränken. Ich drücke seine leicht, um ihm zu signalisieren, dass ich hier bin, er nicht mehr allein ist.

»Nach der Trennung hatte ich die Freundschaft zu Abigail auf Facebook beendet, weil ich Angst hatte, Fotos zu sehen, doch an unsere gemeinsamen Freunde habe ich nicht gedacht …« Antonio bricht ab, schüttelt ein weiteres Mal seinen Kopf, als würde er versuchen, die Erinnerungen von sich zu schieben.

»Lass dir Zeit«, bestärke ich ihn, denn ich möchte nichts aus ihm herauspressen.

Antonio macht einen frustrierten Laut, presst kurz die Lippen aufeinander.

»I-ich war nicht darauf vorbereitet, *sie* zu sehen.« Eine Träne entweicht seinem rechten Auge, läuft ihm über die Wange. »Ich wusste nicht mehr, wo … wo vorne und hinten ist, ich sah nur noch …« Seine Stimme zittert. Am liebsten würde ich diese Gefühle auf mich nehmen, ihm sein Herz erleichtern. Ich würde alles tun – *alles.* »Ich …« Sein Blick gleitet zur Aluminiumflasche. »… ich konnte diesen Schmerz nicht mehr aushalten und spürte … *spüre* noch immer dieses Bedürfnis, ihn abzuschütteln, zu ertränken, um frei davon zu sein.«

In den letzten Monaten hat er *immer* aus seiner Glasflasche getrunken, und nun befindet sich in dieser neuen, die er seit mehreren Wochen benutzt, Alkohol.

»Wie oft, ähm … Ich meine, ist es das erste Mal, dass du wieder getrunken hast, Antonio?«, möchte ich wissen. Meine Stimme ist weich, liebevoll, ich möchte ihm nicht das Gefühl geben, dass ich ihn deswegen verurteile.

»Der S-Schluck heute war der erste seit einer langen, langen Weile.«

»Einen Schluck? Mehr hast du nicht …?« Ich schaffe es nicht, meinen Satz zu beenden.

»Ich habe die Flasche an einem Abend gekauft, an dem es mir nicht besonders gut ging.« Damit beantwortet er zwar nicht meine Frage, doch ich höre weiter zu, vielleicht ist diese Information wichtig. »Gleichzeitig h-habe ich auch …« Antonio bricht wieder ab, lässt meine Hand los und fährt sich durch seine Haare. »… den Whiskey gekauft, der sich in der Flasche dort befindet.« Mit seiner freien Hand fasst er über seinen Mund, kann jedoch das Schluchzen damit nicht unterdrücken. »Das Verlangen zu trinken, war allgegenwärtig, doch ich konnte standhaft bleiben. Bis heute jedenfalls«, teilt er mir mit. »I-immer, wenn ich dieses Verlangen verspürte, rief ich dich an, um mich abzulenken.« Seine Mundwinkel sacken nach unten ab. »Du warst immer der Grund, wieso ich mich dagegen entschieden habe.«

Ich *war* der Grund.

Immer wenn Antonio darüber sprach, dass ich sein Lichtblick bin, war seine Stimmung voller Hoffnung, diesmal klingt er enttäuscht. Sofort fühle ich mich wieder schuldig. Antonio hat versucht, mich zu erreichen, mehrfach, denn er brauchte mich, um standhaft zu bleiben, doch ich war mit meinen eigenen Problemen beschäftigt. Hätte ich mich wirklich für ihn interessiert, hätte ich anders reagiert. Wahrscheinlich hätte ich mein Telefon erst gar nicht ausgeschaltet. Das werde ich mir nie verzeihen können, denn ich bin wegen meines Egoismus für seinen Rückfall mitverantwortlich.

»Antonio, es tut mir wirklich leid, ich hätte für dich da sein sollen, ich h…«

Antonio unterbricht mich, seine Stirn ist gerunzelt. »Du verstehst es nicht.« Er lehnt sich zurück, als bräuchte er Abstand zwischen uns. »Als ich dich nicht erreichen konnte, gab es keinen Grund mehr, nicht zu trinken.« Ich schaue ihn abwartend an. »Das ist das verfluchte Problem. Der einzige Grund, warum ich trocken blieb, warst du … *allein du.*«

Langsam macht nichts mehr Sinn. Als er mir damals sagte, wie ich seine Dunkelheit vertrieben habe, ehrte es mich irgendwie, dass ich dazu in der Lage war. Inzwischen hört es sich so an, als wäre das ein Problem ist und nicht die Lösung.

»Weißt du, was der wichtigste Schritt in der Suchtbekämpfung ist?«

Es ist eine rhetorische Frage, weshalb ich nur mit meinen Schultern zucke. Gleichzeitig kann ich das Gefühl nicht unterdrücken, flüchten zu wollen, weil dieses Gespräch in eine Richtung geht, die mir Angst macht.

»Akzeptanz und der eigene, starke Wille, denn um eine Sucht wirklich zu bekämpfen, muss man …« Antonio flucht, kneift seine Augen zusammen und atmet tief durch. »Man muss es selbst wollen, für sich selbst. Doch immer, wenn ich trinken wollte, malte ich mir aus, wie du darauf reagieren würdest. Ich trank nicht, um dich nicht zu enttäuschen, um unsere Beziehung nicht zu gefährden.« Seine Hand legt sich auf seine Brust. »N-nicht ein Mal dachte ich, dass *ich mich* enttäuschen würde.«

Wenn Antonio es nicht für sich selbst gemacht hatte, war es nur eine Frage der Zeit gewesen, bis er rückfällig werden würde. Bisher hatte ich es als selbstverständlich angesehen, dass Antonio es von sich aus will. Dabei hätte ich es besser wissen müssen, schließlich war ich in einer vergleichbaren Situation. Wenn ich nicht gegen ihn hätte vorgehen *wollen*, gegen meinen Vater hätte rebellieren *wollen*, wäre ich *nie* von ihm losgekommen. Auch ich war lange Zeit nicht bereit, ich hätte besser aufpassen müssen, die Signale erkennen müssen.

»In Ordnung«, sage ich, lege meine Hände an seine Wangen, zwinge ihn, mich anzusehen. »Was werden wir nun tun?«

Antonio greift nach meinen Händen, nimmt sie von seinem Gesicht herunter, als wollte er nicht, dass ich ihn im Augenblick berühre.

Es schmerzt, doch ich lasse ihn gewähren.

»Scarlet, es kann kein *Wir* geben, ich muss das allein bewältigen. I-ich bin rückfällig geworden, ich muss wieder lernen beziehungsweise mich daran erinnern, wieso ich damals trocken geworden bin, und ich muss mit mir ins Reine kommen, ansonsten ...« Er kann oder möchte den letzten Teil seines Satzes nicht aussprechen. »Ich werde eine stationäre Behandlung machen, doch n-nicht hier.«

Nicht hier. Diese zwei Worte nehmen meinen Kopf in Beschlag. Meint er damit eine Klinik außerhalb von Boston?

»Ich kann nicht länger an der Ostküste bleiben, ich ...«

Mein Herz bleibt stehen.

»Das kannst du nicht ernst meinen, Antonio, oder?«, frage ich. Er will Boston verlassen? *Mich verlassen?* Nein, das würde er nicht tun – ausgeschlossen.

»Doch, ich muss, Scarlet.«

Als würden mich seine Worte verbrennen, weiche ich hektisch von ihm zurück, stoße mich von ihm ab und stehe schwankend vor ihm. »Nein.«

Antonio beugt sich nach vorne, seine Hände stützen seinen Kopf, während er zu Boden schaut und es nicht schafft, meinem Blick standzuhalten.

»Ich wünschte, es müsste nicht sein, doch ich sehe keine andere Lösung, Scarlet«, sagt er mit zitternder Stimme. »Diese Stadt lässt mich nicht los, alles erinnert mich an …« Er kann den Namen nicht einmal aussprechen. »Allein dieses Haus und i-ihr Zimmer. *Ich muss hier raus.*«

»Dann kauf dir ein neues Haus!«, fordere ich ihn auf, Tränen laufen unkontrolliert über meine Wangen. »Verkauf dein jetziges, und mit dem Geld kaufst du dir ein neues«, schlage ich verzweifelt vor. Ich will und kann ihn nicht verlieren.

»Es ist nicht nur dieses Haus«, sagt er, während meine Hand über meinem Herz liegt, als würde das irgendwie den Schmerz von mir abhalten. »Ich sehe ständig Sachen aus meiner Vergangenheit, den Frauenarzt, der uns mitteilte, dass wir schwanger sind, den Supermarkt, in dem wir vor diesem erschreckend großen Regal mit Babynahrung standen. Die Läden, wo ich ihre Möbel gekauft habe und bereits erste Spielsachen.« Endlich hebt er seinen Kopf, schaut mich mit glitzernden Augen an, in denen sich etliche Tränen sammeln. »Ich weiß nicht, wie ich nach vorne schauen soll, wenn ich hierbleibe.« Ein trauriges Lächeln umspielt seine Lippen. »Dich zu v-verlassen, ist das Letzte, w-was ich will, doch im Moment muss ich mich auf mich k-konzentrieren.«

Wie Antonio vorhin halte ich meine Hand über meinen Mund, während ich ein Schluchzen nicht unterdrücken kann. Er will sich nach nur einem Schluck dazu entschieden haben, alles – *ich eingeschlossen* – hinter sich zu lassen? Innerhalb weniger Stunden trifft er eine solche lebensverändernde Entscheidung?

»Willst du mir wirklich weismachen, dass du diese Idee erst heute hattest?« Unglaube, Trauer und Sorge wandeln sich in Frustration und Wut.

Antonio meidet wieder meinen Blick, und dadurch verstärkt sich mein Verdacht. »In den letzten Wochen klang ein Neustart, wie ihn deine Mutter hatte, immer besser«, gibt er schlussendlich zu. »Zu Hause in San Francisco könnte ich …«

Ein weiteres Mal unterbreche ich ihn. »Du denkst bereits seit mehreren Wochen darüber nach, und hast es *nicht ein Mal* erwähnt?«

»Du hattest bereits so viel um die Ohren, und …«

»Wag es nicht, Antonio«, sage ich warnend. »Mir ist bewusst, dass ich mich falsch verhalten und dich vernachlässigt habe, trotzdem ist es nicht vergleichbar! Aber bitte, wenn du unbedingt gehen willst, dann tu das.«

Damit mache ich einen Schritt zur Seite, in Richtung seiner Tür.

»Scarlet, bitte, ich möchte nicht, d-dass es so endet.« Was hat er sich denn vorgestellt? Dass ich freudestrahlend durch den Raum springe? Ihm eine gute Reise wünsche? »Ich brauche deine Zustimmung, ich kann nicht gehen, w-wenn du mich hasst.«

»Darauf kannst du lange warten, Antonio.«

Ohne ein weiteres Wort stürme ich aus seinem Büro.

Kapitel 49

Aufgrund der Prüfung, die nur noch eine Woche entfernt ist, habe ich mich mit Heath und Ava in der Countway-Bibliothek verabredet. Dort werden heute Kärtchen mit Prüfungsfragen und Lösungen für die Erstsemester ausgegeben, damit wir uns bestmöglich vorbereiten können. Ich zwinge mich zu einem Lächeln, als ich die Bibliothek betrete und zu Ava laufe, die bereits auf mich wartet. Heath ist weit und breit nicht zu sehen. Das Lächeln auf meinem Gesicht schmerzt, doch ich will ihr nicht zeigen, wie es um mich steht.

»Heath kommt nach.« Ava, die heute knappe schwarze Hotpants und darunter eine dicke knallrote Strumpfhose trägt, mustert mich stirnrunzelnd. »Du hast noch immer nicht mit ihm gesprochen, oder?«

Unverzüglich lasse ich das Lächeln fallen. Weil ich nicht weiterwusste, habe ich mich Ava anvertraut. Seitdem fragt sie mich tagtäglich, ob ich mich mit Antonio ausgesprochen habe.

»Nein und werde ich auch nicht.«

Mehr sage ich nicht, weil ich noch immer nicht mit ihr darüber sprechen oder meine Meinung ändern möchte. Fünf Tage ist unser letztes Gespräch jetzt her. Die ersten zwei Tage versuchte er noch, mich anzurufen, und schickte mir Nachrichten, doch ich habe nicht reagiert, was mir sehr, sehr, sehr schwerfiel. Stattdessen habe ich mich auf mein Studium konzentriert, mir den Gedanken an ihn verboten. Denn wenn ich mich erst den Gedanken an Antonio hingebe, wird alles zu real. Ich will der Realität nicht ins Auge schauen – *noch nicht.*

Mittlerweile haben die Versuche von ihm jedoch aufgehört, und auch seine Aussage, dass er nicht ohne meine Zustimmung gehen kann, war anscheinend nicht ernst gemeint, denn vorgestern teilte uns seine Vertretung mit, dass er den Lehrstuhl niedergelegt hat und nicht länger an der Medical School unterrichten wird.

Ava schaut mich vielsagend an. »Was?«, frage ich frustriert. »Ich sehe doch, dass dir etwas auf der Zunge liegt.« Eigentlich möchte ich es nicht hören, aber wenn sie es nicht ausspricht, wird sie mich den ganzen Abend so anblicken.

Sie zieht mich zu einem freien Tisch in der Nähe, und wir setzen uns. »Ich finde, du solltest mit ihm reden, bevor es zu spät ist.« Ava lehnt sich in ihrem Stuhl zurück. »Dir bleibt wahrscheinlich nicht mehr viel Zeit.« Sie seufzt. »Ich war zwar nicht euer größter Fan, doch ich möchte nicht, dass du etwas bereust. Und du wirst es bereuen, wenn ihr, ohne ein klärendes Gespräch geführt zu haben, getrennte Wege geht.«

»Das will ich nicht, Ava«, sage ich und spüre erneut einen Stich im Herzen. »Was gibt es da noch zu bereden? Er hat seine Entscheidung getroffen. *Allein*«, erinnere ich sie, während sich die Wut wieder aufbaut. »Ich war bereit, alles für uns zu geben, ich wollte kämpfen, *ich*, hörst du? Doch *er* hat uns aufgegeben!«

Ava lehnt sich vor, legt mir eine Hand auf den Arm. »Ich verstehe, dass dich das verletzt hat, doch du musst dich auch in ihn hineinversetzen, Scarlet. Er ist wortwörtlich am Boden angelangt, und auch wenn es schmerzt, wissen wir beide, dass ein Neuanfang das Beste für ihn ist. Deine Mutter ist das beste Beispiel.« Sie schaut mich mitleidig an. »Die Liebe zu dir reicht nicht mehr aus, um das alles allein zu bewältigen.«

»Ava, er ist nicht allein, er hat *mich*!« Im Augenblick klinge ich wie ein kleines bockiges Kind, doch ich kann nichts dagegen machen. Ich werde niemals in der Lage sein, die Trennung gutzuheißen, von daher kann ich mich nicht verabschieden. »Er verlässt mich, Ava.« Der letzte Satz kommt leise, fast wie ein Flüstern aus meinem Mund. »Ich kann das nicht, können wir bitte das Thema wechseln?«

»Wir werden das Thema wechseln, doch zuerst möchte ich noch etwas sagen«, beginnt sie, während ich aus dem Fenster schaue. Ich spüre, wie sich Tränen in meinen Augen sammeln. »Glaubst du wirklich, dass es einfach für ihn ist, dich zurückzulassen? Er tut es, weil er es muss.« Unsere Hände verschränken sich. »Spring über deinen Schatten, mach es ihm nicht noch schwerer«, versucht sie, mich zu überreden. »Denk bitte darüber nach, in Ordnung?«

Ich nicke. »Ich werde darüber nachdenken.«

Im gleichen Augenblick betritt Heath die Bibliothek, seine Wangen sind gerötet. Er schaut sich nach uns um.

»Tut mir leid, ich musste meiner Mutter helfen, eine Bewerbung zu schreiben«, sagt er atemlos, als er uns erreicht hat, anscheinend hat er sich wirklich beeilt. »Was habe ich verpasst?«

»Eher ... was haben *wir* verpasst?«, erwidert sie, während wir aufstehen. »Hat deine Mutter ihren Job verloren?«

»Ganz im Gegenteil.« Heath lächelt, und Stolz schwingt in seiner Stimme mit. »Ihr Boss hat endlich ihr Potenzial erkannt. Nachdem sie den Idioten von Vorgesetzten auf einen Fehler aufmerksam gemacht hat, dieser jedoch nicht zuhören wollte, ist sie über seinen Kopf hinweg zur Geschäftsführung gegangen. Aufgrund dessen wurde ihr Vorgesetzter gefeuert, und man hat ihr, weil sie schon so lange für das Unternehmen arbeitet, die Chance gegeben, sich auf seinen Posten zu bewerben. Und das, obwohl ihr eigentlich das passende Studium fehlt.«

Wir laufen gemeinsam zum Informationsschalter der Bibliothek.

»Das klingt großartig, Heath!«, sage ich freudestrahlend, weil ich mich wirklich für ihn und seine Familie freue. Denn nach dem, was er alles über sie erzählt hat, kann ich mir sehr gut vorstellen, dass sie mehr als qualifiziert ist und es verdient hat.

Auch Ava lächelt. »Mit der Beförderung kann sie nun endlich kürzertreten?«, fragt sie.

Heath nickt bestätigend.

»Dann hätte sie mehr Zeit, diese himmlischen Himbeeren- und Blaubeeren-Muffins für uns zu backen!« Sie zeigt zur Bibliothekarin. »Einen kurzen Moment, ich frage schnell, wo wir hinmüssen.«

»Also, ich hätte auch nichts gegen Muffins«, sage ich.

Heath schaut von mir zu Ava, die noch immer an der Information steht. »Ihr beide denkt auch nur ans Essen, oder?«

Ich zucke grinsend mit den Schultern. »Schuldig, aber zu unserer Verteidigung: Die Muffins deiner Mutter machen *süchtig*!«

Kaum hat das letzte Wort meinen Mund verlassen, verspüre ich einen Schlag in den Magen. Seit ich von Antonios Sucht weiß, habe ich solche Wörter bestmöglich vermieden, weil sie sich falsch anfühlen. *Genau wie jetzt.* Und nun erinnern sie mich an Antonio, der mich … verlassen hat. Eine Schwere ist in meiner Brust zu spüren, und plötzlich ist mein Mund ganz trocken.

»Scarlet?«, nehme ich Avas Stimme wahr. Sie spricht nicht mehr mit der Bibliothekarin, und Heath steht auch nicht mehr neben mir, sie stehen ein paar Meter von mir entfernt. Nichts davon habe ich mitbekommen. »Hast du nicht gehört, was ich gesagt habe?« Sie zeigt mit dem Finger ins obere Stockwerk. »Wir müssen in den Gruppenraum im zweiten Stock, dort werden die Lernkarten für die Erstsemester ausgegeben«, wiederholt sie für mich.

Ich zwinge mich zu einem Lächeln, schließe zu den beiden auf. »Entschuldige, ich habe wohl ein wenig geträumt«, erkläre ich mich, während mir nicht entgeht, wie mich Ava nicht aus den Augen lässt, als würde sie wissen, dass ich lüge.

Heath, der nicht ahnt, was in mir vorgeht, meldet sich zu Wort, während wir die Treppen hinauf nehmen. »Ich habe von Studenten aus den höheren Semestern gehört, dass die Kärtchen wirklich gut sind.«

Ava nickt. »Ja, hab ich auch gehört.«

»Mal schauen, was sie taugen«, bringe ich ein, während wir den Gruppenraum betreten. Etliche Studenten haben sich bereits eingefunden, die in kleinen Gruppen lernen und die Karten zusammen durchgehen. »Ich nehme sie entgegen.« Danach laufe ich zu dem Tisch, an dem eine weitere Bibliothekarin sitzt.

Man könnte meinen, dass diese Kärtchen ein wertvoller Schmuck sind, schließlich werden sie mit Adleraugen bewacht, und es gibt strenge Regeln, die eingehalten werden müssen. Sie werden nur gegen Pfand – den eigenen Ausweis – herausgegeben, man muss sich zusätzlich in eine Liste eintragen und darf den Raum nicht mit den Karten verlassen.

Kurz bevor ich an ihren Tisch herantrete, sehe ich, dass die Bibliothekarin aufmerksam dem Raum im Auge behält, als würde sie erwarten, dass jemand die Karten einsteckt.

Ich nehme die Karten aus dem Pappkarton mit der Nummer 16.

»Okay, erste Frage«, sage ich. »Welche Aussage zur elektrodermalen Aktivität als Indikator für psychophysiologische Prozesse trifft nicht zu?« Danach lese ich alle Antworten vor und bin froh, dass ich diese Frage nicht gestellt bekommen habe. »Wer will?«

»Ich probiere mein Glück«, meldet sich Ava zu Wort. »D?«

»Ist das eine Frage oder eine Antwort?«, frage ich schelmisch. Und nachdem sie ihre Antwort selbstbewusst wiederholt hat, nicke ich lächelnd. »D ist richtig.«

Nachdem ich meine Karte unter den Stapel gelegt habe, nimmt Heath die nächste auf. Diese wird nun an mich gerichtet, da Ava gerade an der Reihe war. Bevor er die Frage vorliest, vibriert allerdings mein Telefon. Kaum habe ich es herausgeholt und den Namen auf dem Display erkannt, hört mein Herz auf zu schlagen.

Scarlet, in zwei Stunden geht mein Flieger. Ich will nicht gehen, ohne mich auf irgendeine Art zu verabschieden.
Ich habe nicht gedacht, noch mal lieben zu können, doch dann kamst du. Du hast den Schmerz für eine Zeit lang erträglich gemacht. Dafür werde ich dir immer dankbar sein.
Ich hoffe, du kannst mir eines Tages vergeben.
Dein Antonio.

»Grenze systolische und diastolische Herzinsuffizienz voneinander ab und benenne die jeweiligen pathophysiologischen Folgen«, fordert Heath mich auf.

»Ich … ähm.«

Meine Finger krallen sich in meine Oberschenkel, während ich die Luft anhalten muss und mein Herz schneller und schneller schlägt. Unendlich viele Gedanken rasen durch meinen Kopf. *Ist es schon zu spät? Soll ich mich doch verabschieden? Reicht die Zeit noch? Soll ich unsere Beziehung, nach allem, was wir zusammen durchgemacht haben, einfach so und ohne ein weiteres Wort enden lassen? Was würde ich ihm damit antun?*

Es hat mich verletzt, dass er sich dazu entschieden hat, dieser Stadt – und mir – den Rücken zuzukehren, doch das war kein Angriff gegen mich, sondern ein Versuch, sich selbst zu retten. Sich vor dem Abgrund zu bewahren. Und ich war zu stur, zu egoistisch, um mich hintanzustellen und für ihn da zu sein, so, wie ich es mir vorgenommen hatte.

Erneut.

»Ich glaube, ich habe einen Fehler gemacht.«

Heath sieht mich verwirrt an. »Versuch es doch erst mal, Scarlet?«, möchte er mir gut zureden, da er nicht versteht, dass es mir nicht mehr um die Prüfungsfragen geht.

Statt einer Antwort schiebe ich den Stuhl zurück und stehe auf. »Ich ... ich muss zum Flughafen. *Sofort.*«

Kapitel 50

»Geh endlich ran, *verdammt*!« Während ich den Flughafen betrete, beende ich den Anruf, weil ich ihn erneut nicht erreicht habe. Antonio hat, nachdem er mir die Nachricht geschrieben hat, sein Telefon ausgestellt. Trotzdem wollte ich herkommen, ich muss mit meinen eigenen Augen sehen, dass er fort ist.

»Immer noch aus?«, fragt Heath, als er mit Ava im Schlepptau hinter mir den Flughafen betritt. Die beiden haben es sich nicht nehmen lassen mitzukommen. Heath, der bis eben noch nichts von Antonio und mir gewusst hat, wurde im Bus endlich eingeweiht. Ähnlich wie Ava war er nicht begeistert, doch es ändert nichts an der Tatsache, dass er mir beistehen möchte. »Oder sitzt er vielleicht schon im Flieger?«

Ava läuft voraus und macht eine Handbewegung, dass wir ihr folgen sollen. Sie bleibt vor einer riesigen Tafel mit Abflügen stehen. »Ah! Da!«, macht sie und zeigt auf einen Flug, der nach San Francisco geht. »Er kann noch nicht im Flugzeug sitzen, Boarding beginnt erst in fünfundzwanzig Minuten!«

»Ja, aber was bringt mir das?«, frage ich niedergeschlagen. »Ich hatte gehofft, dass er noch nicht durch die Sicherheitskontrolle ist.« Wieso musste er ausgerechnet dann, wenn ich meine Meinung ändere, sein Telefon ausschalten? Welcher Mensch schaltet sein Telefon in dem Augenblick aus, in dem er den Flughafen betritt?

»Vielleicht können wir eine Durchsage durchgeben lassen oder so?«, schlägt Ava vor. »Vielleicht hört er dich dann und kommt hierher?«

»Er kann nicht mehr raus, ich kann nicht rein.« Niedergeschlagen laufe ich zur nächstbesten Wand, lehne mich dagegen. »Es ist zu spät, es ist vorbei, ich habe es vermasselt.« Tränen sammeln sich in meinen Augen. All das ist meine Schuld, nur meine. Ich kann mich nicht länger auf den Beinen halten und sacke zu Boden. Meine Sturheit sorgt dafür, dass ich mich nicht mehr verabschieden kann.

Meine Hand fährt zu meinem Herzen, weil es plötzlich sehr eng in meiner Brust wird. Ich spüre die Hände von Ava und Heath auf mir, doch ich schlage sie weg, ich kann im Augenblick weder Berührungen noch Nähe ertragen.

Die beiden tuscheln leise miteinander, kurz darauf erkenne ich aus den Augenwinkeln, dass sie irgendwohin gehen. Irgendwann, ich weiß nicht, wie lange ich schon auf dem Boden sitze, bleibt jemand vor mir stehen. »Noch ist es nicht zu spät.« Heath' Stimme lässt mich aufschauen. In seiner Hand hält er ein Ticket, ein Flugticket, um genau zu sein.

»Was ist das?«, frage ich, obwohl ich die Antwort kenne. »I-ihr habt doch nicht etwa?«

Ava bleibt neben ihm stehen, hält mir eine Hand hin. »Das ist dein Flugticket nach Atlanta, Scarlet, oder, besser gesagt, deine Eintrittskarte in die Sicherheitszone, um dich richtig von Antonio zu verabschieden«, eröffnet sie mir.

Mir fehlen die Worte, ich weiß nicht, was ich sagen soll. Sie haben kaum genug Geld, um den Monat zu überstehen, und doch haben sie mir ein Flugticket gekauft. »Aber ihr könnt euch das doch gar nicht leisten«, sage ich ehrfürchtig, während mich Ava auf die Füße zieht. »Ich kann das nicht annehmen, ihr beide …«

Heath unterbricht mich. »Wir haben zusammengelegt, anscheinend möchte niemand nach Atlanta fliegen, es war wirklich ein Spottpreis. Und wir bekommen das schon hin, Scarlet, mache dir darüber jetzt keine Gedanken.« Danach dreht er mich um, schubst mich in die Richtung der Sicherheitskontrollen. »Und nun ab mit dir, du darfst nicht länger trödeln, in zwölf Minuten beginnt das Boarding.«

Ich drehe mich noch einmal um. »I-ich … Danke, Leute.«

Ava grinst und macht eine Handbewegung, als wollte sie mich verscheuchen. »Wenn du ihn durch deine Lahmarschigkeit verpasst, kannst du dich auf was gefasst machen!«, droht sie mir lachend, während ich mich wieder umdrehe und loslaufe. »Viel Erfolg!«, höre ich sie nun rufen, als ich mich an der Ausweiskontrolle anstelle.

Die Schlangen der Sicherheitskontrolle sind überschaubar, trotzdem geht es langsamer voran, als mir lieb ist, weil die Leute vor mir trödeln. Die Zeit auf meiner Uhr sagt, noch fünf Minuten, als ich endlich beim Scanner dran bin. Glücklicherweise muss beim Röntgen weder ich noch mein kleiner Rucksack überprüft werden, und ich verlasse mit rasendem Herzen den Sicherheitsbereich.

Das Boarding beginnt in drei Minuten, und schnell schaue ich auf die nächste elektronische Tafel, um zu überprüfen, zu welchem Gate ich muss. *B7.* Zwischen Antonio und mir liegen insgesamt fünfzehn Gates.

Ich drängle mich zwischen anderen Passagieren und Koffern hindurch, die meinen Weg blockieren. Ich habe noch nie gebetet, doch in diesem Augenblick hoffe ich, *bete ich*, dass ich rechtzeitig ankomme und mich von Antonio verabschieden kann.

Ansonsten würde ich es wahrscheinlich immer bereuen.

»Wir beginnen nun mit dem Boarding für den Flug nach San Francisco«, verkündet die Flugbegleiterin, als ich außer Atem am Gate eintreffe. »Zuallererst begrüße ich die Passagiere der ersten Klasse an Bord.«

Einen Überblick zu bekommen oder eine bestimmte Person zu finden, ist unter Zeitdruck schwerer als gedacht. Dadurch, dass die Sitzgelegenheiten rund ums Gate bis zum Anschlag gefüllt sind, die ersten schon hektisch aufstehen, um sich anzustellen, kann ich Antonio nicht unter ihnen ausmachen. Es ist, als wäre er vom Erdboden verschwunden. *Wo zur Hölle bist du, Antonio?*

Eine weitere Durchsage kündigt sich an. »Nun bitte ich unsere Businessklasse an Bord.«

Mein Zeitfenster wird immer kleiner.

Ein weiteres Mal laufe ich die Umgebung ab, überprüfe jede Sitzbank, doch ich finde ihn nicht. Es ist das richtige Gate, der Flug geht nach San Francisco. Und laut der elektronischen Tafel bin ich mir auch sicher, dass es für heute der letzte Flieger mit diesem Ziel ist. Antonio muss einfach hier sein. »Wo bist du nur?«, flüstere ich.

»Ich begrüße nun unsere verbleibenden Passagiere an Bord.«

Plötzlich bin ich von Menschenmassen umgeben, die aufspringen und sich ihre Taschen und Koffer greifen. Ich stelle mich ein wenig abseits hin, während ich die Menschen beobachte. *Habe ich ihn verpasst?* Die Bänke sind nun komplett leer, es stehen alle an, doch Antonio ist nicht unter den Anwesenden.

Niedergeschlagen und enttäuscht lasse ich mich in der hintersten Ecke des Gates nieder, den Kopf in den Händen vergraben. Anscheinend muss ich ihn doch irgendwie verpasst haben, oder sein Ziel war überhaupt nicht San Francisco. Vielleicht ... vielleicht ist er doch nicht hier? Und hat sich entschieden zu bleiben? *Nein, nein*, diesen Gedanken schiebe ich von mir, denn wenn ich mich dieser Hoffnung hingebe und dann doch enttäuscht werde, würde es umso mehr wehtun.

»Scarlet?«

Plötzlich sitze ich kerzengerade, diese Stimme würde ich *überall* wiedererkennen. Antonio kommt langsam angeschlendert, aus Richtung der Geschäfte. Und dann wird mir bewusst, dass ich ihn nicht verpasst habe, er war noch nicht hier.

Hektisch stehe ich auf, laufe ihm mit schnellen Schritten entgegen und werfe mich ohne ein weiteres Wort in seine Arme, die sich unverzüglich um mich legen, mich an sich ziehen. Antonio trägt seinen dunkelbraunen Wintermantel offen, darunter *den* beigen Pullover, den ich besser als jeden anderen kenne. Ich atme seinen Duft ein, den ich in der letzten Woche schmerzhaft vermisst habe.

Und weil das vielleicht unsere allerletzte Umarmung sein wird, schließlich wird es hier auf ein *Lebewohl* hinauslaufen, möchte ich nicht loslassen. Wenn es nach mir geht, würde ich ihn nie wieder loslassen. Doch manchmal muss man Entscheidungen treffen, die einem nicht leichtfallen.

Und diese ist *mitnichten* leicht.

Irgendwann zieht sich Antonio dennoch zurück, und kaum berühren sich unsere Körper nicht mehr, ist mir eiskalt. Er schaut an mir vorbei, überprüft die Situation am Gate. Unter seinen braunen Augen liegen dunkle Augenringe, als hätte er tagelang nicht geschlafen.

»Was machst du hier?«, fragt er, während er mich verwundert betrachtet. »Ich habe nicht gedacht, dass ich dich jemals wiedersehen würde, nachdem …« Antonio bricht ab, muss schwer schlucken. »Nach allem, was passiert ist.«

»Es tut mir so leid, es tut mir so unfassbar leid, Antonio«, sprudelt es aus mir heraus. »Was ich gesagt habe … Ich … Es tut mir leid.« Ich meine jedes Wort aufrichtig, jedes einzelne davon, weil ich es wirklich bereue. »Ich hatte Angst, dich zu verlieren.« Meine Hände greifen nach seinen. »Aber ich verstehe dich, Antonio, und ich glaube, du hast dich richtig entschieden.«

Wenn Antonio hierbleibt, wird es ihn wahrscheinlich komplett zerstören, das könnte ich nicht mit mir vereinbaren.

Antonio blinzelt, seine Augen werden feucht. »Wirklich?«

Die Schlange wird immer kürzer, uns bleibt nicht mehr viel Zeit. »Einen Neuanfang zu wagen, ist die richtige Entscheidung, Antonio.« Ich lächle ihn traurig an. »Mich von dir zu trennen, tut weh, das gebe ich zu, aber es ist der beste Weg.«

Ich möchte, dass er die Hilfe bekommt, die er braucht. Und ich möchte, dass er seine stationäre Therapie unter den bestmöglichen Bedingungen beginnt. Also muss ich diese Worte aussprechen, auch wenn es mir schwerfällt.

»Es tut mir so leid, Scarlet.«

»Nichts davon ist deine Schuld, in Ordnung? Du suchst dir Hilfe, du willst dich ändern, du willst so nicht weitermachen. Wenn du das nicht tun würdest, *dann* wäre ich enttäuscht, Antonio.« Die letzten Passagiere betreten das Flugzeug. »Ich unterstütze dich dabei, hörst du? Ich möchte, dass du fortgehst, ich möchte, dass du gesund wirst. Und wenn ich dich dafür freigeben muss und verlieren werde, dann ist es mir das wert.«

Das ist der finale Beweis, dass ich über mich hinausgewachsen bin, dass ich nicht nur an mich denke. Erwachsenwerden klang früher immer so verlockend, doch inzwischen wünschte ich, irgendjemand hätte mich gewarnt, wie schwer es ist, die richtigen Entscheidungen zu fällen.

Sein Kopf sinkt herab, sodass seine Stirn an meiner liegt. »Du weißt nicht, wie viel mir das bedeutet, Scarlet.«

»Letzter Aufruf für den Flug nach San Francisco.«

Mein Magen verknotet sich, wenn ich daran denke, dass ich ihn gerade zum allerletzten Mal sehe. Eine Träne kullert über meine Wange, denn ich werde ihn nie wieder küssen, nie wieder in seinen Armen liegen. Er wird nicht mehr in meinem Leben sein, ich werde nicht mehr jeden Morgen eine Guten-Morgen-Nachricht von ihm erhalten, und ich werde mich nie wieder dafür entschuldigen, dass ich am Tag zuvor nicht Gute Nacht gesagt habe, weil ich eingeschlafen bin.

Nie … nie wieder.

»Ich will nicht Lebewohl sagen.«

»Dann lass uns nicht Lebewohl sagen.« Antonios braune feuchte Augen mustern mich eindringlich. »Vielleicht ist jetzt einfach nicht unsere Zeit? Vielleicht muss jeder von uns seinen Weg gehen, zu sich selbst finden? Und, ja, vielleicht treffen sich unsere Wege dann eines Tages wieder? Wenn es das Schicksal so will?«

»Also … dann bis eines Tages?«

»Bis eines vielleicht glücklichen, fernen Tages, Scarlet.«

Epilog

San Francisco, vier Jahre später.

Antonio

Erschöpft trete ich nach meiner 24-Stunden-Schicht aus dem UCSF Benioff Children's Hospital, an dem ich seit anderthalb Jahren in der Notaufnahme als Unfallchirurg arbeite. Die Straßen sind passend zu Weihnachten mit Schnee bedeckt, während dicke Flocken aus dem Himmel rieseln. *Bellissimo.*

Die funkelnde Weihnachtsbeleuchtung an den Ampeln und Straßenlaternen wird in dieser Sekunde ausgestellt, da die Sonne aufgeht und der Tag anbricht. In der Hand halte ich eine Tüte verschiedenster Plätzchen, die uns gestern Nachmittag von einer Familie als Dankeschön überreicht worden sind. Mein Team und ich haben ihre Tochter erfolgreich operiert und somit ihr Leben gerettet. Jedes Kind, das ich rette, ist eine Wiedergutmachung für alle Fehler, die ich jemals begangen habe.

»Schönen Feierabend, Dr. Vittori«, wünscht mir eine Kinderkrankenschwester, mit der ich oft in der Notaufnahme zusammenarbeite. Sie kommt mir entgegen, tritt vermutlich ihre Frühschicht an.

»Das wünsche ich Ihnen auch.«

Ich habe mich noch nicht an meinen Alltag gewöhnt, es fühlt sich wie ein Traum an, dass ich es zurück in ein Krankenhaus geschafft habe. Anfangs habe ich in dieser Stadt nur Absagen erhalten, weil ich meine zweijährige Pause nach meinem Lehrstuhl nicht erklären konnte. Ich wollte keine Ablehnung aufgrund meiner stationären Behandlung erfahren. Spätestens wenn ich gesagt hätte, dass es noch immer ein tagtäglicher Kampf ist, der zwar einfacher, doch für immer bleiben und meinen Alltag beeinflussen wird, hätte ich jegliche Chance auf eine Anstellung als Chirurg verloren.

Das dachte ich jedenfalls.

Als ich zum gefühlt tausendsten Mal zum Bewerbungsgespräch eingeladen wurde, war ich es leid, zu lügen, mich zu verstecken, und antwortete ehrlich. Nach all den Absagen hatte ich eh nichts mehr zu verlieren. Doch es stellte sich heraus, dass meine Ehrlichkeit überzeugt hat. Allerdings ist meine Anstellung an Voraussetzungen geknüpft, ich muss meine wöchentliche Anwesenheit bei meiner Therapeutin bezeugen lassen.

Meine Therapeutin suche ich einmal wöchentlich auf, es gibt aber auch Phasen, in denen ich sie mehrfach in der Woche brauche. Zum Beispiel als ich vor zwei Monaten ein Kind im Operationssaal verloren habe. Es ist kein einfacher Kampf, trotzdem kann ich mit Gewissheit sagen, dass ich die Kontrolle über mich erlangt habe, ausgeglichen bin, denn ich habe gelernt, auf mich und meinen Körper zu hören. Es wird immer wieder schwierige Zeiten geben, mein Leben lang, doch ich habe ebenfalls gelernt, wie ich mir helfen kann, was ich tun kann, um nicht wieder in die Dunkelheit gezogen zu werden.

Ein wenig müde und erschöpft setze ich mich in mein Auto, das auf unseren Mitarbeiterparkplätzen steht. Mit meinem schwarzen Ford Puma ST fahre ich auf die San Francisco-Oakland Bay Bridge, da sich mein Zuhause in Richmond befindet, unweit von San Francisco entfernt. Je nach Tageszeit braucht man eine ganze Stunde, doch da es kurz vor sechs Uhr in der Früh ist, sind die Straßen leer, und ich erreiche das Haus nach fünfundzwanzig Minuten. Es ist ein weißes zweistöckiges Gebäude im Townhouse-Stil, der hier sehr beliebt und gefragt ist.

Gerade als ich es betreten will, fällt mir ein, dass ich dringend einkaufen muss, die letzten drei Schichten habe ich mich zum Essen schon in der Cafeteria eingefunden. Aufgrund dessen steige ich wieder ins Auto und fahre zu Target.

Kaum betrete ich den Supermarkt, empfängt mich der wohlige, angenehme Geruch von Kaffee, weil hier ein Starbucks integriert ist, der früher als die anderen Shops öffnet. Mein Blick wandert zum Café, wo gerade eine zierliche Brünette an der Kasse ihre Bestellung bezahlt. Ich kann nicht beschreiben, was es ist, doch irgendetwas an ihr zieht mich an. Und dann dreht sie sich um, und unsere Blicke treffen sich.

Es sind einige Jahre vergangen, doch sie hat sich kaum verändert. Sie ist noch immer so wunderschön wie am Tag unseres Kennenlernens. Und wie immer, wenn sie nervös ist, streicht sie ihre hellbraunen Haare hinter ihr Ohr. Ihr Name hat mich jahrelang, Tag und Nacht, begleitet. *Scarlet Pierce.* An sehr schwierigen Tagen habe ich an sie gedacht, die Wärme, die sie in meinem Herzen auslöst, hat mir geholfen.

Mit langsamen Schritten und einem geöffneten Mund kommt sie näher. Scarlet schaut mich mit geweiteten Augen an, als könnte sie es kaum glauben. »Antonio?«, spricht sie meinen Namen aus, sodass ich schlucken muss. »Bist du es wirklich?«

Chi lascia la strada vecchia per la nuova, sa quel lascia ma non quel che trova. Wer die alte Straße für eine neue verlässt, weiß, was er verlässt, aber nicht, was er findet. Und nun habe ich sie gefunden.

Jahrelang habe ich mich gefragt, ob ich sie eines Tages wiedersehen würde. Oft wollte ich sie kontaktieren, mich nach ihr erkundigen, doch ich wollte ihr Leben nicht durcheinanderbringen. Es wäre unfair von mir gewesen, weil ich mich bis vor zwei Jahren noch nicht an diesem Punkt gesehen habe, wo ich mich heute befinde.

Ich war nicht bereit.

Scarlet steht dicht vor mir, ein echtes, aufrichtiges Lächeln auf den Lippen. »Endlich habe ich dich gefunden, Antonio.«

»Du hast mich gesucht?«

»Hast du unsere letzten Worte vergessen? Falls sich eines glücklichen, fernen Tages unsere Wege durch das Schicksal kreuzen sollten, dann …« Den Rest überlässt sie meiner Vorstellung. »Nach meinem Abschluss bin ich hierhergezogen, Antonio. Wir wollten es zwar dem Zufall überlassen, doch niemand hat gesagt, dass wir dem Schicksal *keinen Schubs* geben dürfen.« Sie schaut mich abwartend an. »Und, Antonio, ist endlich dieser glückliche ferne Tag für uns gekommen?«

Ich halte ihr meine Hand hin.

»Komm her und finde es heraus, Scarlet.«

Ende

Triggerwarnung

In diesem Buch sind Themen enthalten, die triggernd wirken können. Folgende Aufzählung kann jedoch den Verlauf der Geschichte spoilern.

Narzissmus: Überlegene, arrogante Selbstdarstellung, Bedürfnis nach Bewunderung der eigenen Großartigkeit, fehlende Empathie

Toxische Vater-Tochter-Beziehung/Ehemann-Ehefrau-Beziehung

- Emotionaler Missbrauch, Erniedrigung, Untergraben des Selbstbewusstseins und der Selbstbestimmtheit durch Gaslighting
- Kontrollsucht, Überschreiten der körperlichen und emotionalen Grenzen
- Kapitel 11, 15, 28, 40: körperliche Gewalt, versuchte Tötung
- Kapitel 40, 41, 42, 45, 47: Konfrontation des Täters: Mittel und Verfahren der Polizei, Justizverfahren, Verleumdung der Opfer, Urteilssprechung
- Kapitel 40, 43, 44, 47: Lösen von und Aufarbeitung des Traumas

Alkoholsucht

- Suchtverhalten und Kontrollverlust aufgrund der Sucht im Beruf
- Alkohol als Stimmungsaufheller, Mittel gegen Stress
- Umgang mit Alltagsproblemen, Triggern und Stimmungsschwankungen
- psychische Belastung der Angehörigen/Partner
- Kapitel 48: Rückfall eines trockenen Alkoholikers

Danksagung

Als ich 2017 mit dem Schreiben auf Wattpad angefangen habe, hätte ich nie gedacht, dass ich eines Tages *hier* ankommen würde. Ein veröffentlichtes Buch? Bei einem bekannten Verlag? Das klang immer wie ein Traum, und doch ist es wahr geworden.

Mein größter Dank gilt meiner ***Mutter***, denn du bist weit mehr als nur das. Du bist mein Vorbild, meine beste Freundin, mein Licht in der Dunkelheit, meine Vertraute, mein Fels in der Brandung. Jahrelang gab es nur uns zwei, das hat uns zusammengeschweißt. Und ich weiß nicht mehr, was ich ohne dich machen würde. Du bist immer für mich da, du liebst mich, wie ich bin, du glaubst an mich. Danke für alles, was du jemals für mich getan hast.

Thomas, du stehst zwar nicht als leiblicher Vater auf meiner Geburtsurkunde, doch du bist mein Vater und ein weiteres Vorbild. Du hast mich so vieles gelehrt, ich habe immer zu dir aufgesehen – und tue es noch immer. Immer wenn ich dich brauchte, warst du da. Wenn ich einen Inbegriff für Stärke nennen müsste, würde ich deinen Namen sagen. Du bist der stärkste, selbstloseste, loyalste und treueste Mann, den ich je kennengelernt habe. Ich wünschte, du wärst viel, viel, viel früher in unser Leben getreten. Wie du schon immer selbst gesagt hast: »Hätte ich dich früher gekannt, wärst du ein

Papakind geworden.« Wie recht du hast, ohne zu wissen, dass ich schon längst dein größter Fan bin. Dich als Stiefvater zu bezeichnen, wäre falsch, denn du bist und wirst immer mein Papa bleiben.

Oma, das, was du alles für dein Enkelkind – mich – tust, kann ich nie wiedergutmachen. Allein wie du tagtäglich, nachdem ich aus der Schule gekommen war, immer frische Hühnersuppe gekocht hast, weil ich nie etwas anderes essen wollte, macht dich unvergesslich. Auch wenn du mir einmal Entensuppe als Hühnersuppe andrehen wolltest. Und du hast mir das Rezept weitergegeben, das mich für immer an dich erinnern wird. Danke für die vielen gemeinsamen Stunden, danke für die schöne Kindheit, danke für alles, was du bisher und auch in Zukunft für mich tun wirst.

Ariett, du bist die eine Person, von der ich weiß, dass ich immer auf sie zählen kann, auch wenn man oft wochenlang mal keinen Kontakt hatte. Ohne zu zögern, springst du mir zu Hilfe, hörst dir meine Leiden an. Auch wenn manchmal die Fetzen zwischen uns fliegen, wissen wir, dass wir einander doch lieben. Und ich finde es mehr als schade, dass du weggezogen bist und ich dich nicht mehr wöchentlich sehe. Du bist die loyalste, liebste und treueste Freundin, die ich jemals hatte. Du bist meine Inspiration, und gerne wäre ich mehr wie du, denn du bist ein wahnsinnig toller, großartiger Mensch, und jeder, der dich in seinem Leben hat, ist eine gesegnete und glückliche Person.

Max, Frank, Hannelore und Dani, niemals hätte ich gedacht, dass es sich so anfühlt, eine zweite Familie, ein zweites Zuhause zu haben. Ihr bringt mich immer wieder zum Lachen, ihr liebt mich, wie ich bin, und habt mich aufgenommen, als würde ich seit Ewigkeiten zu eurer Familie gehören. Und dafür danke ich euch, denn ich fühle mich so, so, so wohl bei euch und hoffe, dass das für immer so bleibt.

Elke und der Piper-Verlag, danke für euer Vertrauen in meine Geschichte. Diese Chance zu bekommen, bedeutet mir unglaublich viel. Danke, dass ihr mir bei jedem Schritt zur Seite steht, mir helft und dafür sorgt, dass diese Geschichte erzählt werden kann.

Cornelia, ich erinnere mich noch daran, wie am Boden zerstört ich war, als ich deine erste E-Mail erhalten habe und dann erst mal ein Krisentreffen in einem Café stattfand. Wie lange hast du dich mit mir hingesetzt, Fragen beantwortet und Pläne geschmiedet? Drei oder vier Stunden? Für eine Lektorin ist das keine Selbstverständlichkeit. Du hast mir geholfen, aus mir herauszukommen, dafür gesorgt, dass diese Geschichte wirklich eine Stimme bekommt. Du hast mir in einer kurzen Zeit viel beigebracht, dafür werde ich dir ewig dankbar sein.

Laura, Karo, euch beide habe ich durch Online-Communitys kennengelernt. Eine durch Bookstagram, eine durch meine Anfänge auf Wattpad. Ihr zwei habt euch in mein Herz geschlichen, denn ich weiß, dass ich auf euch beide zählen kann. Komme, was wolle. Danke, dass es euch gibt, danke, dass ich euch Freundinnen nennen kann.

Ohne ***Wattpad und meine Leser*** würde ich eine Danksagung wahrscheinlich nie schreiben können. Danke, dass ihr an mich geglaubt habt, danke, dass ich diese Chance bekommen habe, danke, dass ich auch auf euch zählen kann. Dieses Buch ist auch für euch, denn ohne euch wäre *Craving Life* nie zustande gekommen.

Ich sehe dich am Fenster ...

Coveränderungen vorbehalten

Ariana Godoy

Through my Window – Ich sehe nur dich

Die besten deutschen Wattpad-Bücher

Aus dem Spanischen von Alexandra Baisch

Piper Taschenbuch, 528 Seiten

ISBN 978-3-492-50570-3

Rachel ist bis über beide Ohren verliebt in Ares Hidalgo, ihren attraktiven und mysteriösen Nachbarn. Dummerweise hat sie noch nie ein Wort mit ihm gewechselt und beobachtet ihn nur aus der Ferne. Doch Rachel hat eine Mission: Ares dazu zu bringen, sich in sie zu verlieben. Sie ist ja kein hilfloses, unschuldiges Mädchen – und sie ist ganz sicher nicht darauf vorbereitet, für ihr Ziel alles zu verlieren, am wenigsten sich selbst ...

Leseproben, E-Books und mehr unter www.piper.de

Eine Liebe, entstanden aus Rache

Coveränderungen vorbehalten

Fabienne Herion

The Shadows on your Soul

Roman

Piper Taschenbuch, 308 Seiten
ISBN 978-3-492-50634-2

Harper führt ein behütetes Leben in der Upper East Side Manhattans, Shaun muss nach dem frühen Tod seiner Eltern für sich und seinen kleinen Bruder sorgen. Als ihre vollkommen unterschiedlichen Welten miteinander kollidieren, wird beiden schnell klar, dass hinter dem jeweils anderen weit mehr steckt, als der erste Eindruck erkennen lässt. Doch was Harper nicht weiß: Dunkle Schatten und eine schwere Schuld lasten auf Shauns Schultern, und ihr erstes Treffen war kein Zufall …

PIPER

Leseproben, E-Books und mehr unter www.piper.de